TACHES ROUSSES

MORGANE MONTORIOL

TACHES ROUSSES

roman

ALBIN MICHEL

1

WES

Le strip club est plein. L'odeur des sexes lubrifiés se marie à celle de la fumée d'herbe et de crack. L'odeur de crack à celle des peaux mal lavées, toutes mouillées. L'odeur des peaux à celle de champagne séché sur les seins nacrés des danseuses.

Je ne suis pas le genre à zoner dans les strip clubs. Pas même le genre à pouvoir bander en public. Je ne suis pas ce gars-là. Et pourtant je suis là, parmi tous les gars de ce genre-là. À me salir d'un cliché de plus. Et ce n'est pas dans un espoir de pipe bien faite. Je suis ici car j'ai besoin de bruit. De mouvement. De tumulte. D'un brouilleur intempestif de pensées. Dehors c'est trop calme, et j'entends *tout* dans ma tête. Il n'est que dix-sept heures trente, c'est le seul endroit du coin qui promet un tel dépaysement.

Mon flacon d'antidépresseurs posé au centre de la table ronde clignote. Les faisceaux violet fluo façon sabres laser, du club, visent ma table noire et illuminent mes pilules. Il y en a cinquante-deux. J'ai vidé tous les comprimés que j'avais, dedans. Cinquante-deux pilules qui ne demandent qu'à glisser joyeusement dans mon œsophage. Pour l'instant, je doute encore. Je bluffe. Même si c'est moi que je blouse… Quelle misérable mort, qu'une overdose de Khedezla dans un strip club miteux de Los Feliz ! Le pathétisme aurait son premier prix. Son grand lauréat !

Autour de moi, des gangsters de bas étage alourdis de grosses chaînes et grosses bagues ; des pères de famille esseulés, main dans le froc, alliance mouillée par leur foutre ; des merdeux de fraternités, venus se branler en bande sur du gangsta rap. Moi je suis au fond, seul. Ma table est isolée des autres, et j'ai balancé une liasse à l'hôtesse pour que celle d'à côté reste vide.

Ce soir, je pleure un énième corps. Celui qu'on retrouvera demain.

Un autre, que je n'ai pas su épargner.

La vitre miroir installée devant le podium rectangulaire de la micro-salle aux murs noirs me fait face. Et je mate mon reflet. J'examine ce cowboy d'un mètre quatre-vingt-douze, à la dégaine négligée. Je regarde sa gueule crispée de bellâtre, insupportable : ses sourcils foncés, fournis et droits ; ses yeux aux paupières invisibles, aspirés sous des arcades sourcilières anormalement proéminentes ; la longue ride creusée entre ses yeux, que tout le monde prend pour une cicatrice ; ce nez aux narines discrètes et basses ; et ces lèvres longues et minces d'un rose délavé, comme frottées à l'eau de Javel, au milieu d'une barbe brune de deux jours. À chaque clignotement d'ampoules bleu pâle du plafond, je me concentre sur *ces yeux*… Sur leur couleur… Il fut un temps où ils étaient noisette avec une touche d'or, et il arrive qu'ils le soient encore… Mais le plus souvent, ils me paraissent foncer de trois teintes. Mon regard est noir. Il vocifère dans le miroir. Je dis « mon » regard, mais j'ignore à qui il appartient. Cela fait longtemps que je n'en suis plus propriétaire. Cet homme en train de s'examiner m'est totalement inconnu. Ça ne peut pas être moi.

Si c'était moi, je le saurais.

Une danseuse en perruque frangée rouge fait rouler son matos arrière devant mon nez. Je la laisse secouer son bordel gélatineux sans battre un cil. Elle ondule à s'en casser les reins. J'aimerais ressentir un truc. Mais rien ne daigne se lever. La pute se retourne pour me faire voir le devant. Son duo de pastèques refaites ne bouge pas. Elle a beau secouer, tout reste en place. Elle les avance, me faisant sentir le monoï sur sa peau brune, et approche son minois. Son fond de teint orangé cimente sa peau craquelée, rajoutant une dizaine d'années à sa vingtaine d'années. Et soudain je sens ses yeux. Ils semblent me voir. Pas seulement me regarder, non, me voir. J'ai horreur des yeux des autres. Ils n'ont jamais fait que m'irriter. Ils salissent et ils avilissent. Ils sont faits pour ça. Je fantasme d'un monde où le port de lunettes noires serait obligatoire dans les lieux publics. Le regard est quelque chose de trop intime, pour être baladé aux yeux de tous. Il peut faire tomber raide ou bander sec, n'importe laquelle de ses cibles. Suffit de savoir s'y prendre correctement.

La danseuse hispanique, nez percé, lèvres noires laquées et yeux poudrés d'un kilo de charbon, insiste. Elle m'examine. Ses iris foncés s'allument sous ses faux cils pailletés. Et j'ai l'impression *qu'elle sait*. Qu'elle sait *qui* je suis et *tout* ce que j'ai fait. Qu'elle le sent sur mon cuir. Qu'elle renifle *leur* sang sur ma peau. Sang, dont le parfum métallique est incrusté dans mes glandes, dans mes pores, dans mes fibres capillaires. Il coule par tous les chemins de mon corps. Et dans mon crâne, il y a *leurs* images. *Leurs* visages glacés, dépigmentés. *Leurs* chairs déchirées qui embaument mes narines. Cette beauté impossible, qu'on ne peut contempler qu'un instant. Un tout minuscule moment. Et il y a l'éclat de ce sang magnifique, d'un rouge extraordinairement rouge. Un rouge carmin aux reflets vermillon, épais juste ce qu'il faut, mais assez fluide pour peindre *leurs* pores de sa splendide couleur. Le parfum de ces corps immobiles est incrusté en moi, et je l'exsude à la première goutte de sueur. Alors il est certain que cette pute en string ficelle le sent, sur mon cuir. Qu'elle le renifle, malgré l'abominable senteur de sueur et de sexe. J'ai beau frotter, rien ne l'efface. Aucune douche ne le lave.

Je lève les yeux et aperçois un type au bar, au fond. Un chauve en cravate, chemise bordeaux assortie à la moquette crasseuse. Un type qui me semble louche. Comme un flic en civil se faisant passer pour un pervers en manque. Un flic qui descend sa tequila comme on descend un verre d'eau. Pour me faire croire que lui aussi est ivre, à la dérive, dans cette boîte pourrie dont le plafond frôle presque les têtes. Est-il là pour moi ?

L'Afro-Américaine aux tresses blondes, en shorty léopard, aussi, me semble louche… Celle qui écarte les cuisses sur les genoux d'un vieillard dégarni, à un doigt de tout lâcher. Sa coéquipière ?

J'ignore si mon anxiété se fout de moi. Si ma parano s'amuse. Si mes pilules m'illusionnent. Mais je voudrais descendre cette danseuse trop curieuse. Et le chauve du bar. Et la pute en léopard. Ils me regardent comme s'ils savaient *tout*. Comme s'ils savaient tous ! C'est déjà bien assez douloureux d'être le seul à savoir…

Je crois que je ne suis pas encore prêt à en finir. Car je ne suis pas prêt à me faire prendre. Pas encore. Je tape mes santiags en alligator sur le sol pour déstresser mes jambes. Je chope mon flacon d'antidépresseurs. Et puis je me lève. Et je m'enfuis.

2

BECK

Mes larges yeux bleus sont secs. Ils font un bruit de plastique froissé à chaque clignement. Je me vois presque floue, dans le miroir des toilettes. Mais je me vois assez bien pour me trouver trop maigre, trop tachée, trop cernée. Regardez-moi toutes ces taches de rousseur ! Une bouteille de boue m'aurait pété au visage, je n'aurais pas autant de taches. Il y en a partout. Ce que c'est laid. Mais ce que c'est laid ! J'ai l'air sale et négligée. J'ai l'air de sortir la tête d'une benne à ordures remplie à ras bord de lentilles cuisinées. Pire, de merde liquéfiée. J'ai l'air d'une jeune femme anorexique, souillée par une vie de rue et de mendicité. Je suis loin d'être laide, à des années-lumière d'une disgrâce faciale, mais ces taches de rousseur abominables au pouvoir salissant me font croire le contraire. Hideuses, et menteuses, en plus.

Les salopes !

J'avais pourtant appliqué assez de fond de teint, soi-disant ultra-mat et couvrant, pour effacer la présence de ces pestes, mais les trente-quatre degrés ambiants ont fait fondre mon camouflage. Je réapplique de l'anticerne sur la zone la plus chargée (nez et joues), puis une deuxième couche pour prévenir la disparition de la première, une troisième juste au cas où, et poudre le tout. Ça devrait faire l'affaire pendant quelques heures. Je soupire, me calme, attache mes longs cheveux bruns, fins, en une queue-de-cheval haute, et me passe de l'eau sur la nuque.

Qu'est-ce que je fais là ? Dans ce restaurant hyper-branché, avec ces gens hyper-cool, qui se racontent des choses hyper-marrantes ? Moi, elles ne me font pas rire, ces choses. Et ce restaurant je le trouve pompeux. Et ces gens je les trouve barbants. Mais c'est un restaurant hyper-branché, et ce sont des gens hyper-cool, et ils se racontent des choses hyper-marrantes, alors il faut rire. Il faut rire avec eux, Beck. Parce que si tu ne ris pas, tu te mets en danger. Si tu ne te forces pas à élargir tes lèvres, et faire vibrer tes cordes vocales dans des notes de joie grimpant jusqu'au plafond – comme tous les autres le font si facilement, autour de cette table ronde – demain, tu n'auras même plus l'énergie pour tes auditions insignifiantes. Ton chapiteau de mensonges s'effondrera. Tu fuiras Los Angeles, puisqu'au fond tu n'attends qu'une excuse pour ça ; tu enfonceras ta clef dans le contact de ta guimbarde pourrie, et tu mettras les voiles, pierre calée contre l'accélérateur pour aller aussi vite que possible, direction Muskogee, Oklahoma. Alors que Muskogee est le dernier endroit où tu devrais t'enfuir. Tu n'as pas envie d'y retourner, dans cette ville. Tu la regrettes, c'est vrai. Son calme, sa lenteur, sa vie presque endormie, ses terrains plats apaisants. L'art du simple et de l'authentique… Cette ambiance familière manque à ton corps. Mais tu sais que ce serait une grossière erreur, d'y retourner. Rien ne t'y attend. Personne non plus. Juste la douleur de *son* souvenir, toujours intact. Et il t'achèvera. Il te finira. D'un coup sec. Bang ! Alors il faut rire. Même si ce n'est pas drôle, il faut rire. À gorge déployée. Jusqu'à la luxation. Quitte à déclencher un traumatisme irréversible de la mâchoire. Il faut te forcer à les élargir, ces petites lèvres roses. Et faire voir tes jolies molaires à toute la tablée.

Je soupire, et passe la porte des toilettes. En rejoignant ma table d'agents de grands acteurs, d'investisseurs pleins aux as, et de ces je ne sais pas qui aux costards hors de prix, je me mords les joues. Une morsure frustrée qui veut dire : « Mais pourquoi ? » Pourquoi je m'échine à faire semblant. Semblant de vouloir faire partie de ce monde. Il ne m'attire pas, ce monde. Je le méprise, tout comme cette ville. Je m'y sens mal à l'aise et bancale, comme en équilibre sur une quille. À un fil de me casser la figure. Alors pourquoi m'acharner à me dire, que je suis précisément là où je dois être ? Pourquoi me l'enfourner dans le ciboulot, comme on fourre des marrons dans le cul d'une dinde de Noël, déjà farcie d'un kilo de cochonneries ?

Quitter l'Oklahoma pour vivre à Los Angeles, devenir comédienne de théâtre et mener une vie clinquante, c'était le rêve de Leah. Ma sœur ne parlait que de ça, lorsque nous étions petites filles. Pendant les vacances d'été, lorsqu'il faisait trop chaud pour pouvoir jouer dehors, Leah et moi nous allongions sur le carrelage frais du salon, sur le ventre, jambes pliées et croisées, mollets en l'air se balançant de droite à gauche, façon métronome de piano. Et nous nous passions les vieilles cassettes vidéo, que nos parents gardaient empilées sur la grande étagère citron de leur petite chambre, encore plus petite que la nôtre. On restait allongées par terre des heures durant, à regarder un écran noir et blanc grésillant. Le son était tellement mauvais, qu'on ne comprenait presque aucun dialogue. Mais on comprenait toujours à peu près, ce qu'il se passait. Assez, en tout cas. C'était drôle d'ailleurs, de deviner ce qui pouvait sortir de la bouche des acteurs. Inventer les dialogues, c'était l'un de nos jeux favoris. Parfois, on leur faisait dire des bêtises, des obscénités. On les rendait ridicules. Leah était toujours ravie de se rendre compte qu'il allait faire très chaud, lorsque nous nous levions le matin, parce qu'elle savait d'avance qu'elle s'amuserait. Je me rappelle un jour, en particulier. C'était un jour caniculaire. Infernal. Bien plus insupportable qu'aujourd'hui. L'air n'était pas moite, il était mouillé. Maman avait relevé ses longs cheveux noirs ondulés en un chignon haut négligé, et quelques mèches trop courtes bouclaient dans le creux de sa nuque suintante. Sa robe crayon noire à motifs tourbillons rouges et verts, qui descendait jusqu'en dessous de ses genoux, ne faisait qu'un avec sa peau un poil hâlée. Ça avait l'air sacrément inconfortable, de bouger dedans. Surtout qu'elle passait la serpillière, et devait se tordre en deux pour la faire glisser sous le canapé à fleurs délavé du salon. Les rideaux miel étaient épinglés entre eux pour bloquer les rayons du soleil, et le ventilateur électrique faisait un boucan monstrueux. Il y avait une carafe de thé glacé devenue brûlante, sur la table ronde habillée d'une nappe aux imprimés agrumes. Elle avait été posée là le matin, et n'avait pas bougé depuis. Une abeille morte flottait entre deux rondelles de citron. C'était l'été de mes dix ans. Leah en avait neuf.

C'était cinq ans avant *qu'elle ne disparaisse.*

Elle avait passé la journée entière, à imaginer les dialogues de sa scène préférée d'un film noir des années vingt. Dans sa petite jupe-culotte bleue à pois blancs, et son vieux T-shirt blanc trop court à col rouge, marqué « Oklahoma girl », elle répétait ses lignes. Elle était assise sur une chaise haute ambrée, années soixante-dix, à laquelle il manquait un bras, et avait promis à maman de ne pas en bouger jusqu'à ce que le sol soit parfaitement sec. Moi j'étais tête à l'envers sur un fauteuil matelassé, en cuir marron, les jambes allongées sur le mur au papier peint d'un vieux rose sale. Je jouais avec des pinces à linge en l'écoutant travailler son texte. Elle le déclamait, se corrigeait, recommençait. Le modifiait, le déclamait, recommençait. Ce n'était plus de la distraction, c'était du travail d'adulte. De l'effort de grande personne. Et puis le soir, vers vingt heures, lorsque notre père est rentré du travail, elle a joué le rôle de l'héroïne, debout devant la télévision. Maman lui avait prêté une robe noire bouffante à épaulettes, dans laquelle on ne voyait plus que sa petite tête ronde frangée. C'était la première fois que je regardais ma sœur comme une personne. J'avais oublié qu'elle était ma sœur. C'était juste une personne. Une personne, jouant un rôle. Et elle le faisait si bien, que j'oubliais même que c'était une personne jouant un rôle. Elle était juste le rôle. C'est tout. J'étais impressionnée, et peut-être un peu effrayée, de voir à quel point il était facile pour elle de devenir une autre. Elle avait ça dans la peau, le jeu. C'est elle, qui aimerait être ici. Dans ce restaurant pompeux, avec ces gens cool, qui se racontent des choses marrantes. Ces gens qui ne vivent que pour le cinéma et le théâtre, et tirent les ficelles de cette ville. Elle, qui aimerait partager son plumard et se faire prendre semi-régulièrement par Ashley Randolph, agent d'acteurs en or massif, gamme au-dessus du haut de gamme, dans le top dix des agents les plus respectés du pays. Elle, qui aimerait passer ces auditions redondantes, avec ces directeurs de casting outrecuidants, pour ces rôles qui moi me paraissent tous être les mêmes.

Elle. Pas *moi*.

Alors pourquoi est-ce *moi* qui suis là, et pas *elle* ?

De retour à la table, je me réjouis qu'on en soit déjà aux desserts.

Il est vingt-trois heures, lorsque Ashley insiste pour aller boire un verre à Silver Lake. C'est sa façon de faire semblant d'être jeune. Ou même, de faire semblant d'avoir envie d'être jeune. Ashley n'a en réalité aucune envie d'aller à Silver Lake, dans un bar qui pue la pisse, écouter de la musique trop forte, entouré de gosses qui ont le portable greffé au bout du bras. Moi non plus, d'ailleurs. Au secours... Mais il pense que moi, j'ai envie de ça. Parce que moi, je viens d'avoir vingt-quatre ans. Et lui, en a soixante-trois. Et si je le rassurais en lui disant que sortir me rendre ivre morte, et danser jusqu'à l'aube, entourée de pseudo-rockeurs aux boucles d'oreilles en croix et à l'hygiène capillaire douteuse, me faisait autant envie que d'avaler des bols de blattes, je perdrais la main sur notre relation. Il faut qu'Ashley continue de se sentir un peu trop vieux, et un peu trop dépassé, pour que ça continue de si bien fonctionner entre nous. Sa confiance en lui doit rester fragile. Il est impératif que chaque fois qu'il pose les yeux sur mon visage juvénile anguleux, il sente ses rides se creuser un peu plus profondément dans sa peau rugueuse. Que le gris de ses cheveux lui donne des sueurs froides. Il faut que la peur que j'ai confortablement installée en lui, garde ses aises. Et qu'elle n'ait de cesse de gagner du terrain. Il doit s'interroger sur mes motivations quotidiennement. « Est-elle avec moi parce que je suis agent ? Parce que j'ai de l'argent ? » Et il sait parfaitement que non, que je ne suis pas ce genre-là. Mais alors, « Pourquoi peut-elle bien être avec moi ? ». Et cette question récurrente doit l'obséder assez, pour qu'il reste formidablement gentil et malléable. Une bonne petite poire. Une bonne pâte, facile à malaxer. Plus il craint de me voir m'enfuir avec un « jeunot », plus il est à mon service, prêt à faire passer mes envies avant les siennes. Le rendre misérable est un exercice minutieux, car la moindre fausse note pourrait tout mettre en pièces. Le but n'est pas de le faire fuir. J'appuie sur ses boutons avec délicatesse. Tout est réalisé avec doigté, dans la retenue et dans la subtilité. Un coup d'œil sur un minet gominé, utiliser la toute nouvelle expression du moment, ou fredonner les paroles de la nouvelle chanson à chier, de la nouvelle pop star en vogue, suffit amplement pour une nouvelle semaine de tenue en laisse. Mais il faut tout de même que je reste assez mature et sophistiquée, pour qu'il oublie que je suis aussi jeune. Non, ça n'a absolument aucun sens, mais Ashley ne supporterait pas que je sois seulement une gamine de vingt-quatre ans. Je dois être pétillante et un poil puérile lorsque le moment le demande, mais également savoir être aussi mature qu'une vieille quinquagénaire. Si l'envie lui vient de parler du pardon accordé à Nixon en soixante-quatorze, je dois être capable de tenir la discussion, et d'avoir un avis tranché sur la question. Alors je le laisse penser que je suis cette hybride, mi-CNN, mi-MTV. C'est celle-là, qui durcit son sexe non circoncis. Celle qui aime se lever tôt pour lui préparer de délicieuses omelettes baveuses, qui explose de rire à l'entente de ses blagues politiques vaseuses, qui ne prononce aucune grossièreté, et qui sait magnifier sa beauté dans des tenues distinguées et classiques, plutôt que de se mouler dans des jeans déchirés et mini-débardeurs fluo laissant voir le nombril, comme toutes les autres pétasses de son âge. La vraie Beck, ne l'intéresserait pas. Elle est trop sarcastique, trop impulsive. Elle a le mot « putain » glué au bout de la langue, se lève tard, pourrait vivre dans le même T-shirt troué pour l'éternité, et déteste l'odeur des œufs. Parfois, je me dis que notre relation est une de ces pièces de théâtre bas de gamme, que personne ne va voir. Deux personnages, jouant à être d'autres personnages, pour plaire à des personnages qu'ils ne connaissent même pas, et qu'ils n'apprécieraient certainement pas. En vérité, nous ne sommes pas si tristes qu'on pourrait le penser. Nous avons simplement tous les deux saisi, qu'être soi-même est un jeu bien trop risqué et beaucoup trop compliqué. Lorsqu'on est soi-même, honnête, cartes sur table, il y a tellement plus à perdre. Les cartes que je pose sur la table ne sont pas celles de mon jeu personnel, alors si je fais banqueroute, il me suffira d'ouvrir un nouveau paquet. J'en ai plein les poches.

La musique braillarde du Grey Rainbow n'est pas à mon goût. Pourtant, je me mets immédiatement à me dandiner sur son rythme. C'est mon rôle, qui veut ça. Ashley va me chercher un verre au bar, puis s'assied à une table pour me regarder danser. C'est son rôle à lui. Mais d'ici un quart d'heure, il se rendra compte que rester assis sans bouger dans un bar où tout le monde se secoue, fait de lui le sexagénaire qu'il ne veut surtout pas être. Alors il ira se chercher une vodka tonic, et viendra maladroitement remuer bras et jambes devant moi. Ce sera rentrer un peu plus dans son personnage. C'est toujours comme ça, que ça se passe.

Je tire sur la paille de mon whiskey et observe les alentours, en continuant de m'agiter comme une morveuse idiote. Le bar est sobrement éclairé par des lampes Art déco, aux ampoules verdâtres. Leur couleur se reflète le long des vieux murs craquelés. Les tables sont aussi visqueuses que le sol carrelé qui colle aux pieds, et la majorité des chaises aux dossiers rembourrés ont été trouées par les termites. Évidemment, l'endroit empeste le renfermé. Rien de plus normal, pour un bar rock qui se respecte. Dans la pièce de droite, le baby-foot se fait martyriser par ses joueurs ivres. Ils le secouent si fort, qu'on entend par-dessus même la voix de Ray Davies, les barres métalliques se cogner au bois de la table. Tous semblent assez intoxiqués pour se croire heureux, et le bar contient assez de liqueur pour les garder en sursis jusqu'à l'aube. Mes yeux continuent de défiler sur leur silhouette, et s'arrêtent brusquement sur un visage. Un visage qui efface soudain tous les autres. Mon rythme cardiaque dépasse la limite autorisée. Une armada de fourmis envahit mes plantes de pied, mon ventre, et l'arrière de mes cuisses. À l'autre bout de la salle, un étrange animal d'une trentaine d'années à la silhouette longiligne, un mètre quatre-vingt-dix minimum, se tient immobile, seul dans la foule. En plissant les yeux, j'arrive à distinguer en dépit de la pénombre du club, la clarté de sa peau ivoire et de ses yeux châtaigne sans paupières. Pourquoi reste-t-il aussi statique ? Il fixe quelque chose, droit devant lui. Je crois bien que c'est moi. Je plonge mes yeux dans les siens. Ils sont froids, glacés, givrés. Ils sèchent instantanément la sueur sur mon front et ma nuque. S'ils ne clignaient pas, on pourrait croire à des prothèses oculaires. Ou à des yeux de pantin, dessinés au pinceau. Je regarde à ma droite, à ma gauche, vérifie que ce n'est pas quelqu'un ou quelque chose d'autre, qu'il fixe. Non, je crois bien que c'est moi. Et ses yeux rentrés profondément dans sa peau ne me veulent rien de bien. Ils sont un canon d'AK-47 en lévitation, prêt à décharger dans ma direction. Leur opacité me rappelle celle des yeux de mon père. Il avait lui aussi, ce regard d'assassin programmé par un organisme secret d'État. Les yeux d'un espion russe ayant subi un lavage de cerveau élaboré, pour le débarrasser de toute forme de compassion. Des yeux qui vous font comprendre que malgré vos supplications, vous n'aurez droit à aucune pitié. Et que votre sort est déjà scellé. J'avale ma salive plusieurs fois. Pas grand-chose ne descend dans ma gorge. Les lumières du bar grésillent et s'éteignent un instant, avant d'immédiatement se rallumer, et le temps de faire cligner mes yeux secs, le type s'est évaporé. Je scanne rapidement les alentours, et le retrouve un peu plus loin. Je suis assez grande pour le voir s'éloigner en direction de la sortie, malgré la foule de fêtards aux têtes sautillantes. Je remarque un trou au niveau du dos, dans sa veste noire. Et un écusson gris, cousu sur une des épaulettes. L'homme tire la poignée de la porte du bar, et dans le rayonnement des réverbères de la rue, tourne la tête pour me la donner dans un plan mi-ombre, mi-lumière, façon scène de film à suspense. C'est comme si ce type n'était venu ici, ce soir, rien que pour me faire son petit effet choc. Et il a réussi son coup. Je n'arrive pas à me remettre de ce regard armé, trop familier, qui m'a fait mouiller mes draps jusqu'à mes neuf ans. Ce regard, qui donne des hématomes et fait saigner le nez. Je secoue la tête en me rappelant que ce gars-là n'a rien à voir avec *ce qui me fait peur*. N'a rien à voir avec moi. Que ce n'est qu'un pauvre type ayant un peu trop bu. Un impuissant, qui prend son pied à fixer dramatiquement les filles dans les bars, pour sentir qu'il a encore un truc dans son calbar.

Un groupe de trois blondes badigeonnées d'autobronzant attend devant l'entrée qu'il retire son bras. Il le tend, main sur le mur, bloquant la porte et empêchant quiconque d'entrer ou de sortir. Au lieu de se pousser, il le lève un peu plus haut, forçant les blondes à passer en dessous. Et puis il hoche la tête, et disparaît sous les jets jaunes des réverbères. La porte se referme, mais je sens encore ses yeux tranchants découper les miens. J'ai douze, treize, quatorze ans. Je ne suis plus là. Je suis dans des souvenirs dont je ne veux pas me souvenir. J'avale mon whiskey cul sec, plante mes molaires dans mes joues, et me retourne vers la salle pleine. Où est Ashley ? Je dois me remettre dans mon personnage.

3

« Bonjour à tous ! Il fait trente-trois degrés dans la ville des anges, et voici le flash de ce vendredi caniculaire ! Coup de tonnerre à quatre heures trente ce matin, lorsqu'un homme découvre le corps atrocement mutilé d'une jeune fille, abandonné sur De Longpre Avenue. Reed Hamilton, soixante-cinq ans, promenait son chien sur De Longpre, lorsque l'animal attiré par une forte odeur, a entraîné son maître devant le parking d'une maison de l'avenue. À l'intérieur d'une tente, oubliée dehors par les propriétaires absents depuis quelques jours, Reed découvre horrifié, le corps sans vie d'une jeune fille. Il s'agit d'Holly Duvall, une Texane de dix-sept ans. Éloignez les enfants s'ils écoutent… La victime a été égorgée, et poignardée à de nombreuses reprises sur le corps et le visage. Interrogés par la police, les voisins disent s'être plaints d'une odeur insupportable, mise sur le dos d'une fosse septique bouchée. L'expert estime que la mort remonte à plus de quarante-huit heures. Ce corps est le deuxième corps gravement mutilé, retrouvé dans les environs d'Hollywood depuis la semaine dernière, après celui de Kaylee White, vingt-deux ans. Kaylee avait été éventrée, et lacérée sur toute la longueur des jambes et des bras. Elle avait été retrouvée entièrement nue dans un jardin d'enfants, à seulement dix minutes de De Longpre.

Sport ! Alex O'Donnel a subjugué le monde du basket-ball hier soir, avec ses sept paniers consécu… »

J'arrête le radio-réveil de mon iPhone. De Longpre Avenue ? Il a bien dit, De Longpre Avenue ?

– De Longpre Avenue ? demande Ashley, en sortant de son sommeil.

– Je crois que c'est ce qu'il a dit, oui…

Avant d'emménager chez Ashley il y a six mois, je vivais sur De Longpre, dans l'appartement d'une tante, du côté de ma mère. Avant ma venue à Los Angeles, je n'avais vu Fawn qu'une fois à un barbecue lors de mes huit ans, et une autre fois après ça, à l'enterrement de ma grand-mère, à Muskogee. Je l'ai appelée alors que j'étais sur la route, à une centaine de kilomètres de la Californie, sans aucune idée d'où j'allais dormir le soir même. Elle n'a d'abord pas compris qui j'étais, et il a fallu que je lui rappelle notre lien, délié, de parenté. Ma mère et elle n'avaient jamais été sœurs que sur le papier. En faux. De loin. L'ADN n'avait pas suffi à créer le lien. De vraies sœurs de sang mais sans plus. Et si son numéro n'avait pas été listé, personne n'aurait pu me le renseigner. Coup de bol, Fawn habitait seule dans un trois pièces, et après une conversation téléphonique bancale, remplie d'une ribambelle de blancs et de raclements de gorge gênés, elle a accepté sans entrain, de me laisser passer la nuit chez elle. Et puis une autre, et puis quelques autres, le temps de chercher un appartement et de me familiariser avec la ville. Et puis elle m'a proposé de l'aider à payer le loyer, et je suis restée. C'était inconfortable et étrange, au début. Antinaturel. Je tâtonnais sur la façon dont je devais lui parler : comme à une tante étrangère, envers qui ma mère avait nourri une rancœur muette – dont j'ignore encore l'exacte origine – ou juste comme à une colocataire plus âgée. Et petit à petit, mon embarras s'est dissipé. Mais nous ne sommes pas devenues de grandes copines. Nous étions des colocataires avec un lien de parenté, faisant mine de ne pas en avoir, parce qu'au fond, ça ne changeait pas grand-chose dans notre cas. Si c'était indispensable, on se parlait. Sinon, on évitait. Pas de blabla poli inutile. Pas de bonne nuit, pas de comment s'est passée ta journée. Nous vivions ensemble depuis huit mois, lorsque son fils unique, résidant au Texas avec son père, a été après de nombreuses consultations et deux séjours en hôpital psychiatrique, officiellement diagnostiqué schizophrène. Elle l'a immédiatement rejoint, et m'a laissée en charge de l'appartement. J'y suis restée encore deux, trois mois, et puis Ashley m'a demandé d'emménager dans sa grosse baraque de Bel Air. Il m'arrive d'y retourner, lorsque j'ai besoin d'espace. Lorsque la présence d'Ashley m'étouffe. Lorsque je veux me rappeler qui j'étais, avant de devenir la Beck parfaite que je joue pour lui. Lorsque j'ai simplement envie de silence. J'y retourne de toute façon une fois par semaine, pour arroser les palmiers en pot de Fawn. Je lui ai fait la promesse de ne pas les laisser mourir, ni brunir.

Ashley s'étire dans notre énorme lit aux draps brodés, de créateur. Je regarde les rayons du soleil allumer cette chambre grotesquement spacieuse, au décor épuré. Ils dorent la moitié de la moquette en velours sable, éclaircissent les murs blanc beige rosé, et rendent le vernis blanc de la gigantesque armoire design huit portes, encore plus blanc. La lumière chaude fait briller les cadres noirs des deux photographies noir et blanc de dos de femme cambrés. Elles sont accrochées de chaque côté de la cheminée contemporaine écrue, à la vitre toujours impeccablement astiquée par notre femme de ménage salvadorienne. Les clichés d'une simplicité insultante ajoutent au côté impersonnel de la pièce. Cette chambre, c'est une chambre de magazine. Une chambre d'hôtel. De vitrine. Une chambre sans âme. Elle est trop grande et trop vide pour être celle de quelqu'un.

Mais pourtant c'est la nôtre. On viendrait enlever notre lit, l'armoire blanche, et ces deux photographies insipides d'un mètre cinquante sur un mètre, il ne resterait rien. Pas même l'essence d'un couple. Pas une chaussette. Mon couple avec Ashley est comme cette chambre. Propre et bien rangé. Ensemble, nous sommes ces personnages survolés et creux, qui ne se disent jamais rien de très important, ou rien de très intéressant. Ashley ne connaît presque rien de moi, mais ça lui va. Tant que je lui fais croire qu'il est ce type qu'il espère être, il garde la trique. Tant que je fais voir mes dents dans ses dîners, que ses amis crèvent d'envie de me sauter, et que je reste aussi racée que l'était sa première femme vingt ans plus tôt, lui, reste dur. Moi non plus, je ne connais pas grand-chose d'Ashley. Mais moi non plus, je ne suis pas curieuse d'en apprendre davantage. S'allonger tout près l'un de l'autre, nos nez se touchant, mes plantes de pied froides sur ses pieds nus tièdes, sourires mièvres sur nos lèvres brûlant de se frôler, nous racontant nos souvenirs d'enfance en ponctuant nos histoires de baisers mous, ça n'est pas nous. Jamais, ça ne sera nous. Lorsqu'il m'embrasse, je ne ferme pas les yeux. Lorsque je le peux, je n'y mets pas la langue. Si je le peux, je n'y mets pas les membres. Je participe, si c'est nécessaire. Seulement, si c'est nécessaire. Mais je participe tellement excellemment bien, qu'une fois de temps en temps suffit. Pas besoin d'étreintes enfiévrées ni de messes basses amoureuses, dans cette relation-là. Je ne sais pas grand-chose, mais ce que je sais est assez. Je sais qu'il est né et a grandi à Los Angeles dans une famille nombreuse plus qu'aisée, mais il ne s'étale pas sur son enfance. Je sais qu'il a cinq gamins, que des fils, deux de sa première femme, un de la seconde, et deux autres bâtards, mais il n'en parle pas plus que ça, et je ne les ai jamais rencontrés. Je sais que ses deux ex-femmes ont été engraissées par leurs divorces, mais il ne s'épanche pas sur leur cas. Je sais que son agence, dans laquelle il est associé à soixante-trois pour cent, pèse plusieurs centaines de millions de dollars, mais je n'ai pas le chiffre officiel. Le reste n'est que détails, goûts, et expériences personnelles. Tout ce qui fait un homme, en soi. Tout ce qui fait qu'Ashley est Ashley, et pas un autre type. Mais justement, pour moi, il pourrait être n'importe quel autre type. Et pourtant même sans être mon type, cela va faire un an et demi qu'il est *mon* type. Et en plus, il m'aime, il paraît. En tout cas c'est ce qu'il dit. Le contraire m'irait aussi. Mais je ne peux m'empêcher de trouver ça risible. Pathétique est l'homme, qui aime celle qui le fait l'aimer lui-même. Les gens pensent bien souvent l'exact contraire. Il m'est difficile de comprendre pourquoi. S'aimer dans les yeux d'un autre, c'est marcher avec des béquilles. C'est attendre de tomber. Puérile faiblesse… Il n'y a que dans nos propres yeux, que la validation peut se faire. C'est la seule validation digne de ce nom. Une confiance en soi confiée à l'autre, vaut un coffre-fort avec le code inscrit dessus. Et personnellement, je ne communique mes numéros à personne.

La compagnie d'Ashley n'est pas si désagréable, mais elle n'est rien du tout. Elle est cette chanson, qu'on fredonne sans même savoir ce qu'on fredonne. Une chanson insignifiante, aux notes insignifiantes, et aux paroles insignifiantes, qui reste bloquée dans notre tête par hasard, parce qu'on l'a entendue hier dans un taxi, et qu'on n'aurait jamais choisi de l'écouter autrement. Une chanson dont on ne se souviendra plus demain. Elle est de l'air, du vent, du rien du tout. Ashley et moi, c'est ce que nous sommes. Du rien du tout. Mais malgré qu'il ne soit pas mon type, et qu'il pourrait pour moi être n'importe quel autre type, je l'ai choisi.

Lui, précisément. Pas un autre type.

Je me tourne vers Ash, et regarde son visage usé d'avoir été trop porté. Ce visage d'occasion, ayant l'air d'avoir été utilisé par d'autres avant lui. D'être passé de crâne en crâne, la peau se tendant un peu plus à chaque nouveau propriétaire. Un visage vintage. Antique, même. Une gueule qu'on trouverait sur eBay dans la catégorie seconde main, et dont le vendeur indiquerait dans une liste non exhaustive, les défauts normaux relatifs à l'âge du produit. Je regarde ses rides creusées au niveau du front. Ses rides enfoncées dans ses joues, qui ressemblent à des fossettes. Ses rides aux coins de ses petits yeux gris aux paupières fripées. Les poches sous ses petits yeux gris. Cette peau plissée sur son cou, sur son torse parsemé de poils décolorés. Ses bras à la peau détendue comme des crêpes pliées. Ses cheveux défraîchis aux trois nuances d'argent. Les poils drus de sa barbe blanche du matin. Et cet air qu'il a tous les jours avant midi. Un air abattu. Comme s'il avait perdu toute sa famille dans un terrible accident de voiture, la veille. Peut-être est-ce dû au fait que son visage mette plusieurs heures à dégonfler, après une nuit de sommeil…

Lorsqu'il a ouvert les yeux, il ne lui faut en général pas plus de deux ou trois minutes pour se lever. Il se tire toujours très laborieusement du lit, en appuyant ses coudes sur le matelas, puis se lève pour aller pisser. Et il revient dans le lit avec son MacBook Pro, et commence à travailler. Moi, je vais lui faire son omelette aux tomates séchées, et lui apporte. Il attrape l'assiette sans même lever les yeux, sans me remercier, et mange sans discuter. Il est concentré. Il répond à des appels. Il fait l'homme important. Et puis lorsqu'il a fini son assiette, il me la tend comme si je n'étais qu'une putain d'employée, se lève pour aller se doucher, et file au bureau dans sa grosse Mercedes classe G aux jantes noires mates. Tous les jours. Tous les jours je me lève à huit heures zéro zéro, pour lui préparer sa putain d'omelette. À mon âge, je ne devrais pas savoir comment faire d'aussi bonnes omelettes. Des omelettes crémeuses et onctueuses de mamans. Je devrais les rater, les brûler, ou les commander. Mais non. J'ai appris à les cuire exactement comme il les aime. À faire dorer la poêle avec une noisette de beurre et de l'huile de tournesol, avant de casser les œufs. À rajouter une goutte et pas deux, d'huile d'olive à mi-cuisson. À déposer les tomates séchées dans l'omelette, juste après qu'elle a commencé à baver. Et à poivrer mais surtout pas saler, le tout. Tout ça pour qu'il la gobe sans même la regarder, en moins de temps qu'il m'en a fallu pour faire chauffer la poêle. Moi j'avale un bol de lait de soja et une tartine sans rien dessus pour être rapide, et Ashley a droit à l'omelette du siècle, servie par une jeunette bandante en nuisette satinée et décolleté dentelle.

Je regarde la gueule rétro d'Ashley, puis soupire intérieurement et me lève, pour aller lui préparer son omelette.

4

WES

Il est six heures seize du matin, le soleil tend un drap blanc dans le ciel plat. Je roule sur Victory Boulevard depuis trois heures et quart. Je descends la rue, la monte. La redescends, la remonte. Répète.

Le cendrier plein de ma caisse ne ferme plus, et rend l'air infâme. Respirer c'est fumer. Même sans fumer. Alors j'ai arrêté d'allumer des cigarettes, et suis passé au cognac.

Soixante-douze heures que je veille, par peur du sommeil. Une fois les yeux fermés, tout contrôle sur soi disparaît. Et l'inconscient est une pute vicieuse à qui je ne fais nulle confiance.

Je pense à Holly Duvall, retrouvée par les flics il y a trois jours, dans une tente. Ce que les journalistes ont omis de balancer, c'est que la peau de son dos et de son crâne a été entièrement pelée, découvrant sa chair rose mouillée. Que son nez a été arraché, trou béant au centre de la face. Et que ses mains ont été coupées au-dessus des poignets.

Je revois ses cubitus pointus, au bout de ses moignons. Et si ça durcit tout dans mon calbut, ça me rend malade aussi.

Tout autant.

Du rock psychédélique fait grésiller ma vieille radio. Toujours, ce besoin de bruit. J'ai l'intérieur de la tête comme un

Jackson Pollock, mes millions de fils emmêlés dans un bordel monstrueux.

Devant moi, une route vide gardée de chaque côté par une rangée de palmiers. Magasins tous encore fermés. J'accélère pour voir jusqu'où je peux tracer sans ralentir. Et si un camion arriverait à me stopper. Pour l'instant, toujours personne devant. Alors je fais grimper l'aiguille de mon cadran. Après tout, si je me plante, le ciel ne me pleurera pas. Ils seront ravis, là-haut, d'être débarrassés de moi.

Je suis à soixante-dix, puis soixante-quinze, et j'ai l'impression que je pourrais monter jusqu'à cent dix, sans que rien ne se passe. Si je monte jusqu'à cent dix et que rien ne se passe, j'arrêterai tout. Je considérerai que le ciel m'a gracié. Je me repentirai. Sinon, ce sera une autorisation à continuer.

C'est décidé.

Cent dix, et plus personne ne mourra à cause de moi.

Je passe la main dans mes cheveux gras, et recharge ma cage thoracique en avalant une larme. Et puis j'appuie un peu plus mon pied sur la pédale. Mon squelette vibre avec le moteur, et un filet de sueur givrée dévale mon cou. Mon corps réagit mais à l'intérieur je ne ressens rien.

Rien du tout.

Je ferme puis rouvre mes yeux brûlants. L'aiguille est presque à cent.

J'ai peur de gagner à mon propre jeu.

J'appuie encore plus fort le talon de ma botte sur l'accélérateur.

Cent cinq.

Et d'un coup, mon corps entier se rigidifie. À moins de trente mètres devant moi, une silhouette touffue statufiée sur l'asphalte. Mon pied écrase le frein et lutte à le faire capituler. Je vais me planter dedans. Je discerne ses quatre pattes, sa queue épaisse, et la teinte sable saupoudré de roux de ses poils.

C'est un coyote.

Dégage sale bestiole !

Le moteur se calme mais pas assez. Plus que quinze mètres. Le hurlement aigu de mes freins détruit mes tympans. Je serre les dents en continuant de presser la pédale. Et voilà qu'un type tout en noir s'engage sur la route. Ma BMW s'arrête brusquement à ses pieds, et ma tête va taper le pare-brise. Bam ! Je retombe sur mon volant, constellé d'éclats de verre.

Je respire lèvres collées au cuir. Lentement. Tous mes membres me vocifèrent leur mécontentement. Suis-je encore là ?

Ma portière s'ouvre, et je sens un tissu chatouiller ma joue endolorie par la morsure de mes molaires. Je me redresse avec difficulté et lève la tête.

« Ne bougez pas ! » aboie une voix.

Devant moi, le coyote enserré entre deux manches noires. Ses yeux caramel en amande sont comme contourés de khôl, et son regard est autoritaire. On croirait un diable revêtu d'une combinaison de fourrure. L'homme qui l'enlace tend le cou, et son col romain apparaît.

J'écarquille les yeux, le souffle coupé.

Le chauve d'une cinquantaine d'années n'a plus qu'un sourcil, sur lequel campe un colossal grain de beauté. Et ses yeux foncés sont à moitié engloutis par ses paupières boursouflées. « Je veille sur vous… Ne bougez surtout pas. »

Il compose un numéro court sur son portable première génération. « Bonjour, je suis à l'angle de Victory et Haskell. Un homme vient d'avoir un accident, venez vite ! » Il raccroche sans laisser le temps à son interlocuteur de lui répondre, et range son minitéléphone dans sa poche.

Je l'examine, pantelant.

Il extirpe une particule de pare-brise de mon front, ses doigts se gangrènent de mon hémoglobine. Une goutte grenat coule de son pouce jusque sur le bouton blanc de sa manche. Je bigle sur ce bouton en plastique, qui divise le liquide en perles microscopiques.

– Je vous ai sali, je lui susurre dans un état second.

– Ce n'est rien. Le sang se lave.

Ses mots atterrissent en ricochets dans mon crâne.

Quelques bagnoles commencent à émerger des ruelles adjacentes. Je les vois passer sans regarder. Je suis happé par le regard glacé de ce coyote domestiqué. L'échange entre nous est presque mystique.

– Pourquoi rouler à une telle vitesse ? Vous fuyez votre ombre ? s'amuse le type, toujours accroupi.

Ses joues se bombent et ses lèvres s'allongent dans un sourire serein. Un sourire de saint, qui me frigorifie.

– Non. Il ne se lave pas.

– Pardon ?

Je serre les dents.

– Je pense que ça va, je dis en passant la main sur mon crâne. Rien n'a l'air cassé.

Ses yeux hésitent sur l'expression à choisir. Il fronce finalement les sourcils.

– De toute façon, la police est en chemin.

– La police ?

– Hum, l'ambulance, je veux dire.

– Vous avez appelé la police ?

Une sirène de flic se fait entendre à quelques mètres d'ici.

– Non, je…

– Poussez-vous, je vous prie.

– Pardon ?

– Poussez-vous ! je m'époumone.

Le coyote révèle ses canines en grognant. Son maître se lève et recule, sa bête dans les bras. Je crache un glaviot de sang sur le macadam et referme ma portière. Vlan ! Quelques morceaux de verre tombent sur le tableau de bord. Mon pare-brise n'est cassé qu'à gauche, et n'empêche pas de voir à travers. Je tourne la clef dans le contact et redémarre.

Une force dont j'ignore les intentions, a décidé de m'épargner.

J'ai joué, j'ai gagné.

Mais beaucoup d'autres s'apprêtent à perdre la vie.

Peut-être même, dès aujourd'hui.

5

BECK

Il est quatorze heures douze. J'entre dans le studio où se déroule mon audition. C'est une audition pour une pièce écrite dans les années trente, par un auteur hongrois. Longue et ennuyeuse, si on me demande. Mais elle sera jouée dans un théâtre de renom, et le personnage principal a été offert à une actrice en vogue, nommée aux Oscars l'année dernière. Ashley m'a évidemment recommandée au metteur en scène. Évidemment.

Dans la salle d'attente aux allures d'hôpital, murs médicalement blancs, sol PVC bleu, chaises blanches aux dossiers métalliques ; toutes les filles sont les mêmes. Même maigreur. Même pâleur. Même nez court sans bosse sans défaut. Mêmes grands yeux bien bleus sans le moindre vert, un rien tirés. Mêmes cheveux longs, raides, bruns. Et moi aussi, je suis la même. C'est le rôle, qui veut ça. Normalement au théâtre, on n'est pas autant à cheval sur les caractéristiques physiques des personnages, mais cette pièce doit faire exception. J'ignorais avoir autant de sosies à Los Angeles. Cette salle d'attente pourrait être le palais des glaces d'une fête foraine. L'impression d'avoir l'œil dans un kaléidoscope, rempli de morceaux de ma tronche.

La manière dont nous nous examinons toutes du coin de l'œil est presque effrayante. Les deux filles assises côte à côte sur les deux premières chaises, regardent les deux filles assises sur les deux premières chaises, de la rangée d'en face. Les deux filles à côté d'elles, lorgnent elles aussi les deux autres filles de la rangée d'en face, qui elles, regardent les filles assises à côté des filles qui les regardent, sur la rangée d'en face. À leur côté, une autre fille regarde une fille tout au bout de ma rangée, et à mes côtés, une fille regarde une autre fille de la rangée d'en face, qui elle, regarde une fille de sa rangée. C'est étrange, mais j'ai l'impression que c'est moi, que toutes ces filles regardent. Puisqu'elles regardent toutes des filles qui me ressemblent, toutes qui elles-mêmes, regardent d'autres filles qui me ressemblent. Je me demande si de leurs côtés, elles me regardent en ayant l'impression de se regarder elles-mêmes, ou si lorsque je les regarde, c'est elles-mêmes qu'elles voient les regarder. Moi je les regarde toutes, mais j'ai l'impression de ne regarder que moi.

Il est maintenant un peu plus de dix-sept heures trente. Le directeur de casting à la gestuelle agitée et efféminée, en chemise moutarde et pantalon beige, vient enfin me chercher. Je suis l'avant-dernière à être appelée, et celle qui passera après moi se retrouve soudain seule au fond d'une pièce froide d'une centaine de mètres carrés, où elle aura l'impression d'attendre l'arrivée d'un médecin urgentiste.

Le très long couloir étriqué du studio est chargé de portes. Il y en a une par mètre cinquante. Toutes fermées. J'ai vu des couloirs du même type, dans des caméras cachées de bordel sadomaso thaïlandais. Pas avec des murs médicalement blancs, ou des sols bleus en PVC ; mais bardé d'autant de portes, je ne serais pas étonnée d'entendre des gémissements lascifs, avant d'arriver au bout du couloir. La démarche appuyée du directeur de casting hérisse le poil. Les semelles de ses richelieus noirs accrochent le sol dans des « couic, couic, couic, couic ». Il s'en fiche pas mal, de me faire le même effet qu'une craie crissant sur un tableau d'école. Il est pressé de finir son interminable journée répétitive, où il s'en va chercher la même fille brune aux yeux bleus, pour l'emmener au bout d'un couloir d'hôpital sadomaso.

Une vingtaine de pas, et il s'arrête finalement devant une pièce à la porte entrouverte, en me laissant m'y aventurer avant lui. En le dépassant, l'odeur âcre de son parfum me fait grimacer.

La salle est assez grande mais peu éclairée, et mis à part la longue table blanche derrière laquelle un type et une femme sont assis, il n'y a rien. Pas le moindre meuble. Pas même de caméra. Le directeur de casting va s'asseoir derrière la table aux pieds croisés en aluminium, et me présente le metteur en scène, Lloyd Worley. C'est un homme d'à peine quarante ans, peut-être trente-sept. Il est assez beau. Mais pas beau comme un mannequin, ni un acteur, ni un athlète. Pas beau comme les types que l'on croise dans la rue et qui nous font nous retourner malgré nous, en espérant qu'en se retournant on les voie se retourner eux aussi. Il est beau comme ces types avec qui on n'imagine pas coucher, mais qui arrivent pourtant à nous convaincre. Il a ce petit charme, dans un physique moyen. Ce physique imparfait, attirant dès le deuxième verre d'alcool. Quelques kilos en trop, une barbe courte aux poils bouclés, des lobes d'oreille collés à la mâchoire. Ses yeux sont très ronds et très foncés, et il manque un arc de cœur à sa lèvre supérieure. Je devine qu'il ne doit pas être grand, la table lui arrivant au-dessus du ventre, alors qu'elle est en dessous de celui du directeur de casting, et de la bonne femme dont j'ignore la fonction.

« C'est Karen, c'est ça ? » il murmure au directeur de casting, assis à côté de lui. « Non, non, c'est Beck Westbrook, l'amie de... » lui répond l'autre, dans des mimiques caricaturales d'homosexuels. « Oh, non... C'est Beck Westbrook, l'amie de... ? »

– Beck ! Je ne savais pas, que vous viendriez aujourd'hui ! Je croyais qu'Ashley m'avait dit mercredi ? Je ne vous aurais pas fait attendre si longtemps, autrement ! me lance Lloyd avec emphase, dans un accent new-yorkais.

– Oh, ce n'est rien. Ne vous inquiétez pas.

– Je plaisante, Beck ! Je savais très bien, que vous viendriez aujourd'hui.

– Ah ?

– Mais ça ne vous a pas fait de mal, d'attendre un peu. N'est-ce pas ?

Ma bouche s'entrouvre légèrement. Je retiens mes sourcils de se lever.

– Aucun problème.

– Non, je plaisante. Je ne savais pas que vous viendriez aujourd'hui. Sinon, bien sûr que je vous aurais fait passer les essais avant les autres. Parce que vous êtes amie avec mon vieil ami Ashley Randolph ! Mon vieil ami Ashley, qui m'a soufflé mon actrice sur ma précédente pièce, pour la placer sur un film qui a fait un flop ! Mon vieil ami Ashley, qui a vendu le scénario de Steven Ashkin à la Warner, alors que l'idée était de moi ! Ashley, le grand Ashley, toujours tellement poli, tellement aimé de tous... Plus d'un mètre quatre-vingt-cinq de conscience professionnelle ! Bien sûr, que je vous aurais fait passer avant les autres. Pourquoi ne pas favoriser la petite inconnue qui baise avec le grand Ashley Randolph ?

– Excusez-moi ?

– Pardon, pardon, je m'emporte.

Je soupire bruyamment.

– Tu as tout à fait raison de soupirer, Beck. Parce que la vérité, c'est que je n'aurais jamais dû accepter de recevoir Beck. Elle n'a pas grand-chose sur son CV, Beck. Et la démo de Beck n'est pas terrible. Et cette pièce est une très grande pièce. Et moi je suis un très grand metteur en scène. Mais Ashley m'a vendu Beck. Il m'a vendu Beck Westbrook, comme il vend ses autres petites starlettes. Extraordinairement bien. Et je me suis dit que s'il disait vrai, alors pourquoi ne pas recevoir Beck ? Après tout, mon intérêt est dans la pièce. Si Beck est bonne, Beck je prends ! Mais si Beck est nulle, qu'elle ne sait pas jouer, que ses propositions sont minables, qu'elle bégaie ou qu'elle oublie son texte, alors dans ce cas c'est moi qui aurais l'air d'un con. Un gros con. Pour avoir accepté de favoriser la petite inconnue au CV vide, qui couche avec une grosse pointure.

Ils me regardent tous les trois d'un œil curieux, pressés d'entendre ce qui va sortir de ma bouche. Ma bouche archi-sèche, restée ouverte depuis plusieurs minutes.

– D'accord, je dis sereinement sans une once de salive. Voyons voir si Beck est bonne.

Je décèle une minuscule, infinitésimale étincelle, dans l'œil de Lloyd. Comme s'il voulait sourire, mais qu'il en était absolument hors de question. Il pensait sans doute me déstabiliser, alors je sens que j'ai déjà marqué un point.

J'inspire profondément, et commence mon monologue. Je ne les regarde pas. J'essaie d'oublier qu'ils sont là. Que moi aussi je suis ici. Je puise au fond de mon corps, toute la peine du personnage. Je fais trembler mes phrases, comme j'ai tremblé lorsque Leah et moi nous étions enfuies de la maison un soir de novembre, cavalant à pleine vitesse main dans la main, après que papa eut usé sa ceinture sur nos fesses nues jusqu'à ce qu'elles saignent. Je les fais trembler comme tremblaient les lèvres bleues de Leah, dans le bain glacé qu'il lui avait fait prendre, frottant des steaks surgelés sur son dos frigorifié, pour la punir de lui avoir répondu au dîner. Ou comme j'ai tremblé lorsque j'ai appris que maman était malade, et que nous risquions de la perdre. Je m'envole dans le texte, qui n'en est plus un. Chaque mot devient mien. Chaque phrase est ma phrase. Je n'ai jamais été aussi bonne. J'ignorais que je pouvais l'être.

J'ai terminé. Je ferme les yeux un court instant, puis les rouvre d'un coup. Lloyd me regarde sans rien laisser passer. Impossible de dire si ça lui a plu. Le directeur de casting et la bonne femme ont les yeux imbibés d'émotion. Ou un peu moins que ça. Humectés.

– Bien. Merci Beck, lâche Lloyd.

Je l'hameçonne du regard. Rien ne transparaît.

– Ce n'était pas une performance à couper le souffle, mais ce n'était pas complètement médiocre. J'en ai vu de plus mauvaises. Bonsoir, Beck. Et passe le bonjour à mon ami Ashley, tu veux ?

Je suis frustrée. Pas parce que je n'aurai pas le rôle. Je le suis, car cette tirade est sortie tout droit de mon bide. Lloyd ne rejette pas une performance d'actrice, il dit non à mes tripes. Son refus est trop intime, trop personnel, pour ne pas être offensant. Je suppose que c'est ainsi que se sentent celles qui se font placidement larguer au petit matin, après s'être offertes sans pudeur dans une partie de baise intense, à un inconnu rencontré la veille. Violent, pour l'ego.

« Je lui passerai », je dis en sortant de la salle.

Je longe de nouveau l'interminable couloir étriqué, tête baissée. Je marche doucement. Il me faudra bien dix minutes pour arriver au bout. Je soupire, puis soupire, puis soupire. Et je soupire encore. J'en viderais mes recharges d'oxygène. Leah aurait troqué un rein et demi, pour ce rôle. Elle n'aurait sans doute pas eu besoin de le faire. Elle aurait fait chialer Lloyd à sa première ligne de texte.

En passant la porte du studio, yeux toujours au sol, je fonce dans quelque chose tête la première. Pas quelque chose. Quelqu'un. Je lui ai foncé dessus assez fort, pour que ce quelqu'un en cargo kaki et T-shirt blanc tombe à terre. Je me baisse instantanément pour l'aider à se relever. C'est une fille de mon âge. Brune, cheveux courts archi-raides coupés au carré, énormes yeux cacao, lèvres comme fourrées de mousse. Elle n'a pas assez de ventre ni de fesses pour être appelée grosse, mais a trop de cuisses, de seins, et de viande sur les bras, pour être appelée mince. Une vilaine langue dirait qu'elle est empâtée. Une bonne, qu'elle est plantureuse.

– Vraiment navrée, je dis en lui tendant la main.

Elle l'attrape, se relève d'un bond, et me toise du nord au sud.

– Pas grave.

Je hoche la tête.

– Bon, bonne soirée…

– Tu étais là pour les essais ? Pour le rôle d'Henrietta ?

Je me retourne.

– C'est ça.

– Moi aussi. Je suis venue ce matin. Je reviens chercher mon portable, j'ai dû le laisser dans les toilettes… J'espère qu'il est encore là.

Quelque chose sur son visage me trouble. Je ne trouve pas quoi et ça m'embête. Sa façon de remuer les lèvres de manière exagérée, peut-être. Ou la forme très arrondie de ses sourcils naturellement fins… Son menton qui sort rien qu'un peu, de la ligne convexe de son visage, lui donnant un côté pointu ? Possible que ce soit cette tache de naissance riquiqui au coin de son œil droit, qui imite un creux, dans sa peau. Ou son teint laiteux, égayé de rose pastel sur ses joues remplies. Ou le fait que ses narines soient si parfaitement rondes, qu'on pourrait y coincer des petits pois. Non, ce ne sont pas juste ces choses… C'est plus que ça. C'est l'entièreté de son visage. L'air qu'il dégage. La façon dont il me fait me sentir. Et puis je me demande comment elle a pu auditionner pour le rôle d'Henrietta, avec son petit mètre soixante-cinq, ses yeux marron, ses courbes, et ses cheveux courts impeccablement coupés, tombant très précisément en dessous de ses lobes d'oreille non percés. Elle aussi, est-elle pistonnée par un Ashley de soixante-trois ans ?

– Allez, bonne soirée, je marmonne, perturbée.

– Attends ! Je peux te demander comment se sont passés tes essais ?

– Hum… bien, je suppose. Mais peut-être pas assez pour qu'on me rappelle.

– Ah… Désolée.

– Faut pas.

– C'est bien d'avoir auditionné, au moins. Rencontrer Lloyd Worley est déjà une victoire, pour moi. Je suis son travail depuis que j'ai l'âge de le comprendre. Tu dois être dans une bonne agence, si tu es là toi aussi.

Je cherche quelque chose à répondre. La vérité c'est que je ne suis dans aucune agence. Ashley me dégote mes castings, mais ne m'a pas officiellement signée. Il dit que pour l'instant, ce n'est pas nécessaire. C'est surtout qu'il ne représente que des noms, et que je ferais tache, à côté. Ou parce qu'il redoute que je refuse de me mettre à genoux aussi souvent, une fois que ce sera fait. Je me contente de secouer la tête avec un son d'acquiescement : « Huh, huh. »

– Et pour toi, comment ça s'est passé ? je l'interroge rapidement, pour clore le sujet de l'agence.

– Je ne suis pas sûre. Je me suis mis une grosse pression.

J'idolâtre Viktor Horvath Cseszneky, depuis toujours. Et cet ouvrage est un de mes favoris.

Je ne connaissais même pas le nom de l'auteur. Je l'avais vu sur la fiche d'audition, mais oublié aussitôt. Difficile de se souvenir d'un nom qu'on est incapable de prononcer correctement.

– Je te souhaite bonne chance, alors.

– Merci. Au fait, moi c'est Gwen.

– Beck.

– Enchantée.

Je hoche la tête en feignant un sourire, et traverse la rue.

6

Il est dix heures et demie. Je cours depuis plus d'une demi-heure, dans les collines rocailleuses de Runyon Canyon Park. Ça m'arrive, de temps en temps. Ça fait partie de ce rôle de fille parfaite. De petite amie parfaite. De comédienne en forme, parfaite. La fille qui fait d'excellentes omelettes peut aussi être sportive. Moi non. Mais elle, si.

Il fait trente-cinq degrés. C'est inhumain, de courir sous trente-cinq degrés. J'en tire une plus grande satisfaction. C'est une lutte contre soi. Et pour l'instant, je gagne.

Dans mes oreilles, j'ai du Jimmie Rodgers. Il me chante « Kisses Sweeter Than Wine ». J'écoute toujours Jimmie, en courant. Juste cette chanson. En boucle. Pendant toute la durée de ma course. Du moment où je claque la portière de ma bagnole, jusqu'à celui où je la rouvre, Jimmie est avec moi. Je l'entends même avant de l'avoir mis dans mes oreilles. Avant d'être partie de la maison. Encore au stade de l'enfilage de short et de brassière, et du laçage de baskets. Mon cerveau fait jouer les premières notes de la chanson. Il anticipe. Il est excité. Il brûle d'avoir le son à fond. Et puis viennent les écouteurs, et mon doigt posé sur l'écran de mon téléphone, et des frissons dans mes plantes de pied quand je le regarde appuyer sur play. Et c'est un réchauffement intérieur instantané. Un feu de cheminée dans le cœur. Un sentiment de confort intense, d'extrême familiarité. Comme un vieux doudou dégueulasse de gosse, plein de bouloches, puant la bave. Et j'appuie sur repeat, repeat, repeat, repeat, repeat, repeat, repeat. Impossible de m'en lasser. Pas moyen d'attendre les deux dernières secondes de l'enregistrement, où le son s'arrête. Il faut appuyer sur repeat, avant que ces deux secondes sans le son arrivent. Et à chaque fois que les toutes premières notes retentissent, je jouis un peu dans ma culotte. Pourtant, il fut une époque où la moindre note de cette chanson me faisait hurler. C'était comme avaler du vieux lait, de l'entendre. Un dégoût non contrôlé. Une pulsion nauséeuse. Comme lorsqu'on remarque un cheveu noyé dans la sauce de son plat, au restaurant. On ne le décide pas, mais notre corps est pris d'une aversion immédiate. Je ne pouvais pas entendre la voix de ce type. Maman avait le quarante-cinq tours et Leah connaissait les paroles par cœur. Elle demandait sans arrêt à l'écouter, et certains jours je devais me rouler par terre et balancer mes poupées contre le mur du salon, pour que maman accepte d'arrêter le disque. Ce qui faisait pleurer Leah. Ce pour quoi maman remettait le disque. Ce pour quoi je rebalançais mes poupées contre le mur. Ce pour quoi mon père me flanquait une raclée. Une sacrée raclée. Avec le dos de sa main, pour bien que je sente la vilaine bague de lycée à son petit doigt, et son alliance, sur l'os de ma joue. Ce pour quoi maman pleurait. Et cetera. Ce cirque ridicule recommençait chaque fois que Leah demandait à entendre ce fichu disque. Mon père a un jour fini par le casser en deux, et faire voler les morceaux à travers la fenêtre comme des frisbees. C'est une des rares fois, où il a fait quelque chose qui m'a fait sourire. La mélodie de cette chanson me filait la migraine. La voix de Rodgers, encore plus. Mais aujourd'hui, chacune de ses notes m'enveloppe d'une mélancolie folle. Leur son me catapulte dans ce salon, chargé de milliards d'objets inutiles et pas très jolis, que maman trouvait sur les marchés aux puces. Il me fait revoir ces murs au papier peint d'un vieux rose, marron de crasse par endroits, et décollé à chaque coin. Et ce petit tapis rond aux franges nattées, toutes peluchées, sur lequel je m'allongeais sur le ventre pour enfiler des perles. Je sens aussi cette intense odeur de betterave. Je ne sais pas pourquoi notre salon a toujours senti la betterave. Nous n'en mangions même pas.

J'attrape la petite croix en or jaune, de ma chaîne à maillons triangulaires en or rose, et la serre entre mon pouce et mon index moites. Leah avait exactement la même. Chacune était gravée au dos, de notre prénom en lettres anciennes. Cette petite croix aux branches épaisses n'a pas quitté le creux d'entre mes clavicules depuis si longtemps, que son métal s'est comme mélangé à ma peau. Il y a sûrement maintenant des pores sur son or. Son pouvoir sentimental ne s'affadit pas avec les années. À chaque anniversaire, ma croix est plus précieuse. Je ne l'échangerais pas contre une rivière d'émeraudes et de rubis bruts. Je ne la céderais pas à une petite frappe me tombant dessus à un carrefour obscur, canif appuyé contre ma gorge. Il faudrait qu'il la détache lui-même, de mon corps mort. Elle est tout ce qu'il me reste de *cette vie*. De ce passé délavé que je ne peux plus partager avec personne. Que je fuis sans pouvoir semer. Et qui me ralentit, comme si tout son poids était enroulé autour de ma cheville, et que ce serpent de souvenirs m'empêchait d'avancer. Cette vie incroyablement pénible à revivre, même dans des flash-back aussi furtifs qu'un battement de cils. Pénible, même dans le plaisir de réminiscences joyeuses. Cette vie à sursauts, qu'aucun homme sensé ne pourrait appeler « vie ».

Je continue de serrer ma petite croix dorée. Elle me donne la force d'accélérer ma cadence. Plus l'effort est ardu, plus je tire sur ma chaîne. Encore une montée et je pourrai commencer à redescendre la colline. Les muscles de mes cuisses agonisent. J'ai peur que mes tendons lâchent. Je décolle mes doigts mouillés de mon pendentif et serre les poings. Je peux y arriver. Si je ne peux pas gagner contre moi-même, c'est que je ne suis plus moi. Parce que moi, je sais me mettre K.-O. Je me bats et triomphe à chaque fois. Allez, plus qu'une vingtaine de mètres. Oui. Oui. Oui. Ça y est. Mes pieds freinent sur le gravier, et je fais basculer le haut de mon corps en avant. La tête entre mes jambes, le bout de ma queue-de-cheval balayant la terre, je reprends mon souffle. Je respire rapidement. L'air inhalé irrite ma gorge. Mon dos dégouline, ma nuque est trempée, mes mains glissent sur mes cuisses. Le soleil de feu me fait fondre…

Je redescends la colline.

Il est dix-huit heures. Je viens de sortir de mon bain. Le large miroir carré au fin cadre argenté, au-dessus du lavabo, est tout embué. Je pose ma main sur les gros carreaux blancs humides du mur, et m'assieds sur le rebord de la baignoire blanche aux pattes de lion, mes pieds fripés sur le carrelage en losanges gris.

Ce soir, Ashley annonce son départ de l'agence. Ça fait vingt-trois ans qu'il en est l'une des trois têtes principales et premier investisseur. Il a aidé à en faire ce qu'elle est. Il a contribué à ce qu'elle soit l'une des plus influentes du pays. Et il s'est créé cette place au sommet sans forcer, sans taper du poing sur les tables. C'est ce que disent tous ses amis, tout le monde dans le métier – peut-être à l'exception de Lloyd Worley. Il est connu pour son calme impérial, sa voix suave apaisante jamais appuyée. Cette façon voluptueuse de bouger, de parler aux gens, tous les gens, avec considération, avec un respect mérité ou non, comme s'ils étaient tous très importants, et ça, peu importe qui ils sont ou ce qu'ils font. Il n'est pas le requin redoutable au tempérament tranchant, que le cliché voudrait. Ashley est l'inverse de ce cliché. Il est le vieux dieu grec, assis jambes croisées sur un nuage, qui demande gentiment et obtient immédiatement. Ça s'appelle l'intelligence. Il sait comment marchent les gens, et les fait marcher à son pas. Mais aujourd'hui, il ne veut plus jouer. Il ne fait que refaire ce qu'il fait depuis trop longtemps. La facilité a usé la fraîcheur de l'exercice, et l'a usé lui. Ce qu'il fera une fois qu'il aura débarrassé son bureau, je n'en ai aucune idée. Je pense que lui non plus. Je l'imagine mal à la retraite. D'ailleurs pour lui, ce n'est pas une retraite. Ce terme lui filerait de l'urticaire. La retraite c'est pour les types de soixante-trois ans, au courant qu'ils ont soixante-trois ans. Ashley ne se rendrait pas compte de son âge, quand bien même on lui enfoncerait son permis de conduire dans la rétine. Il dit qu'il veut se renouveler, se réinventer. Je ne sais pas ce que ça veut dire. Peut-être faire du saut en parachute et écrire un roman de science-fiction ? Du bénévolat en Afrique ? Qu'est-ce qu'il pourrait bien faire ? Il a passé sa vie à travailler, et ne rien faire est la seule chose qu'il ne saurait pas faire. Sa propre maison lui est presque étrangère. Il fait attention à ne pas l'abîmer, est maniaque comme trois gouvernantes de palace, mais se perdrait dans ses propres couloirs. L'autre jour, il m'a demandé dans quel placard étaient rangés les couteaux à steak. Dormir, se doucher, baiser, c'est tout ce qu'il fait, ici. Je repeindrais les murs en fuchsia, qu'il ne s'en apercevrait pas. Il n'est pas du genre à faire la grasse mat, du vélo en forêt, ou profiter des choses simples de la vie, comme disent les gens simples. Les choses simples sont pour les gens simples. Et Ashley est bien plus que ça. C'est un homme qui a l'air simple, docile, banal, insipide, et qui a l'extrême finesse d'esprit de laisser croire aux gens que c'est effectivement ce qu'il est. Mais il a besoin de dominer et d'être en charge. Il est trop aventureux pour abrutir son intellect dans des journées transat, ou des balades en forêt. Il regrettera d'avoir quitté l'agence, au bout de deux semaines. Maximum.

Après m'être épongé la peau à petits coups de serviette, et avoir tiré mes cheveux mouillés en arrière, j'enfile ma longue robe blanche fendue en satin de soie, Yves Saint Laurent. Je ne l'ai mise qu'une seule fois, lorsque Ashley me l'a offerte pour mes vingt-trois ans. Cette robe, c'est l'image du masque qu'il aime poser sur moi. Elle est élégante, douce, classieuse et classique. Je dois admettre que je l'aime beaucoup. Elle fait très vieil Hollywood. Avec mes dormeuses en diamants, je me sens Veronika Lake ou Gene Tierney.

– Tu vas décoller les joints, lance Ashley en entrant dans la salle de bains, dans son costume noir en grain de poudre. Combien de fois t'ai-je dit d'ouvrir les fenêtres, lorsque tu prenais un bain ? il dit sans aucune âcreté, avec ce talent unique qu'il a de râler sans râler.

– Excuse-moi, j'ai oublié.

Il va les ouvrir, et j'essaie de me regarder dans le miroir embué avant qu'il ne redevienne net. À cet instant, je pourrais être n'importe qui. J'aime jouer à ce jeu, lorsque je sors de mon bain. Me fixer intensément dans le silence, et imaginer le visage qui pourrait apparaître devant moi. Imaginer son expression. La lueur dans ses yeux. Choisir s'il est heureux de se contempler ou si son reflet le révulse. J'arrive toujours à définir un visage dans ses moindres détails. Je vois sa structure osseuse et le grain de sa peau. Je lui donne d'infimes imperfections, que d'autres yeux que les miens ne remarqueraient pas. Je le rends vivant. Et puis, j'attends que le mien apparaisse par-dessus.

– Tu es sublime, me murmure Ashley en essuyant le miroir de sa main, pour que je puisse me voir plus rapidement.

Pourquoi tu t'entêtes à vouloir effacer ces taches de rousseur ? Elles sont tellement sexy…

– Je ne les supporte pas.

– Pourquoi ? Elles te donnent un charme incroyable !

– Ne dis pas ça. Dans dix minutes, elles auront disparu.

Il pose son index sur l'arête courte de mon nez, et le fait glisser jusqu'à sa pointe très légèrement arrondie. Puis il le descend sur mon cou, et aplatit sa main juste au-dessus de ma poitrine.

– Cette robe…

– Oui, elle est magnifique.

Il appuie ses doigts sur ma peau et je ferme les yeux, détendue. Et puis je les rouvre tout à coup, et colle violemment ma main sur la sienne.

– Oh non ! Non ! je m'affole.

– Quoi ? Qu'est-ce qu'il y a ?

Je pousse sa main et agrippe mon cou. Je me griffe les clavicules, me tâte frénétiquement la nuque. Je plie mon bras, et mes doigts vont chercher dans mon dos, voir si la chaîne ne serait pas accrochée à ma robe. Mes mains tremblent convulsivement.

– Qu'est-ce qui se passe, Beck ?

– Ma chaîne… je lui réponds d'une voix étranglée, me tournant vers lui, les yeux remplis d'eau et les narines dilatées.

– Quelle chaîne ?

– Ma chaîne, ma chaîne ! Ma croix ! Ma petite croix dorée !

– Tu as perdu ta chaîne ?

– La baignoire, peut-être ! Peut-être qu'elle est dans la baignoire !

Je me rue dans la baignoire encore humide. Le tissu de ma robe s'imprègne de mousse. Je me mets à quatre pattes, et enfonce mes doigts dans le trou d'évacuation. Ils tâtent à toute allure. Mes ongles râpent le métal mais je ne sens pas de maillons, ni de croix. Et puis en réfléchissant, je me rappelle m'être passé de la crème pour calmer un petit coup de soleil, avant de me laver. Et je n'avais senti aucun pendentif. Oh mon Dieu…

– Beck, calme-toi.

Je sors de la baignoire et me précipite vers la porte. Mes pieds nus glissent sur une flaque. Je chute. Mes genoux cognent le carrelage.

– Bon sang, Beck ! Tu t'es fait mal ?

Je cache mon visage dans mes mains en respirant très fort, deux souffles par seconde, puis relève la tête et brosse agressivement mes cheveux en arrière. C'est la première fois qu'Ashley me voit dans un tel état. Je n'ai jamais pleuré, jamais paniqué, jamais hurlé, en un an et demi de relation. Je parie qu'il ignorait que je pouvais produire du liquide lacrymal. Il me regarde, presque hagard.

– Je ne l'avais pas, en rentrant…

– Tu vas la retrouver.

– Non… Je ne l'avais pas en rentrant, je répète en me levant, sans écouter la douleur de mes genoux blessés. J'ai dû la perdre sur Runyon. Il faut que j'y retourne !

Je sors de la salle de bains, et cours chercher des chaussures dans la chambre. Mes talons nus tapent le sol, et le bas de ma robe mouillée se colle à mes mollets.

– Quoi ? s'exclame Ashley en arrivant derrière moi. Que tu y retournes ? Maintenant ?

– Oui, oui. Il faut que j'y retourne maintenant. Demain il y aura d'autres coureurs, ils risqueraient de l'écraser, ou de la balayer d'un coup de pied ! Ce sera impossible de la retrouver. Et s'il pleut ? Si la pluie la fait glisser dans une crevasse ? Non, il faut que j'y retourne sur-le-champ.

J'attrape une paire de baskets, et fais tomber mes fesses sur la moquette.

– Mais tu es folle ? Tu ne vas pas refaire tout le parcours maintenant ! Nous sommes attendus au Four Seasons dans une heure !

– Ça ne me prendra pas longtemps, je te le promets. Juste quelques minutes. Je suis sûre qu'elle est au début du parcours. Tout au début, je mens.

Je finis de lacer mes baskets et me relève, toujours dans l'urgence. Ashley m'attrape le bras.

– Beck, il faut que tu te calmes. Tu iras chercher cette chaîne demain. À la première heure. Mais tout de suite, il faut que tu te calmes.

Ses doigts ne me serrent pas fort. Il ne sait pas me serrer fort. Jamais. Même lorsque je le lui demande.

– Je ne peux pas attendre jusqu'à demain. S'il te plaît, laisse-moi y aller.

Je secoue la tête en l'implorant du regard.

– Beck, ce n'est qu'un pendentif, bon sang !

– S'il te plaît, Ash…

Je lis l'inquiétude dans ses yeux. J'ignore si c'est moi, ou la peur d'arriver en retard à sa réception.

– Je t'en prie.

Il baisse la tête en expirant, puis la relève, et m'envoie le regard d'un homme sur le point de céder.

7

Trente-cinq minutes que je cours à m'en dévisser les rotules, dans une robe à quatre mille dollars. Mon point de côté me fait un mal de chien. Si je me voyais, je me prendrais pour une cinglée. Surtout que j'ai la robe remontée jusqu'au-dessus des fesses. Je la tiens de chaque côté de ma taille, elle est sans doute atrocement froissée. Heureusement, il n'y a que moi sur le parcours. Je sais qu'Ashley est déjà furieux. Je lui avais promis d'être de retour à la voiture en un quart d'heure, grand maximum. J'aurais dû lui dire d'aller à sa réception sans moi, mais je savais que ça lui aurait encore moins plu que d'y arriver en retard.

Je suis au bout de ma course. C'est par ici, que j'ai lâché ma chaîne pour serrer les poings. Je scanne le sol, reviens sur mes pas, scanne le sol. J'éparpille le gravier et écarquille les yeux. Puis recommence, et recommence. La température est toujours aussi lourde. Elle m'assomme. Mais je n'abandonne pas. Je me mets à quatre pattes sur mes genoux écorchés, ma robe en boule sous les fesses, et balaie la terre de mes mains. Puis je me lève et recommence plus loin. Et encore plus loin. Et puis je reviens sur mes pas et recommence encore. Ma colère monte. Elle s'intensifie au niveau de mes poings. J'enfonce mes ongles dans la chair de mes paumes et contracte la mâchoire. Le soleil me tape dessus, je crois qu'il a cramé mon dos. Oh, je vois quelque chose, là-bas ! Une toute petite chose qui brille très fort. Elle est argentée cette chose, je crois. Mais elle pourrait tout aussi bien être dorée, vue d'ici… Je me relève et avance sans la quitter des yeux. Les rayons du soleil me montrent la voie. Ce sont eux, qui la font briller. Si un nuage passe par là, c'est fichu. Je plisse les yeux pour ne pas la perdre, ou la confondre avec les cailloux gris du gravier. J'avance comme un malvoyant dans un couloir sans lumière et m'arrête à son niveau, enflée d'espoir. Et puis je m'accroupis pour ramasser cette toute petite chose, à moitié cachée par une pincée de terre.

C'est un bout de verre.

Un minuscule bout de verre ! Je me retiens de rugir, de faire résonner ma voix dans tout Runyon Park. Ma frustration est épaisse. Je laisse tomber mon front sur le gravier. Et je me relève, et recommence.

Ma robe est sale et pleine de plis. Je ne suis plus qu'à dix mètres de la voiture. Je vois Ash, à travers le pare-brise. Il tire une tronche de geôlier. Je devrais courir vers lui, et m'engouffrer dans sa grosse Mercedes en reprenant mon souffle. Mais je n'ai plus la force. Ni l'envie. Alors je marche à vitesse normale, le visage fermé. Ça doit le rendre dingue, de me voir marcher à vitesse normale. Il doit bouillir un peu plus à chaque pas. Il doit se dire que j'ai un culot inouï. Je suis déjà éreintée à l'idée de l'entendre me sermonner. Il ne le fait pas souvent, parce que je fais tout pour qu'il n'ait pas à le faire, mais il est déjà arrivé qu'il le fasse et ce fut très ennuyeux. Très mou, très lent, très ennuyeux. Les mots peuvent mettre un temps fou à s'enchaîner, dans sa bouche. Je l'entends déjà prendre sa voix suave, en faisant se rapprocher ses sourcils métalliques. Peu importe. J'ai perdu ma chaîne.

J'entre dans la voiture et claque la portière. Ash regarde mon cou, voit qu'il n'y a rien à y voir, et démarre aussitôt. Il ne dit pas un mot, ne sort pas un souffle. Rien. Je regarde l'heure sur mon portable : vingt heures quarante-cinq. Je n'avais pas réalisé qu'il était aussi tard. Le soleil ne se couche pas avant vingt-deux heures, ces temps-ci. Il n'a rien laissé paraître. J'hésite à ouvrir la bouche, mais quelque chose me dit qu'il ne vaut mieux pas. Ash a le visage tendu. Légèrement, mais tendu. Ce qui accentue les sillons sur son front, et allonge les rides creusées dans ses joues. Celles qui ressemblent à des fossettes. On dirait qu'il sourit, mais en tirant la gueule. Ses lèvres remuent un petit peu, comme s'il parlait sans le son. Comme le vieux qu'il ne veut surtout pas être. Je parie que ce sont les remontrances qu'il m'adresse dans sa tête, qui débordent sur ses lèvres. Il me fait penser à ces sans-abri en guenilles, perdus dans des pensées agitées, que l'on croise parfois à un coin de rue et qui marmonnent des choses inintelligibles dans leur barbe, les yeux ailleurs du monde. Ceux qu'on fait semblant de ne pas voir, en accélérant le pas. Il a ce même air embrouillé et absent. Je ne lui connaissais pas cet air. Ça lui donne un côté fragile que je n'aime pas. Et soudain, ce costume cintré tellement moderne, cette chemise aux tout petits boutons et col Mao, semblable à celles que portent les minets mignons pour aller choper de la fesse en boîte de nuit le week-end, cette façon de coiffer ses cheveux gris en arrière avec un peu trop de gel, ce parfum beaucoup trop prononcé, et cette posture qu'il se donne dans cette grosse bagnole sportive de branleur ; tout ça ne sert plus à rien. Je ne vois plus qu'un vieux de soixante-trois ans, qui marmonne dans sa barbe.

8

WES

Je me tiens debout, devant cette solide porte arrondie en bois acajou, haute de presque trois mètres. Et pourtant, je ne sens pas mes jambes. Je voudrais cogner mon crâne contre le bois, pour sentir que je suis bien là. Parce que là, je ne me sens pas là. Pas du tout là. Je ne me sens nulle part.

Je sors mon paquet de cigarettes de la poche arrière de mon jeans gras, pas lavé depuis des semaines. Il est censé être gris, mais la saleté l'enduisant le rend noir. Noir comme mes songes. Je gratte la roulette de mon briquet à essence et m'allume une clope, inspirant jusqu'au bout, jusqu'à me cramer les doigts. La porte s'ouvre dans un grincement, au moment où je recrache la fumée.

– Wes, mon ange… Je croyais que tu avais arrêté de fumer !

– Moi, j'ai arrêté. Ce sont seulement mes lèvres, qui fument. Promis.

J'entre dans la baraque énorme que j'ai payée à ma mère. J'avais oublié à quel point elle était vulgaire. La décoration est sobre – par flemme, pas par choix – mais cet espace, quelle indécence ! Elle m'a coûté six millions de dollars. J'ai dit à ma mère qu'elle ne m'en avait coûté que quatre. Autrement, elle aurait pleuré deux semaines de plus.

– Bon anniversaire, je murmure en l'embrassant sur le front.

Elle me regarde, écarlate d'émotion. Son front gravé de lignes inégales, son menton rentré, et ses joues en ballons crevés, sont rouge poivron rouge. Il y a du marshmallow dans ses yeux ambre, et son sourire timide tremble de tendresse. Elle est émue comme si je revenais tout juste, d'une terrible guerre. Elle me serre dans ses bras forts, un rien masculins, et ses lèvres aqueuses mouillent ma nuque droite. Je me laisse faire, main gauche tapotant son dos ample et carré, l'autre bras collé le long de mon corps. J'attends qu'elle ait fini, avalant ma respiration pour ne pas qu'elle croie à des soupirs.

– Merci d'être venu, elle dit en arrangeant mes cheveux, les sourcils envolés jusqu'en haut de son front.

– C'est normal.

– Les invités sont à l'extérieur. Tu te rappelles où est la porte du jardin ? Ça fait si longtemps, que tu n'es pas venu ici !

– Je me rappelle. Mais les toilettes ?

– Lesquelles ? s'esclaffe-t-elle.

– Les plus proches, je suppose.

– Suis-moi.

Elle m'emmène à travers les pièces. J'avais oublié jusqu'à la couleur des murs. Ce n'est que la troisième fois que je viens dans cette maison, en comptant celle où je l'ai visitée. Je l'avais déjà trouvée obscène à l'époque, mais je savais qu'elle plairait à ma mère. Pouvoir prendre un bain dans une baignoire en marbre, et mettre dix minutes à descendre un escalier en fer forgé, c'était du domaine du fantasme, pour elle. Jamais, elle n'aurait cru pouvoir un jour regarder la télévision dans un salon ne faisant pas en même temps cuisine, entrée, et salle à manger. Alors en avoir trois différents, chacun meublé de canapés quinze places en cuir véritable, et de tables basses en quartz de designer italien ; aux sols marbrés noirs, gris, blancs ; aux plafonds inatteignables sans sept échelles tenant les unes au-dessus des autres ;

c'est sa science-fiction devenue réalité. Là où je me suis trompé, c'est d'avoir choisi une demeure aussi moderne. Elle aurait préféré une baraque ancienne, plus rustique. Elle ne l'avouera jamais, mais je le sais bien. Ma mère est une femme simple, qui aime faire croire qu'elle ne l'est pas. Une femme de la campagne qui joue à la femme de Beverly Hills.

« Voilà les toilettes ! Je serai dehors, avec les invités. » Elle ferme la porte. J'inspire profondément, sors mon gobelet d'antidépresseurs de ma poche, gobe une pilule de Khedezla à sec, et m'allume une autre cigarette.

Ces chiottes sont plus grandes qu'une chambre de gosse. Tout en marbre noir et rouge, plafond à plus de trois mètres. Combien de pauvres gens dormiront sur des piles de cartons sales, ce soir ? Combien d'heures de ménage, pour que des mères célibataires puissent se payer des petits pots sans devoir acheter leur crème de jour au 99 Cents Only Stores ? C'est idiot, d'avoir besoin de tant. De si gros et grand. Pourtant c'est moi qui l'ai choisie, cette maison. Elle est tout ce que je ne suis pas. Mais ce qui me dérange le plus, ici, c'est à quel point cet endroit m'est impersonnel. Lorsque les enfants vont rendre visite à leurs parents, chaque pièce, chaque objet, est une réminiscence de leur enfance. Ici, il n'y a évidemment rien de personnel. Rien de moi et rien d'eux. Je n'y ressens rien. C'est triste.

Je fais craquer les os de mes mains, puis ceux de mes bras, et pose mes coudes sur le lavabo rouge en marbre veineux. Le type que j'aperçois dans le miroir m'est toujours aussi étranger. Je me retournerais presque, pour voir si je ne suis pas derrière lui. Je n'ai jamais été un grand rieur, ni même un petit sourieur, mais ces derniers jours j'ai du mal à ne serait-ce que tendre les lèvres.

En rejoignant le jardin, une photo encadrée sur l'une des tables d'un des salons m'arrête. C'est une photo de mon père.

C'est étrange de voir un homme que l'on a connu, réduit à n'exister que dans un cadre. Un cadre qu'on oublie, lorsqu'on passe devant. Un cadre qui prend la poussière. Un cadre qui ne devient qu'une chose décorative, au même titre qu'un vase ou une boîte. C'est affreux, de ne devenir qu'un objet secondaire. Et puis mon père détestait qu'on le prenne en photo. Il n'aimait pas qu'on le regarde trop longtemps ou de trop près. C'était comme s'il avait peur qu'on découvre quelque chose, si notre regard s'appuyait un peu trop dans le sien. Et le voilà exposé aux yeux de tous, posé sur la table d'un salon sans vie, décoré par un agent immobilier prétentieux, manquant de goût. Un salon qu'il n'a jamais connu. Pourtant j'aurais aimé qu'il le connaisse. Qu'il sache, que son fils a réussi. Que ses yeux tombants se plissent, de la même manière que se sont plissés ceux de ma mère, en découvrant l'obscénité de cette maison. Lui aussi était un homme qui n'avait jamais connu que les milieux modestes, et qui n'aurait jamais pensé connaître autre chose. Il ne devait même pas savoir, que des demeures pareilles existaient. Je pense que comme moi, il aurait trouvé cette maison ridicule. Il aurait fait des grimaces loufoques, en entrant dans chacune de ses quinze pièces. Mais sans jamais me laisser les voir. Ses longs sourcils noir et blanc auraient fait des vagues sur son front abîmé, et ses lèvres n'auraient cessé de remonter, dans un tic nerveux. Il se serait senti mal à l'aise, très mal à l'aise, c'est sûr. Et j'aurais eu mal, de le sentir aussi mal à l'aise. Je me suis imaginé cet instant des centaines de milliers de fois. Le moment où il serait entré dans le hall tout en marbre gris, et aurait levé les yeux sur le dôme du plafond, à presque douze mètres du sol. La façon dont il aurait fait mine de ne pas être impressionné. Il se serait raclé la gorge à plusieurs reprises, aurait reniflé sans raison, et aurait sagement attendu que je le guide à travers les pièces, où il m'aurait suivi sans jamais rien dire. J'imagine l'air faussement décontracté qu'il aurait collé sur sa face crispée. Je me serais retenu de rire. Il aurait eu les mains dans les poches, et à l'abri de mon regard aurait fermé ses poings, pour les serrer très fort. Parce qu'il aurait été fier, que son fils unique puisse leur payer une maison aussi ridicule. Et moi j'aurais été fier, de rendre mon père fier.

À l'extérieur, les invités ont tous l'air de sortir d'une publicité des années cinquante. Tout le monde est très habillé, dans des couleurs très vives, et il y a des sourires sur toutes les tronches. Des sourires exagérés. Des sourires inutiles qu'ils utilisent pour pas grand-chose. Pour être poli, pour être aimable. Il y a ici, une vingtaine de personnes. Je parie que plus de la moitié ne saurait pas épeler le nom de ma mère. Je ne sais même pas d'où ils peuvent bien venir, tous ces gens. Je n'ai jamais entendu parler d'aucun ami, ici, en Californie. Ça ne fait qu'un an et demi, que ma mère est là. Pendant des années, j'ai tenté de la faire venir vivre près de chez moi, pour la sortir du deuil de mon père. Elle passait ses journées à tourner les pages de vieux albums photos, ne répondait presque plus au téléphone, et ne mangeait plus rien d'autre que des dattes et des feuilles de menthe. Alors un jour j'ai acheté cette maison, et suis allé la chercher pour la ramener ici. Et j'ai ouvert un compte à son nom, lourd d'une somme à six chiffres. Après ça, je n'ai plus beaucoup eu à la pousser pour qu'elle se remette à vivre. L'ironie est que je ne viens même pas lui rendre visite. Savoir qu'elle est près de moi et qu'elle va bien me suffit.

Je suppose que tous ces gens, réunis dans ce jardin sans fleurs, au gazon fraîchement coupé, et égayé d'une trentaine de lampions orange et rouges, sont de simples connaissances. Ma mère n'est pas le genre de femme à pouvoir attirer vingt nouvelles personnes dans sa vie, en seulement un an et demi. C'est une femme un peu gauche, un peu empotée. Mais avec une maison à six millions de dollars, elle pourrait tout de même s'offrir tous les amis qu'elle veut. Elle se fiche bien, qu'on l'apprécie pour ce qu'elle est. Je crois qu'elle ne recherche qu'un peu de bruit, et de compagnie. Depuis qu'elle est ici, elle s'est mise à porter de longues robes droites, sur lesquelles elle épingle de grosses broches dorées ; à ramasser ses cheveux dans des chignons sophistiqués, et à laquer ses lèvres de rouge cardinal. Elle m'envoie régulièrement des photos de ses tenues par e-mails, je ne sais pas trop pourquoi. Pour me prouver que tout va pour le mieux, pour que je croie que c'est grâce à moi. Avant Los Angeles, elle ne mettait pas de couleur sur son visage, et ne portait pas de jupes plus souvent que deux fois par an. Une fois pour la messe de Noël, une fois pour la messe de Pâques. Ses cheveux étaient toujours lâchés, peu coiffés ; d'un brun terne infesté de fils argentés. Aujourd'hui ils sont d'un châtain flamboyant, sans le moindre fil blanc. Elle m'appelle parfois de chez son coiffeur, pour parler pendant qu'on lui applique sa couleur. Ça rend la chose banale. Elle n'a pas l'impression de faire quelque chose d'extraordinaire. Juste quelque chose de normal. Comme si elle avait fait ça toute sa vie. Comme si dépenser sept cent cinquante dollars chez un coiffeur français sur Rodeo Drive, une fois par mois, n'était rien du tout. Pendant qu'elle joue à la grande dame de Beverly Hills, elle n'a pas à affronter la solitude d'une veuve. Alors tout est prétexte à prétendre. C'est facile de faire semblant. Jouer le rôle d'un autre, pour ne pas jouer le sien. Les acteurs ont la vie facile. Ce sont les gens ordinaires, qui méritent des statuettes.

Aucun rôle, n'est plus pénible à interpréter que le sien.

La fumée du barbecue me pique les yeux. Elle crée un brouillard dans le ciel clair. Un type en tenue de golf, pantalon court bleu marine, longues chaussettes blanches et souliers cirés à talonnettes, y fait griller des saucisses en écoutant papoter un vieux beau, en polo Ralph Lauren et lunettes noires. Je m'allume une nouvelle cigarette et m'adosse au mur, devant le buffet de grand hôtel disposé sur une table rectangulaire de banquet. Les plats en argent rutilant sont alignés sur une nappe blanche, et des serviettes pliées en tissu vert pomme empilées à côté d'un seau doré, rempli de couverts en argent massif. Les convives apprécient particulièrement la salade de calamar et la soupe de concombre froide, dont les plats sont presque vides. Il y a évidemment un gâteau d'anniversaire. À la crème de pistache et au citron vert, avec un glaçage au sucre. Le préféré de ma mère. Elle faisait souvent ce gâteau à l'arrivée de l'hiver, après nous avoir servi à mon père et à moi, des tartes aux pêches et aux abricots tout l'été. On en mangeait après les brochettes de porc et purée de petits pois du dimanche. Mais celui-là, n'a pas de crème débordant sur ses côtés, son glaçage ne montre aucune trace de grumeaux, et le vert, très, très vert de la pistache ne peut être qu'artificiel. Elle ne l'a pas moulé elle-même. Trop difficile, de malaxer la pâte de pistache et de presser des citrons au-dessus d'une assiette de sucre. Trop difficile de le faire ici, dans cette maison ridicule, pathétique par sa grandeur et sa pauvreté de sens. Cette maison aux meubles neufs sans histoires, qui ne veut rien dire, et qui ne sera jamais autre chose qu'un immense toit avec un surplus de murs. L'odeur de la pâte de pistache est une senteur trop précieuse, pour être gâchée ici. Une autre vie, c'était. Les souvenirs en souffriraient de ne pas être à leur place. À l'époque, on la sentait dans notre coin cuisine anthracite – délimité du salon par un paravent chinois – jusqu'au mardi suivant. Et le frigo en gardait l'odeur, au moins jusqu'au jeudi. Le tissu de mes vêtements absorbait son parfum, et je pouvais le renifler sur mes chemises en cours d'anglais ou de mathématiques, lorsque je roupillais sur mon avant-bras. Ce gâteau-ci, posé sur la table de banquet de ce jardin ; ce gâteau-là, sans odeur, sans défauts, préparé sans amour par des mains inconnues, peut-être même des mains gantées, ne me fait aucune envie. Je n'ai pas besoin d'y goûter, pour savoir qu'il n'est pas aussi moelleux et que ses morceaux de pistache ne croquent pas sous la dent.

Je me demande combien de temps je dois rester ici, avant de pouvoir m'éclipser. Une demi-heure serait insultant. Une heure, serait déjà plus acceptable. Mais le mieux, serait d'attendre que ma mère ait avalé une part de ce gâteau de contrefaçon. Il est quatorze heures trente, je pense qu'à quinze heures trente, voire seize heures, ce sera chose faite. Une heure et demie. Je dois tuer une heure et demie.

« Vous êtes le fils de Faye ? » Je tourne la tête. Une jeune femme blonde presque aussi grande que moi, robe rouge je déballe tout matez-moi bien, avec une belle bouche bordeaux et un nez fin sûrement refait par un chirurgien talentueux, colle ses yeux concupiscents à ma peau. Ils me baisent presque à distance. Elle ressemble à ce mannequin en maillot de bain, qu'on voit sur tous les panneaux publicitaires de la ville, ces derniers temps. Rien sur son visage ne cloche. Rien sur son corps. Elle est le type que les hommes appellent parfait. Le type, que j'appelle ennuyeux. Elle me rappelle cette fille aux longs cheveux bouclés, doré foncé aux racines et platine aux pointes, que j'avais réussi à tirer jusqu'à mes draps d'adolescent. Pearl Reed, elle s'appelait. Elle était aussi esthétiquement parfaite, qu'on les fabrique. Elle avait des jambes de Miss Univers, un cul à faire bander un moine, et une bouche qu'on imagine tout de suite sur sa queue. Tous les types du lycée en mouillaient leur froc. Mais Pearl ne répondait à aucune avance. Pas même à celles des tombeurs à belles gueules, arrivant à faire sauter les soutiens-gorge des prudes à lunettes. Malgré sa plastique, je ne faisais pas partie de sa cour. J'avais la tête dans mes bouquins d'art et pas ailleurs. C'est sans doute ce qui lui a plu. Pearl m'a accosté un matin devant mon casier ; lèvres glossées, décolleté rembourré attrape-yeux, et minishort en mousseline sans aucune trace de culotte en dessous. Elle m'a demandé avec une voix de vierge avinée, si je pouvais l'aider à réparer son vélo après les cours. C'était des conneries, son vélo n'avait rien de cassé. Juste un morceau de corde coincé dans la roue arrière. Elle avait dû l'y mettre elle-même. J'ai fait semblant de traficoter sa roue, et l'ai patiemment écoutée me parler de ses cours de danse et de son amour immodéré pour les koalas, pendant les trois jours suivants. Le quatrième, je la ramenais chez moi, un soir où mes parents étaient de sortie. Et je l'ai baisée. Avec un cul pareil, j'aurais dû sentir la tempête monter en moi. Mais non. J'ai eu du mal à me durcir, et à tenir jusqu'à la fin. Les expressions de son visage ne faisaient pas l'affaire. J'aurais voulu la voir crier, chialer, couiner. Lui faire mal. Sentir la vie se débattre en elle. Rien qui l'aurait marquée de façon permanente. Pas de sang, pas d'hématomes. Juste du spectacle… Qu'elle me résiste, qu'elle ait la frousse de ce que je puisse lui faire. Que ce soit plus piquant, plus subversif. Moins attendu. C'était trop facile, de la retourner sur la commode bleue de ma chambre et de soulever sa robe jaune à coutures roses. Elle m'offrait son abricot sur un plateau, et soudain je n'en voulais plus. Il n'y avait rien à gagner. Il m'en fallait plus, pour arriver à un niveau de plaisir acceptable. Il m'a toujours manqué ça, dans le sexe : le niveau supérieur. Voir plus loin, dans les yeux de l'autre. Accéder au réel. Traverser une dimension pour en rencontrer une nouvelle. Le cul au fond, c'est mécanique. On appuie sur le bon bouton, on tripote là où il faut, bien comme il faut, et le désir se déclenche. Action robotisée, déguisée par des semblants de sentiments. J'aime voir au-delà de l'évident. Prendre à l'autre, quelque chose qu'il ignorait avoir jusque-là. Il ne s'agit pas de faire mal pour faire mal. La douleur elle-même, ne m'intéresse pas. Ce qui me botte, c'est la satisfaction d'être en même temps instigateur et gardien, de la faiblesse de l'autre.

La faiblesse, c'est là où tout débute.

– Oui, je suis le fils de Faye.

– Kathy, enchantée.

Elle me tend la main en élargissant ses lèvres. Je la serre sans lui rendre son sourire.

– Je suis contente, qu'on se rencontre enfin.

– Ah oui ?

– Faye est une femme extraordinaire.

Non, Faye n'est certainement pas une femme extraordinaire. Ma mère est l'image même, de la femme ordinaire. Commencer une conversation par un mensonge, n'engage rien de bon.

– Oui, je suis tout à fait d'accord.

La blonde sourit à nouveau.

– Je suis sûre qu'elle est ravie d'avoir son fils auprès d'elle, pour son anniversaire. Elle est triste, que vous ne vous voyiez pas plus souvent.

– Pardon, mais vous êtes ?

– Oh… Je suis une de ses amies.

– Une amie ?

– Oui, j'habite quelques maisons plus bas. Faye et moi allons souvent marcher ensemble. Elle me parle beaucoup de vous.

Cette fille est trop souriante pour être sincère. Personne ne sourit si exagérément, sans se forcer. Je sens qu'elle tient son sourire pour ne pas que ses lèvres se ferment. Je sens l'effort que ça doit être. Ça a l'air douloureux.

– Elle voulait que l'on se rencontre. Ça lui tenait vraiment à cœur, elle dit avant de se mordre les lèvres, ses dents toujours à découvert.

– Ah oui ?

– Oui.

– Bien.

– Vous ne buvez rien ?

Je regarde la table des boissons, et sans avoir à poser mes doigts sur les bouteilles, sais déjà qu'elles sont chaudes. Les glaçons ont fondu dans les seaux, et il ne reste plus que de l'eau.

– Si. Je vais aller voir dans la cuisine, si je trouve quelque chose.

– Rien ne vous fait envie, ici ?

– Il fait trente-trois degrés, j'ai besoin de quelque chose de frais.

– Oui, c'est vrai que mon champagne a un goût de thé.

– Je vous ramène un verre ?

– Oh, ne vous embêtez pas. Je vais venir avec vous.

En passant la baie vitrée noire du jardin, je me rends compte que je n'ai aucune idée d'où se trouve la cuisine. Je ne me rappelle plus. Toutes ces pièces, il y en a tellement… Kathy marche à mes côtés. Si près de moi, que je connais maintenant l'odeur de son shampoing. Il est à la noix de coco et à une sorte de fruit acide, comme la clémentine ou le pamplemousse.

– Je crois que c'est par là, elle m'indique en frôlant mon bras de sa main.

À peine entré dans la cuisine high-tech gris métal – flanquée en plein milieu, d'une table de travail en granit gris sur laquelle trois types pourraient dormir –, je flaire le guet-apens. Le regard insistant de cette fille me dérange. Plus. Il me démange. J'aimerais qu'elle le pose autre part. N'importe où ailleurs. J'ouvre le frigo à porte vitrée, et sors deux bières d'un pack cartonné. J'en tends une à Kathy et me prépare à sortir.

– Attendez… elle me chuchote, en posant sa main sur mon épaule. Ça vous dérangerait, de rester un peu ici ? Il fait tellement plus frais que dehors. J'ai la tête qui tourne…

Je la regarde sans rien dire, avec l'impression d'avoir mis le pied dans un piège à souris.

– S'il vous plaît…

– Bien sûr.

Je fais sauter la capsule de ma bière, en la coinçant sous la petite table ronde en mosaïque bleu et vert, à côté de la porte. Ce meuble est le seul de la maison que ma mère ait acheté. Il ne pourrait pas plus mal se marier à cette cuisine minimaliste, ultramoderne. J'avale quelques gorgées de ma bière, les yeux dans le vide. Ma mère n'a pas dû faire chauffer une seule casserole, ici, depuis son emménagement. Je parie qu'elle ignore comment ces plaques à induction blanches fonctionnent. Faut dire que leur design les fait plus ressembler à des façades d'iPod, qu'à des plaques de cuisson.

– Vous pourriez ouvrir la mienne ?

J'attrape sa bouteille et m'exécute.

– Merci. Je n'ai jamais su le faire.

– Pas de quoi.

– Je suis au pair.

– Pardon ?

– Fille au pair, pour une famille anglaise. Celle qui habite quelques maisons plus bas.

– Combien d'enfants ? je demande en m'en fichant totalement.

– Cinq.

– Cinq… C'est beaucoup d'enfants.

– Oui, c'est beaucoup de travail. Et comme j'essaie de devenir mannequin à côté, ça peut être difficile. Niveau emploi du temps, je veux dire.

Pendant qu'elle me parle, je regarde son cou. Elle a un très joli cou. Il est ténu et long. Délicat. Le cou parfait d'une danseuse étoile, donnant l'impression de tirer sur ses muscles en permanence. Sa nuque est le genre de nuque qu'un homme regarde, en se disant que la fille sera forcément belle de face. Et c'est vrai. Elle est même magnifique. Je sais le reconnaître. Mais c'est un point de vue tout à fait objectif. Il n'est en rien personnel. Une constatation indéniable…

Après quelques minutes à contempler son cou, je réalise que de là où elle se tient, elle doit me voir les yeux baissés. Alors je les remonte.

– Je trouve compliqué, de vivre dans une ville aussi titanesque que Los Angeles, parfois. C'est dur de rencontrer des gens. Enfin je veux dire, de vraies gens. Tout est si factice, ici.

Je hoche la tête, et termine ma bière d'un coup.

– Votre mère dit que vous êtes très doué, dans ce que vous faites. Votre travail…

– Elle dit ça ?

– Oui… elle susurre d'une voix mielleuse. Elle dit que vous avez un talent inné. Que vous êtes un… hum, quels étaient ses mots exacts ? Ah oui, un prodige pas possible ! Mais…

– Mais ?

– Mais elle ne m'a jamais vraiment expliqué ce que vous faisiez, hum… très exactement. Comme si c'était tabou. Lorsque je lui pose des questions précises, elle marmonne des réponses pas claires, puis finit par changer de sujet. Mon fils est doué, mais je ne vous dirai pas ce qu'il fait !

– Je pense qu'on devrait retourner au jardin.

– C'est vrai alors… C'est secret ?

– Quoi donc ?

– Votre travail. Ce que vous faites, pour avoir les moyens d'acheter une si belle maison à votre maman…

J'expire par le nez en serrant les dents.
– Vous ne voulez pas répondre ? elle insiste.
– Bien sûr que non, ça n'est pas secret.
– Pouvez-vous m'en dire plus ? Je suis curieuse.
– Ce que je fais n'a aucune importance. C'est très ennuyeux. Beaucoup de chiffres. Des analyses de chiffres. Des traitements de chiffres. Des un, des deux, des trois, et beaucoup de zéros.
– Vous êtes dans la finance ! J'avais commencé à m'imaginer que vous étiez une sorte de parrain de la drogue, ou de trafiquant d'armes…
J'esquisse une esquisse de sourire. Rien n'a dû se voir. Elle hoche la tête dans un petit rire, en décollant l'étiquette de sa bière. Et le silence se fait. On entend le bruit d'une ampoule énervée s'échapper du frigo, des gouttes d'eau s'écraser sur l'immense évier rectangulaire en granit gris, et en se concentrant bien, des rires brouillés lointains provenant du jardin. Mais le silence ne gêne pas la blonde. Au lieu de me délivrer de sa prise d'otage, elle minaude, et me montre l'intérieur de sa lèvre inférieure en la tirant vers le bas, avec le goulot de sa bouteille de bière. Personne ne lui a appris qu'essayer de toutes ses forces n'est pas sexy.
– Je ne connais pas encore tout à fait la ville, je suis de Sacramento, elle lâche en se passant la main sur la nuque. J'aimerais beaucoup que quelqu'un me montre tout ce qu'il y a à voir, à Los Angeles…
– Ce serait une bonne idée, je dis de façon très détachée, presque froide.
– Peut-être toi ? Qu'est-ce que t'en dis ?
– Pourquoi pas.
– Alors, peut-être que tu pourrais me montrer tes coins préférés ?
– Oui. (Je marque un temps.) Peut-être.

Elle s'avance vers moi ; ses talons cuivrés pointus claquant le marbre. Elle s'approche de plus en plus près. Encore un pas. Encore. Encore un. L'écart nous séparant n'est plus que de la taille d'une pastèque. Un melon. Une orange. Un grain de raisin.

– Ça fait longtemps, que je n'ai pas été attirée par quelqu'un. Je sais que je suis sacrément rapide, mais j'imagine cette rencontre depuis quelques mois, déjà. Ta mère m'avait montré des photos et… elles m'ont beaucoup plu, je dois dire. Je ne te fais pas peur, j'espère ?

– Ce n'est pas le mot que je choisirais.

Elle dégage ses cheveux de ses épaules en les secouant, et bombe le buste.

– Je voudrais que tu m'emmènes là-haut, dans une des chambres…

– Je ne suis pas sûr, je dis doucement en me reculant d'un pas.

– Si, si, tu es sûr.

Elle se met à caresser ma cuisse, et remonte vers mon entrejambe.

– Écoute, ce n'est vraiment pas ce que je cherche, là tout de suite.

– On pourrait… se détendre un peu ?

Je commence à me durcir. Je lutte pour faire redescendre mon engin, mais la main de la blonde s'assure que ça n'arrive pas.

– Emmène-moi là-haut, elle me souffle en glissant ses doigts à l'intérieur de mon jeans.

Je soupire sur son visage. Elle dézippe ma braguette.

– Je ne pense pas que ce soit une bonne idée. On devrait plutôt retourner au jardin.

– Tu n'as aucune envie de retourner au jardin.

– Je crois qu'il vaudrait mieux…

Elle sort sa main de mon jeans, se lèche les doigts, et la replonge dans mon caleçon.

– Allez…

Je l'attrape par les cheveux d'un geste sec, la force dans mon bras droit et pas ailleurs, dos droit, balançant la poupée comme un automate cassé en deux, contre la table en mosaïque. Son crâne cogne le meuble et l'allumeuse lâche un gémissement de chiot blessé. J'avale le bruit comme on avale un bonbon acidulé. Miam. Gémis encore, salope. Je remonte sa robe moulante jusqu'au milieu de son dos doré satiné, à la colonne vertébrale épaisse. Ses mains me griffent et me poussent, elles me font comprendre qu'elle ne veut plus. « Tu me fais mal… » elle pleurniche en tentant de se dégager. Il est trop tard pour faire des manières, mademoiselle. Tu as quémandé ma queue, tu vas la recevoir jusqu'au fin fond de tes entrailles. La porte de la cuisine est entrouverte, je ne m'en soucie pas. J'arrache sa culotte rouge à dentelle nacrée, et la pénètre d'un coup. Son buste fait des va-et-vient sur la table, sans qu'elle ne se débatte plus. Je la baise vite et fort. Très fort. Mal, certainement. Je ne baise pas une femme, je baise un corps. Peu importe lequel. Celui-là, un autre. C'est *cette énergie*, que je baise. Que j'évacue. Il faut qu'elle sorte. Qu'elle sorte de moi. Faites-la sortir de moi. Je m'acharne pour ne plus penser. Pour ne plus penser à *ces choses*, auxquelles je ne fais que penser. Mais ça ne marche pas. Je ne peux pas ne pas penser à *ces choses*. Alors je m'acharne plus furieusement. Je serre ma main autour de sa nuque. Je voudrais broyer ses petits os délicats. En faire de la poudre. Qu'elle glisse entre mes doigts. Kathy se met à bégayer, ou peut-être qu'elle chiale, je ne sais pas. Je m'en fiche pas mal, de sa souffrance et de son humiliation. Il faut que je me vide. Que je me lave. De l'intérieur. Que *tout ça* sorte. Son corps n'est plus qu'un corps mort, se laissant faire. Un corps qui attend. Je tuerais, pour faire taire ma tête. Je la tuerais elle, si ça me promettait un silence intérieur. Je veux juste que *ces images* disparaissent. Je continue de serrer mes doigts sur cette sublime nuque de danseuse étoile, et ce ne sont plus que mes os que je sens sur ses os. Chaque pénétration devient un supplice. Sentir mon propre organe, devient un supplice. Et je ne peux plus bouger en elle. Je ne vois plus que *ces peaux* aux pores gorgés de sang, *ces chairs* mutilées, *ces yeux* immobiles. Mon érection redescend d'un coup. Mes mains lâchent sa nuque. Je me retire à bout de souffle.

Kathy met plusieurs secondes à se retourner. Elle le fait avec peine, ses longs bras fuselés tremblotant, ses ongles grattant la mosaïque de la table. La sueur mouille ses cheveux or et luit sur sa peau aux poils dressés. Son mascara lui a noirci des cernes. Elle reprend sa respiration. Elle a pleuré. Pas versé une larme. Pleuré. Ses paupières sont bouffies et froissées. Ses yeux rouges, vaisseaux éclatés façon conjonctivite aiguë. Elle ne s'attendait pas à ça, la petite sitter de Sacramento. À allumer salement de riches types dont on ne connaît rien, dans des cuisines immenses aux portes entrouvertes, on peut avoir de mauvaises surprises. Eh oui, ma jolie salope au cou fin. Ça ne valait pas le coup, ses yeux disent. Je veux rentrer à la maison, je veux ma maman, je veux mon doudou, ses yeux disent. Elle retournerait se mettre en boule dans le bide de sa mère, si on le lui permettait. Elle sucerait son pouce dans l'utérus…

Kathy se redresse au ralenti sans me regarder, bouche entrouverte, et fait redescendre sa robe rouge sur ses cuisses bronzées. Elle la brûlera tout à l'heure, dans la cheminée de sa famille anglaise. « C'est pas grave », elle lâche soudain d'une voix sourde, épongeant son visage avec son avant-bras. « On pourra finir un peu plus tard… » Elle me fait le coup du c'était trop bien, j'ai pris un pied d'enfer, ne me faites pas de mal, Monsieur le Méchant Malade. Elle a peur. Trop, peut-être, pour ce qui vient de se passer. Pour quiconque n'était pas dans ma tête, ça n'était vraiment qu'une partie de cul un peu trop musclée. Sa main droite tâte la table frénétiquement, sans qu'elle tourne la tête pour regarder. Je crois qu'elle cherche un objet avec lequel elle pourrait se défendre, si je m'approchais à nouveau. Elle a la gueule de quelqu'un à qui on a plongé la tête sous l'eau pendant cinq minutes, et qui vient tout juste de remonter à la surface. J'observe ses pupilles dilatées en reculant vers la porte, me retourne, et fiche le camp.

9

BECK

Il est dix-huit heures. Je viens de finir d'arroser les huit palmiers en pot de ma tante. Il faudrait passer l'aspirateur, ici. La poussière commence à s'accumuler. Il y a une toile d'araignée tombante sur l'un des murs lavande du salon, et une autre plus grosse dont on distingue parfaitement tous les fils, à un coin du plafond vert sapin. Je pourrais faire quelque chose, mais je n'en ai pas envie. Et personne ne me le demande.

Je vais ouvrir la fenêtre contre laquelle le soleil se vautre, et tends mes bras nus à l'extérieur, au-dessus du rebord peint du même violet que les murs. Je les rapproche l'un de l'autre et les pose, côté peau fine, sur la petite boîte rectangulaire en métal argenté et au couvercle rouillé, où Fawn garde ses cigarettes sans filtre. Le métal est surchauffé par le soleil. Brûlant. Brûlant. Brûlant. Je reçois la température de feu sur ma peau, les yeux fermés, en décélérant mes respirations. Je me demande combien de temps je peux tenir avant d'avoir à retirer mes bras. Ça fait un moment, que je ne me suis pas entraînée… Lors de nos étés caniculaires, il fallait parfois dénicher de nouvelles occupations, lorsque nous avions regardé, rembobiné, et re-regardé, toutes les cassettes vidéo qu'on avait pu trouver. Leah et moi faisions ça. Nous jouions à nous faire mal. Très mal. Le plus mal possible. Avec tout et n'importe quoi. Mais surtout, en laissant des miroirs et des assiettes prendre le soleil devant les fenêtres de notre chambre, pour ensuite y coller le dos de nos mains. On les laissait appuyées jusqu'à l'agonie. Et encore un peu après. Sans un cri. Sans grimaces. Sans chichis. À la dure. Jamais comme des fillettes. Plus la peau devenait écarlate, plus on était fières. L'essentiel n'était pas tant de battre l'autre, mais plutôt d'amadouer sa propre souffrance. De faire reculer notre seuil de tolérance, jusqu'à ce qu'idéalement, il n'y ait plus de seuil du tout. Mais il y avait évidemment compétition. La première à retirer sa main avait perdu, et son gage était de se faufiler dans la chambre de nos parents en pleine nuit, pour chiper des billets dans les poches de pantalon de notre père. Il y avait une lampe imitation Belle Époque en mosaïque de verre, qui restait toujours allumée dans le couloir pendant la nuit. Mes parents dormaient la porte ouverte, et la lumière de la lampe était amplement suffisante pour apercevoir, sans plisser les yeux, le pantalon posé sur la chaise, devant leur lit. Tous les soirs avant de se coucher, c'est là que mon père déposait le pantalon qu'il avait porté durant la journée. Sur cette grosse chaise en osier natté, au dossier rond. Il fallait être habile de ses doigts, car un des pieds de la chaise était plus court que les autres, et la faisait taper le sol lorsqu'elle bougeait. Et il y avait aussi le bruit croustillant que fait l'osier lorsqu'il est frôlé, et celui des billets sur le tissu du pantalon. Il fallait retenir ses inspirations, et les relâcher le plus doucement possible. L'air ne devait surtout pas entrer saccadé. C'était risqué. C'est ce qui nous plaisait. Celle qui avait gagné se tenait juste derrière la porte, à observer la scène, jambes tremblantes. Parfois, je faisais exprès de perdre au jeu des miroirs, rien que pour pouvoir sentir mon cœur battre plus vite. On récoltait en général, entre deux et huit dollars. Mais on ne le faisait pas pour l'argent. Une fois, Leah avait sorti d'une poche un billet de vingt dollars. Mais ce soir-là, elle a regretté de l'avoir trouvé. Ce soir-là, ses doigts ont dû frôler l'osier de la chaise un tout petit peu trop fort, le pied le plus court a dû taper le sol rien qu'un instant, ou le billet a été sorti de manière précipitée et son papier a dû gratter la poche du pantalon. Ou peut-être était-ce sa respiration… J'ai repassé ce moment dans ma tête, des milliards de milliards, de millions de millions, de milliards de fois. Tous les jours. Toutes les nuits. Des années. Je voulais connaître *le bruit* qui nous avait trahies. Parce que moi, je n'avais rien entendu. Mon père, si. Il s'est réveillé en sursaut. Et après ça, mon subconscient m'empêche de me rappeler ce qui a immédiatement suivi. Je me souviens juste, être accroupie sur la banquette arrière de la Chrysler Le Baron de papa, les deux mains sur les tempes de Leah, mes doigts dégoulinant de son sang. Leah en avait plein les cheveux, plein la nuque, et son dos aussi en était mouillé. Je ne cessais d'essuyer mes mains sur les sièges en tissu beige. Les miettes coincées dans les nervures de la banquette se collaient à mes doigts et mes doigts eux-mêmes se collaient entre eux. On ne pense jamais au sang comme à une matière collante, pourtant ce sang me collait comme de la Super Glue. J'avais un mal de chien à détacher mes doigts les uns des autres. Ma peau se tirait, elle s'en serait déchirée. Je ne me rappelle pas clairement le visage de ma sœur, en ces instants. Pas en couleur, en tout cas. Tout s'est très vite obscurci, dans mon souvenir. Je la vois avec une sorte d'ombre sur les yeux, comme un bandage noir par-dessus un masque de fumée. Maman hurlait en même temps qu'elle pleurait. C'était elle, qui tenait le volant. Notre père n'était pas dans la voiture. Et notre mère hurlait, hurlait, hurlait si fort… La violence de ses décibels me rendait stone. Dans un dessin animé, j'en aurais eu des étoiles flottant au-dessus de la tête. Des éclairs dans les yeux. Je me demandais comment des cris d'une telle intensité, pouvaient sortir d'un corps humain.

D'un corps de femme, qui plus est. J'entends sa voix résonner dans mon crâne en ce moment. C'était le vomissement de tout un intérieur. Les hurlements d'une bête tirée par un chasseur, quelques minutes avant de rendre l'âme. Des hurlements à réveiller les pharaons. Des cris, qui se voulaient être les derniers cris… J'avais treize ans, Leah douze. Ce soir-là, réellement pour la première fois, j'ai saisi que n'importe quand, en une seconde, et pour pas grand-chose, je pouvais cesser d'exister. Et ces cris-là étaient là pour me le rappeler.

Ces cris, ils resteront avec moi.

Jusqu'à la fin.

Je retire mes avant-bras de la boîte en métal sans les secouer, acceptant la douleur. Et puis je vais m'asseoir sur le parquet verni du salon, mes longues jambes maigres allongées sur un coussin vintage en velours vert, embelli de broderies rouges. La pièce est tellement remplie, qu'elle donnerait la migraine à un cachet de Tylenol. Un peu comme l'était notre salon de Muskogee. Il y a deux étagères identiques en bois rouge laqué, un cabinet en placage d'ébène, une commode années vingt jaune safran aux poignées coquillages, un canapé matelassé trois places en velours outremer, une chaise vert poireau au dossier rond tricoté, et un milliard de petites choses qui ne servent à rien, de vases miniatures, de vases taille normale sans fleurs dedans, de statuettes en porcelaine, de billes de verre dans des coupelles en plastique, une collection de bobines de fil disposée en ligne sur une des étagères en bois rouge laqué, on ne sait pas pourquoi ; et tout ce bordel, dans un espace étouffant d'une vingtaine de mètres carrés. À l'époque où je vivais encore ici, j'avais l'impression que toutes ces petites figurines m'observaient de leurs toutes petites pupilles, peintes d'une pointe de noir aux centres de cercles plus ou moins bien réalisés. C'était comme avoir une cinquantaine d'yeux sur moi, en permanence.

Il y a aussi ceux des perroquets en plâtre accrochés au mur, au-dessus du cabinet en placage d'ébène. Ils sont bien plus gros, mais regardent tout autant. Parfois je me dis qu'il suffirait d'une secousse, pour mettre en pièces ce salon.

La température abrutissante m'empêche de me relever. Je ferais bien une sieste ici, avant de rentrer. Je rampe jusqu'au canapé, fais tomber un à un les cinq coussins aux housses tricotées saumon et fuchsia, puis grimpe dessus. Je m'allonge sur le dos, et m'endors en comptant les fils de la grosse toile d'araignée au plafond.

Je me réveille en sursaut, dans l'obscurité. Le ciel foncé s'étale sur les vitres. Je n'ai aucune idée de l'heure qu'il est. Je suis en nage, ma bouche est pâteuse, et mes yeux peinent à rester ouverts. J'ai l'impression d'avoir dormi un an. Mon téléphone affiche trois heures du matin. Il m'indique également onze appels manqués, tous d'Ashley, ainsi qu'une ribambelle de messages WhatsApp. Comment ne l'ai-je pas entendu sonner ? Je passe mon pouce sur le côté de mon iPhone. Il est en mode silencieux. Je vide mes poumons dans un soupir et me masse le visage. Ash ne croira jamais que je me suis endormie ici. Je mets toujours un temps fou à trouver le sommeil, et ne le rencontre généralement qu'en milieu de nuit, une fois éreintée de l'avoir trop attendu.

Bon, il faut y aller. Je me lève et m'étire, réveillant péniblement tous mes muscles courbaturés. De la plante de mes pieds jusqu'au sommet de ma tête, tout hurle. Je me rassieds une minute, puis me relève et allume la lampe torche de mon portable. Je ramasse mes clefs sur le parquet, et sors en claquant la porte. En me retournant pour verrouiller la serrure, je remarque quelque chose briller, dans le faisceau lumineux de mon portable. Mon cœur accélère sa cadence. Je tends le bras et appuie sur l'interrupteur du couloir. La lumière jaillit et je suffoque. Une chaîne aux maillons triangulaires en or rose, est posée sur les poils drus du paillasson. Je crois que c'est la mienne. Je me baisse et l'attrape. La croix est manquante mais la chaîne est intacte. Étincelante.

10

La première page du *Los Angeles Times*, titre : « *Troisième corps, retrouvé sur North Orlando Avenue* ». Je tiens le papier entre mes mains, adossée au distributeur de billets d'un magasin Seven Eleven, de West Hollywood. Je lis : « *Lundi 18 juillet, la police arrive sur North Orlando, Los Angeles, sur les coups de neuf heures. Elle a été appelée par le propriétaire d'une voiture, sous laquelle était étendu le corps sans vie d'une jeune femme de dix-neuf ans. Rebecca Dayton, originaire du Wisconsin, était étudiante en droit à UCLA, et travaillait trois soirs par semaine dans un restaurant italien, sur Miracle Miles. Elle résidait quelques mètres plus loin, sur South Ridgeley Drive, dans un appartement qu'elle partageait avec une de ses collègues. Un proche de la victime entendu par la police nous a confié avoir été informé des détails du meurtre. D'après cette source, Rebecca aurait été ouverte du cou jusqu'au bas-ventre, son visage lardé de trente-six coups de couteau, ses lèvres entièrement déchirées, ses dents cassées, et son sexe disséqué. Le corps aurait ensuite été transporté post-mortem, pour être dissimulé sous la voiture où on l'a retrouvé. Les détectives de la LAPD déclarent clairement être face à un tueur en série, mais refusent pour l'instant de commenter l'affaire. Le criminologue James Hannigan, explique que l'auteur de ces meurtres est sans doute en train de subir une poussée incoercible de violence, et qu'il n'attendra pas longtemps avant de recommencer (...)* »

Je replie le journal en deux, le repose sur le présentoir, et commence à faire la queue. Deux types attendent devant moi. Le premier est un biker bedonnant, aux longs cheveux blancs et rouflaquettes argent, en pantalon de cuir et veste en jean bleu brut sans manches. Il empeste l'alcool, et se gratte la fesse sans embarras. L'autre, porte une veste noire trouée en dessous de l'omoplate, sur l'épaulette de laquelle est cousu un écusson gris en forme d'aigle. Je ne le vois que de dos. Il paye rapidement et sort du magasin en un clin d'œil. Je reconnais l'écusson, sur cette veste. Cette veste, c'est celle de cet homme aux yeux comme des kalachnikovs prêtes à mitrailler. Ce type étrange, du Grey Rainbow. Ce mateur... Je n'ai pas oublié *ses yeux*. Mais ça pourrait très bien être une autre veste, un autre écusson, un autre type. Mais ce trou, à cet endroit, dans le tissu de cette veste, avec cet écusson... Non. Ça ne peut être que *cet homme*. J'aurais voulu qu'il se retourne. J'ai envie de voir sa gueule en pleine lumière. Voir si ses yeux, si ce sont bien les siens, me font toujours le même effet insupportable. S'ils arriveraient à faire couler quelques gouttes grenat de mes narines...

Je reste immobile une poignée de secondes, dans l'hésitation, puis dépose mes articles sur le présentoir à journaux. Je prends une grande inspiration, et fais retentir le « ding dong » de la sonnette, en passant la porte du Seven Eleven.

Le soleil se colle à ma nuque et l'adrénaline monte en flèche. L'homme n'est pas allé loin. Il est là, à quelques mètres. Il marche d'un pas vif, j'accélère le mien. Il tourne à droite sur North Hayworth. La rue est vide et le bruit de mes talons sur le béton me trahit. Il se retourne brusquement.

C'est lui. C'est l'homme du bar.

Les lignes clairement définies de son visage, le rendraient

facile à dessiner. Les traits sur son front, celui sous ses longues lèvres claires presque décolorées, dans le relief de son menton ; le tracé de ses joues sans viande, et l'arête archi-droite de son nez. Je vois le coup de crayon à chaque détail. Ses sourcils plutôt bas foncent son regard châtaigne. Et ses yeux… Wow, ses yeux… je n'en ai jamais vu d'aussi enfoncés. Il y avait bien ceux de ce grand maigrelet à la démarche curieuse, croisé une fois ou deux dans le quartier, à Muskogee, mais les siens n'étaient que modérément rentrés, si je me souviens bien. Ceux-là, sont des globes qu'on a comme posés sur un visage sans paupières, et appuyés dans une peau pâte à modeler. Qu'on a poussés loin, jusqu'à créer une bosse contrastante au niveau des arcades sourcilières. Presque comme s'il avait reçu un sale coup à chaque œil. Comme un boxeur amoché sortant du combat. Exotique, curieux, excitant. Sa tignasse café noir emmêlée est mouillée, et quelques mèches huileuses sont figées sur son front. Je regarde cette cicatrice épaisse entre ses yeux et me demande si c'est une ride, comme celles qu'Ashley a dans les joues et qui ressemblent à des fossettes.

L'homme sort une cigarette de son paquet, sans détourner son regard du mien. Il place la Lucky Strike entre ses dents droites, expire par les narines, et l'allume. Le bruit de son pouce grattant la roulette de son Zippo, est écrasé par le moteur d'un semi-remorque s'engageant dans la ruelle. Le moteur ronfleur assourdit tout le périmètre et fait vibrer mes oreilles. L'homme soulève un sourcil en attendant que ça passe. Je me retiens d'élargir mes lèvres ou d'attendrir mon regard. Pourtant, ce sourcil levé rajoutant des plis sur son front, mériterait au moins un sourire. Même subtil. J'ignore qui est ce type, mais j'ai déjà une épaisse et opaque détestation à son égard. Pas loin d'une colère. Ce sont toutes mes armes, qui ramollissent à son contact… Quel odieux sentiment que celui de perdre pied.

D'être privé de son précieux et essentiel contrôle. Il n'y a rien de plus désagréable que la vulnérabilité. Chez soi. Chez les autres.

Mes sourcils se froncent et je me redresse en me raclant la gorge. Le camion tourne à droite.

– On se connaît ? je lâche d'une voix basse.

– Bonjour, il me répond d'une voix encore plus basse.

– Oui, bonjour.

– Je ne crois pas, il dit avec un accent du Sud très prononcé.

L'homme se retourne, et se remet à marcher droit devant lui. Il descend la rue et tourne à la prochaine intersection. Je reste sur place, inapte à fonctionner. L'ombre de ses pas sur la chaussée se rapetisse, jusqu'à complètement disparaître.

11

– Beck ?
– Oui, allô ?
– Bonjour, Beck. Lloyd. Lloyd Worley.
– Bonjour.
– Comment vas-tu ?
– Bien, merci.
– Les callbacks pour le rôle d'Henrietta, étaient prévus demain. Tu n'en feras pas partie. Je voulais te l'annoncer moi-même.
– Bon, merci d'avoir appelé, je suppose.
– Ce que tu as fait l'autre jour était brillant. J'aurais préféré que ça ne le soit pas, parce qu'entre nous, j'ai encore quelques rancœurs envers Ashley, et lui rendre service n'était noté nulle part dans mon agenda. Mais ta performance était brillante. Le nier serait idiot.
– Vraiment ? je dis sans emphase.
– Je ne suis pas le genre à rappeler les seconds rôles.
– Je vois… Merci.
– Ne me déçois pas.
– Pardon ?
– Les répétitions débuteront lundi prochain. Mais on n'aura pas besoin de toi avant jeudi. Tout ce que tu as besoin de savoir, te sera envoyé par mail.

– Vous venez de dire que je ne ferai pas partie des callbacks…

– C'est exact.

– Je ne vous suis pas.

– Il n'y aura pas de callbacks. C'est toi, que je veux pour incarner Henrietta.

– Oh. Je ne m'attendais pas à ça.

– Je le fais pour ma pièce.

– Merci beaucoup.

– Inutile de me remercier. Je le fais pour ma pièce.

– À jeudi, alors.

Je raccroche.

Je devrais être extatique, hurler ma joie, sauter sur mon matelas jusqu'à faire péter ses ressorts, sourire à en endolorir les muscles de mes joues. Je devrais. Pourtant je reste calme. Je n'en tire aucune satisfaction.

Et puis je pense à Leah.

Elle aurait été extatique, aurait hurlé sa joie, sauté sur son matelas jusqu'à faire péter ses ressorts, souri à en endolorir les muscles de ses joues. Et puis elle se serait roulée sur le sol, sale ou pas ; aurait fait des galipettes en s'esclaffant, bave aux lèvres jusqu'au menton, postillonnant partout ; m'aurait attrapé les mains et nous aurait fait tournoyer sur nous-mêmes, si vite que nos pieds nus auraient glissé sur le tapis blanc à franges boulochées du salon. Peut-être qu'on serait tombées sur le carrelage, « vlan ! », sur les fesses. Qu'elle aurait ri encore plus fort. Qu'elle aurait tellement ri, qu'elle en aurait eu d'abominables crampes à l'abdomen, de l'urine plein sa culotte, des larmes plein les cils. Elle aurait manqué de s'étouffer dans son bonheur. Je sens les vibrations de son corps. J'entends le grain rauque de sa voix. Je la vois. Elle. Distinctement. Et d'un coup, mes lèvres se tendent.

12

Il est onze heures vingt-cinq, et le Starbucks à l'angle d'Hollywood et de Vine est bondé. Fin du monde, tous aux abris, bondé. Vingt-cinq minutes que je patiente pour un Americano, et je n'ai toujours pas passé commande. Le boucan est à vouloir en perdre l'ouïe. Un morveux braille dans sa poussette sportive trois roues, sans que sa mère en lunettes Chanel ne daigne le faire taire. Trois gamines en leggings flashy et cheveux pastel se chamaillent, en s'envoyant des « salopes » à toutes les sauces : grosse salope, vieille salope, petite salope, sale salope… Un groupe de touristes suédois défraîchis se tord le bide dans des rires glaireux immondes. Et j'ai aussi droit à de la conversation téléphonique trop obscène pour être eue ailleurs que dans une chambre close, du Skype tout aussi impudique, et aux poussées de voix de ceux qui tentent de s'entendre, en parlant trois fois plus fort que tous les autres. Il n'y a que moi, qui ne contribue pas au bruit ambiant. Mais je soupire à la pelle.

Le tissu de ma jupe de tailleur blanche colle à mes cuisses. Trente-quatre degrés, dehors. Ici, avec cette foule, je dirais quarante. Les effluves de transpiration contaminent l'air. Ils sont tout ce qu'on respire. J'aimerais faire l'impasse sur mon café, mais j'ai mal dormi la nuit dernière. Réveillée trois fois, levée trop tôt. Le luxe de me passer de caféine me coûterait trop cher.

Quand c'est enfin à mon tour, je me penche bien au-dessus du comptoir, pour que le jeune employé acnéique en tablier vert puisse m'entendre. Le pauvre vieux va nous faire une syncope. Son monosourcil ultra-touffu, danse la samba sur son front. Il aurait eu une fenêtre devant lui, il aurait déjà sauté à travers. Je commande mon café en criant, comme au bar d'une boîte de nuit, et vais patienter près de la porte, où l'air n'est pas aussi répugnant. Un chauve à lunettes rouges fumées années soixante-dix, s'évente avec un morceau de carton. J'essaie d'être dans son champ. Cette chaleur… J'aurais dû prendre un café glacé. Tant pis.

La porte n'en finit plus de s'ouvrir. À croire qu'on est dans un film de science-fiction, et que la ville entière est téléguidée vers ce Starbucks. Personne ne peut maintenant plus mettre le pied à l'intérieur. J'ignore si j'entendrai appeler mon nom, ou pourrai me faufiler jusqu'au comptoir. Pour l'instant, j'attends.

Le groupe de vacanciers suédois commence à se disperser. On y voit déjà un peu plus clair. Je vais vérifier si mon Americano ne refroidit pas sans moi sur le comptoir. Je pousse quelques épaules et écrase quelques pieds. Il y a quatre gobelets. Deux moyens en plastique transparent, sirop caramel et chocolat sur leurs rebords ; un petit en papier cartonné marqué « Raoul décaf », et un grand. J'attrape le grand et le tourne pour lire l'inscription. « Excusez-moi, excusez-moi ! » me crache une vieille en perruque blonde frisée. Je bouche le passage et derrière moi, ça commence à grogner sévère. « C'est un Americano ! » me lance l'employée afro-américaine aux lèvres pailletées, en charge de préparer les boissons. « OK. » Je m'extirpe de l'essaim. Je vais poser mon gobelet sur la petite table en bois, où se trouvent les sachets d'aspartame et le chocolat en poudre. J'ôte le couvercle. Je le pose sur le distributeur de serviettes en papier recyclé, et secoue un sucrier au-dessus de mon verre pour y faire tomber ses derniers grains de cannelle. Et puis je récupère mon couvercle. En le retournant, j'aperçois une inscription à l'intérieur, faite au feutre noir. Il est écrit : « *LEAH, rejoins-moi au lac d'Echo Park. Maintenant.* »

Mon cœur se propulse hors de mon corps. Je sens comme un trou, à son niveau, dans mon body beige. L'incompréhension en fait un autre en plein milieu de mon front. Bam ! Bam ! Bam ! Mitraillée. Je. Suis.

Qu'est-ce que c'est que ça ?

Je m'immobilise, couvercle en main. « Vous ne voulez pas vous décaler ? » m'envoie la mère Chanel au marmot braillard, pressée d'accéder au sucrier. Je me retourne et la regarde d'un œil suspect. Je regarde tout le monde, d'un œil suspect. Et puis je retourne au comptoir, observer les employés. Ils travaillent en accéléré, sans une seconde de répit. Je prends ta commande, je fais passer, je passe au suivant, bonjour ; je prends ta commande, je fais passer, je passe au suivant, bonjour. Ça ne peut pas être l'un d'eux. Et puis leur visage ne m'évoque rien. Mais de toute façon, pourquoi ? Qu'est-ce que ça veut dire ? J'ai la tête qui tourne comme une toupie sous acide. Il faut que je sorte d'ici, de tout ce bruit. Impossible de penser.

Je passe la porte du Starbucks, couvercle toujours en main mais sans mon gobelet, resté sur la table des sucriers. Je relis *cette* phrase. L'encre a quelque peu été estompée par les vapeurs du café, mais est encore assez foncée pour distinguer chaque lettre. Je relis. Encore. Encore. J'examine l'écriture. Elle est neutre. Les lettres sont les mêmes que celles d'un clavier d'ordinateur. Pas de fantaisie dans la boucle du R, ou de longueur inutile dans la ligne du L. Elle n'est ni masculine, ni féminine, et n'a aucun âge. Elle pourrait être celle de n'importe qui. Et son impersonnalité entre en collision avec son message.

La vue de *ce* prénom sur ce couvercle m'a renversée.

J'en suis la tête en bas. Les pieds en l'air. J'en suis giflée répétitivement sur chaque joue. Mes oreilles sifflent et mes muscles se sont tous raidis. Des muscles dont j'ignorais jusque-là la présence.

Je relève la tête et mes yeux zigzaguent au loin, pendant que je tente de penser. À quoi, je ne sais pas. Je ne sais pas quoi penser. Et à une dizaine de mètres, je vois *cette* veste. Je crois que c'est cette veste noire, à l'écusson aigle. Oui, c'est elle. Celle de *cet homme*. Il n'y a que *cet homme,* pour porter une veste à manches longues sous trente-quatre degrés !

Mais qu'est-ce qu'il fout là, celui-là ?

« Hé ! » je m'époumone, en me mettant instantanément en marche. « Hé, attendez ! » Pas moyen de courir, sur ce boulevard assourdissant, fourmillant de monde. Et ils sont contents tous ces cons, de faire du deux à l'heure sur le trottoir en se racontant leur semaine. De se montrer des je ne sais pas quoi sur leurs smartphones. De traîner la patte en sifflotant. De s'arrêter pour se gratter le mollet ou pointer du doigt une vitrine de magasin. Dans ces moments ma haine de l'autre, de l'humain, du flemmard ploucard dont l'inutilité se lit dans la démarche et dans la lenteur insupportable ; du beauf ravi sans raison, content pour tout, qui n'avance pas, se croyant seul au monde, seul sur ce putain de boulevard ; dans ces moments ma haine de l'autre est à son point culminant.

Je ne sais plus où tourner mes yeux. Trop de corps, trop de têtes. Je crierais bien à la bombe pour disperser la masse. À la place, je m'engage sur la route en travers des bagnoles et double tous ces connards. Une Range Rover me klaxonne son mécontentement. Je lui ferais voir mon majeur, si je n'avais pas le feu aux fesses. Merde ! Où est-il passé ? Je dévale la route, reviens sur le Walk of Fame, et saute d'une étoile de star de ciné à l'autre. Je le cherche comme s'il retenait ma vie en otage. Mais aucune trace de *l'homme*. Je traverse à nouveau, engendrant un tintamarre de klaxons. Mes sandales aux petits talons carrés frappent le béton, et ma jupe fendue taille haute se déchire jusqu'en haut de ma cuisse. Il a dû tourner quelque part…

J'arrive à la prochaine intersection. J'hésite entre tourner, continuer, ou essayer les magasins de la rue. Mais je sais déjà que ce sera en vain. Et puis je revois l'inscription du couvercle s'afficher dans ma tête. Les mots défilent comme sur une banderole publicitaire. En lettres lumineuses clignotantes. Fluorescentes. Il m'a donné rendez-vous à Echo Park. C'est là qu'il va, c'est évident. Mais ce qui ne l'est pas, c'est tout le reste. Tout cela n'a absolument aucun sens ! Pourquoi ne pas m'avoir attendue à la sortie du café ? Qui est ce type ? Et pourquoi le nom de ma sœur est-il inscrit à l'intérieur de ce couvercle en plastique, que je tiens toujours écrabouillé entre mes doigts mouillés ?

Je n'ai pas la moindre idée, de ce dans quoi je suis en train de me faire embarquer.

Il est treize heures trente-cinq. Je me gare à la va-vite à un emplacement où je n'ai pas le droit de me garer, et m'élance hors de ma bagnole. Ma tête n'a pas cessé de tourner, et ma langue sèche s'accroche à mon palais.

Ça y est, j'aperçois le lac et ses jets d'eau jaillissant vers les cumulonimbus. Ils montent si haut, qu'ils snobent les buildings de Dowtown apparaissant au fond de la carte postale. Deux canetons suivent leur mère à la trace en creusant l'eau sur leur passage ; un couple de labradors sable se court après en s'aboyant dessus ; des amoureux se roulent des pelles, assis en tailleur sur la pelouse clairsemée ; quelques coureurs masochistes s'échinent sous le soleil cuisant ; et un gamin au pantalon retroussé, gavroche beige nervurée sur la tête, trempe ses guiboles dans l'eau verdâtre truffée de nénuphars.

Je jette des coups d'œil furtifs de tous les côtés en faisant le tour du lac. Il est treize heures quarante-deux. Je me retourne sur chaque homme passant à vélo. Scrute chaque tronche, deux fois, trois fois, cinq fois. Mes yeux se plissent, s'agrandissent, se plissent. Treize heures cinquante-huit. Je monte sur le pont d'inspiration chinoise, observe, redescends, repars dans l'autre sens. Quatorze heures quinze, quatorze heures vingt, trente, quarante. Le stress inhumain de ce rendez-vous mystère n'est plus, mais celui de ne pas savoir ce qui était censé s'y passer est pire. J'en ai si mal au cœur, que je m'en mords l'intérieur des joues jusqu'à ce qu'un liquide métallique s'infiltre dans mes gencives. Jusqu'à ce que la douleur soit trop insoutenable pour continuer. Et niveau douleur, je sais tenir. Des ruées de pensées embouteillent ma cervelle. Les questions vont au galop. Une de plus, et ma boîte crânienne fera du jus de cerveau.

Près de deux heures et demie ont foutu le camp, mais je ne me résous pas à quitter les lieux. Il faut que je sache. Que je sache ! Que je comprenne ce qui se passe.

Je continue de tourner autour de ce fichu lac. Mes pieds en sont cloqués. Mais je continue de tourner. J'ai l'impression que ce type se paie ma tête, et que le parc entier est dans le coup.

Encore quelques mètres, et je vais m'asseoir sous l'ombre d'un palmier, tout près de l'eau. Je m'accroupis sur la pelouse et courbe le dos, doigts enfoncés dans mes tempes.

« Hé, madame ! » envoie soudain une très jeune voix. Je relève la tête. Un gamin de sept ou huit ans, en salopette en jean mauve, se dandine en léchant sa glace italienne. Il tend son petit bras potelé vers mon visage. Son poing est fermé, et il le secoue en ricanant.

– Devine ce qu'il y a dedans, madame !

Je ne supporte pas les marmots. Encore moins ceux qui viennent m'importuner pendant que je rumine nerveusement.

– Allez, devine ! Devine ! continue le mioche.

– Où est ta mère ? je lâche, excédée. Fais attention, elle risquerait de partir sans toi.

– Tu veux pas le cadeau du monsieur ?

Mes sourcils se froncent.

– Quel monsieur ?

– Bah le monsieur, là-bas ! Il m'a dit de te donner ça.

Le gosse ouvre son poing et dans le creux de sa main… ma petite croix dorée ! Je crois que les miettes de mon crâne doivent être éparpillées sur la pelouse. Je récupère ma croix avec des doigts tremblants de malade neurologique, et attrape le gamin par le poignet.

– Il est où, le monsieur ?

– Je sais pas, madame. Il est parti, je crois.

Je me lève et tourne la tête à tout-va, yeux écarquillés. L'incompréhension me crève. J'inspecte à nouveau les alentours à la recherche d'une réponse. Mais rien. Excepté un colossal point d'interrogation. Le marmot bredouille quelques bêtises, et se tire en courant.

Je retourne ma petite croix, et contemple ses lettres gravées : *L-E-A-H*.

13

Nous sommes mardi en milieu d'après-midi. Je suis allongée seins nus, en culotte blanche, dans le spacieux salon sans fenêtre de l'aile ouest, en face du piano à queue crème. Pile en dessous du gigantesque miroir rond sans cadre, fixé au très haut plafond. Je mémorise mes lignes, en brossant la moquette rose pâle infiniment douce, de mes ongles courts. Je me mets dans la peau de cette jeune Texane de vingt ans, qui vend son corps pour survivre, dans l'Amérique sexiste des années vingt. Je m'emploie à oublier que mes fesses sont posées ici, dans ce salon vide, trop propre et trop parfait, avec ses murs d'un rose presque blanc, ayant l'air d'avoir été peints hier. J'ignore cet interminable canapé en daim beige gris et coussins en alpaga, faisant l'angle de la pièce. Ce canapé à trente-neuf mille dollars, sur lequel nous ne nous asseyons jamais. Je fais abstraction de l'odeur de lys, se dégageant de la longue bougie blanche posée au centre de la table basse Lalique en cristal, sur laquelle Ashley refuse que nous mangions, sous prétexte de ne pas vouloir la rayer. Je ne vois plus ces deux photographies noir et blanc de jambes de femme, prises de dos, dont les cadres noirs simples sont accrochés de chaque côté de l'entrée du salon, au mur arqué. Je suis Henrietta. Ou en tout cas, je m'efforce de le devenir. Le texte est très cru pour l'époque, et mon personnage plus complexe qu'il y paraît. J'essaie de percer la psychologie de cette jeune femme fragile, qui elle-même ignore ce dont elle est faite. Elle permet aux hommes de la souiller sans lutter, sans même songer à s'en sortir autrement, et reporte sa frustration dans des bouteilles de cognac achetées au marché noir. Un soir, elle rencontre Helena, une autre prostituée de Houston avec qui elle noue un lien intime, et les deux femmes décident de quitter leur bordel pour s'enfuir ensemble. Plus je m'obstine à saisir Henrietta, plus elle me file entre les doigts. Je ne comprends pas ses choix, ni la façon qu'elle a de s'abandonner à tous. Je n'arrive pas à me convaincre qu'elle aime vraiment cette Helena, et que ce n'est pas une énième façon pour elle de laisser sa vie entre les mains d'une autre, parce qu'elle est trop faible pour la prendre en main elle-même. Je crois simplement que je ne l'aime pas. Je la méprise, même. Mais il faut que j'apprenne à l'apprécier pour pouvoir l'incarner. Parce que le texte, l'aime. Le texte, la rend émouvante. Il fait d'elle une héroïne déchue qu'on veut aider. À laquelle on s'attache. Et quand je dis « on », je ne parle pas de moi.

– Tu travailles ?

Je lève les yeux de mon livre. Ashley est debout devant moi, jambes nues, rien qu'une chemise déboutonnée sur le dos. Il se tient juste à droite du lustre en cristal carré, et ses lumières chaudes ont l'air de lui découper la tête en deux.

– Oui… je dis en reposant mes yeux sur ma page.

– Tu veux que je te donne la réplique ?

– Non, merci.

– D'accord. Je suis passé chercher un dossier et changer de pantalon. Un imbécile m'a renversé son café dessus.

– Ah, c'est ennuyeux, je marmonne en ne décollant pas mes yeux du texte.

– Bon, à ce soir.

– À ce soir.

– À moins que…

Il s'accroupit à mes côtés, et glisse sa main sur la page de mon livre. Et puis il le ferme et me retourne délicatement sur le dos. Dès que ses doigts frais entrent en contact avec ma peau tiède, je me prépare à quitter mon corps. Lorsque nous baisons, je ne suis jamais là. Je ne préfère pas. Je ne me laisse jamais réellement dominer ou posséder, par qui que ce soit. Il n'y a rien de plus effrayant. S'abandonner c'est retirer tous ses pions, baisser sa garde, et offrir l'arme du crime à son adversaire. Même en baisant. Même en suçant. Même avec son homme. Avec n'importe qui. On pourrait croire que ma retenue psychique empêche la performance physique, mais ce serait mal comprendre. Si je ne suis plus là, rien ne fait plus peur à mes mains, à mes fesses, à ma langue, à mon sexe. Mon corps devient une machine et son moteur ne ronronne pas. Il vrombit comme celui d'une Ferrari. Ce n'est pas pour rien, qu'Ashley a choisi de me faire partager son neuf cent cinquante-huit mètres carrés sur les hauteurs de Bel Air. Certes, je suis assez belle et racée pour être vue à son bras de grosse pointure. Certes, j'ai plus à dire que les minettes de mon âge, lobotomisées aux selfies et à Instagram, passant leurs journées à décharger la batterie de leur iPhone. Je suis presque aussi cultivée que lui. J'ai la classe qui manque aux Californiennes, et si on me demande d'où elle me vient, je ne suis pas sûre de connaître la réponse. Mais tout cela n'est rien. Rien qui ait de l'importance. Parce qu'au fond, Ashley n'a pas besoin d'une tête pensante. Ni d'un cours sur l'art moderne. Ashley veut être le roi, dans son royaume. Il veut qu'on le vénère et qu'on le choie. Mais surtout, sans jamais avoir à le demander. Sans qu'il ait besoin de prendre un ton un peu plus sec, ou au contraire un peu plus doux. Il veut penser qu'on savoure sa compagnie parce qu'elle est savoureuse. Qu'on est avec lui, uniquement et exactement, pour l'homme qu'il prétend être. Et que si je le suce si bien, c'est parce que sa queue est la plus bonne queue, qu'il m'ait jamais été donné de goûter.

« Oh, Beck… » il me susurre en me pénétrant. Je fais onduler mon corps et écarte mes jambes aussi loin l'une de l'autre, qu'il est possible de le faire. Je me regarde depuis le miroir du plafond. Ou est-ce le contraire ? La fille dans le miroir du plafond, qui me regarde ? Mon corps fait le boulot mais mes yeux sont absents. Et mes expressions fades. « Beck, Beck, Beck… » s'excite Ashley, son haleine friture et sauce barbecue, dans ma bouche. « Oh, Beck ! » Je pose ma main sur la peau plissée de son dos, piqué de poils blancs, et fais jouer mes talents pour qu'il arrive au sommet.

Dans le miroir, il se passe quelque chose. Mon reflet m'échappe. Il me trompe. Il me ment. Je vois mes cheveux changer. Ils deviennent plus épais et plus courts. Et mes taches de rousseur s'estompent. Puis s'effacent. Mes joues gonflent sur mon visage creusé. Ma bouche s'élargit, et mon corps sans graisse se remplume. La chair épaissit mes épaules osseuses, mes bras longilignes, mes mollets. Mes joues rougissent comme celles d'une petite fille en sueur. Elles sont rose bubble gum. Mes taches de rousseur ont à présent complètement disparu de ma peau. *Cette peau* éburnéenne. *Cette peau* immaculée. *Cette peau* irréprochable. Je la contemple en expirant par *ce* nez plus haut que le mien. Et plus rond, aux narines parfaitement rondes, dans lesquelles on pourrait coincer des petits pois. Mes sourcils droits se sont courbés en arcs de cercle parfaitement arqués. Mon menton s'est allongé. Et il est possible que ce soit la dilatation de mes pupilles, mais mes yeux n'ont plus rien de bleu.

Je me cherche dans le miroir. Je ne me trouve plus. J'ai beau plisser les yeux, je ne suis nulle part. Le visage qui se regarde n'est plus là. C'est un autre reflet, qui m'observe l'observer. Le reflet d'un visage que je connais par cœur. Un visage que je connais presque mieux que le mien.

Le sien…

Ashley est sur le point d'arriver. Il grogne comme un chien, ses doigts agrippés dans la raie de mes fesses. Je donne un coup d'accélérateur aux mouvements de mon bassin en simulant un gémissement. Dans le miroir, je ne suis toujours pas réapparue. Mais je sais que ça ne durera pas. Je sais que c'est temporaire. Alors je jette un dernier regard à cet autre visage, avant qu'il ne s'efface et ne m'abandonne.

14

« Comme certains d'entre vous le savent déjà, je m'appelle Seth Grover, et suis l'assistant metteur en scène. Lloyd ne pourra pas être là, ce matin. Il s'est envolé pour New York en urgence, dans la nuit. Je suis chargé de vous faire part du fonctionnement des répétitions », nous annonce un quadragénaire à gueule disgracieuse, et aux oreilles implorant qu'on les recolle. Le type en polo noir se tient debout, pas très à l'aise, sur la grande scène aux rideaux bordeaux et cordes dorées du théâtre.

Aujourd'hui, assis sur les sièges rétractables en velours rouge, il n'y a que les seconds rôles. Cinq filles entre seize et trente-cinq ans, je dirais ; deux femmes d'âge mûr ; et six hommes, milieu de quarantaine jusqu'à vieille cinquantaine. C'est la première fois que nous nous découvrons, et chacun lorgne l'autre avec curiosité. Je parie qu'au moins trois des six hommes, se voient déjà se taper une des cinq filles, dans les loges. Tu joues le rôle d'une pute, moi d'un client, pourquoi ne pas répéter notre scène plus profondément ? On pourrait développer nos personnages… Qu'est-ce que t'en dis, baby ?

Je me demande quelle fille a été choisie pour jouer Helena. La plus jeune ici, a le visage trop poupin. Quinze fois trop virginal pour ça. Elle fait plus fille de pasteur, faisant la révérence à son papa, en jupe plissée et souliers vernis, que pute pernicieuse en porte-jarretelles, prête à s'accroupir bouche béante. Il y a une blonde aux yeux azur, assez jolie dans le genre insipide, dans le genre j'ai déjà oublié à quoi elle ressemblait après deux clignements d'œil. Je ne la sens pas non plus, dans ce rôle. Elle a un physique à avoir une voix frêle, et pas assez de chien pour se rebeller contre un patron de bordel. La blonde platine entièrement rasée, là-bas, a des yeux globuleux qu'il est difficile de fixer trop longtemps sans avoir un réflexe nauséeux. Elle jouera certainement la dernière des huit sœurs d'Elizabeth, le rôle principal. Je me concentre sur les deux dernières filles. Une rousse frisée, pommettes saillantes et nez épaté ; et une blonde foncée presque châtain, aux épaules recouvertes par une volumineuse cascade de cheveux ondulés, épuisés de briller. Toutes deux la vingtaine, toutes deux bien roulées. Je regarde leur façon d'écouter l'assistant metteur en scène, l'expression sur leur visage, la manière dont elles sont assises, dont leurs jambes sont croisées, dont leurs bras sont posés sur les accoudoirs. J'imagine la première en train de me donner la réplique. Puis la deuxième. Puis à nouveau la première. Je me demande avec laquelle je préférerais jouer. Aucune ne m'inspire une passion immédiate. La rousse me surprend à l'observer et m'envoie un sourire gêné, le genre qui s'accompagne d'un ricanement niais. Je ne suis pas convaincue. Helena est décrite comme une calculatrice charismatique, une peste sous couverture. Cette fille aurait beau être l'actrice la plus talentueuse de la planète, la tristesse de ses yeux en amande aux cils clairs, ne ferait pas l'affaire. Ce serait l'autre, alors. La blonde foncée à la crinière de pub Pantene. Je la visualisais autrement, Helena. J'avais déjà dessiné son visage, choisi sa carnation, décidé de son poids. Je lui avais donné un regard noir, mais rieur. Complètement trompeur. Je n'aurais pas dû. C'était idiot. Cette fille est si éloignée de ce que j'avais en tête, qu'elle remet en question tout mon travail. Il va falloir que je trouve en elle, ce qu'Henrietta trouve en Helena. Mais la tâche sera difficile. Pour l'instant, je ne vois rien.

« Je vais vous appeler par rôle, et vous distribuer votre emploi du temps, prévient l'assistant de Lloyd. Tout le monde prendra ainsi connaissance, de ses partenaires de jeu. Je vous conseille vivement cependant, d'échanger vos coordonnées avec tous les autres acteurs ici présents. Pas uniquement ceux avec qui vous avez une scène. Lloyd vous en dira plus lorsqu'il sera de retour, mais il souhaite créer une symbiose entre chaque rôle. » Parfait. Je vais tout de suite savoir si j'ai vu juste. Seth appelle d'abord les hommes. Ils se lèvent un à un et montent sur la scène pour récupérer leur fiche. Ils jouent tous des habitués du bordel. Il y a le violent, le jaloux, le romantique chevaleresque voulant sauver les filles de leur misère, et les trois frères italiens amoureux de la même pute, pas foutue d'en choisir un. Ils se rapprochent plus ou moins, de l'image que je m'étais faite d'eux. Et vient le tour des femmes mûres. Les deux dames joueront les mères maquerelles. Et puis Seth commence à appeler les filles. Je suis la première à monter sur scène. Et c'est au tour de la tête rasée, la rousse frisée, la jeune pucelle, la blonde insipide oubliée en deux battements de cils… Aucune d'entre elles, n'est Helena. J'avais raison, ce sera la blonde foncée. Je soupire en m'enfonçant dans mon siège.

« Edith ! » appelle Seth. Edith ? Elle jouera Edith ? Mais alors, aucune de ces filles n'est *mon* Helena ? La crinière ondulée va chercher son planning, et redescend les marches en se dandinant dans son jeans taille basse blanc pétant. « Bien ! Maintenant, je vais vous expliquer ce que Lloyd attend de vous, pour vendredi. »

La seule raison qui expliquerait qu'Helena ne soit pas présente ici aujourd'hui, serait qu'elle ne fasse pas partie des rôles secondaires. Je réfléchis. Non, son rôle n'est pas plus important que le mien. Si je suis un second rôle, elle l'est aussi. Elle devrait être là.

– Excusez-moi, je coupe Seth, en levant mon bras.

Toutes les têtes se tournent vers moi, dans une synchronisation chorégraphique.

– Oui ?

– Je suis surprise de ne pas voir Helena, ici. C'est un second rôle, je me trompe ?

Mes paroles lui arrivent avec un délai. Qu'est-ce qu'elle me raconte, celle-là ? Il se gratte la tempe en faisant remonter ses joues de rongeur sous ses yeux jaunis. « Hum… hum… » Toutes les têtes se sont tournées vers Seth. « Helena… » il bredouille, en crispant ses lèvres brunes. « Non, non, tu ne te trompes pas. Tu as tout à fait raison. » Il s'accroupit pour attraper sa mallette en croco marron, rabat en triangle ouvert à plat sur la scène. Il plonge sa main à l'intérieur, en sort un dossier de feuilles imprimées, et tourne les pages en mouillant son index avec le bout de sa langue ; ce que personne ne devrait jamais avoir le droit de faire, sous peine d'être aussitôt condamné à l'injection létale ou radié de la race humaine. Il s'attarde sur une page. Il la parcourt, yeux sautant de droite à gauche sans donner l'impression de lire quoi que ce soit, puis s'arrête net, avant de la brandir vers nous. « La voilà ! Voilà l'emploi du temps d'Helena ! Helena ? Helena ? » Personne ne réagit. Les têtes se tournent de tous les côtés. « Le rôle d'Helena n'est pas parmi nous ? » Chacun regarde une énième fois son voisin de gauche, puis son voisin de droite, comme les élèves d'un lycée au premier jour de la rentrée. Timides mais curieux. « Lloyd ne tolérera aucune absence non justifiée. Si vous n'êtes pas à la hauteur de votre rôle, sachez qu'il y a déjà un comédien talentueux prêt à vous le souffler, au bout de ma ligne de téléphone ! Bon, eh bien on dirait qu'une comédienne déçue va recevoir une bonne nouvelle, ce soir. » Tout le monde avale son souffle, et Seth reprend là où je l'avais interrompu. Je suis rassurée que ça ne soit aucune de ces filles. Déçue de ne pas encore avoir mon Helena, mais rassurée tout de même.

« Bonjour ! » s'exclame une voix lourde venant du fond du théâtre, en même temps que les grosses portes battantes noires repartent en arrière. Grincement de chaises général. Tous les dos se tournent. « Je viens de me faire défoncer l'avant par un pick-up, sur Melrose ! Ma voiture est plus cabossée que la tronche de Quasimodo ! Vous pouvez vérifier, je suis garée à trois mètres du théâtre. J'ai fait aussi vite que j'ai pu ! » La jeune femme brune aux cheveux raides, courts, coupés au carré, est visiblement sous pression. Ses joues et son front brillent d'une sueur que l'on remarque à quinze mètres, et sa respiration saccadée rappelle celle d'une partie de jambes en l'air. Elle se hâte de descendre trois par trois, les nombreuses marches tapissées du théâtre, l'air ahuri. Son débardeur bleu ciel en polyester, encolure dégagée et bretelles fines, colle à ses poignées d'amour ; et son opulente poitrine remontée, rebondit dans le mouvement de ses sautillements. Les têtes curieuses ont toujours le cou tordu vers elle, et la regardent avancer vers eux sans un chuchotement. Tout le monde est absorbé par l'élément perturbateur faisant du vent dans sa descente. Son parfum corporel m'arrive jusqu'aux narines, et une fois descendue à mi-chemin, je la reconnais. C'est cette fille, sur qui j'ai foncé l'autre jour. L'amoureuse de Victor Horvath machin-chose, auteur de cette pièce, dont je devrais maintenant savoir prononcer le nom.

« Un grave accident ou la mort, c'est acceptable pour un retard. Rien d'autre ! » lance très sérieusement Seth, déclenchant un fou rire de la salle. « Helena, viens chercher ton planning. » Elle monte sur la scène, suréclairée par six spots noirs aux ampoules archi-blanches, et redescend doucement les marches avec un port de tête royal. On lui poserait une bouteille pleine au sommet du crâne, le liquide ne tremblerait pas. La lumière vive se couche sur son visage rempli, et fait briller ses gigantesques yeux cacao, rangés en haut et en bas, d'une colonie de cils courbés, noirs, noirs, noirs. Noirs comme enduits de suie. Ils sont perçants, presque vicieux, ces yeux. Mais en même temps, étrangement tendres. Le mélange incohérent est glaçant. Exactement ce que j'imaginais pour Helena. Mais glaçant. Je la suis du regard. Elle va s'asseoir au bout de ma rangée, sur le dernier siège, à l'écart des autres acteurs. Et puis elle se penche vers moi, ses yeux se cognent aux miens. Un frisson me parcourt. Elle me sourit.

15

Je ne dors pas. Il est quatre heures trente-deux du matin, et je ne dors pas. Ashley ronfle, la moitié de la tronche écrasée dans l'oreiller. L'autre moitié est une illustration de l'antiséduction : bouche grande ouverte, vue panoramique sur amygdales, lèvres brillantes de salive, narine dilatée, peau gonflée, gorgée de sommeil. Il est allongé nu, son torse massif enfoncé dans le matelas, comme un bloc de métal attiré par un sol aimanté. Ses fesses plates, vidées de matière, ont l'air d'avoir été passées au presse-papier. Il a une jambe par-dessus les draps blancs, fraîchement lavés et repassés par notre femme de ménage ; un bras le long de son dos, et l'autre, dénué de toute pression, qui pend dans le vide. Sa main est pliée en deux, et le bout de ses ongles carrés touche juste, la moquette en velours sable. Toutes les cinq minutes, Ashley bouge sa jambe suintante de gauche à droite et mouille la mienne. Toutes les cinq minutes, j'essuie mon mollet sur le drap blanc. Je me pousse jusqu'au bord du matelas, à l'extrême extrémité – plus, j'en tomberais – et rassemble ma jambe droite et mon bras droit pour ne plus être frôlée. J'essaie de ne penser à rien. Mais ne penser à rien est tout un travail, et le travail stimule l'esprit. Et il y a tellement de choses auxquelles ne pas penser, que je suis très stimulée. Je débranche mon iPhone de sa prise, et jette un œil aux nouvelles du jour. Sur

CNN, et puis sur Yahoo. N'importe quoi pour m'abrutir, je ne demande qu'à m'endormir. Je clique sur une vidéo, parlant de l'euthanasie assistée pour les personnes souffrant de maladies mentales. Ça devrait faire l'affaire. Je commence à la regarder avec juste un « trait » de son, puis appuie sur mon téléphone pour monter d'un second trait. Et puis la vidéo devient intéressante et je monte le son d'un troisième, et d'un quatrième trait. J'entends un mot sur deux, entre les ronflements d'ours asthmatique d'Ashley. Je reviens en arrière et monte le son de moitié. Et bientôt, je suis presque au maximum. Je sens que l'ours est à un doigt de sortir de son sommeil, alors j'arrête la vidéo, me redresse aussi silencieusement que possible, et sors du lit. Je sautille jusqu'à la porte de la chambre sur la pointe des pieds, et me remets à marcher normalement dans le couloir.

Guidée à la lumière de mon portable, je longe les murs, peints d'un blanc infusé d'une pointe de pêche, et décorés de ces photographies noir et blanc, inutiles et ridicules, de pieds et mains de femme. Il y en a partout, de ces photos de morceaux de corps féminins, enfermées dans des cadres tantôt blancs, tantôt noirs. De l'aile est à l'aile ouest. Dans chaque chambre, chaque couloir. Une sorte de délire fétichiste, qui assombrit les murs clairs de son ambiance obsessionnelle. Un décor qu'on imaginerait facilement être celui de chez un tueur en série, bien propre sur lui. Un sociopathe qui tue pour l'esthétisme du geste. Qui érotise les membres sectionnés de ses victimes en les photographiant. Et qui expose les clichés pour pouvoir se branler devant. Qui sait, peut-être que c'est ce que ces photos sont ? Une réminiscence des atrocités qu'a commises Ashley Randolph ? Peut-être qu'avec tout ce pognon, il n'a plus su comment se satisfaire… Que mes gorges profondes baignées de salive n'étaient plus assez ? Qu'il fallait posséder ce que même lui, ne pouvait acheter ? Qui sait, peut-être que je longe les couloirs d'un Ted Bundy, sans le savoir…

La moquette beige duveteuse, aux poils plus longs que ceux des autres pièces, me caresse les plantes de pied. J'arrive dehors, devant la véranda verte Art nouveau très française, au toit bombé, orné de moulures en fer magnifiquement détaillées. Seul endroit avec un peu d'âme, dans cette propriété prétentieuse faisant semblant d'être quelqu'un.

Mon ensemble vert menthe, caraco et short en soie frangé de dentelles, me tient beaucoup trop chaud. Il fait au moins mille degrés, ce soir. Même sans soleil, l'air continue de cuire. Je pense à ôter mes vêtements, mais poser mes fesses nues sur le long banc blanc en pierres reconstituées, sur lequel toutes les fourmis de la terrasse viennent faire des allers-retours, ne me dit rien. Je passe le dos de ma main dessus pour les virer de là, et m'assieds en allongeant mes jambes sur la table triangulaire en marbre gris.

Seules les ampoules bleues, fixées aux quatre coins de notre énorme piscine ronde à la mosaïque blanche, éclairent le périmètre. Elles font scintiller l'herbe, mouillée par l'arrosage automatique. Et le halo de lumière caresse toute la plantation de roses de porcelaine et d'orchidées blanches, longeant le buisson impeccablement taillé, allant d'un bout à l'autre de la terrasse. Je regarde cet endroit féerique, et dois me rappeler qu'il n'est pas vraiment le mien. Ces deux gigantesques palmiers, sous lesquels on trouve de l'ombre à toute heure de la journée, plantés de chaque côté de la piscine, ne sont pas mes palmiers. Je ne possède pas un seul des galets blancs, dispersés autour du jacuzzi en granit rose. Cette odeur de chlore, échappée de la piscine dans laquelle je me baigne toujours seule, toujours nue, et jamais longtemps, je la respire parce que j'y suis autorisée. Mais rien de tout cela n'est à moi. Vraiment. Et au fond, ça m'est bien égal. Je suis la fille d'un plombier, fils de plombier, petit-fils de plombier, de Muskogee, Oklahoma ; et d'une femme au foyer, fille de femme au foyer, petite-fille de femme au foyer, de Muskogee, Oklahoma. Je devrais déjà être ravie d'être ici, dans la villa à plusieurs millions d'un gros bonnet, fils de gros bonnet, petit-fils de gros bonnet, de Bel Air, Los Angeles. Mais ce n'est pas ainsi que je vois les choses. De loin, je suis peut-être un modèle pour toutes les filles de plombiers, fils de plombiers, petits-fils de plombiers, de Muskogee, Oklahoma ; et toutes les filles de femmes au foyer, filles de femmes au foyer, petites-filles de femmes au foyer, de Muskogee, Oklahoma. Mais moi, je ne considère pas ça comme une victoire, d'être ici, dans cette luxueuse villa de gros bonnet, chlinguant le fric à chaque centimètre carré. Au contraire. Elle me rappelle que moi, pour le moment, je n'ai rien accompli. Mais réussir à tout prix n'est pas l'huile de mon moteur. C'est rarement uniquement pour soi-même, que l'on veut briller. On veut réussir car il faut prouver à ceux qui vous ont aimé pour rien, qu'ils ont eu raison de le faire. Et à ceux qui ne vous ont pas aimé, qu'ils ont eu tort les salauds. La victoire est inutile, si personne n'en est témoin. Et moi, je n'ai plus personne à épater. Plus de mère à émouvoir devant un trophée. Plus de sœur à qui donner envie de me ressembler. Et même si mon père est encore là, un prix Nobel à mon nom n'adoucirait pas la ligne de ses sourcils, cimentée dans un froncement. Réussir ne me servirait à rien. Je suis libre d'échouer, si j'en ai envie. Et quelque part, c'est la plus apaisante des victoires. Alors oui, aucune de ces choses ici, dans cette luxueuse demeure, n'est le fruit de mon labeur. Aucune de ces choses n'est mienne. Réellement. Mais ça n'a aucune importance. Et surtout, elles ne m'intéressent pas, ces choses. Bien sûr, je ne voudrais pas quitter cette vie diablement facile pour en retrouver une plus pénible, demandant plus de travail pour accéder à un résultat moindre. Mais ma motivation n'est en rien matérielle. Je n'ai pas choisi Ashley pour qu'il m'emmène faire des emplettes chez Hermès, et remplisse mes poches de pierres taillées. Il sait bien que je ne suis pas cette fille, et c'est une des raisons pour lesquelles je lui plais tant. Mais il ignore ce qui moi, me plaît en lui. À vrai dire, rien. Absolument rien ne me plaît en lui. Pas sa façon de me toucher. Pas sa façon de me parler. Pas sa façon de me baiser. Pas ses mains à la peau de pachyderme, doigts secs, arides, épais. Pas ses yeux d'un gris fadasse, d'un regard soporifique, dans lequel il n'y a rien à voir, rien à trouver. Pas son sourire sans charme, son rire sans musique, sa voix sans sucre.

Je n'aime *rien*.

Mais je le voulais *lui*.

Mais ce n'est pas pour *moi*, que je l'ai choisi.

Je soupire douloureusement. La nuit est d'un bleu indigo foncé, contrasté de noir. Et les étoiles sont nombreuses, ce soir. Bien plus que d'habitude. Je les regarde exploser dans la semi-obscurité, puis ferme les yeux quelques instants. Je souffle délicatement, comme une brise de juillet. J'essaie de me détendre. J'essaie, au moins.

Un bruit me fait sursauter. Mes yeux se rouvrent. Qu'est-ce que c'était ? Je l'entends à nouveau. Et ce sont à présent des bruits, plusieurs bruits, comme des petits cris d'animaux et une main qui tape sur quelque chose. Je me lève et appuie sur l'interrupteur du muret blanc. Le jardin s'illumine. J'inspecte les alentours, sourcils froncés. Les bruits s'amplifient. J'ai toujours appris à avancer contre ma peur, alors j'avance. Je me dirige vers ces bruits, doucement. Ils me semblent venir de l'autre côté de la clôture en verre, derrière le buisson taillé. Vers l'allée, en face du parking. Je soulève les pieds du jaguar en bronze dressé devant la plantation de lys, et récupère la petite clef argentée, cachée dessous. J'ouvre la porte de la clôture vitrée et sors sur l'allée. Mon cœur frappe fort.

Une de nos deux bennes à ordures s'agite. La verte, au couvercle gris. Celle dans laquelle je ne suis censée jeter que les périssables, mais dans laquelle je jette n'importe quoi, parce que personne ne vient vérifier, et que j'ai autre chose à faire que de perdre mon temps à sauver une planète qui ne demande qu'à disparaître. Quelque chose se passe, à l'intérieur de cette poubelle… Des papiers se froissent et des morceaux de verre se broient. Ses parois en plastique se bombent, et le bruit de cette masse inquiétante qui tape, se mêle à celui d'une bête agonisante semblant appeler à l'aide. Je frémis et recule. Et je recule encore. Et un raton laveur aux yeux rouges et griffes acérées, fait sauter le couvercle. Il jaillit hors de la benne, me frôle les mollets, et détale je ne sais où. Je sursaute si brusquement, que je m'en mords la langue. Le contrepoids a fait tomber la poubelle dans un vacarme pas possible. Elle vomit ses cadavres de bouteilles, pots de marmelade, restes de plats commandés, cartons de lait, pâtes à la crème de truffe solidifiées, sacs plastique déchirés, bouteilles de shampoing, et autres déchets. Je tressaille, lorsque mes yeux se heurtent à une longue jambe pâle, raide, semblable à celle d'un mannequin de cire. Elle est peinturlurée de rouge. En étirant mon cou, j'aperçois le reste du corps, enfoui sous des kilos d'emballages alimentaires et carrés de polystyrène. Une vague de froid vient s'engouffrer sous mon caraco. Le souffle plus pointu qu'un pic de compas s'agrafe au duvet de ma nuque, et fait se soulever mes poils au garde-à-vous. Ce frisson aiguisé frigorifie mes vertèbres, s'en va glacer mes jambes engourdies et mes pieds paralysés, avant de reprendre sa pénible traversée dans l'autre sens.

Mes yeux se figent sur le visage déchiqueté du cadavre. Un visage qui n'en est plus un. Qui n'en porte plus aucune caractéristique. Ce n'est plus qu'une forme ovale de chair cramoisie. Un steak de bœuf cru filandreux. Une viande malade avariée. Trop foncée. Dont aucun chien ne voudrait. Seuls les globes oculaires rappellent qu'il fut un temps, cette chose était un visage. Et ses longues boucles dorées, d'un or éteint déjà mort, indiquent qu'il était celui d'une femme.

Malgré les détritus dispersés sur son corps, je vois des fils de fer sortir de ses épaules dépiautées. Et son cou a été tranché d'une oreille à l'autre, laissant clairement voir l'intérieur de sa gorge. Si profondément, qu'on distingue un morceau de cervicale à travers son œsophage. C'est un fleuve d'hémoglobine, qui s'est déversé de ce corps fluet, à travers cette tunique à lacets dont il serait difficile de deviner la couleur initiale. Et bien que ce sang soit sec, il sent aussi fort que s'il était frais. L'odeur est celle d'une montagne de pièces de monnaie rouillées. D'un sac de ferraille immergé dans un bain d'acétone. L'air en est saturé. Comme s'il produisait lui-même, cette odeur de mort. Comme si l'air lui-même, était rouillé. Je suffoque. Ma poitrine est cognée par cent battements seconde, et mes mains gigotent convulsivement.

« Beck ? » lance une voix. Ça doit être celle d'Ashley, mais je suis sonnée et immobilisée. Incapable de répondre ou de me retourner. Incapable de penser. « Beck ! » m'appelle-t-il de plus près. Je l'entends arriver derrière moi. Je crois. Il me parle. Je crois. « Qu'est-ce que tu fais là ? Oh mon Dieu ! » hurle-t-il en découvrant le corps. Il m'attrape par les épaules et me tourne vers lui. « Beck, tu es blessée ? Est-ce que tu vas bien ? Qu'est-ce qui s'est passé ? Réponds-moi, bon sang ! Beck ? Oh mon Dieu, oh mon Dieu, oh mon Dieu… »

16

J'ai la sensation d'être défoncée au sirop pour la toux. D'en avoir avalé un flacon. Je suis tellement groggy, que je me demande si je ne flotte pas. Ou si je ne rêve pas. Je ne sens pas mes pieds se poser au sol. Ni mes jambes se plier pour avancer. Mes muscles ont comme fondu au micro-ondes.

Les gyrophares font clignoter les troncs d'arbres, et les voitures de police aux sirènes braillardes n'en finissent plus de faire crisser leurs pneus dans l'avenue. Le brouhaha des allées et venues me donne le tournis. J'avance à côté d'un flic en uniforme, qui me parle sans que je l'entende. Je n'entends que cet acouphène assourdissant. Il siffle comme un train sur le départ. Voilà que le flic me fait asseoir sur le rebord d'une ambulance. Les agents du FBI en tenue officielle sont si nombreux, qu'ils foncent la rue déjà sombre, de leur présence. Je les vois flous et au ralenti. Toutes les fenêtres de la prochaine maison à droite sont allumées, et un type observe la scène avec ses jumelles, depuis son balcon. Mes oreilles se débouchent juste ce qu'il faut, pour entendre les aboiements féroces, sans pause ni espace, d'un très gros chien, rottweiler ou doberman, venant de la prochaine maison à gauche. Deux camions de télévision déboulent l'avenue à toute allure, et se garent en plein milieu de la chaussée. Quatre journalistes survoltés en sortent, micro en main, accompagnés par leurs cameramen, branchés sur la même énergie électrique. Ils sont aussitôt rembarrés par des policiers, et une bande jaune fluo est déroulée pour quadriller le périmètre.

Ashley est debout à côté de moi, chemise blanche boutonnée de travers, caleçon rayé, et chaussons fourrés en renard. Il est échevelé, la gueule en fatras. Ses fausses fossettes s'élargissent dans ses joues, et les lignes sur son front et sous ses yeux paraissent en désordre. Il ne m'a pas lâchée d'une semelle. Il a l'air plus inquiet de me voir si choquée, que choqué d'avoir un cadavre dans son allée.

– Mademoiselle, mademoiselle, vous m'entendez ? me demande un agent en uniforme, accroupi devant l'ambulance.

Ma bouche est ouverte, mes yeux embués.

– Elle est en état de choc. Amenez-moi une bouteille d'eau ! s'écrie-t-il. Mademoiselle, pouvez-vous décliner votre identité ?

– J'ai soif, je chuchote.

– Comment vous appelez-vous ?

– Soif…

– On vous apporte de l'eau. Est-ce que vous pouvez me donner votre nom ?

– Elle s'appelle Beck Westbrook. C'est ma compagne, répond Ash à ma place.

L'agent me tend une petite bouteille d'eau. En voulant l'attraper, ma main ankylosée incapable de serrer les doigts la laisse tomber sur la chaussée.

– Vous êtes blessée ? il m'interroge en claquant des doigts vers l'un des ambulanciers, qui se hâte de nous rejoindre.

– Non.

– Vous êtes sûre ?

L'ambulancier arrive en courant, et m'introduit l'agressive

lumière de sa lampe de poche miniature dans chaque œil, afin de m'examiner.

– Je vais bien, je chuchote sourdement en le repoussant.

– Vous rappelez-vous ce qui s'est passé ?

Je n'ai pas bien entendu la question du flic, à moitié disparue sous les aboiements incessants, du chien enragé du voisin.

– Pardon ?

– Vous rappelez-vous, ce qui s'est passé ?

– S'il vous plaît, laissez-moi, je ne suis pas blessée, je dis au secouriste qui me scrute d'un œil anxieux. Oui, je me rappelle.

Ma voix se noue. Les sons qui en sortent passent du grave à l'aigu, comme un adolescent en période de mue. Une main me tend une autre petite bouteille d'eau, que j'attrape cette fois-ci fermement. Je bois en faisant craquer le plastique sous l'impulsion de mes doigts, et la vide d'une traite.

« Dégagez ! Dégagez ! » tonitrue un homme, se frayant un passage dans le troupeau. Je le vois avancer vers moi, et devine à sa prestance qu'il s'agit d'un type important. Le bonhomme d'environ un mètre soixante-huit à la soixantaine bien entamée, a un léger surpoids, des épaules carrées, et de petites jambes arquées presque tordues. Ses imperceptibles yeux de taupe, orphelins de sourcils, sont foncés comme des billes de raisin noir. Ils ne donnent aucune indication sur ce qu'ils regardent. Ils sont bien trop petits et trop mats, pour ça. Et le brun aux reflets mordorés étonnamment éclatants, de ses cheveux, est trop uniforme pour ne pas être artificiel. L'homme est serré dans une veste de costume alezane, jurant avec son pantalon gris vert, lui-même n'ayant rien à voir avec ses baskets bordeaux à lacets bleus. Il ne ressemble pas à grand-chose, mais sa démarche assurée et sa posture de soldat lui confèrent une allure de chef.

– Je prends la relève, il dit avec assurance à l'agent qui m'interrogeait.

– Bien, lui répond l'autre avant de nous laisser.

Le fagoté aux cheveux teints jette un regard suspect en direction d'Ashley, et se retourne vers moi. Puis il regarde à sa gauche, à sa droite, devant et derrière lui, et décide de grimper dans l'ambulance.

– Avancez-vous un peu, je vous prie, il me demande sans même me regarder, en me montrant où me placer.

Je m'exécute, et il ferme les portes du véhicule au nez d'Ashley.

Le chauffeur de l'ambulance a déguerpi de derrière son volant. Il n'y a que lui, moi, et sa présence oppressante qui prend tout l'espace.

– On sera mieux, comme ça. On ne s'entend pas, dans tout ce chahut ! Je suis l'agent Hart, FBI. Comment vous appelez-vous ?

– Beck.

– Beck comment ?

– Westbrook.

– West-brook… il répète en coupant mon nom en deux.

Il sort un petit calepin ainsi qu'un gros stylo à plume, de la poche intérieure de sa veste, et tourne les pages jusqu'à en trouver une vierge. Et puis il note quelque chose dessus. Mon nom, sûrement.

– Très bien, Beck West-brook. Beck, que faisiez-vous réveillée à cette heure-ci ?

– Je n'arrivais pas à dormir, alors je suis allée m'asseoir dehors, sur la terrasse de notre jardin. Pour ne pas réveiller mon conjoint.

– Ça vous arrive souvent, de ne pas réussir à dormir ?

– Oui, souvent.

– Très bien.

Il n'exprime aucune empathie, aucune sympathie. Il est aussi sec que distant.

– Asseyez-vous, si vous préférez. Vous devez être sous le choc, il dit sans adoucir son ton. Vous êtes la personne qui a découvert le corps, n'est-ce pas ?

– Oui.

– Asseyez-vous, asseyez-vous, Beck. Vous m'avez l'air bien affaiblie.

– D'accord, je murmure en m'accroupissant.

– Bon, je vais vous demander de me guider à travers ces quelques minutes. Celles qui ont précédé la découverte du corps.

– D'accord.

– Juste une chose. Cette benne était-elle déjà renversée, lorsque vous êtes arrivée ?

– Non. J'ai entendu des bruits… qui provenaient de l'intérieur. C'était un raton. Un raton laveur. Il a sauté hors de la benne et tout s'est renversé, je dis d'une minuscule voix.

– Très bien. Alors, reprenons du début. Essayez de vous rappeler exactement, ce qui s'est passé.

– D'accord.

– Vous n'arrivez pas à dormir, où êtes-vous ?

– Dans le lit d'abord, et puis je me lève pour aller m'asseoir dehors.

– Dehors ?

– Sur la terrasse, en face de la piscine.

– Huh, huh…

– Je commençais à réveiller Ashley, avec la lumière et le son de mon téléphone. J'ai préféré aller autre part, pour le laisser dormir.

– Ashley, votre ami ? Celui qui a appelé la police ?

– Oui.
– Bien.
– Je m'assieds sur le banc de la terrasse, et après quelques minutes, je commence à entendre ces bruits…
– Quels genres de bruits ?
– Je ne sais pas, exactement. Des petits cris d'animaux. Quelque chose qui tape contre une paroi.
– Huh, huh…
– Alors je me lève. Et je les suis, ces bruits.
– D'où viennent-ils ?
– De notre allée. Ils viennent de notre allée.
L'agent Hart plie la peau de son menton entre son pouce et son index, puis s'accroupit à mes côtés.
– Vous n'avez pas eu peur, de suivre ces bruits ?
Je vois son regard changer. Il me regarde soudain comme une petite chose. Une toute petite chose fragile, faite de porcelaine et de coton. Je ne supporte pas, qu'on me regarde comme ça. Comme un moineau mignon, qu'on a envie de recouvrir de ses mains. Peu importe les circonstances. Même celles-ci.
– Si, j'ai eu peur. Mais ça ne m'a pas arrêtée.
Il hoche la tête. Son regard redevient froid.
– Continuez.
– J'ai ouvert la clôture du jardin, et suis sortie sur l'allée. La benne a commencé à s'agiter. J'ai pensé que ça pouvait être un coyote, alors j'ai reculé. Et puis le couvercle a sauté. Le raton laveur a fait sauter le couvercle… et tout est tombé… D'un coup.
J'appuie ma main droite sur ma bouche, me retenant d'éclabousser les baskets bordeaux de l'agent Hart, des trois salades de crevettes ingurgitées la veille. Il voit que je lutte pour ne pas décoller cette main de mes lèvres, et recule d'un pas au cas où je lâcherais tout. Ma main gauche s'accroche au pied du

brancard. Je respire par le nez, yeux fermés, en avalant ma bile. Hart attend de me voir rouvrir les yeux, puis reprend son interrogatoire.

– Avez-vous entendu d'autres bruits, avant que la poubelle ne tombe ? Des bruits venant de plus loin, dans la rue ? Un moteur de voiture, peut-être ? Avez-vous aperçu un rôdeur ?

– Non. Rien de tout ça.

– Très bien. Je suis désolé pour ce que vous venez de vivre, Beck, il lâche, le visage imprégné de gravité.

– Vous croyez que c'est ce tueur, dont on entend parler partout ?

Il pose ses yeux par terre en plissant les lèvres, et secoue très légèrement la tête.

– Allez vous reposer.

– Pourquoi aurait-il déposé ce corps dans notre allée ? Pourquoi la nôtre ?

Je sens qu'il ne veut pas me répondre, ou qu'il ne peut pas, ou qu'il ne sait pas. Mais je veux une réponse à ma question. Même s'il n'est pas sûr. Même s'il ne sait pas. Je ne veux pas qu'il quitte cette ambulance, sans m'avoir répondu quelque chose. Même si c'est un mensonge.

– Je ne sais pas.

– Je viens de découvrir un corps mort devant chez moi, Monsieur Hart. J'ai vu tant de sang, que je me demande si j'arriverai un jour à pouvoir faire comme si je n'avais jamais vu autant de sang sur un corps humain. (Je marque une pause.) Ou si j'arriverai un jour à voir un autre corps humain sans involontairement me l'imaginer se vider de son sang. (Je marque une seconde pause.) Je veux pouvoir espérer m'endormir, peut-être, qui sait, dans deux ou trois semaines. Dans un mois, si j'ai de la chance… Mais pour ça, j'ai besoin d'être rassurée, Monsieur Hart. Parce que là, tout de suite, je ne suis pas rassurée. Pas du tout. Vous comprenez ?

Il acquiesce d'un hochement de tête.

– Il n'en a pas après vous. S'il s'agit effectivement de cet homme, le lieu où il abandonne ses victimes n'est en rien personnel.

Hart pose sa main sur mon épaule, et se prépare à ouvrir les portes du camion.

– Vous êtes bien sûr de ça ?

Il se retourne.

– Le premier corps a été retrouvé sur De Longpre… je dis les yeux grands ouverts.

Il se mouille les lèvres, et fronce ses arcades sourcilières sans sourcils.

– Ma tante a un appartement, sur De Longpre. J'y ai moi-même habité.

Ses yeux mats s'illuminent. Je distingue même des pupilles, dans ses iris noirs. Il les cligne, deux fois, trois fois, sort un « Huh, huh… », puis plaque son avant-bras contre la portière de l'ambulance. À en croire les poches se remplissant sous ses yeux, et les vagues se formant sur son front et aux coins de ses lèvres gercées, il réfléchit difficilement.

– Le deuxième corps. C'est le deuxième corps, qui a été retrouvé sur De Longpre, il me corrige. Aviez-vous déjà aperçu la victime, avant ce soir ?

– La victime ? Comment pourrais-je le savoir ? Elle n'a plus de visage…

– Hum… Et celle de De Longpre, Holly Duvall ? La connaissiez-vous ?

– Non. Non, pas du tout.

– Et les autres jeunes femmes ?

– Non. Leur nom ne me dit rien.

Une expiration vient gonfler ses énormes narines. Il plie son index en deux, et se le mordille en regardant ailleurs.

– Quelqu'un vous voudrait du mal ?

– Non… Enfin je ne crois pas. Je ne vois pas pourquoi.

– À en croire votre accent, vous n'êtes pas de Californie ?

Je m'étonne qu'il ait entendu mon accent. Je le camoufle bien. Personne ne l'entend, d'habitude. Peut-être est-ce l'émotion, qui l'a épaissi.

– Je suis de l'Oklahoma.

– Huh ! il lance en hochant la tête, paupières haussées. L'Oklahoma, hein ? The Sooner State ! Hum… Qu'est-ce qui vous a amenée à Los Angeles ?

– Je suis comédienne.

– Évidemment ! Comédienne… Évidemment. Qui ne l'est pas, ici ?

– Amusant.

– Oui, bon… Vous êtes-vous fait des ennemis, récemment ? Ou moins récemment ?

– Des ennemis ?

Mais qu'est-ce que c'est que ces questions clichées de série B ! Vraiment ? C'est le mieux qu'il puisse faire ?

– Non, pas d'ennemis. Pas que je sache.

– Travaillez-vous sur quelque chose, actuellement ?

– Je viens d'être castée dans une pièce de théâtre, je dis avec ce même ton de cliente frustrée par un employé incompétent.

– Hmm… Et rien à signaler de ce côté-là ?

– Comment ça ? Non, rien à signaler.

– Vous avez de la famille, ici, à Los Angeles ?

– Une tante, mais elle n'est pas en ville en ce moment.

– Personne d'autre ?

– Non.

Il rouvre son petit calepin, et tourne une quinzaine de pages. J'attends. Il arrive finalement à celle qu'il cherchait.

– Beck West-brook… il chuchote en relisant ses notes. Beck West-brook…

– Vous pensez que je suis en danger ?

Ses yeux évitent les miens. Hart cherche quelque chose à répondre, mais rien n'a l'air de lui convenir.

– Avez-vous remarqué des anormalités se produire autour de vous, ces derniers temps ?

– Anormalités ?

– Oui.

– Que voulez-vous dire, par anormalités ?

– Une présence dérangeante ? Quelqu'un qui vous suivrait ? Un ex-petit ami, peut-être ? Un visage inconnu, qui apparaîtrait de plus en plus souvent ?

Je pense évidemment, immédiatement à *l'homme mirage*. À ses yeux cruellement familiers. À la façon qu'ils ont de me mitrailler. Je pense à ce mot, qu'il a laissé sur le couvercle de mon gobelet de café. Ces lettres estompées, faites au feutre noir. Ce prénom sacré, qu'il a osé écrire de *sa* main. *Personne ne devrait avoir le droit d'écrire ce nom*. De le salir de sa salive. Ces quatre lettres précieuses, moi seule, devrais être habilitée à les prononcer. À les penser. À les connaître tout court.

Et ce pendentif tout aussi précieux, qu'il m'a rapporté… Il l'a touché de *ses* doigts d'étranger. Il l'a contaminé de *son* ADN. De *ses* cellules impures. Il a abîmé sa magie. Violé son essence. Débranché ses ondes. Cette croix, que je voulais croire possédée par l'énergie de ma sœur, et qui n'avait jamais connu que deux peaux. L'en voilà souillée.

Mais il l'a retrouvée. Il l'a ramenée à moi. Et pour ça, je l'absous d'avoir corrompu mon bien le plus précieux. Mais il a retrouvé ma croix parce qu'il me suivait. Forcément. Et je me demande pourquoi. Pourquoi cet homme me suit. Pourquoi me regarde-t-il de ses yeux armés, prêts à faire feu, à tirer en rafales jusqu'à épuisement des munitions. Pourquoi avait-il l'air de vouloir soulever ma robe et m'écarter les cuisses en pleine rue, pour me prendre, cigarette au bec, contre une bagnole garée sur le côté. Et ça, avant de me tordre le cou. Pour la énième fois, je me le demande. Qui est-il ? Que me veut-il ? Je me le demande parce que je crève de savoir, pas parce que j'ai peur. Il serait naturel, d'avoir peur. N'importe qui d'autre à ma place aurait peur.

Moi, je me moque bien de la peur.

Je veux savoir pour comprendre. C'est une nécessité d'urgence absolue. Et puis cet homme m'attise. Penser à lui, m'excite. Follement. Rares sont les hommes qui réveillent ma libido, et celui-là inonde mes dessous. On n'explique pas, ces choses-là. Parce qu'elles n'ont aucun sens. Qu'elles sont ce qu'elles sont. C'est tout. Que pourrais-je dire à cet agent du FBI aux yeux de taupe, chauve de sourcils ? Quoi ? Qu'un énigmatique inconnu me suit à la trace, et que s'il le demandait, je le laisserais me baiser sans capote dans les chiottes crades d'un bar à putes ? Il ne comprendrait évidemment pas. Moi-même, je ne comprends rien.

– Non, je réponds en pressant ma croix entre mes doigts moites. Rien d'anormal.

17

Nous sommes dimanche, il est dix heures deux. Dix heures trois, maintenant. Je viens tout juste de me réveiller. Ça veut dire que pour la première fois en huit mois et demi, je ne me suis pas réveillée avant Ashley pour lui préparer son omelette à la con. Et il ne m'a pas réveillée pour que je le fasse. Ce n'est pas son genre. Il faut vouloir les casser, ces œufs, pour que ça lui plaise. Si on est contraint à casser ces putains d'œufs, qu'on ne le fait pas sourire aux lèvres et joie au cœur, le geste ne l'intéresse plus. Pourtant, je ne l'ai jamais fait sourire aux lèvres et joie au cœur. Je faisais sa putain d'omelette, narines fumantes, rage au bide, lèvres tordues en demi-lune, puis entrais dans la chambre avec un sourire hollywoodien, la dent qui brille, « ding ! ». Je veux bien jouer les soubrettes soumises, mais me rappelle tout de même que ce n'est pas ce que je suis. Je ne pousse pas la mascarade jusqu'à me convaincre moi-même. Quand même pas.

La lumière du jour s'allonge en une ligne droite épaisse, sur les murs lisses, blanc beige rosé. Elle longe le mur me faisant face, comme une barrière de sécurité à ne pas franchir.

Je suis de mauvaise humeur. Très mauvaise, frôlant l'abominable. J'ai le poil hérissé. J'ai mal dormi. Je me suis réveillée tard, mais mon sommeil fut agité. J'ai encore fait *ce* rêve. Celui où je tente de déceler *le bruit* qui a réveillé mon père, la nuit où il a défiguré Leah. Je nous ai revues toutes les deux, dans nos pantalons courts de pyjama, à papillons bleus et jaunes pour Leah, à rayures marine pour moi. Et dans nos T-shirts décolorés, usés par les lavages en machine, rigides comme du carton ; qu'il fallait détendre et ramollir en les chiffonnant, avant de pouvoir les enfiler et d'avoir à supporter leur tissu piquant, sur nos peaux douces de fillettes. Je nous ai revues avancer à tâtons, pieds nus, dans ce couloir étriqué au parquet rouge. Le bois des lattes grinçait sous nos pieds, et il fallait s'arrêter à chaque pas. Ça nous a pris une éternité, pour arriver jusqu'à la chambre de papa et maman. Ça prenait toujours une éternité. Avant que Leah n'entre, nous nous sommes arrêtées devant la toute petite étagère basse en bois de chêne, qui nous arrivait à peine aux genoux. Ce petit meuble bleu de cobalt, sur lequel maman gardait ses romans préférés. Ceux qu'elle aimait souvent relire, et aussi les jolis livres lourds aux couvertures plastifiées brillantes, avec toutes ces belles images de pays exotiques où elle savait qu'elle n'irait jamais. Il y avait un chat en verre rose, nœud papillon noir autour du cou, posé sur le premier des deux étages de la petite étagère. Il était assis sur un roman à l'eau de rose, à la couverture décatie et écornée. Je savais que c'était un roman d'amour, parce qu'il y avait deux imbéciles en chapeaux de paille idiots, qui s'enlaçaient sur la couverture. J'avais toujours détesté cette couverture. Maman avait lu le livre si souvent, que l'usure avait effacé plusieurs lettres du titre, et la moitié de la robe rose plissée de la fille. Les couleurs encore visibles étaient ternies, blanchies. Il y avait aussi une lampe en mosaïque de verre, violet et marron, posée sur la petite étagère bleue. Cette lampe, qui restait toujours allumée durant la nuit. Dès dix-neuf heures, lorsque maman passait dans le couloir pour aller troquer ses vêtements de journée contre ses habits de nuit, elle l'allumait. Et sur cette étagère, je me rappelle également une petite coupelle en verre soufflé, rouge et bleu, pleine de pétales fanés, de clous de girofle, et de fausses perles blanc nacré. L'odeur qui s'en dégageait, je la sens aussi bien qu'à l'époque. Il ne manque à mon souvenir aucun arôme. J'en renifle chaque pétale, chaque clou. Dans mon rêve, j'ai revu Leah poser sa main sur le mur ivoire sérieusement fissuré du couloir. Un mur ivoire, noirci de lignes sur sa hauteur comme le muret d'une cheminée. J'ai revu ses petits doigts charnus aux ongles courts, éclairés par l'ampoule jaune de la lampe en mosaïque. Sa toute petite main, aux tout petits doigts, aux tout petits ongles… On devait taper trois fois sur ce mur, avec notre main gauche. C'était notre top départ. Juste avec l'intérieur de la main. Tout doucement. Ça ne devait faire aucun bruit. Leah l'avait fait si doucement cette nuit-là, que sa main n'avait même pas dû toucher le mur. Et puis elle m'a regardée. Elle m'a envoyé ce regard, d'un suicidaire prêt à se jeter dans le vide. D'un militaire prêt à sauter sur une mine. Et elle a commencé à avancer. Le meuble bleu était exactement devant la chambre de nos parents. La lumière jaune foncé de la lampe, exactement dans le champ de la chaise. Avant d'entrer, Leah s'est retournée. Elle m'a regardée encore une fois. Je lui ai fait un hochement de tête approbateur, pour lui insuffler du courage. J'étais son équipière sur zone de guerre. Je disais : « Oui soldat, tu peux y aller. » Et elle est entrée. Elle a avancé à la manière d'un funambule. Nous avions déjà fait ce parcours des vingtaines de fois. Des trentaines de fois. Mais chaque fois, c'était comme la première fois. Lorsqu'elle est arrivée au niveau de la chaise en osier, sur le dossier de laquelle était posé le pantalon beige de notre père, elle s'est arrêtée. Je savais qu'elle se concentrait. Elle s'appliquait à reprendre son souffle, sans le rendre bruyant. Il fallait faire en sorte que l'air inspiré, se colle directement au palais. S'il filait tout droit dans la gorge, il sifflait, et c'était fichu. Ça aurait fait bien trop de bruit. Ça aurait été terminé. Je revois le bras de Leah se plier, pour que sa main puisse entrer dans la poche du pantalon. Pas toute sa main, juste le bout de ses doigts. Ils se sont enfoncés dans le tissu. Et le billet est sorti. D'abord d'un cinquième. D'un quart. D'un tiers. Et puis la moitié du papier était hors de la poche. Et puis… Et puis… Et puis… Et puis je me suis réveillée. Encore avant. Avant d'avoir pu déceler *ce son*. Ce maudit bruit, qui a réveillé la furie du Diable.

Le miroir de la salle de bains est embué. Je devrais ouvrir les fenêtres pour ne pas cloquer le plafond, mais Ashley n'est pas là pour voir si je le fais. Alors je ne le fais pas. Je continue de me prélasser dans mes bulles, en continuant de faire tourner mes méninges dans mon crâne essoré. Je ne peux penser à rien d'autre, maintenant. Ça fait plus de trois heures que je suis réveillée, mais lorsque je rêve de cette nuit-là, c'est ma journée entière qui est fichue. Je me dis que le jeu des billets avec n'importe quel autre père que le nôtre, aurait été un jeu bien différent. Comme il y a des enfants qui jouent avec un chaton, nous jouions avec un tigre. Un tigre affamé de chair et de souffrance.

Je pose mes doigts mouillés sur ma croix dorée. Et je revois Leah, recroquevillée sur la banquette de cette voiture. Le noir de la nuit recouvrait les vitres comme un tissu. La voiture secouait, elle fusait à toute allure. Le vrombissement de son moteur faisait vibrer mes os. J'ai pensé un instant que maman essayait de nous tuer. Toutes les trois. Que dans sa détresse, elle n'avait trouvé que cette solution pour que l'on s'échappe. J'ai pensé que nous n'arriverions jamais à l'hôpital. Leah ne pleurait plus, ne sanglotait même plus. Elle ne bougeait plus. Du tout. J'avais l'impression que tout l'intérieur de son être lui avait été arraché. J'avais cette image, d'un aspirateur géant lui avalant le cœur et les organes. Le sentiment que tout ce qui faisait qu'elle était elle, avait été ôté de son corps. Avait été raclé, jusqu'à la dernière petite cuillère de matière. C'était mon sentiment, à cet instant, sur la banquette de cette voiture, cette nuit-là. À ce moment précis où je me tenais accroupie, les deux mains sur les tempes ruisselantes de ma sœur de douze ans.

Les phares de la voiture devant nous éclairaient quelque peu la banquette arrière, et je me rappelle ses cheveux ensanglantés, coulant entre mes doigts. Il y en avait partout, des cheveux. Ils lui collaient au front, aux joues, aux oreilles. Ils en tombaient dans sa nuque. En me penchant un peu plus vers elle, pour vérifier si ses yeux étaient encore ouverts, comme maman me hurlait de le faire toutes les trente secondes, j'ai remarqué que sa petite croix dorée était tachée de rouge. Pas tachée. Elle était rouge. Toute rouge. Alors j'ai voulu la lui retirer. Pendant que mes doigts cherchaient le fermoir de sa chaîne, les hurlements de maman s'intensifiaient. Ils me montaient au cerveau. J'ai fermé les yeux, très fort, ai repris mon souffle, et j'ai détaché la chaîne du cou de Leah. Et puis j'ai retiré la mienne, l'ai posée sur elle, l'ongle de mon pouce grattant le fermoir encore et encore, essayant de fermer cette chaîne coûte que coûte, vite, le plus rapidement possible, que surtout ma sœur ne reste pas sans croix une microseconde de plus. Je suais des seaux de sueur. Les gouttes dégringolaient de mon front dans mes yeux brûlants, dans ma bouche pâteuse. Je les avalais. Je les reniflais. Et enfin, j'ai réussi par miracle à lui attacher ma chaîne dans une secousse, alors que la voiture passait sur un dos-d'âne.

Je ne sais pas pourquoi j'ai échangé nos colliers. J'avais sûrement peur que ça lui porte malheur, de porter une croix de sang. Je pensais qu'elle allait mourir, ce soir-là, dans l'obscurité opaque de cette nuit, sur la banquette de cette voiture au rythme infernal, en plein milieu des klaxons, du vrombissement assourdissant du moteur, des hurlements de bête de notre mère. Et je ne voulais pas qu'elle meure avec une croix tachée de sang. Je me disais qu'avec mon nom au dos de sa croix, elle serait plus forte. Parce que moi, j'étais plus forte qu'elle.

Moi, j'étais la plus forte de nous deux.

18

Ces hideuses taches de rousseur... À travers mon fond de teint, et mon anticerne, et ma poudre libre, ces hideuses taches de rousseur résistent. Elles montrent leur forme et font voir leur couleur, sur ma peau transparente.

Je les hais. Je les hais. Je les hais.

Cachée sous ces taches hideuses, il y a une peau parfaite aux pores indiscernables, n'ayant aucunement besoin de camouflage. Il y a une peau qu'on croirait retouchée. Une peau de couverture de magazine féminin. Une peau qui déprimerait cliniquement toutes les ados boutonneuses du globe ; et fusillerait l'ego intact, des femmes pensant jusque-là avoir elles-mêmes, une peau sans défaut. Il y a une peau de fesses de bébé. Et même les bébés, chialent de ne pas avoir ma peau sur leurs fesses. Elle est pure, divine, rosée. Irréelle de clarté. Mais il n'y a que moi qui la vois, *cette peau*. Et il faut que je plisse les yeux pour l'apercevoir, *cette peau*. Parce que ces hideuses taches, la gâchent. Elles font d'elle ce qu'elle ne devrait pas être. Par leur faute, je ne peux jamais faire l'impasse sur le plâtrage de mon nez et de mes joues. Et je la rends laide, épaisse, opaque, *cette peau*. Ces taches prennent leur pied à me répéter que malgré mon aversion, elles ne s'estomperont pas. Malgré mes efforts, elles seront toujours là. Elles feront à jamais partie de moi. De *ma peau.* Elles me le rappellent chaque matin, à chaque sortie de douche, chaque jour de pluie. Et chaque fois que je les fais taire en sortant mes armes cosmétiques, je sais que je ne serai gagnante que quelques heures. Les jours de chaleur intense comme aujourd'hui, même trois couches de maquillage ne suffisent pas. Et ces fichues taches de rousseur hideuses ressortent.

Elles ressortent comme un doigt d'honneur en pleine face.

Il est une heure douze du matin. Je suis garée sur le parking d'un magasin Ralphs, à examiner ces satanées taches dans mon rétroviseur. Ashley est à San Francisco jusqu'à demain, et moi comme toujours, je n'arrive pas à dormir. J'ai cherché des remèdes en ligne, et on dit que la tisane au fenouil pourrait aider. J'en doute. Mais si je ne suis pas ici à essayer d'en trouver, je suis dans mon lit à tourner sur moi-même.

À l'intérieur du magasin, pas grand monde. Mais ceux qui sont là ne sont pas épargnés par les lumières d'hôpital ingrates, qui enlaidiraient le beau lui-même. Certains passent une vie à prétendre ressembler à quelque chose d'acceptable, et il leur suffit de mettre le pied dans un endroit comme celui-là, pour que tout leur artifice s'évanouisse instantanément. Pouf. Magie. Abracadabra, tu apparais. Parfait pour les premiers rendez-vous galants… Moi, je ne crains pas la lumière. Ce que les autres voient, m'est absolument égal. Il n'y a que mes yeux, qui comptent. La façon dont ils me voient. Et aussi parfois, la façon dont ils voient d'autres yeux me voir. Ce n'est pas pareil que de se faire voir par d'autres yeux. C'est plus complexe que ça. C'est la façon dont moi, je vois ces yeux étrangers me regarder. Parce que j'y trouve ce que je veux, dans leur regard. Pas ce qu'ils me donnent. Ce que moi, je veux y voir. Mais il n'arrive pas souvent que je trouve quelque chose d'intéressant, à voir dans des yeux étrangers qui me regardent. Pas souvent. Mais dernièrement c'est arrivé. Avec les yeux de *cet homme.*

Je longe les allées en traînant des pieds comme une petite fille. Je me fiche bien, de trouver cette tisane au fenouil. Un paquet tomberait par miracle entre mes mains, je ne l'achèterais pas. Je déteste ça, la tisane. C'était juste une excuse, pour me faire sortir de chez moi.

Je trouve un chariot abandonné, et le pousse en faisant glisser les semelles plates de mes escarpins beiges, sur le sol gris lustré. J'ai envie de bonbons. De tout un tas de bonbons. Ceux au caramel, fourrés au miel et à la menthe. Et ceux à la réglisse et à la fraise, et puis aussi des marshmallows au chocolat. Je fais tomber dans mon chariot des boîtes de chocolats noirs, des tablettes de chocolat blanc, et au lait avec morceaux de guimauve, et des friandises acidulées. J'attrape tout ce qui me fait envie. Tout ce qui m'aurait fait envie à l'époque où je mangeais encore des bonbons. Il y a bien longtemps. C'est dans des paquets de bonbons, que nous dépensions les billets piqués dans les poches de notre père. Nous avions interdiction formelle d'en manger. En quémander, c'était risquer de rajouter des hématomes à notre collection. Le dentiste était trop cher, ou plutôt : « Les caries, c'est une coquetterie de riches ! », grognait mon père avec hargne, le visage serré. Il y avait ça, et le fait que le sucre nous tenait éveillées toute la nuit. Je sais aujourd'hui que pour ma part, le sucre n'y était pour rien. Je ne mange presque jamais de sucre, aujourd'hui. Mais tout de suite, j'en mangerais un camion.

Je continue de remplir mon chariot de sachets multicolores. Le bruit de l'emballage plastique, tombant sur d'autres emballages plastique, me met en joie. L'allée des confiseries n'offre pas assez de choix. Il y en a déjà tant, mais j'en voudrais plus. Mes mains ne cessent d'attraper. Elles attrapent, elles attrapent. Elles attrapent à tout-va. Sur chaque rangée, elles attrapent. Je crois que j'ai déjà au moins un paquet de chaque. Non, il y en a encore d'autres au ras du sol, sur la gondole. D'autres sachets que je n'avais pas encore vus, cachés sous des sachets que j'ai déjà. Je m'accroupis et soulève tous les paquets de la rangée, pour vérifier que je n'en ai loupé aucun. Je surprends le regard d'une dame âgée en déambulateur, qui doit se demander si Halloween arrive maintenant début août. Je hausse les épaules et continue de palper les sachets, de les retourner, de les attraper. Je n'entends plus que ce bruit fantastique, de plastique froissé. Quel merveilleux bruit… Voilà, je les ai tous retournés, sur cette rangée. Je reviens à présent vers les rangées supérieures, et attrape un deuxième, ou un troisième sachet, de mes sachets préférés. Encore un. Et encore un. Et puis je m'arrête net. Je regarde mon chariot archi-plein. Plein d'un paradis infantile. Plein d'un rêve de gosse. La gosse à qui on filait une carotte crue au vinaigre pour le goûter, alors qu'elle se serait satisfaite d'une toute petite, minuscule, confiserie. Plein de pas grand-chose, au fond. Mais d'un pas grand-chose qui à une époque, aurait été un trésor. Je regarde ce chariot, frustrée, sans cligner des yeux, et le laisse en plan au beau milieu du rayon. Je suis prête à aller dormir, maintenant.

Je quitte le magasin ventilé, sans me presser. La chaleur contrastante de l'extérieur m'assomme d'un coup. Je sors ma chemisette blanche en crêpe de Chine de mon short à pinces beige taille haute, et secoue le tissu entre deux doigts. L'air humide qui se faufile sous mon corsage n'aide en rien.

Le ciel est noir, ce soir. Sans aucune nuance. Juste charbon. Et je n'y distingue presque aucune étoile. En m'approchant de ma voiture, je sens une goutte de pluie s'écraser sur mon front. Je lève le bras pour l'essuyer, et une main se pose sur ma taille. Je sursaute en m'étranglant dans mon souffle.

L'homme. C'est *l'homme*.

Son visage n'est qu'à quelques centimètres du mien. Le

souffle de sa respiration me calcine. Une deuxième goutte tombe sur mon nez. Il l'essuie de son pouce, et expire dans ma bouche entrouverte. Je sens l'odeur de sa peau. Elle me rend molle. Mais surtout, ce sont ses yeux. Ses yeux marron glacé sont le coup de grâce. Ils n'ont rien de doux. Ils sont le contraire. Diaboliques. Ils enferment les ténèbres, en eux.

– Qui êtes-vous ? je murmure, le ton et le regard froids.

Il décolle sa main, et fait biper une vieille BMW noire, à sa droite.

– L'averse va être forte, il réplique en entrant dans la voiture.

La portière se referme. « Clac ! » Le bruit réveille ma tête, sédatée par la pression de sa main sur ma taille. *L'homme* abaisse sa vitre, et s'allume une cigarette avec un gros briquet à essence.

– Tu en veux une ?

– Je ne fume pas.

– Moi non plus, il dit en recrachant la fumée.

– Pourquoi me suivez-vous ?

– Monte.

Les portes se déverrouillent.

– Pourquoi ferais-je ça ?

– Parce que tu en as envie.

– Vous êtes bien sûr de vous.

– Je me trompe ? il m'interroge, en se penchant pour ouvrir la portière passager.

– Je ne pense pas que ce soit très prudent.

– Ah non ?

– Et on nous demande d'être très prudentes, en ce moment.

– « On » ?

– Les autorités.

– Et « nous » ?

– Nous, les femmes de Los Angeles.
– Ah, vous les femmes de Los Angeles ! il s'esclaffe.
Ses yeux rient plus fort que sa bouche. Il se mord la lèvre inférieure en secouant la tête, les sourcils en l'air, avec cette expression qu'ont ceux à qui on vient de prouver qu'ils ont tort.
– Vous pourriez très bien être ce type…
– Quel type, dis-moi.
– Celui qui sème des corps mutilés à travers la ville.
– Comme un tueur en série, tu veux dire ?
– Vous ne lisez pas les nouvelles ?
– Les nouvelles m'ennuient. Monte, et raconte-moi.
Mon cœur accélère ses battements. J'aime, quand il accélère ses battements.
– Je ne sais pas.
Je me retourne pour voir si je suis seule, sur le parking.
– Le risque est quelque chose d'étourdissant, n'est-ce pas ? il continue, avec cet accent épais, d'une voix chaude venant me chercher, m'incitant à monter à côté de lui, comme un charmeur de serpents.
Je tourne la tête. Un type en béret rouge, tout en jean, sort du magasin des sacs plein les bras, et s'éloigne dans la direction opposée. Je le regarde marcher jusqu'à sa voiture.
– Je ne te ferais pas de mal, Leah.
Ma tête vire à cent quatre-vingts degrés en une nanoseconde. La colère enrobe mon regard.
– Beck. Je m'appelle Beck.
J'ai articulé mes mots avec hargne. Mes B et mes K, exagérément appuyés.
– Oh… Tu ne t'appelles pas Leah ?
– Non. Je viens de vous le dire.
Je souffle sans un son, évacuant ma frustration.
– Bien. Alors monte, *Beck*.

Je bous. Je ne supporte pas son insolente assurance. La façon qu'il a de croire, qu'il a l'ascendant sur moi. Et que je vais y monter, dans sa vieille BMW à la carrosserie rayée. Qu'est-ce qu'il s'imagine, au juste ? Que j'ai attendu qu'il vienne me trouver là ? Que je n'attendais que ça ? Et son charme pas possible, son charme pas croyable, son charme agressif… Je ne veux pas en sentir les effets. Parce que c'est vrai, j'ai envie d'y monter, dans sa bagnole rayée. Mais malgré cette tension sexuelle, je continue de le supporter autant qu'un pull en laine rêche. Sa présence m'est allergique. Pourtant j'ai pris ma décision avant même d'y réfléchir. C'est le jeu des miroirs. Le jeu des billets. C'est voir jusqu'où je peux aller. C'est avancer par-dessus ma frousse. La bâillonner. Je me mords l'intérieur des joues et fais le tour. Je m'engouffre dans sa voiture, claque la portière, mais ne me tourne pas vers lui. Pas encore. Je regarde devant moi, le dos droit.

L'odeur épicée de sa peau embaume tout l'espace. Une odeur de sable et de cannelle. Elle me pique les narines.

– Tu as du cran, il lâche d'une voix brûlante. Je pourrais très bien être ce type… Celui qui charcute ces pauvres femmes.

Je me tourne vers lui.

– Vous venez de dire que vous n'étiez pas au courant ?

– Et tu m'as cru ?

– Qu'est-ce que vous me voulez ?

– Rien. Passer un instant en ta compagnie, et repartir.

– Cet accent… D'où vient-il ?

Je secoue la tête, trop impatiente de poser la question que je veux vraiment poser, et me coupe moi-même la parole.

– Pourquoi me suivez-vous ?

Je regarde ses lèvres immobiles, et sais qu'elles ne bougeront pas.

– Pourquoi ? j'insiste. Dites-le-moi.

– Ça t'a rendu service…

– Pardon ?

Il pointe ma petite croix dorée, du doigt. Je pose ma main dessus en soupirant sans bruit.

– C'est vrai… je dis, me faisant affront.

– Qui est Leah ?

– Qui êtes-vous ? je contrecarre aussitôt. Comment vous appelez-vous ?

– Je m'appelle Steve.

J'attends un moment.

– Steve comment ?

– Ça n'a aucune importance. C'est à mon tour, de te poser une question. Est-ce que tu aimes la peinture ?

– La peinture ?

– La peinture.

Mes sourcils se froncent.

– Qu'est-ce que ça…

– Non, il m'interrompt. Concentre-toi. Est-ce que tu aimes la peinture ?

Je laisse mes yeux s'imprégner des siens. Je fouille dans leur brun à la recherche d'une réponse. Mais c'est comme lancer une canne à pêche dans une rivière sans poissons. Je n'attrape rien. Aucun indice.

– Je ne suis pas fan du ton que vous employez, pour me parler.

– Réponds simplement à ma question.

– Ça dépend, je marmonne, mes yeux toujours scotchés aux siens.

– De ?

– De l'artiste, je suppose.

– J'expose à partir de la semaine prochaine. Tu devrais venir.

– Vous êtes artiste ?

– Il paraît.

– Quel genre de tableaux peignez-vous ?

– Le 13 août, à cette adresse, il dit en me tendant un morceau de papier déchiré.

Je le récupère mais ne le lis pas. Je fais mine de ne pas être si intéressée que ça.

– Allez-vous répondre à ma question ?

– Tu souffres Beck, il me susurre en rapprochant sa main de mon visage.

Elle ne s'est pas encore posée sur moi, mais sa chaleur est déjà étalée sur ma joue.

– Pardon ?

– Tu souffres, c'est évident.

Sa main s'aplatit sur ma gorge. Son pouce sur ma jugulaire. Je sens chacun de ses cinq doigts chauds sur ma peau fine. Ils sont comme des culs de cigarettes incandescents. Ils me trouent. Ils me crament. J'aime ça.

Mon sang devient gazeux. Mes plantes de pied pétillent. Et puis le bout de ses doigts appuie, rien qu'un minuscule petit peu, dans ma chair.

– Je ne crois pas, je lui envoie en ouvrant subitement ma portière.

Je sors de la voiture sans fermer derrière moi, et file jusqu'à la mienne sans me retourner.

19

La voix rauque de Gwen, est la seule qu'on entende lorsqu'elle ouvre la bouche. Elle porte loin, jusqu'au bout du bar, où un type lève les yeux au ciel chaque fois qu'elle rit. Et elle rit beaucoup. Ce serait dommage de ne pas faire voir ses dents à tout le monde... Elles paraissent limées, poncées, vernies. Une pub pour des facettes en porcelaine, effet bouche de cheval en moins. À chaque rire, son nez rond se retrousse, ses sourcils en demi-cercles remontent sur son front court, et ses lèvres charnues se tendent, ne perdant rien de leur épaisseur. Gwen se marre sans retenue, glotte à l'air, sans essayer d'être jolie ou élégante, se moquant éperdument de la gueule que ça lui fait. Elle rit comme les enfants rient entre eux, en poussant des hurlements et en sautant partout. Pas comme on rit lorsqu'on vient à peine de rencontrer quelqu'un, et qu'on se sophistique pour l'occasion. Elle rit comme si nous nous connaissions depuis des années. Presque voracement, comme pour avaler le monde.

Nous avons travaillé nos scènes communes tout l'après-midi, et Gwen a insisté pour que nous allions faire un break, avant de reprendre. Mais après trois heures arrosées au gin-fizz, nous sommes encore là. Elle m'a parlé de son enfance un peu trop féerique, ou fictive, en Floride. De cette mère mannequin pour maillots de bain, mariée à ce père chef d'entreprise, tu parles d'un cliché… De son frère en école de médecine, qui elle le jure, est encore plus beau que sur cette photo d'identité, sortie de son portefeuille en patchwork. De sa couronne de reine de promo pleine de strass, remportée au bal de fin d'année, que « cette salope de Stacey Green » a failli lui souffler. De la facilité avec laquelle elle fait du piano les yeux bandés, et du violon les yeux bandés, et de la harpe sans bandeau sur les yeux, et des claquettes, même si elle n'aime pas ça tant que ça. Du quinzième anniversaire de mariage de ses parents, toujours fous d'amour, oh oui comme c'est pas mignon ça. De son amour immodéré pour le Venezuela, et pour les oiseaux africains, et pour la littérature polonaise, et pour les concerts de blues, et pour les pièces de Viktor Horvath machin-chose… Elle parle, elle parle, elle parle. Souvenir après souvenir. Futilité après futilité. Elle parle plus vite que je ne peux entendre. Elle me déballerait l'intégralité de sa vie sans tache et sans ombre. Et moi, je n'écoute vraiment que d'une oreille. Une toute petite. Mais surtout je regarde, j'observe. Elle m'expose un bonheur si parfait, une exaltation de vivre si obscène, si fausse, si fabriquée, aux détails si parfaitement contrôlés, que je me demande ce que ça cache. Chaque nouvelle histoire, est racontée avec plus d'enthousiasme. Chaque détail, est amplifié par des sourires encore plus énormes, et des jeux de mains italiens. C'est presque comme si elle avait répété un texte. Je ne sais pas pourquoi je n'y crois pas. Tout cela est sûrement vrai, elle est sûrement passionnée par les oiseaux africains, et le Venezuela, et fait peut-être partie de ces gens très heureux pour rien, ou très heureux pour tout, ces gens qu'un rien rend extatiques. Peut-être que c'est ce genre de choses, qu'on est censé raconter, lorsqu'on prend un verre avec un ami dans un bar. Comment le saurais-je… Je n'en ai pas vraiment, des amis. Pas que je ne puisse pas en avoir, ni que je ne puisse pas en garder. Mais je n'en ai pas *besoin*. Un ami, pour moi, est une chose inutile. Un ami, c'est quelqu'un avec qui on fait semblant de ne pas être seul, et qui fait semblant de ne pas être seul avec nous. Moi, être seule ne me dérange pas. Alors je ne fais pas semblant. Les gens ont soif de se sentir acceptés. De faire partie de quelque chose. N'importe quoi. Un groupe, une clique, une confrérie, un gang. Une communauté. Certains en buteraient leur grand-mère, pourvu que ça leur rapporte une carte de club. Collez-la-moi, mon étiquette. Vite, là, sur le front ! Appuyez bien ! Youpi, je fais partie d'un tout. Hourra, je suis mêlée à la masse. Ça y est. Enfin, j'existe. N'importe quoi pourvu qu'on les valide. Qu'on leur donne leur coup de tampon. Alors ils sont contents. Ils ont un intérêt, dans cette misérable vie. Oh, aimez-moi ! Par pitié, appréciez-moi ! Je suis si drôle ! Si bon ! Si attachant ! je le sais déjà, mais vous, le savez-vous ? Je dois être mal programmée, parce que je n'ai jamais senti le besoin de me faire marquer le cuir par un quelconque groupe, ou de chialer ma peine au téléphone avec une pétasse qui se lime les ongles à l'autre bout du fil. Dès le plus jeune âge, on nous apprend à nous regrouper, nous amalgamer. À ne surtout pas faire cavalier seul. L'isolement, c'est dangereux. Les loups solitaires, c'est suspect. Eh bien j'emmerde les lois sociales imposées. Un ami est un accessoire inutile, dont je n'ai que faire.

Je n'ai besoin, que de moi.

Plus j'observe Gwen, plus son comportement me turlupine. Lorsqu'elle se tait très brièvement entre chaque histoire, alors soudain son visage change. Du tout au tout. Il ne rit plus, il n'explose plus d'enthousiasme. Il n'est pas même joyeux à un pour cent. Il est comme mort ou comateux. Comme si on lui avait retiré ses piles, ou coupé son courant. Et puis elle rouvre la bouche, et hop, la vie revient. Juste comme ça. Elle passe de noir à multicolore en un claquement de doigts. C'est subtil, mais j'ai remarqué.

Pendant qu'elle continue de me gerber sa logorrhée, ce sentiment réapparaît. Celui que j'ai eu, le jour où je l'ai bousculée si brutalement qu'elle en est tombée sur le trottoir. Il revient en deux fois plus fort. Il me fait mal. Et avant que je puisse me l'expliquer, Gwen pose sa main – encombrée de bagues fines dorées, à chaque doigt – sur la mienne. « Parfois, j'ai des souvenirs qui surviennent. Et je ne sais pas si ce sont des souvenirs que j'ai vécus, ou des souvenirs que j'ai rêvés. Ça ne t'arrive jamais ? » elle me demande, avant de vider son verre. « Non... » je réponds en sentant chacune des racines de mes cheveux se décoller de mon crâne. Sa peau sur ma peau, ce fut électrique. Mais pas romantiquement. Pas sexuellement. C'était autre chose. Comme un flash-back. Je retire ma main, et vais nous chercher un quatrième verre.

Il est vingt-trois heures. Les lumières du bar sont passées de blanches à jaunes, et l'endroit tamisé s'est rempli de clients. Ce n'est pas le genre de bar cool, où se retrouvent les gens cool, du samedi soir. C'est plutôt un mélange entre un bar de sport et un bar de campagne. Il y a une télévision de chaque côté du vieux comptoir en bois, un juke-box à droite des toilettes mixtes, et placardées sur tous les murs, de vieilles affiches Coca-Cola années cinquante, aux illustrations de pin-up bouches entrouvertes, une bouteille de cola en verre entre leurs doigts aux ongles rouges.

Je suis ivre. Ivre à renverser mon Bloody Mary sur ma longue robe vintage beige à volants, et à me ficher qu'elle soit fichue. Ou ivre à aller pisser sans me soucier de ne pas toucher la porte, ou la chasse d'eau, ou le robinet, des toilettes. C'est déjà pas mal. Je suis aussi ivre à ne pas me rappeler à quel moment, nous sommes passées au Bloody Mary. Difficile de dire si Gwen est aussi ivre que moi. Sobre, elle a déjà l'air saoule. J'avale la dernière gorgée de mon verre, et décide que ce sera le dernier. « Non, Beck… Pas question de rentrer. On doit encore peaufiner nos personnages ! » Je trouve quelques excuses pour me tirer d'ici, mais Gwen avait préparé ses réponses à l'avance, et me renvoie chaque balle que je lui lance. J'arrive à court d'excuses. « Prends-moi un rhum au bar, alors. Je reviens » je dis en me levant.

Les toilettes ridiculement petites tanguent. Une seule cuvette. Sans lunette. Plus de papier. Les minuscules carreaux noirs et blancs des murs ont l'air d'avancer les uns sur les autres, et le plafond tapissé de feuilles de papier journal tourbillonne. Je me retiens au rebord du lavabo douteux à pleines mains, et reprends ma respiration. Je ne devrais pas. Cette odeur de litière de chat est à vomir.

Je me reluque dans le miroir rectangulaire couvert de calcaire, empreintes, et traces de gouttes séchées. Mes longs cheveux parfaitement raides, tombent de mon front comme des spaghettis pas cuits. Je passe la main dedans et secoue, pour y donner un peu de vie. Et puis je regarde ma peau. Ces saloperies de taches de rousseur, font encore voir leur couleur sous mon fond de teint. Elles ne supportent pas d'être camouflées dix minutes ! Il faut qu'elles se fassent voir à tout prix, les garces. Qu'elles soient dans la lumière. Qu'elles montrent leurs sales petites gueules rousses ! Quoi que je fasse. Salopes ! Putes ! Chiennes ! Je vous flinguerai. Je vous effacerai au laser. J'ai l'impression de les voir tripler de volume sous une loupe lumineuse. Je verserai encore de l'eau de Javel sur elles, pour atténuer leur rousseur. Je les frotterai avec le dos rêche d'une éponge. J'arracherai certaines d'entre elles à la pince à épiler.

Assez profondément, pour qu'elles ne puissent jamais repousser par-dessus ma chair. Jusqu'à l'os, s'il le faut. Et pour les autres, les plus tenaces, je me viderai une bouteille d'essence dessus, et foutrai le feu à ma face.

Les voir sur moi ne devient pas moins odieux malgré le temps. C'est insoutenable à chaque coup d'œil. Même furtif. Même dans le noir, sans les voir, en sachant qu'elles sont là. Chacun de ces petits ronds roux déclenche ma rage. Et c'est une rage multimultipliée, à laquelle je dois tenir tête.

Mes ongles se plantent dans la chair de mon front, et je griffe. De haut en bas. Je marque cette peau souillée. Souillée par ces putains rousses. Lentement, je fais descendre mes mains jusqu'à mon menton, cherchant le calme dans cette douleur vive. Des particules de peau poudrée se coincent sous mes ongles et appuient contre le bout de mes doigts. Je respire à travers mes dents fermées. J'appuie plus fort. J'enfonce loin. J'expire tout. Et puis j'examine les marques roses verticales sur mes joues, dans le miroir. Sans cligner des yeux, narines dilatées. On croirait à des coups de griffes de chats enragés.

« Pourquoi tu tires cette tronche ? » Je bouge mes yeux dans la glace, et aperçois le visage amusé de Gwen. J'ignore depuis combien de temps elle est là, et si elle m'a vue me mutiler. Si elle remarque même, les traces sur mes joues. Ses yeux rigolent. Ils brillent comme si on les avait laqués, puis enduits de glycérine.

« Il faut que tu comprennes, Henrietta… » elle susurre en s'approchant, avant de poser sa tête sur mon épaule ; la posant non pas de côté mais droite, de sorte qu'elle puisse se voir elle aussi dans le miroir. « Rends-toi compte, que tu es sous mon charme. Que tu es sous mon contrôle. Parce que tu as besoin que je sois ton moteur, Henrietta. Sans cette obsession, tu n'irais nulle part. Tu as besoin de m'admirer pour me suivre, alors accepte-le. Et accepte mes mots, quand je te dis qu'il faut que nous fuyions. Tu entends ? Il faut que nous nous sauvions, sur-le-champ. Si nous ne le faisons pas maintenant, nous serons bientôt effacées par ces hommes. Ils volent le peu qu'il nous reste. Notre intégrité s'en amenuise. Ils pulvérisent notre honneur sous leurs semelles. Regarde, ce que nous devenons par leur faute ! Ils nous précipitent au bord de leur précipice ! Est-ce ce que tu veux ? » elle déclame, les yeux débordant d'une malice sombre et envoûtante. Son haleine alcoolisée se propage dans l'espace restreint. Les toilettes ont l'air de ne plus faire qu'un seul mètre carré. Les murs se sont rapprochés, depuis qu'elle est entrée. Et ils continuent. L'ampoule accrochée à la cordelette suspendue au plafond se met à grésiller. D'abord tout doucement, puis un peu plus fort. Plus fort. Plus fort. Je crains qu'elle pète, et que ses morceaux tombent sur nos têtes. Gwen pose son doigt sur l'interrupteur, son sourire exhibant presque toutes ses dents. Et la lumière disparaît. Avec le grésillement. Chut. Plus un son. Puis vient un souffle lent et chaud, dans mon oreille. Il fait du vent dans mes cheveux. Et une lumière s'allume. Une lumière *rouge*. Celle de l'ampoule écarlate fixée au-dessus du miroir, que je n'avais pas remarquée jusqu'ici. « C'est pour ça, que c'est mon bar préféré… » chuchote Gwen, le doigt sur l'interrupteur. La micropièce s'est transformée en chambre noire. Le débardeur chair serré de Gwen est devenu rouge, sur sa peau rouge. Donnant l'impression qu'elle est nue derrière moi. La lumière sang offre une dimension dramatique à l'instant. Elle amplifie les regards. Les pensées. Elle efface la réalité pour en proposer une nouvelle.

Gwen a sa main droite sur mes clavicules, par-dessus ma chaîne. Le métal de ses bagues appuie sur le métal de ma croix. Elle continue de susurrer les lignes du texte, en me regardant autant qu'elle se regarde. Sa voix est lourde, son ton solennel.

Ses pommettes bien pleines remontent et redescendent dans des sourires tantôt narquois, tantôt sincères. Mais même les sincères ont l'air d'être narquois. Sur son visage rouge, on lit le mal. Un mal calme, déguisé en passion. Ses yeux ronds sont saouls. Maraboutés par le texte. Je sens des fourmis faire des rondes sur la plante de mes pieds et dans le creux de mes reins. « Regarde-nous, Henrietta… Regarde, comme nous sommes identiques. Eh bien, ce n'est qu'un leurre ! Tu ne saurais pas te servir de mon cran, ni de ma robustesse, si on te les offrait en cadeaux. Pourtant, sans mes armes, tu ne t'en tireras pas. Tu as besoin de nous. Pas seulement de moi. Mais de *nous*. Nous partirons à l'aube. Tu auras préparé tes affaires, et je viendrai te chercher dès que le ciel aura rosi. Si tu n'es pas là, alors je partirai sans toi. » Gwen aplatit sa généreuse poitrine sur mon dos osseux, et appuie sa main gauche contre mon ventre. « Trouve ce qu'il te faut pour avoir le cran, Henrietta » finit-elle, en enfonçant son poing dans mon estomac. Elle me fait mal, mais je ne dis pas un mot. Je voudrais qu'elle appuie plus fort. Qu'elle fasse entrer son poing entier, dans mon ventre. Qu'elle me le déchire. J'ai besoin de cette douleur, pour éteindre ma peine soudaine. « Tu lui ressembles tellement… » je murmure en la fixant dans le miroir. Ses énormes yeux reviennent à eux. Ses sourcils arrondis se froncent. « Ce n'est pas le texte… » elle dit d'une voix redevenue claire. J'ai chaud. La pièce s'est encore rétrécie, et tout ce rouge me monte à la tête. Je me retourne et cale le haut de mes fesses contre le lavabo. Gwen mouille ses lèvres rembourrées et les entrouvre. Ses dents sont encore plus rouges que sa peau. Plus rouges, que ses lèvres et ses gencives. « Ce n'est pas le texte, Beck… » elle répète en amorçant un sourire d'incompréhension. « Non » je dis. « Je sais. »

Je baisse la tête et me dégage de son corps. Je dois sortir de cette boîte rouge sang parfumée à l'angoisse. Elle est comme un cauchemar, ou un rêve, quelle est la différence à cet instant, je ne suis plus trop sûre. Mais cette lumière écarlate, cette odeur de pisse et d'alcool – d'ammoniaque, vraiment – et la proximité de cette fille à la peau rouge et aux dents rouges, à la voix rauque, me susurrant ces choses… m'étouffe. Je suis bien plus ivre que je ne le pensais. Tout ça tourne, dans mon crâne. Tourne, tourne, tourne, tourne, tourne, tourne, tourne, tourne, tourne, tourne.

Je me prépare à sortir, lorsque Gwen se rue sur mes lèvres : ses deux mains moites sur mes joues, son menton mouillé contre mon menton, son souffle acide dans ma bouche. Sentir ses lèvres sur les miennes a raidi mes muscles. Je la repousse en ne contrôlant pas ma force, et son crâne cogne le mur. Assez fort pour que ça provoque un son. Sa tempe se met à saigner. Juste un filet de sang. Fin. Rouge sur sa peau rouge. Elle pose la main dessus, se regarde, et me regarde. « Pourquoi tu as fait ça ? » elle demande comme une petite fille, la voix haut perchée.

La porte des toilettes s'ouvre.

La musique du bar envahit les lieux. La lumière jaune de l'extérieur jaillit par-dessus la rouge. C'est un rappel immédiat à la réalité. Au moment présent. À ce à quoi j'avais échappé quelques minutes durant, dans cette chambre noire. Le type qui a ouvert reste entre les deux mondes, le pied calé contre la porte. Il attend qu'il se passe quelque chose. Que l'une de nous sorte.

Je n'ose plus regarder Gwen. Mes yeux balayent le vide. Je frôle le type en le dépassant, et m'enfuis hors du bar.

20

Je somnolais, allongée sur le canapé aux fleurs pastel délavées du salon. Il était aux alentours de vingt heures. J'entendais le carillon à vent argenté de notre porche tinter. La brise tiède de septembre me chatouillait la nuque, et l'arrière de mes jambes nues. J'étais épuisée de ma journée. Essorée. Je n'avais pas même la force de me lever, pour aller éteindre la télévision. L'antenne posée dessus la faisait crépiter, et le son allait et venait aléatoirement. Il y avait aussi le bruit de l'horloge hibou en bois jaune, accrochée au-dessus du chiffonnier aux trois tiroirs ocre, et trois autres pourpres. Ses tic-tac étaient si forts, qu'on les entendait depuis presque toutes les pièces de la maison. Ma tête était appuyée dans un coussin mou, du même bleu pastel que celui des fleurs du canapé. J'inspirais et expirais l'odeur de betterave du salon. Elle était encore plus prononcée, ce soir-là. J'ignore pourquoi. Le goût cuisait sous ma langue. Et j'ai entendu la porte moustiquaire de l'entrée claquer le mur. « Beck ? Où est ta sœur ? » Mes yeux se sont ouverts sur le visage terrifié de ma mère. Chaque ligne s'enfonçait un peu plus dans sa peau. Elles paraissaient plus nombreuses. Il y en avait toute une collection. Surtout sur son front, et autour de ses lèvres épaisses rose foncé. C'était comme des crevasses dans du vieux bois. Ses yeux bruns aux grandes paupières avaient cet air défaitiste. Horrifié mais défaitiste. Comme si elle savait déjà, qu'une chose affreuse était arrivée.

Je me suis frotté les yeux et me suis redressée. « Où est ta sœur ? » elle a demandé à nouveau. « Ça fait plus de deux heures, que je la cherche ! Elle n'est nulle part ! » Sa voix aiguë entrecoupée de trémolos se cassait, et ses mains tremblaient atrocement. On pouvait voir chaque veine en ressortir, et ses os se coller à sa peau. Elles étaient roses, chauffées par son sang en effervescence. Son angoisse entière était retenue dans ses mains. « Je croyais qu'elle était allée te rejoindre sur le marché ? Elle est partie à vélo tout à l'heure ! » j'ai répondu d'une traite, sans reprendre mon souffle.

Lorsque mon père est rentré un quart d'heure plus tard, nous avons pris la voiture pour aller sur le marché. Le soleil blafard se planquait dans les nuages gris, prêts à exploser, et l'air était frais. Froid. Il allait pleuvoir d'une minute à l'autre. Les stands de fruits et légumes avaient déjà tous plié bagages, et il n'en restait que quelques-uns, de perles et bijoux, de confiseries, et un autre de viande d'alligator séchée. Maman et moi avons fait le tour de tous les commerçants, pendant que papa attendait derrière son volant. Personne n'avait vu Leah. Alors nous sommes rentrés à la maison, en roulant aussi vite que nous avions roulé pour venir jusqu'au marché. Encore plus vite. C'était étrange, d'être assise sur cette banquette sans elle, à la chercher. Dans cette voiture qui secouait, et roulait presque aussi vite qu'elle avait roulé le soir du jeu des billets. Je regardais les traces de sang brunes, incrustées dans la banquette beige. Celles que j'avais laissées, en essuyant mes mains mouillées du sang de Leah, deux ans auparavant, le soir de ce foutu jeu qui avait mal tourné. Et celle de sa main à elle. Papa avait tenté de les laver au Kärcher la semaine d'après, mais le cadavre de cette nuit effroyable refusait de se décomposer complètement. L'univers voulait garder une preuve. Je me disais que c'était pour que notre père ne puisse pas oublier. Que jamais, il n'ait ce luxe-là. On voyait encore distinctement, l'empreinte d'une petite main foncée, dans le tissu clair. Regarder cette empreinte brune, sans avoir ma sœur à mes côtés, me sciait la colonne vertébrale. Alors j'ai mis ma main par-dessus. Mon pouce par-dessus la trace de son pouce. Mon index, par-dessus la trace de son index. Mon majeur sur son majeur. Chacun de mes doigts, sur ses petits doigts. Sur le dessin si précis, si plein de lignes droites et sinueuses, de *cette main*. Cette trace monstrueuse, devenue merveilleuse. Car il n'y avait plus que cette trace, à laquelle je pouvais m'accrocher. Cette trace, c'était tout ce que j'avais.

Mais c'était irréel. Je me rappelle m'être dit que ce n'était pas possible, que rien de tout cela n'était vrai. Ça ne pouvait pas l'être. Non, ça ne pouvait pas l'être.

L'énergie sinistre et pondéreuse circulant entre nous trois, dans cette voiture, m'avalait toute crue. Sa présence était un quatrième passager. Je savais qu'on la sentait tous, s'appuyer sur nous.

Le ciel s'est rapidement assombri, et les premières gouttes ont commencé à s'écraser sur les vitres. Et puis ce fut un torrent fracassant. Comme des cargos de cailloux se déchargeant sur le macadam. J'étais persuadée que le pare-brise allait se fissurer, et que ses morceaux de verre nous sauteraient à la figure. Je gardais mes yeux crispés, au cas où, pour ne pas être aveuglée.

On aurait cru la fin du monde.

De retour à la maison, pas de Leah non plus. Maman secouait et donnait des coups de pied dans tous les meubles du salon. Toutes les petites statuettes en porcelaine en tombaient, les unes après les autres, et se brisaient sur le carrelage. Il y en avait partout. Des têtes de chats à chapeaux, des têtes de chiens en colliers fleuris, des bras de danseuses étoile, partout par terre. Mon père ne disait rien. Il était assis au bord du fauteuil en cuir marron, le regard creux, le dos courbé, les bras ballants. Il attendait l'arrivée de la police sans bouger, sans cligner des yeux. Son teint était cireux. Je m'attendais à ce qu'il rende son déjeuner sur le carrelage rouille. Lui qui avait passé quatorze et quinze ans à aimer sa progéniture à coups de poing, de pied, de cintres, de fils électriques, de livres, de combinés de téléphone, de cannes, de cordes, de ceintures, de bretelles, de chaussures, de clefs. Lui, qui avait si souvent mélangé sa salive à notre sang, en crachant son mépris sur nos faces contusionnées. Qui avait choisi de ne jamais entendre aucune de nos supplications. Cet homme, que nous avions continué à appeler papa, malgré tout, comme n'importe quelles autres petites filles. Je ne savais pas s'il avait peur de se voir enlever une de ses souffre-douleur, ou s'il était inquiet d'être suspecté de sa disparition.

Lorsque la police est repartie, vers minuit, maman s'est évanouie sur le tapis aux franges boulochées. Et papa n'a pas bougé. Je me suis précipitée vers elle, et lui ai donné quelques claques. Elle a ouvert un œil. Son visage incarnat était froissé par ses crispations musculaires. On aurait dit qu'il avait littéralement été chiffonné. Comme un morceau de tissu resté en boule trop longtemps. Elle était défigurée, enlaidie, par son chagrin. « Ne t'inquiète pas, maman… » j'ai chuchoté dans le creux de son oreille, en agrippant sa main fiévreuse. « Leah a ma croix, autour du cou. Il ne peut rien lui arriver, avec ma croix autour de son cou. »

Les jours qui ont suivi, nous avons collé des affiches sur tous les arbres de Muskogee, dans tous les parcs de Muskogee, sur toutes les vitrines de magasin de Muskogee, tous les poteaux, tous les murs, toutes les portes. Nous, et les voisins, et des bénévoles, et les professeurs de notre école, et des écoles voisines, quiconque voulait se joindre à nous. Il y en avait partout, des affiches. Il était partout, *son visage*.

Sa frimousse ronde et remplie comme une citrouille. Ses immenses yeux chocolat, aux cils noirs courbés. Noirs, comme brossés au mascara. Et courbés, comme recourbés au recourbe-cils. Courbés à l'excès, formant presque une boucle. Et un nez rond, pas bien long. Et des lèvres aussi replètes en haut qu'en bas. Et une coupe courte au carré. Et une petite frange courte, laissant voir ses sourcils en arcs de cercle, deux tons plus clairs que le brun de ses cheveux. Et ces petits creux aux coins de ses yeux, et sur son menton un poil trop long. Et puis ce sourire coquin, qui gonflait ses joues déjà trop pleines. Et ce regard, encore plus coquin.

Ce visage, il était partout.

La police a longtemps suspecté Monsieur Crawford, le professeur d'anglais de Leah. Elle en était folle amoureuse. Amoureuse comme une adulte, pas comme les adultes pensent que les enfants aiment, même si les enfants aiment tout autant que peuvent aimer les adultes, parfois même beaucoup plus. Leah pensait que lorsque cet homme de cinquante-six ans parlait à la classe, ce n'était en fait qu'à elle, qu'il s'adressait. Que ce n'était que pour elle, qu'il montait chaque jour de semaine dans sa Chevrolet Silverado quatre-vingt-quinze marron, et venait faire cours. Elle partageait son amour pour la littérature, surtout pour les vieilles pièces de théâtre. Elle dévorait tous les livres dont il parlait, même ceux qu'il ne faisait que citer, même ceux qui étaient dans une langue étrangère. Elle les lisait quand même, sans rien comprendre, mais jusqu'à la dernière page. Elle lui écrivait des lettres qui ressemblaient à des romans, sans jamais les lui donner. Son nom était gravé au compas, de chaque côté des rebords en bois de son lit une place. Et dans notre placard à chaussettes, Leah cachait les poèmes qu'elle lui écrivait en classe. Des feuillets noirs de mots, de cœurs, et de petits dessins. De leurs initiales, aussi. Et de son prénom à elle, suivi du nom Crawford.

Un jour, maman a trouvé les lettres et tous les poèmes. Certains d'entre eux, contenaient des phrases à la limite de l'érotique. Elle a menacé d'aller voir Crawford et de le faire avouer. Leah s'est traînée à ses pieds en couinant, une heure durant. Elle nettoyait le sol, de ses jambes nues pliées. Maman avançait, et Leah restait accrochée. Les bras enroulés et serrés de toutes ses forces autour de son mollet, comme une sorte de boa constrictor. En suppliant. En jurant qu'il n'y avait rien, strictement rien, entre Crawford et elle. Et maman a fini par la croire. Jusqu'au jour où Leah a disparu.

Que maman l'ait soupçonné, ce n'était pas incompréhensible. Elle avait besoin de soupçonner quelqu'un. Mais je n'ai jamais compris pourquoi la police, avait pu penser que Crawford ait eu quoi que ce soit à voir, dans la disparition de Leah. C'était absurde. Ce n'était qu'une gamine amoureuse. Ils auraient dû voir ça. Cet homme n'avait jamais posé la main sur Leah. Il ne devait même pas savoir qu'elle avait le nez rond, des petits creux aux coins des yeux, et que chacune de ses lèvres était identiquement charnue. Il n'avait jamais dû remarquer aucune de ces choses, parce qu'il n'avait jamais dû la fixer plus de vingt, ou trente secondes, d'affilée. Leah n'était qu'une de ses élèves. Une, parmi les autres. C'était tout.

Je pense que maman est morte en pensant que Crawford lui avait enlevé sa fille. Je regrette qu'elle ait cru ça. Mais il n'y avait rien d'autre à croire. Alors il fallait qu'elle le croie. Parce qu'elle n'avait pas foi en la bonté de la vie, ni en l'indulgence de l'univers, et qu'elle n'imaginait pas sa fille repasser un jour la porte moustiquaire de l'entrée. Elle disait qu'elle savait, qu'elle sentait, que son bébé n'était plus là. Qu'il était mort. Elle le répétait chaque nuit, déambulant dans le salon en chemise de nuit, les yeux rouge sang, cernés jusqu'aux joues, et les cheveux huileux et emmêlés, plus lavés depuis des semaines. Elle s'asseyait à la table ronde, près des fenêtres, les deux mains à plat sur la nappe aux citrons verts et jaunes, et restait là à chuchoter. Et puis elle se levait, et allait s'asseoir sur le canapé pastel. Et puis sur le fauteuil en cuir marron. Et elle recommençait. Toute la nuit. Toutes les nuits. Elle était si loin, que même le tic-tac de l'horloge hibou ne devait pas arriver jusqu'à ses oreilles. Elle n'entendait plus rien. Ne voyait plus rien. Il n'y avait plus rien d'elle, dans ses yeux. Même sa voix, était devenue une voix d'étrangère. Une voix muette. Il ne restait que cette femme foudroyée, en qui tout avait foutu le camp. Plus qu'un corps, errant. Et quelques mois plus tard, le cancer est venu la chercher. Il avait pourtant disparu de son organisme, trois ans auparavant. Mais la souffrance l'a rappelé, et maman n'a pas lutté. Elle n'a même pas essayé une seconde. Parce qu'à quoi bon. Rester pour moi n'était pas raison suffisante. Elle n'attendait sans doute que ça.

21

WES

Lorsque les Westbrook ont perdu Leah, j'avais vingt-deux ans. Le Wes que j'étais encore à l'époque avait vingt-deux ans.

C'était un jour de septembre. Du tout début du mois de septembre. Le premier jour depuis bien longtemps, où il avait enfin fait un peu moins lourd. Le soleil était encore là, mais plus timide et plus blanc. Je me suis levé ce dimanche matin, sans aucune idée d'à quel point cette journée allait métamorphoser mon existence.

À l'époque, je vivais encore chez mes parents, dans une petite maison à l'ouest de la ville, dans le même quartier que les Westbrook. Mon dossier avait été refusé par la School of the Art Institute of Chicago l'année précédente, et je cherchais un autre moyen de me sortir de ce trou. Cette ville, je la dédaignais. Une ville d'incultes, d'incapables, de paysans contents d'être des paysans. Une ville molle, moche, morte. Sans goût, sans odeur. Ou alors le goût du néant et l'odeur du vide. Il n'y avait rien à y faire. Rien à y voir. Et je n'aurais jamais dû en faire partie.

Moi, je n'étais pas l'un d'eux.

Moi, je n'étais pas de la même race que ces ânes, satisfaits d'une vie médiocre. Moi, je voyais à quel point leurs vies étaient misérables et inutiles. Inutiles, surtout. Je m'en rendais compte.

Pour eux, cette platitude n'en était pas une. Ils n'auraient pas pu viser plus haut, ils ne réalisaient pas qu'ils étaient si bas. Il n'y avait pas d'échelle de comparaison. Tout cela était parfait. Normal. Parfaitement normal. De génération en génération, chacun vivait cette même vie sans vie. La même que leurs parents, et que les parents des parents, des parents de leurs parents. Classique cliché. Mais comme dans beaucoup d'autres patelins, beaucoup d'autres petites villes, et dans beaucoup d'autres patelins et petites villes, de beaucoup d'autres pays. Cette vie inutile à vivre que vivaient ces gens de Muskogee, n'était pas propre à Muskogee.

Mais moi, c'était là que j'étais.

Mes parents étaient évidemment, aussi, des gens simples. Ils étaient ravis de vivre dans le quartier calme, d'une ville calme, à mener une existence paisible. Du lundi au vendredi, mon père se levait à six heures trente, pour aller ouvrir son garage automobile. Ma mère se levait à huit heures trente, pour aller l'aider. Pendant trente ans, ils ont servi les mêmes clients, qui eux-mêmes les servaient régulièrement dans les épiceries du quartier, les stations-service du quartier, le bureau de poste du quartier, la boutique d'articles de pêche du quartier, les gargotes du quartier. Il y avait cette proximité entre les gens. Cette familiarité dans la façon de se saluer, de se sourire, de se taper dans le dos. Personne ne prenait de pincettes, à Muskogee. Chacun était ce qu'il était. Et comme ce que l'un était était similaire à ce que l'autre était, il y avait rarement de problème.

La maison où nous habitions tous les trois, était à quelques centaines de mètres de celle des Westbrook. Je voyais parfois Leah, passer à bicyclette avec sa sœur. Mais étrangement, je crois qu'elles ne m'ont jamais vraiment remarqué. Je les avais pourtant gardées, une fois. Juste pour quelques heures, le temps que leurs parents aillent voir un film. Leah avait quatre ans.

Beck, cinq. Leur mère avait croisé mon père la veille, et avait demandé si je voulais me faire dix dollars. Je me les suis faits en restant assis sur leur canapé fleuri à regarder MTV, pendant que les filles jouaient dans leur chambre. Ce fut la seule fois, où je mis les pieds dans leur maison. Et toutes les autres fois où j'ai croisé les sœurs Westbrook, c'était comme si elles ne m'avaient jamais vu. Faut dire que je n'étais pas vraiment remarquable. Mais je ne l'étais tellement pas, que ça aurait dû me faire remarquer. J'étais un grand gars maigre aux gestes maladroits, qui ne savait pas où ranger ses membres. Mes jambes étaient trop longues, mes mains trop larges, et ma gueule de môme avait déjà des traits d'homme. Une longue frange tombait sur la moitié de mes yeux ; et j'avais laissé mes cheveux bruns pousser, jusque juste au-dessus de mes épaules. Je les voulais nonchalamment rock'n'roll. Longs, mais pas trop. Et surtout, que je n'aie pas l'air de vouloir être rock'n'roll. Il n'y a rien de pire que d'avoir l'air d'essayer d'être cool. De toute façon, qui pouvait bien savoir ce qui était cool ou pas, là-bas…

La façon dont je m'habillais, n'attirait pas l'attention non plus. J'étais en sombre, des pieds à la tête. Pantalon de velours noir, ou marron très très foncé, ou gris très très foncé ; jeans noir, ou marron très très foncé ; chemise noire délavée, ou noir plus opaque, ou gris très très foncée ; chaussures noires, toujours noires. Je ne parlais pas à grand monde, ne sortais pas avec grand monde. J'avais quelques amis, mais ils étaient aussi transparents que moi et aussi ennuyeux que les autres. Je ne voulais pas m'intégrer, surtout pas. Je n'aurais pas pu prétendre être ce type, qui est assez normal et sain d'esprit pour jouer au type normal et sain d'esprit. Même si normal et sain d'esprit ne veut rien dire. Ce type, qui se serait entendu avec tous les autres types du coin. Des types avec qui il n'avait rien à voir, et à qui il n'aurait rien eu à dire. Aller s'enfiler des bières dans le bar où tous les gars de sa rue vont s'enfiler des bières, sauter les sœurs et les filles de ces mêmes gars avec qui on s'enfile des bières, tourner en rond chez les uns chez les autres, se raconter les ragots du quartier, sauter la sœur ou la cousine de celle qu'on a déjà sautée, et recommencer avant de recommencer, puis de recommencer encore, c'était tout ce qu'il y avait au menu, là-bas. Alors je ne faisais pas l'effort de me mélanger plus que ça. Tout ce qui m'intéressait, c'était mon art. La peinture était ma musique, mon rock, mon rap, ma soul, mon jazz. Aux notes de musique, j'avais mes tubes d'acrylique. Aux refrains entêtants, j'avais ma main sur un châssis entoilé. Et un pinceau entre le pouce et l'index, je vibrais au moins dix fois plus qu'un amoureux de rhythm and blues à un concert de Little Richard. À ces maniaques de techno qui voient leur corps leur échapper dans des danses épileptiques, j'étais le peintre au moins cent fois plus intoxiqué par ses tableaux. Aucune cuisse de femme ; aucune chute de reins aussi courbée soit-elle ; de vagin impeccablement épilé et lubrifié, aux lèvres bien roses et courtes, et à l'ouverture étroite promettant une entrée serrée ; aucunes fesses épaisses et rondes au trou vierge, tremblotant sous l'effet d'une fessée déculottée ; aucune bouche ouverte langue tendue, au souffle incandescent, en attente d'un pénis droit à réchauffer, ne me mettait dans une telle transe. Pas un plat aussi gras, huileux, sucré, soit-il, ne faisait palpiter mon appétit ainsi. Je n'avais faim que d'art. Une fois que mon pinceau commençait à s'agiter sur une toile, mes couilles commençaient à se remplir. Les gouttes de sueur dévalaient ma peau. Plus un seul de mes muscles n'était au repos. Tout en moi vivait, existait, s'exaltait. Peindre était ma bénédiction. Un cadeau des cieux qui me désaltérait de cette vie aride, et terne comme une croûte d'amateur. Cette vie de misère intellectuelle, que j'aurais pu vivre, dans ce patelin paumé. La peinture abreuvait mes songes, et m'empêchait catégoriquement de m'éteindre. C'était ma corde suspendue à un précipice. Si je la lâchais, je mourrais. C'était ma lumière blanche et vive, dans cette vie insipide et inutile, que je vivais dans cette ville insipide et inutile, autour de ces gens insipides et inutiles.

J'ai très tôt, été aspiré par ce monde de couleurs et de formes, de visages tantôt fous, tantôt morts, de paysages insensés et irréels. Ce monde parallèle où tout est dit en une toile. Moi, le garçon étrange tout de noir vêtu, j'étais accro à la couleur. Mais pas n'importe quelles couleurs, et pas n'importe quelles œuvres. J'avais mes artistes fétiches : Odilon Redon, Edvard Munch, Henry Fuseli, Francis Bacon, Théodore Géricault. J'aimais leur gravité indéniable, et cette réalité instantanée qu'ils offraient. Cette vérité parfois irrationnelle et impossible, parfois évidente et foudroyante. L'impétuosité de certaines de leurs œuvres, était plus frappante qu'un poing en pleine gueule. Plus intrusive humainement, qu'une lame glissée dans une chair chaude.

« Le chat mort » de Géricault, m'a hanté des nuits durant. Je me demandais de quoi cette pauvre bête était morte. De vieillesse, sûrement... Il n'y avait pas une goutte de sang, sur son pelage. Pas de famine, elle n'était pas assez maigre pour ça. Elle avait été étranglée, peut-être. Et l'ombre, tout autour de cette table en bois... Ce brouillard brun, vers lequel la tête du matou penchait... C'était comme l'ombre du néant, du silence, du passé. Mais il paraissait si paisible, ce chat. Il était beau dans sa mort, et doux. On pouvait sentir la mollesse de sa chair, étalée sur ce meuble. Il avait l'air encore tiède, comme un moteur venant tout juste de s'éteindre. On aurait eu envie de poser la main sur son ventre blanc, pour sentir sa température descendre doucement. J'aurais voulu tâter ses pattes de devant et de derrière, flottant dans le vide. Elles étaient complètement lâches, muscles dégonflés. Sauf la droite de devant, qui était un peu pliée, un peu agrippée à cette table, un peu encore en vie.

Et puis bien sûr chez Géricault, ce qui m'a le plus fasciné, c'était ses têtes décapitées. J'ai passé des heures à les examiner, ces têtes. J'en connaissais chaque détail, chaque relief. Je voyais le rouge exact de ce sang sec, sur ces gros chiffons blancs, les yeux fermés. Et ce contraste, entre la tête de cette femme semblant sereinement assoupie dans sa mort comme le chat l'était, cette femme qui pourrait à tout instant ouvrir les yeux et vous surprendre ; et puis celle de cet homme qui continue de souffrir, même sans un corps rattaché à sa tête. Cette douleur terrible, solidifiée sur ses traits, figeait le sang dans mes pieds. J'en avais des crampes à me paralyser les jambes. Dieu que je les ai étudiées, ces têtes... Je les ai souvent reproduites. Ce fut un excellent exercice. Et savoir que Théodore Géricault avait peint certaines de ses toiles, devant des morceaux humains récupérés dans des morgues, rendait son travail triplement plus caustique, à mes yeux. Il n'y avait aucun mensonge, dans ses coups de pinceau. Tout était authentique. Honnête. Je l'imaginais observer des jambes amputées et des mains tranchées, aux os apparents, disposées sur de grands plateaux en étain. Je me demandais s'il les tripotait beaucoup. S'il les palpait, les retournait, les soulevait. Les goûtait, même. Je m'interrogeais sur l'odeur qui devait saturer son atelier, et sur les traces que le sang devait laisser. Cet homme avait le cœur solide, mais était-il sordide ? Disséquait-il les morceaux ? Qu'en faisait-il, une fois son travail achevé ? Les ramenait-il tous, sans exception, à la morgue ? Prenait-il du plaisir à manipuler des membres en décomposition ? Ou était-ce l'ultime sacrifice, pour parfaire ses œuvres ? J'avais des questions en rafales, pour lui.

Géricault était ma rock star. Et moi j'étais son premier fan. On aurait vendu des posters de son visage inquiétant, au long nez courbé, je les aurais scotchés aux quatre murs de ma chambre d'ado.

Que j'ai aimé ces artistes… Je palpais leur névrose, elle me rassurait.

Je me sentais moins seul. Moins fou.

Mais mon admiration pour ces génies de l'art, ne me consumait pas autant que mon art à moi me consumait. Parce que je croyais mon talent grandiose, et ma signature inédite. J'avais passé la première partie de ma vie le nez dans des livres d'art, la seconde serait consacrée à essayer d'y apparaître.

Si moi j'échouais, tout le monde échouerait.

À neuf ans, j'ai peint mon premier vrai tableau. Une jument morte, à côté de laquelle deux petits garçons en guenilles et gavroches nervurées, partageaient une cigarette brune. J'avais donné à ma jument une robe grise sale, et ses poils drus étaient assez pointus, pour faire saigner les doigts qui l'auraient frôlée. J'étais fier d'avoir si bien réalisé ses sabots usés et crasseux. J'avais réussi leur relief comme un chef. Mais la finesse excessive du cou de ma jument, par rapport au reste de son corps dodu, lui donnait un air de girafe obèse. Je me disais que si je ne l'avais pas aussi bien réussie que j'aurais voulu, c'était parce que j'avais travaillé sous pression. Cette toile que j'ai recouverte de mon œuvre était une des cinq peintures immondes accrochées à la queue leu leu, sur le mur noisette du salon. Un vase de fleurs à la con, peinture à l'huile, et paquet à chaque coup de pinceau. Une abomination. Je l'ai décrochée du mur un dimanche matin aux aurores, bien avant que mes parents se réveillent, et me suis enfermé dans ma chambre. J'ai poussé mon petit bureau en bois contre la porte, et sorti de sous mon lit une mallette de tubes d'acrylique, chipée dans le bureau de la prof en cours de dessin. « Si ma toile est assez réussie, ils ne me puniront pas » je me suis dit. En quatre heures, j'avais terminé. Rien d'aussi vivant que le chat mort de Géricault… C'était pas mal, pour une première. Mais mauvais. Mon travail était trop médiocre, pour être présenté à des yeux étrangers. Même à ceux de mes parents. Ils n'ont jamais su ce qui était arrivé à cette affreuse peinture florale. Le mur poussiéreux avait gardé sa trace, comme un corps carré sur une scène de crime. Je l'ai balancée dans une benne voisine le lendemain, furieux de mon échec.

À onze ans, j'ai mis mon père au pied du mur. S'il refusait de m'acheter une panoplie de peintre, je n'irais plus à l'école. Et une vraie panoplie, pas ces cochonneries que l'on trouve dans les rayons des supermarchés. Papa n'était pas un homme de confrontation. Il était une bonne pâte. Il a abdiqué. Après l'école, avant l'école, le week-end, je peignais. Mes parents étaient désespérés de voir qu'il n'y avait rien d'autre, pour moi. Mais ils acceptaient. C'était quelque chose, quand même. C'était mieux que rien. Ils ont été assez bons pour ne jamais me laisser sans tubes pleins trop longtemps. Papa réapprovisionnait mon stock de toiles tous les mois, et j'ai rapidement encombré le garage de mes œuvres.

L'année qui avait précédé la mort de Leah, j'avais tellement misé sur cette entrée à la School of the Art Institute of Chicago, que mon refus fut un choc. Un frisbee dans les dents. Sans grande école, qui allait prendre au sérieux un plouc de Muskogee ? J'ai passé les huit mois suivants, à envoyer des photos de mon travail à toutes les galeries du pays. J'ai contacté des agents, des rédacteurs de magazines spécialisés. J'ai fait sonner tous les téléphones de la côte Est, de la côte Ouest, des villes européennes les plus connues pour leurs communautés artistiques. J'ai appuyé sur chaque bouton. Rien n'a mordu. Quelques galeries m'ont répondu que mon travail manquait de maturité et de caractère. J'en ai brisé mes pinceaux. J'aurais voulu avaler un tesson de bouteille. M'arracher la tête pour la jeter au fond d'un puits. Mais je n'ai pas baissé les bras. Jamais, je n'aurais pu.

Et puis, il y eut le jour où Leah devint un fantôme.

Ce jour a tout changé.

Avant ce dimanche après-midi, Leah n'était pour moi qu'une gamine de Muskogee comme les autres. Enfin, presque comme les autres. Il n'y avait pas beaucoup de gamines qui se retrouvaient couvertes d'autant de bleus que Leah. À part sa sœur, peut-être. Leur mère racontait partout qu'elles étaient toutes les deux atteintes d'une maladie, empêchant leur sang de coaguler normalement. Une maladie bien pratique, qui favorisait la formation d'ecchymoses. Et tout le monde faisait semblant d'y croire. Mes parents y compris. Il était plus correct d'avaler ces conneries, que de s'en mêler. Ce n'était pas le genre des habitants du quartier, de pointer du doigt leurs voisins. Et puis, qu'auraient-ils pu faire ? Appeler la police ? C'était un tout petit quartier, ces choses-là ne se faisaient pas.

Ce dimanche après-midi, Leah n'avait aucun bleu sur la peau. Elle portait un vieux T-shirt jaune coupé au-dessus de son nombril, et une salopette short en jean. Elle avait détaché une bretelle, et remonté ses manches jusqu'en haut de ses épaules rondes. Elle portait aussi des baskets blanches, de hautes chaussettes blanches d'hiver, et une casquette bleu marine usée, à l'envers, sur ses cheveux raides, courts, coupés au carré. Je peux revoir ses gros yeux marron aux longs cils, comme s'ils étaient là, devant moi, à me regarder. Je les vois se mouiller de mille larmes, et se plisser en les faisant tomber sur ses joues roses. Et je revois cette peau aux pores imperceptibles s'humidifier. Cette peau impeccable de poupée. Je revois chaque détail. Comme à la loupe. La lourdeur de ses mollets, son petit buste serré dans ce T-shirt jaune poussin, et la croix dorée entre ses clavicules.

J'entends sa voix s'érailler en hurlant. Ses cris s'infiltrent dans le labyrinthe de mes oreilles. Tout est encore là. Intact, dans ma mémoire. Presque dix ans sont passés, mais je sens encore l'odeur qu'il y avait dans l'air, cet après-midi-là. Une odeur de métal. L'odeur d'une vie qui cesse d'être. C'était aux alentours du pont de Frisco, tout près de la rivière d'Arkansas. C'est sur ce pont, que j'ai laissé le Wes que j'étais. Il doit encore y être. Moi, je ne sais plus qui je suis.

22

BECK

« Le tueur en série sévissant autour d'Hollywood, et qu'on appelle maintenant "Le Sadique au Couteau", a fait une cinquième victime. Ce matin, une jeune femme de vingt-six ans au visage à peine reconnaissable a été retrouvée éviscérée dans sa propre voiture, devant le commissariat de Wilcox Avenue, à Hollywood. Le Sadique au Couteau n'a jamais fait beaucoup d'efforts pour cacher ses victimes, jusqu'ici, mais c'est la première fois qu'il fait un tel pied de nez aux autorités. Selon l'agent Hart, du FBI, l'auteur de ces meurtres serait en quête de reconnaissance, et au vu des scènes de crime immaculées d'empreintes et d'indices, il ne s'agirait pas de ses premiers meurtres. Hart estime que le tueur est un homme célibataire de race blanche, entre trente-cinq et cinquante ans, originaire de la ville ; mais aucune piste n'a pour l'instant aidé à se rapprocher d'un suspect. Le FBI, qui travaille au coude-à-coude avec la police de Los Angeles, est attaqué de tous les côtés par les habitants de la ville. Ils se révoltent et pointent du doigt son incompétence, sur les réseaux sociaux. Une pétition pour renvoyer l'équipe en charge de l'enquête a été mise en ligne par la mère de la première victime. Autre point marquant, les détails graphiques du deuxième meurtre ont fuité hier sur Facebook, déclenchant un second raz de marée des internautes. Le compte sur lequel a été publié le rapport d'autopsie serait tenu par l'un des membres de l'équipe judiciaire… »

Il est dix-huit heures. J'éteins la radio et vais me garer dans l'allée. Une petite voiture verte est stationnée devant la maison. Je me demande à qui elle appartient. Personne ne vient jamais rendre visite à Ashley.

En ouvrant la lourde porte d'entrée en fer forgé noir et double vitrage miroir, j'entends immédiatement un rire de femme. Et puis plus rien. J'avance sans faire de bruit, sur le marbre neige du vestibule. Qui que ce soit, quoi qu'il se passe, je ne veux pas qu'ils sachent que je suis là. Je veux surprendre l'instant, sans qu'il soit modifié par ma présence.

J'arrive vers le salon, et mes escarpins blancs à bouts ronds et talons plats s'arrêtent sur la moquette sable, juste devant l'entrée au mur arqué. Gwen est assise à côté d'Ashley, sur le canapé en daim beige gris et coussins en alpaga. Ce canapé, sur lequel nous ne nous asseyons jamais. Elle a la main sur le haut de sa cuisse. Elle lui raconte je ne sais pas quoi, en le bouffant du regard. En le mâchouillant, le suçant, le masturbant, du regard. Le même regard qu'elle m'avait adressé l'autre soir, dans ces toilettes *rouges*… Celui accompagné de ce sourire en coin, insolent. Ashley n'a pas l'air de détester ça, mais je vois bien que ses yeux ne répondent pas spécialement aux avances de Gwen. Ses yeux, non. Mais le reste, je ne suis pas sûre. Pourtant, elle donne tout ce qu'elle a. Je parie qu'elle arriverait à le faire bander, sans avoir à poser la main sur sa braguette.

« Comment as-tu eu mon adresse ? » je dis en les faisant sursauter. Ashley retire instantanément la main de Gwen de sa cuisse, et se lève. « Beck ! J'allais t'appeler. Ton amie n'arrivait pas à te joindre, elle est passée voir si tout allait bien » il baragouine en venant m'embrasser sur le front, comme dans une scène éculée de soap opera. « Formidable » je réponds d'un ton sec. Gwen décroise les jambes, et remonte les bretelles épaisses de son petit haut noir à bonnets échancré. Je remarque un pansement, sur son front, à l'endroit où le mur l'avait cognée. Elle me demande si nous pouvons discuter. J'acquiesce et l'emmène sur la terrasse, où nous nous asseyons sur le long banc blanc en pierres reconstituées. Les jets d'eau de la piscine masquent notre silence. Et puis après quelques secondes, c'est moi qui le brise.

– Comment as-tu eu mon adresse ?

– J'ai demandé à Seth. Tu ne répondais pas à mes appels… elle dit en plissant les yeux, à cause du soleil.

– Écoute…

Elle m'interrompt en posant sa main sur la mienne. Je me retiens de ne pas la retirer.

– Je suis désolée, pour l'autre fois. Je n'aurais pas dû. J'ai pensé que… Mais je n'aurais pas dû.

Je secoue la tête.

– J'espère que tu ne t'es pas fait trop mal, je lâche, sans même essayer de sonner sincère.

– Non, ce n'est rien. Regarde…

Elle retire sa main pour enlever le pansement. La plaie semble toute fraîche. Je fronce les sourcils.

– Ça n'a pas cicatrisé ?

– Si, si. Ce n'est vraiment rien. Ne t'inquiète pas.

– Bien.

Je n'ose pas la regarder trop longtemps, et fais fuir mon regard dans toutes les directions possibles.

– Beck, je ne sais pas pour toi, mais moi je compte beaucoup sur cette pièce. Il faut que nous nous remettions au travail. Qu'est-ce que tu en penses ?

– Bien sûr.

– Je crois qu'il faudrait retravailler la scène de la fuite. Nous ne l'avons pas assez répétée.

– Tu sais quoi ? Faisons ça lors des répétitions officielles, au théâtre.

– Non. Il faut que l'on peaufine notre travail, avant de le présenter à Worley.

– Je ne vais pas avoir le temps.

– Tu plaisantes ?

– Je pense que les répétitions au théâtre avec Lloyd seront amplement suffisantes.

– C'est à cause du baiser ? elle demande en appuyant son regard.

Le silence se fait de nouveau entendre.

Cette ressemblance est insoutenable. J'ignore pourquoi ou comment elle s'est amplifiée depuis la dernière fois, mais elle n'est maintenant plus du tout subtile. Elle est graphique. En trois dimensions. Violente. En plein dans ma face. Vlan ! Gwen a le visage qu'aurait eu Leah, aujourd'hui. Et ça me met en pièces. Ce mirage brutal, irréel, me fracasse. Pas parce que voir apparaître le visage de ma sœur disparue m'émotionne, mais parce que celui que j'ai devant les yeux a quelque chose de bien plus sombre, que celui que j'ai connu. Dans ces grands yeux bruns, je ne vois pas *cette* espièglerie innocente et sincère. Je lis au contraire une malice austère. Ils ont cette manière artificielle, de sourire. Cette manière automatique. Et même si certains s'y tromperaient, moi je sens l'obscurité en eux. J'entends la fausse note, par-dessus laquelle ils chantent. C'est un peu comme voir le visage d'un acteur que l'on a toujours connu dans les bons rôles, se transformer pour jouer au méchant. Que sur sa peau à lui on puisse lire le mal, fait plus peur que si le vilain était joué par n'importe quel autre bonhomme.

– Non, ça n'a rien à voir avec ça. Je pense juste que trop travailler nos scènes serait une erreur. Il faut garder une certaine fraîcheur… Je suis désolée, j'ai quelque chose de prévu avec Ashley, maintenant. Il vaudrait mieux que tu t'en ailles.

23

J'ai évidemment fait mes recherches, avant de venir. J'ai googlé l'adresse de Downtown qu'*il* m'avait notée, avec ses lettres d'ordinateur impersonnelles, sur ce bout de papier bleu, chiffonné et déchiré. Je n'ai rien trouvé. Google Maps ne montre aucune galerie d'art à cette adresse. Ni à côté, ni aux alentours. Ou alors beaucoup, beaucoup plus loin. Pendant des heures, j'ai cherché. Rien. Et ce n'est pas comme si j'avais pu mal lire l'adresse. Elle est parfaitement claire, ses chiffres parfaitement inscrits. Pas moyen de prendre son deux pour un sept, ou son neuf pour un quatre. Le numéro de l'adresse lit parfaitement : 2966. Et devant le 2966 de la rue, il n'y a rien. Pas un endroit dans lequel on puisse entrer, en tout cas. Pourtant je continue de chercher bêtement, dans cette ruelle mal éclairée et déserte, où le seul bruit est celui de mes pas sur la chaussée.

Il n'est que dix-neuf heures cinquante, mais le soleil s'est couché de bonne heure ce soir, et le ciel est presque noir. Je fais des allers-retours, et continue de me retrouver devant ce fichu 2966. Devant cette petite boutique fermée, sans lumière. Boutique ou autre chose… Impossible de dire ce qu'est cet endroit, exactement. Le grand renard roux empaillé de la vitrine, me fixe de ses yeux de verre noirs immobiles. Il est dressé sur des tissus de cirque à sequins bordeaux, filés et mal découpés. Sa patte gauche est levée au-dessus d'un crapaud en plastique, flottant dans un bocal d'eau violette gélatineuse. Et sa patte droite, pliée au-dessus d'un terrarium aux parois fluorescentes, débordant de sauterelles et de blattes rouges en caoutchouc. Éparpillées sur les tissus de cirque, de fausses poires pourries, piquées de grosses seringues remplies d'un liquide foncé. C'est tout ce qu'on peut voir de l'extérieur. Peut-être une sorte de magasin de farces et attrapes, ou de déguisements. J'ai déjà essayé de pousser la porte, elle ne s'ouvre pas. J'ai déjà collé mes deux mains sur mes tempes, les ai posées sur la vitrine avec mon téléphone, lampe torche activée, coincé entre mon menton et mon cou ; impossible de distinguer autre chose.

Ça doit être une plaisanterie. Une très mauvaise. Un autre de ses petits jeux de piste à la con, me faisant courir d'un bout à l'autre de la ville. Il doit être à la vitre d'une des voitures garées dans la ruelle, à m'observer, une main dans le pantalon, l'autre dans un paquet de pop-corn. À me filmer, qui sait ? À me prendre en photo en se branlant ! Voilà, comment il prend son pied. « Hé ! » je crie dans la rue vide en me retournant, bras tendus en l'air. « Hé ! Ça vous amuse ? » Je suis son pion dans un jeu dont j'ignore les règles. Et forcément, c'est moi qui perds. Ma colère est vive. Elle fait se contracter les muscles de mon ventre et de mes bras, pareil qu'après un jogging intensif.

Je suis sur le point de rejoindre ma bagnole, lorsqu'une Bentley bleue s'engage dans la ruelle et vient freiner juste devant moi. La portière de derrière s'ouvre, et en sort une petite bonne femme d'une cinquantaine d'années, permanente sur cheveux gris, rouge à lèvres fuchsia années quatre-vingt, lunettes de vue strassées forme yeux de chat, tailleur blanc vintage à gros boutons dorés Yves Saint Laurent, pochette tout en cristaux rouges et verts style Judith Leiber, estimation cinq ou six mille dollars, et talons Gucci monogrammés. Elle redescend sa jupe crayon en dessous de ses genoux épais, fait claquer la porte de la Bentley, et se dirige vers la vitrine au renard empaillé. Elle s'arrête, me regarde, regarde derrière elle, me regarde, index bagué posé sur lèvres rose pétant. Elle tapote ses doigts sur son cou, puis regarde à nouveau derrière elle, devant elle, à gauche et à droite, et pousse finalement la porte taguée de l'immeuble en briques grises, à droite de la vitrine au renard.

Elle entre. La Bentley démarre et décanille.

Je n'arrive pas à croire, que je n'aie pas essayé l'immeuble d'à côté ! Je secoue la tête en me mordant l'intérieur des joues, attends une ou deux minutes que la bourgeoise strassée entre, et pousse la porte à mon tour.

Une odeur de glu me monte aussitôt à la tête. Les tubes de lumière blancs du plafond éclairent à outrance le hall, ainsi que ses murs blancs, plafond blanc, escaliers blancs, rampe blanche. Un grand panneau est cloué au mur, à gauche de l'escalier, indiquant les sociétés siégeant à chaque étage. Premier étage, Gerber and Co. Deuxième étage, Wind Swirl Construction. Troisième étage, Peterson and Son. Quatrième étage, Renovation Free Cloud Co. Cinquième étage, Barry Stevenson and Juan Suarez Remodeling. Toujours pas de galerie… Mais j'entends les talons de la bourgeoise, faire vibrer les marches métalliques des escaliers. Je doute qu'elle soit venue ici à huit heures du soir, tout en cristaux et strass, pour un rendez-vous avec Wind Swirl Construction ou Juan Suarez Remodeling. Elle est comme moi, elle cherche.

Je pose ma main sur la rampe de l'escalier, et commence à monter. À chaque pas, les marches en fer troué tremblent et résonnent, comme si l'escalier allait s'effondrer. Et maintenant, je n'entends plus les talons de la bourgeoise. Elle n'est pas au premier, la porte blanche de l'étage est bloquée par une barre et fermée par un cadenas. Deuxième étage, même histoire.

Troisième étage, même histoire. Quatrième étage, la porte est grande ouverte, entravée par une échelle. Je passe dessous et m'aventure dans le couloir toujours aussi blanc, à la moquette de bureau gris souris, et aux nombreuses larges et hautes vitres carrées, donnant sur la cour de l'immeuble. Et de loin, j'entends une musique. Sans paroles. Juste des notes graves de cuivre relevées par des touches de violoncelles ou d'altos. Je suis la musique et tourne à droite, appuyant ma main sur chacune des vitres froides du couloir. Au bout de la moquette, une autre porte ouverte, devant laquelle se tiennent deux grands types blonds d'une vingtaine d'années. Chacun est vêtu du même costume trois pièces bleu nuit, avec chiffon en soie irisé dans la poche de leur veste cintrée, et manches fermées par des boutons de manchette or. J'essuie mes mains spongieuses sur ma robe bustier rouille, à jupe mi-longue plissée, dans laquelle mon corps rachitique se perd. Je soulève mes sourcils du bout des doigts. J'avale ma salive. Et je me présente aux portiers, sortis d'un catalogue Abercrombie.

– Beck comment, madame ? demande le plus jeune, à la mèche dorée tombant sur ses yeux bleus aux cils blonds.

– Oh, je pense que je dois juste être à Beck.

– Nos listes sont triées par noms de famille, madame.

– J'ai bien peur que la personne qui m'a mise sur la liste ne connaisse pas mon nom de famille. Pouvez-vous regarder dans les B ?

Il tourne les pages sur son porte-document en cuir bleu nuit, assorti à son costume, mais n'a pas l'air de me trouver. Sa trombine de joli cœur s'obscurcit, et il prend un air désolé.

– Je suis sincèrement navré, madame. Je n'ai pas de Beck, dans les B.

Peut-être qu'*il* ne me voulait pas ici, finalement. Il est possible qu'il ait changé d'avis après que j'ai quitté précipitamment sa voiture, l'autre soir... Pourquoi j'en ai quelque chose à foutre ? Je ne sais même pas ce que je fais là. Et puis rien ne me dit que ce vernissage, cette exposition, peu importe ce que c'est, soit vraiment la sienne. Je soupire en me mordant à nouveau les joues.

– J'ai besoin d'un nom de famille, madame. Je suis sincèrement navré.

– Hum, eh bien... Mon nom de famille est Westbrook.

Il se met aussitôt à me chercher, tourne les pages jusqu'à l'avant-dernière, et fait glisser son doigt sur le papier.

– Mais je ne pense pas que vous me trouverez à ce nom-là. Peut-être pourriez-vous demander à quelqu'un en charge, ici ? Ou vous pourriez aussi...

– Westbrook ! Vous êtes là ! il s'exclame, ravi.

J'écarquille les yeux et fixe le Ken, bouche grande ouverte. Comment connaît-*il* mon nom ?

– Bienvenue à « *Genèse* », m'envoie l'autre mannequin Abercrombie, en se poussant pour me laisser entrer.

– *Genèse* ? je demande, avec la tronche de quelqu'un qui vient de mettre quelque chose de dégueulasse dans sa bouche.

– C'est le nom de l'exposition, madame. *Genèse*.

Je hoche la tête, ne sachant quoi répondre, et pénètre à l'intérieur.

Tout de suite, les lumières changent. J'arrive dans une espèce de hall sombre, murs et plafond peints couleur cassis, moquette framboise en velours. Pour seul éclairage, de minuscules ampoules carrées, incrustées dans le plafond incroyablement haut, comme des étoiles dans la nuit. La musique est plus forte mais pas encore à son maximum. Je la suis, je la suis, elle s'amplifie. Je continue d'avancer, et le plafond s'ouvre sur un fantastique espace, construit sur trois étages. Plafond aussi haut que le ciel, escaliers noirs tourbillonnants et interminables en plein milieu, arrondissant chaque étage. Les murs cassis courbés sont incrustés des mêmes minuscules ampoules carrées que le plafond, et le sol translucide en verre noir, illuminé par trois fois plus d'ampoules étoiles. On se croit flotter dans l'espace. On se croit poussière de galaxie, haut et loin de tout.

On se croit au centre de l'Univers.

Une vingtaine de jeunes et grands serveurs se baladent à travers les pièces. Tous, aussi physiquement irréprochables que les deux Ken de l'entrée, et dans le même costume trois pièces bleu nuit, faisant disparaître leur corps dans le décor. Sur leurs plateaux ronds en verre noir, ils proposent des coupelles en cristal noircies de caviar, mangeable avec la toute petite cuillère en nacre plongée dedans. Ils distribuent également des coupes de champagne anciennes, forme gondole. Des mûres flottent dans l'eau dorée millésimée.

L'odeur d'orange caramélisée des lieux est intoxicante. Asphyxiante, presque. Mais une asphyxie délicieuse, étourdissante, dont on se laisse mourir. La bonne centaine d'invités, s'est parée de ses plus fastueuses toilettes. Malgré l'obscurité, je vois des plumes d'oie coincées dans des cheveux nattés ; des sautoirs antiques aux perles opalines ; de grandioses parures serties de rubis, émeraudes, citrines ; des oreilles endiamantées ; des gants en dentelle noire ornementés de pierres de lune ; des vestes de costume lamées ; des robes de remises d'Oscars aux décolletés dégringolants ; d'autres robes plus sobres mais tout aussi classieuses ; des pantalons en soie sans un pli ; des souliers d'homme si bien cirés qu'ils brillent dans la nuit ; des coiffures laquées de pub L'Oréal ; et des barbes impeccablement taillées. Un petit nombre d'excentriques fait aussi partie du navire, comme cet homme aux longs cheveux rouges en costume Louis XV, ou ce drôle de vieillard à moustaches filiformes noires style Dalí, la tête de son chien chinois à crête, sortie de la poche ventrale de sa combinaison holographique.

Un orchestre de quinze musiciens en smokings de velours indigo est installé tout en bas des escaliers, et noie l'endroit fabuleux de ses notes graves, mélancoliques. Par-dessus le son du frottement des archets sur les cordes des violoncelles, j'entends des accents britanniques et italiens, se rencontrer dans des discussions ponctuées de rires mondains. Les visages sont animés par un certain émerveillement, et les yeux brillent tous, à la vue des imposantes toiles individuellement éclairées par une petite ampoule ronde, au-dessus de leurs cadres noirs. Je ne les ai pas encore regardées. Je me tourne vers les murs, pour y jeter enfin un coup d'œil.

Et ma mâchoire se déboîte.

Elle tombe à mes pieds.

Elle tombe sous mes pieds.

Elle traverse le parterre de verre.

Les tableaux représentent tous la même jeune femme brune aux yeux clairs, dont *je* suis le portrait *identique*. Un million de taches de rousseur rougissent sa peau d'albâtre, sur chacun d'entre eux. Et partout où je tourne la tête, je vois comme un miroir, comme des milliers, des millions de moi. Je me trouve partout, sur ces murs sans fin. Ces murs tournant sur trois étages, autour de cet espace noir sang, étoilé, aspergé de tonneaux de parfum senteur orange brûlée. Dans cet endroit accaparé par cette foule mondaine, et secoué par cette mélodie lente et pénétrante... *je suis partout*.

Et d'un coup, je perds pied. Je me noie. Je m'enfonce. Ces millions de moi m'envahissent.

Sur la toile me faisant face, les couleurs utilisées tirent sur le noir et le marron, avec quelques touches de vert argenté dans mes yeux furieux, qui chialent des stalactites de glace alors même que je ris aux éclats. Un somptueux chat gris à poil ras, et muscles massifs de puma ou de panthère, insère ses canines dans la chair de mon cou tordu. Ses pattes délicates tombent mollement sur mes épaules nues, bosselées de maigreur et veinées de fils bruns.

Sur une autre toile, je suis accroupie dans le cornet ambré d'un phonographe. Je suis drapée d'une soie souillée, à travers laquelle mes os ressortent, et une auréole en fer rouillé, torsadée et ensanglantée d'un sang orangé, goutte au-dessus de ma tête ; que j'enfonce entre mes jambes transparentes, dans lesquelles fleurissent des roses pourpres, et des camélias noirs aux veines vertes d'humain. À l'intérieur de mon dos courbé, un jardin fruitier, où se baladent des petites filles brunes aux cheveux courts, nues et décharnées, tenant des chatons morts par leurs pattes arrière, comme les gamines tiennent parfois leurs poupées. Sur une troisième toile, c'est moi qui suis complètement nue, mes cheveux emmêlés de cordes d'or, mes yeux clos. Me voilà couchée sur un lit de chrysanthèmes bruns, humanisés de bras et de jambes, me transperçant la peau. Les coups de pinceau sont précis, légers, voilés. La technique, fulgurante de perfection. Effrayante de réalisme.

Sur une quatrième toile, une ombre blanche, sorte de spectre, plane à droite de mon crâne chauve. L'arrière de ma tête est planté de mille tiges de roses bleutées, têtes en bas, aux pétales pointus comme des lames affûtées, et aux épines cuivrées redoutables dont on croirait pouvoir être piqué, rien qu'en caressant la toile du bout des doigts. Et puis sur l'immense tableau au tournant de l'étage, où l'hiver est représenté dans des nuances froides, il y a un visage exsangue. Le mien, évidemment. Je porte un regard de diable. Mes taches rouges, très rouges, saignent. Mes lèvres sont dévorées. Ce visage d'épouvante, est partiellement plongé dans l'ombre d'un soleil noir aux rayons liquides, ruisselant sur un ciel sang. Et de ce ciel, se jette une kyrielle d'aigles blancs, retenant des cœurs humains gorgés d'or et de bronze, entre leurs griffes marbrées.

J'ai soudain conscience de ma peau, sur ma chair. De mes gencives, dans ma bouche. Des tendons, dans mes genoux. De chaque morceau me constituant. Je me sens. Je me sens être là. Je me sens vivre. Et exister. C'est épatant, terrifiant, insupportable. Ma bile remonte le long de ma trachée. Les voix des visiteurs s'évaporent là où je ne les entends plus, et la musique me semble à plusieurs salles d'ici. Je plonge tête la première dans ces œuvres. Elles me soulèvent. Haut. Tout là-haut. Et puis je hume une odeur. Une odeur familière qui embrase mes narines. Je tourne la tête, et mon cœur va se cogner aux quatre coins de la salle.

L'homme, en simple T-shirt blanc et jeans havane, se tient droit à côté de moi. Ses yeux pétillent. Ils pétillent comme j'ai rarement vu des yeux pétiller. Ils sont saturés de bulles. Et ça, malgré ma stupeur apparente.

– Qu'est-ce que tu en penses ? il me lance, d'une voix sépulcrale.

Je harponne mes pupilles aux siennes, m'efforçant d'avoir l'air dure. Mais rien ne vient. Aucune explication. Je suis ébranlée.

– À quel jeu jouez-vous ?

– Je ne joue pas, Beck.

Il est toujours aussi calme. Comme si rien ne pouvait venir le perturber.

– C'est moi sur ces toiles, je chuchote.

– Quand tu les regardes, c'est toi que tu vois ?

Je marque un temps.

– Dites-moi pourquoi.

– Je ne sais pas.

La façon dont il l'a dit sonnait vrai. Mais je ne peux bien sûr pas me contenter de ça.

– Cette fois, je veux des réponses. Je veux une explication à ce cirque ! Pourquoi me suivez-vous ? Pourquoi me peignez-vous ? Et quel est votre nom ? J'ignore pourquoi, mais j'ai du mal à croire que ce soit Steve, je lui envoie en élevant la voix.

Quelques dos se tournent, quelques yeux nous lorgnent. Plus que quelques, même. Le petit groupe de quatre à ma gauche, a cessé toute discussion. Une brune étranglée dans ses colliers ras-de-cou, me reluque en chuchotant quelque chose à l'oreille de son ami.

– Viens.

L'homme m'attrape par le bout des doigts, et m'entraîne autour de la pièce tourbillonnante. Je m'envole, lorsque je sens ses ongles froids sur mes phalanges. Il avance vite. Il est pressé. Nous bousculons des gens trop parfumés et trop coiffés, donnant des coups d'épaule sur notre passage. Il n'y porte aucune attention. Il marche avec assurance, sans s'arrêter ni ralentir. Tête haute et dos tendu. Sa main robuste enveloppe à présent la mienne avec force, écrasant tous mes os. Nous sortons de la salle phénoménale, passons dans le hall à la moquette framboise où la musique s'affaiblit, arrivons vers le couloir aux lumières crues, et dépassons les deux mannequins Abercrombie assez vite pour leur faire du vent. Mes yeux ont du mal à s'ajuster au brutal changement de lumière. Du très, très, très sombre, au très, très, très blanc. Je les cligne, le bras toujours tiré par *l'homme*, dans le grand couloir aux grandes vitres carrées donnant sur la cour éteinte de l'immeuble. Je ne demande pas où il m'emmène. Je suis trop tourneboulée pour l'ouvrir. Je me laisse faire, étourdie par le tambourinage de mon cœur. Je suis surprise qu'il fonctionne encore.

Nous tournons au bout du couloir, sur un autre couloir, et au bout de ce couloir, *l'homme* pousse une lourde et haute porte, en y posant sa main à plat sans lâcher la mienne. Et nous voilà dans les escaliers en métal troué, de l'autre côté de l'immeuble, à grimper les marches trois par trois. Une fois tout en haut, il pousse une nouvelle porte et nous sommes sur le toit.

Le sol goudronné est sablé, et des graffitis sont tagués sur les murs en grosses briques bistre. Au-dessus de nos têtes, le ciel sans lune, épais et ténébreux, présage une averse imminente.

L'homme lâche ma main, la porte métallique se referme derrière nous. Je m'y adosse, et colle mes bras le long de mon corps, mes ongles agrippant le tissu de ma robe rouille.

Les immeubles voisins sont tous éteints, et il ne brille pas beaucoup de lumières dans l'horizon. Nous ne sommes éclairés que par les lueurs des réverbères de la rue.

Petit à petit, mes esprits me reviennent. Le bruit du trafic aide à me ramener à la réalité. J'entends des cris de fêtards, quelques klaxons, et la musique redondante des moteurs de voiture.

– Je savais que tu viendrais, me jette *l'homme* en appuyant son avant-bras contre le mur, à deux mètres de moi. Mais je ne savais pas si tu aimerais. Je me le demande encore.

La brise fait voltiger quelques mèches de ses cheveux sur sa joue. La tension est si électrique, qu'une goutte de pluie ferait exploser le périmètre.

– Allez-vous me donner des réponses ?

– Oui, c'est bien toi sur mes toiles.

Je n'en avais aucun doute, mais l'entendre l'admettre m'envoie une décharge dans la poitrine.

– Je m'appelle Wes, il dit avec une certaine emphase.

J'ai comme l'impression qu'il s'attendait à une réaction de ma part, après l'entente de son prénom. Il inspecte mes yeux, en silence.

– Wes ? je répète pour à mon tour, examiner sa réaction.

– Oui.

– Wes comment ?

Il cherche ses mots.

– Juste, Wes.

Je soupire.

– Pourquoi cette obsession ?

– Ce pourquoi certaines choses nous obsèdent, est assez cabalistique. Impossible à expliquer. Faudrait-il encore, qu'on le comprenne.

– Non. Ça ne marchera pas, cette fois. Vous n'éluderez pas mes questions. Répondez-moi. Je dois savoir pourquoi vous me suivez, comme ça. Pourquoi vous me peignez, comme ça. Et vous savez quoi ? Steve, Wes, quel que soit votre nom, vous savez quoi ? Vous allez me le dire, ce soir.

Ses lèvres s'étirent. Il lâche un rire étouffé.

– Parce que tu m'intéresses.

– Pourquoi ?

Il m'observe quelques instants, sans cligner des yeux. Ma respiration s'accélère.

– C'est simple comme question, non ? Je ne demande pas une analyse philosophique ! Pourquoi cette fascination ? Et ces jeux de piste infantiles ? Ça vous a amusé, de me voir faire le tour du lac d'Echo Park quinze fois d'affilée ? Vous prenez votre pied, en me regardant vivre ? En m'épiant, tel un cinglé libidineux ? En faisant de moi votre putain de marionnette ?

Ses sourcils droits se distordent. Ses yeux ne rient plus du tout.

– C'est ce que tu crois que tu es ? Une marionnette ?

– Je…

– N'as-tu pas vu mes tableaux, Beck ?

– Si, je les ai vus. Je les vois encore. Mais je ne comprends pas.

– Elle a la vie en elle, Beck Westbrook, il murmure en sortant son paquet de cigarettes de la poche arrière de son jeans, avant de le taper dans sa main pour tasser le tabac.

– Quoi ?

– Elle a la vie en elle, Beck. Et l'art a besoin de vie. Il a besoin de réalité. Il doit être crédible, pour exister. Et Beck m'a offert ça. La crédibilité.

– Crédibilité ?

– C'est tout ce dont j'avais besoin.

– Alors je suis quoi ? Une espèce de muse, qui abreuve votre imagination morbide ?

Ses expressions faciales s'aggravent. Ses mains se ferment en poings, et il expire plusieurs fois par le nez.

– Il est possible que j'aie eu tort, en te demandant de venir ici. Je n'aurais sans doute pas dû te demander ça. C'était une erreur, de ma part.

Je le regarde allumer sa cigarette.

– D'où vous vient cet accent ? Il m'est familier…

– Galveston, Texas.

– Texas ?

– Né et élevé.

– Je suis de l'Oklahoma. Mais je suppose que je ne vous apprends rien…

– Si, je l'ignorais.

– Bien sûr…

– Où ça, en Oklahoma ?

Je souffle en secouant la tête.

– Muskogee.

– Hum… Et c'est comment ?

– C'est réel.

– Réel ?

– C'est une vraie ville. Pas un ectoplasme californien.

– Tu n'es pas conquise par le charme hollywoodien ?

– Le Sud me manque. Chaque jour. Los Angeles est une véritable blague.

– C'est un autre pays, ici.

– Oui, c'est exactement ça. Un autre pays. Ce n'est pas juste une autre ville, dans un autre État. C'est un autre pays.

Savoir qu'il vient du Sud, me rapproche instantanément de lui. Il m'est plus familier. Et d'un coup, je me dis que peu importe qui il est et ce qu'il me veut ; nous sommes deux étrangers, ici, venant d'une terre similaire. Je soupire en me décollant de la porte. *L'homme* retire la cigarette de sa bouche pour s'humidifier les lèvres, puis essuie la sueur de son front avec le dos de sa main aux longs doigts épais. Je lutte pour garder mon regard dur, devant ses yeux enfoncés si érotiques. J'aimerais que tous les réverbères de la rue s'éteignent, rien qu'une seconde, pour que je puisse enfin détendre les muscles aux coins de mes yeux. Il devient difficile, de ne pas libérer cette manifestation sexuelle.

– *Genèse*, qu'est-ce que ça veut dire ?

– *Genèse* c'est le commencement de tout.

– Je ne demande pas la définition du mot. Je sais ce qu'il veut dire. Ce que je voudrais savoir, c'est ce qu'il veut dire ici. Pourquoi ce mot est celui que vous avez choisi, pour cette exposition…

– Je ne parlais pas de la définition du mot. Je parlais de mon travail. Cette série pour moi, ces toiles, c'est le commencement de tout.

– Ce serait moi alors, le commencement de tout ?

– Ce serait une bien lourde responsabilité, si c'était le cas. N'est-ce pas ?

Je fronce les sourcils si fort, que je me creuse forcément une ride.

– Quoi ?

– Je dois redescendre, il dit soudain en s'approchant de la porte.

– Maintenant ?

– Il vaut mieux.

– Comment ça ? Il vaut mieux pour qui ?

– Si je restais plus longtemps à te parler, j'en dirais forcément trop. Tu ne veux pas en savoir davantage. Crois-moi, tu le regretterais. Et moi, je regretterais de ne pas m'être tu.

– Vous vous trompez. Je ne demande qu'à savoir. Peu importe ce que c'est, qu'il y a à savoir.

Il tire sur sa cigarette jusqu'au filtre, recrache la fumée en faisant siffler l'air contre ses lèvres fines, et écrase le mégot sous sa botte de cowboy.

– Tu veux savoir ?

– Absolument.

– Alors je vais te parler, Beck. De moi. Je suis un homme perturbé, à ce qu'on raconte. Je vois la beauté dans le pire. Je ne suis excité que par ça. L'horreur contrôle ma libido. Je suis une cervelle dérangée, tu comprends ? Un peu comme ce type, Le Sadique au Couteau… Celui dont on parle dans les journaux… Ça te dit quelque chose, je crois ?

Il se mouille les lèvres en délivrant un sourire glacial.

– Savoir, savoir, savoir… Tu veux absolument savoir… Mais pourras-tu faire avec, une fois que tu auras tout entendu ? Pourras-tu, Beck ? Si tu me fais parler davantage, c'est une *cicatrice* que je dessinerai dans tes pensées. Et une cicatrice ne disparaît pas. Elle ne craint pas le temps. Elle ne quitte jamais sa place. Elle s'incruste dans la matière et y reste. Indéfiniment. Et si elle laisse ainsi sa trace, c'est pour que jamais on oublie ce qui l'a causée. Ce qui l'a créée. Es-tu prête à prendre ce risque-là ? Celui de l'indélébile ?

J'avale ma salive. Une fois. Trois fois. Une sueur grêlée me parcourt, et je suis nouée par une corde qui m'enserre et me rompt. Je devrais détaler avec un moteur à réaction au cul. Mais je reste là. Je ne bouge pas, ne bats pas un cil. Je ne cerne pas ce qui glue mes talons au béton. Oui, il est vénéneux. Il est sexy à s'en percer les pupilles à coups de cure-dents. Il a cette allure classique de beau gosse redoutable et fichu, à la cuirasse impénétrable. Une gueule abîmée qui ferait gicler une femme fontaine dans la seconde. Ce genre mystérieux, qui mouille les doigts des ménagères et durcit les queues des homos romantiques. Mais c'est juste un genre, qu'il se donne. Le rôle préfabriqué du vilain. Le Diable en costume rouge. Et ce n'est évidemment pas ce qui m'intrigue.

Il explose de rire.

– Tu ne vois pas que je plaisante ? Je ne suis qu'un peintre, cherchant l'inspiration. Par des manières peu conventionnelles, je l'admets. Mais c'est tout. C'est tout, Beck. Ne va pas te mettre en chasse de choses qui ne sont pas là. Maintenant, je dois redescendre. Et toi, tu dois rentrer chez toi.

L'homme attrape la poignée carrée de la porte métallique, me forçant à me décaler. Et avant de disparaître derrière elle, il me lance : « Tu ne me trouveras plus sur ton chemin. C'est promis. »

24

«L'artiste Wes, dont le public ignore l'identité, est un peintre américain devenu célèbre en créant la controverse avec sa première exposition, nommée : "La Chute". Dans une série de dix-huit toiles, Wes a représenté sa jeune héroïne dans différentes scènes de meurtre, d'agonie, et de torture. La plus célèbre est la toile numéro 3.

Le style détaillé et excessivement réaliste de ses œuvres, lui a valu le surnom du : "Peintre Tueur" ; et le mystère l'entourant, l'a instantanément propulsé au rang des artistes contemporains les plus cotés. Son travail, vivement critiqué par bon nombre d'associations de défense des femmes, accusant l'artiste d'érotiser le meurtre et la violence, est rapidement devenu un phénomène de société. La polémique est même allée jusqu'à pousser plusieurs groupes féministes, à attaquer en justice les galeries et musées qui l'exposaient. La vitrine d'une galerie new-yorkaise a notamment été intégralement taguée par la CEDFC (collectif engagé des femmes en colère), et fut plus tard brisée, par un homme masqué qui posta la vidéo de son acte en ligne.

Malgré le scandale, les critiques sont unanimes quant au talent époustouflant de l'artiste, et plusieurs rédacteurs de magazines et sites internet spécialisés s'accordent à dire que Wes fait partie des plus grands génies de l'art contemporain.

La toile numéro 3 de "La Chute", coupée de manière à ne pas apercevoir les parties les plus gore du tableau, avait été publiée dans le New York Times *à l'époque de sa sortie, en dessous du titre : "Le Nouveau Prodige Américain de l'Art". Une décision qui fut violemment reprochée au journal. Donovan Vang, le journaliste auteur de l'article, aurait reçu plusieurs colis contenant des excréments, la semaine suivant la publication.*

Les collectionneurs du monde entier s'arrachent les toiles de Wes à prix d'or, et sa popularité ne fait que grimper à chaque nouvelle exposition. Cependant, en raison de la nature de ses œuvres et des multiples groupes militant contre la médiatisation de celles-ci, chacune de ses nouvelles expositions a lieu dans un endroit tenu secret jusqu'au tout premier jour, et ne reste ouverte au public qu'un temps minimal. Son dernier vernissage fut organisé dans un manoir gothique de Pennsylvanie, et le précédent, sous un chapiteau de cirque construit pour l'occasion, au milieu d'un terrain abandonné, à proximité de Nashville, Tennessee.

De nombreuses théories fleurissent sur le web, quant à l'identité de Wes. Certains pensent que ses tableaux ne seraient en réalité, qu'une sorte de journal intime de ses propres meurtres. Aucune biographie n'est disponible en ligne, mais d'après quelques-uns de ses paysages de fond, beaucoup de fans se figurent qu'il pourrait être originaire du sud des États-Unis. Depuis le début de son arrivée dans le monde de l'art, plusieurs hommes et une femme se sont attribué ses œuvres en affirmant être lui, sur des plateaux de télévision et dans des émissions de radio, avant de démentir par la suite ou d'être décrédibilisés par leurs proches (pour Trent Farmington, voir l'article "Wes, les usurpateurs"). Sur les réseaux sociaux, une mode consistant à se prendre en photo avec un écriteau : "Je suis Wes", a également fait parler d'elle l'année dernière.

Wes est devenu en quelques années, l'un des quinze artistes vivants les plus riches au monde. Il détrône dans le classement, certains peintres installés au sommet depuis plusieurs décennies.

Autre tour de force : la toile numéro 9 de "La Chute", mise aux enchères par un vendeur anonyme en février dernier, a été adjugée chez Christies pour quatre-vingt-dix-sept millions de dollars. »

Il n'y a plus une parcelle de mon corps, qui ne soit pas tendue. Ou qui ne soit pas toute chose. Je quitte Wikipédia, et reviens en arrière sur Google. Je clique sur « Images ». Avant que ses œuvres puissent s'afficher, mon portable chargé à trois pour cent s'éteint. Je donne un violent coup de poing dans le klaxon de mon volant. « Putain ! » je crie, assez fort pour faire tourner la tête des piétons passant par là.

Je respire en tentant de me calmer. Ma nuque est trempée. Il est vingt-deux heures trente passées. Je sors de ma voiture et descends la rue animée, jusqu'au restaurant italien où j'ai promis de rejoindre Ashley. Je lui ai dit que j'avais une répétition nocturne au théâtre. Il a gobé sans questionner.

J'entre dans le restaurant sans m'en rendre compte. Stone sans avoir fumé. Je vois le sol damier, les lustres aux ampoules billes accrochées à des fils de fer ondulés, les tables rondes nappées, les chaises noires aux dossiers rectangulaires. Mais je vois tout ça en flou. L'hôtesse méditerranéenne en chemise blanche cintrée, derrière son pupitre, aussi, je la vois floue. Mes yeux manquent de larmes. Je cligne, je cligne. Toujours secs. Ma tête n'est bien entendu pas là. Je ne suis même pas sûre que ce soit le bon restaurant. Et je ne sais plus l'anniversaire de quel con y est célébré. Un réalisateur, je crois. Un type que je devrais sans doute connaître, parce que s'il est ami avec Ash, ce n'est pas un minable amateur. Mais je ne me rappelle plus son nom. Je n'en ai rien à taper, de son nom. Je ne connais plus le mien.

Je vais m'étaler sur le carrelage. Les lustres argentés m'envoient leurs étoiles dans les yeux. Je recule doucement en me cognant à quelques dos, en marchant sur quelques pieds. Je ne peux pas être là. Il faut que je retourne m'asseoir dans ma voiture. Et que je respire. Dans le calme. Et que je me calme. Parce que je ne suis pas calme. Ou alors si. Mais beaucoup trop. Si calme, qu'à l'intérieur rien n'est plus calme.

Mon cœur se balance entre mes amygdales, et je vais le dégobiller sur ce carrelage damier d'une seconde à l'autre. Je fais demi-tour. Il faut que je sorte d'ici. Les talons de mes escarpins blancs vacillent, et moi aussi je vacille. « Mademoiselle, vous allez bien ? » m'envoie une voix aiguë de jeune femme. J'essaie de répondre mais rien ne sort. Je perds l'équilibre et m'étale sur le carrelage.

25

WES

Il est vingt-trois heures cinquante-neuf. Tous ces prétentieux autoproclamés critiques d'art ; ces collectionneurs pleins aux as qui achèteraient n'importe quoi, pourvu que ces n'importe quoi soient bien cotés ; ces artistes amers de ne pas m'arriver à la cheville, venus chercher de l'inspiration dans mes œuvres grandioses ; ces journalistes fascinés, qui se rincent l'œil en cherchant laquelle de mes toiles fera leur une ; et tous les autres chanceux qui n'en reviennent toujours pas d'être là, sont encore là. Ils n'ont pas bougé. Et ils ne bougeront pas, tant que les lumières seront allumées. Ce soir, il n'y a aucun autre endroit où ils préféreraient être. Ceux qui sont ici, ont été triés sur des listes où les noms furent triés, re-triés, re-re-triés, et re-re-re-triés. Et ça, ils le savent bien. Et ça, ça gonfle leur ego. Parce que ça veut dire qu'ils comptent. Qu'ils pèsent, dans le milieu de l'art contemporain. Je les observe se pavaner comme des coqs, en avalant leur cuillère de caviar. Ils se demandent si je suis là, quelque part, à étudier leurs réactions. À tendre l'oreille. Si je ne serais pas ce type en costume gris à carreaux, là-bas. Ou bien le grand roux aux moustaches tombantes, en cravate kaki. Ou peut-être cette petite dame brune aux cheveux bouclés, en robe fourreau frangée de strass, qui sait ? Mais on leur répond que l'artiste ne serait jamais resté aussi tard. Qu'il aurait fait une brève apparition, avant de repartir. Ou bien qu'il n'est pas le genre à assister à ses vernissages. Alors il y a débat, et certains pensent savoir qui je suis, d'autres affirment qu'on ne saura jamais, d'autres encore prétendent que tout ça n'est que marketing. Et puis ils se remettent à parler de mes toiles. Et ils n'ont aucune idée de ce qu'ils regardent. Parce que bien sûr, ils ne font que regarder. Bien sûr, sans rien voir du tout. Alors ils essaient de comprendre et de commenter. Et leur approche est toujours banale, plate, niaise. Ils ne savent rien du sacrifice personnel qui a été fait, pour donner vie à ces œuvres. Ils ignorent la douleur inqualifiable, qu'a été d'agiter mes pinceaux sur ces châssis entoilés. Ce fut un supplice. Un supplice délicieux. Un supplice exquis. Mais un supplice. Et pour une fois, mon sujet est resté intact. Il l'est donc aussi sur mes toiles. Aucune mort, dans cette série. « C'est une grande première, dans le travail de Wes ! » ils disent. Mais c'est parce que cette fois, mon sujet était bien plus qu'un simple sujet. Cette fois, j'avais choisi Beck Westbrook. Et elle a fait de cette série, la plus brillante jamais réalisée. La moins sanglante mais malgré tout la plus noire. La plus toxique. La plus délétère. La plus risquée. Mais la plus honnête. Celle dont je serai à jamais le plus fier. Celle, que je n'aurais rêvée plus grandiose. Celle que le petit Wes de Muskogee n'aurait jamais pensé peindre.

Celle qui me confirme. À mes yeux. Aux yeux du monde.

Pourtant, je regrette d'avoir fini de leur donner vie, à ces œuvres. Parce que ces jours et ces nuits, me rapprochant à chaque coup de pinceau du sublime, électrifié par mon inspiration incandescente, enfiévré par *son* image... furent des moments de grâce. Ceux pour lesquels je vins au monde. Ils furent une oblation. Ils m'ont élevé en Dieu. Et redescendre de cet état de transe, c'est arracher l'aiguille d'une piqûre d'héroïne, avant qu'elle ait fini de vider la drogue dans les veines.

C'est odieux.

Mais il me restera mes œuvres. Le souvenir, seulement. Parce que plus de la moitié a déjà été vendue. Et ça, avant même qu'elles aient été accrochées. Avant que quiconque ne les ait vues. Les collectionneurs les plus investis ne prennent pas le risque d'attendre de découvrir. Ils savent que le temps est compté. Qu'il y a une queue d'autres collectionneurs, chéquier en main, prêts à signer, derrière eux. Alors ils achètent les yeux fermés. Ils font confiance au nom « Wes ». Ils ont cette intelligence-là. Encore quelques millions pour des œuvres de charité, et la construction d'écoles au Cambodge, ou je ne sais pas où, d'ailleurs. Ce n'est pas moi, qui suis en charge de distribuer mon pognon aux malheureux. Je ne veux même pas savoir où il va. Allez, donnez, aidez ! Faites, je vous fais confiance. Ma conscience ne s'en allège pas d'un gramme, mais m'engraisser de pièces d'or n'est pas une option. Je prends ce dont j'ai besoin, et l'excédent je veux juste qu'on m'en débarrasse. Je n'ai pas besoin de tant. Ni de me branler avec la main de la gloire.

Je pourrais avoir ma photo en couverture du *Time*, du *Times*, de n'importe quel journal, de n'importe quel magazine. Je pourrais rouler dans une très grosse bagnole aux jantes diamantées, faire du crawl dans une piscine de lingots d'or fondus, lire l'heure sur une collection d'Audemars Piguet me couvrant les deux bras jusqu'aux épaules, vivre dans une baraque à mille pièces le lundi, une autre à deux mille le mardi. Je pourrais être ce branleur détestable qui implore qu'on le regarde. Ce péquenaud, impatient de faire voir au monde qu'il a réussi. L'imbécile qui ne gicle que dans du drap de designer. Qui ne baise que de la pute propre, à mille dollars la pipe. Celui qui a besoin de faire vrombir sa Ferrari fluo, pour sentir ses couilles dans son froc. Celui qui est persuadé que son succès rallonge la taille de sa queue. Ce minable tellement pauvre d'esprit, qu'il n'y a que les billets verts pour stimuler sa libido. Mais je ne suis pas ce gars-là. Moi sans un sou, je serais bien plus riche, que le plus riche de ces cons-là. Voir mes œuvres prendre vie sur les murs de ces manoirs, ces châteaux, ces chapiteaux, ces galeries, ces musées ; elle est là, ma fortune. C'est tout ce que j'avais toujours voulu. Et je ne m'en lasse pas. Le petit gars de Muskogee n'en revient toujours pas. Je le pince, parfois. Enfin ce petit gars, ou ce qu'il en reste. Les vestiges de Wes Barrett. Parce que ce plaisir inouï a un prix. Et je le paie. Grassement. Chaque jour. Il ne faut pas croire que je me lave les mains des conséquences de mes actes. Que mes remords sont moindres parce que mon succès est foudroyant.

En réalité, tout ça me tue.

Devoir puiser dans le lugubre pour faire naître des chefs-d'œuvre… Être fasciné par le pire… J'en ai honte. Dans ma tête, dans le noir, j'en ai honte. Mais le jour de la mort de Leah, quelque chose s'est déclenché en moi. Dans cette scène macabre, j'avais trouvé tout ce que je n'avais jamais vu. Ce que je n'avais jamais su. Cet instant possédait l'impalpable. Il n'y avait plus de temps. Plus de monde. Juste une richesse royale dans les sens. Une autre dimension, faite de perceptions exacerbées. J'étais galvanisé par le magnétisme du moment. Ce moment, qui fut une révélation artistique comme peu d'artistes en ont. Il avait réussi quelque chose d'inouï, pour moi, ce moment. J'ai su instantanément ce qu'il fallait donner à mes œuvres, pour qu'elles prennent vie. Et c'était la mort. C'est la mort, dont elles avaient besoin pour exister. L'homme bien-pensant, l'homme sage, l'homme religieux, ne comprendrait pas si on le lui expliquait scientifiquement. Si on lui faisait un putain d'exposé sur tableau d'école, avec surlignages et schémas.

Seul un esprit malade, peut entendre ces choses.

Il n'y a pas eu un jour, depuis *ce* jour, où je ne me suis pas répugné. Où je n'ai pas exécré mon regard. Mon odeur. Ma peau.

Mon art ne vaut certainement pas la vie de ces filles. Je le sais. Mais il arrive que je pense le contraire. Peu importe ce que je me dis. Je suis trop lâche, trop misérablement faible, pour mettre un terme à ce carnage. Je sais qu'une fois que j'aurai parlé, il n'y aura aucune marche arrière. Je devrai raconter. *Tout*. Je sens déjà les doigts pointer dans ma direction. Je vois les têtes se secouer. J'entends les huées. Wes serait enfin à visage découvert, et quel visage verrait-on de lui… Et surtout, que deviendraient ses toiles ?

Mes toiles. Mes toiles. Mes toiles.

Beck sait qui je suis, maintenant. Enfin non, ce n'est pas exact. Elle sait qui Wes, est. Pas Wes Barrett. Pas qu'elle ait cherché à savoir qui était Wes tout court, avant aujourd'hui. Je parie qu'elle n'avait jamais entendu parler de lui. Alors elle ne se rendra pas compte du privilège que c'est, de pouvoir mettre un visage sur ce nom. Ou pour elle, un nom sur ce visage. Mais je n'ai pas hésité un instant à lui dire. Elle est sûrement la seule, qui méritait vraiment de savoir. Je me demande ce qui se passera, lorsqu'elle verra les toiles de ma série : « *La Chute* ». Elle va taper mon nom en ligne, c'est certain, et les images apparaîtront. Est-ce qu'elle comprendra ? Je ne sais pas pourquoi j'essaie à ce point, de me faire démasquer par Beck. Peut-être le besoin de me trouver au pied du mur, cerné, pour n'avoir plus d'autre choix que celui de parler… Grand Dieu, il faut que je l'ouvre. Qu'elle sache. Il faut que ces corps cessent de s'entasser. Je me hais, de les laisser s'entasser ainsi. Tout ce sang, cette charogne… Je n'en dors plus. Mais lorsque par miracle j'arrive à fermer l'œil, je ne me réveille que pour ça. Une partie de moi brûle déjà en enfer, et l'autre se réjouit d'aller bientôt rejoindre la première. Parce qu'il n'y a que là-bas, que je serai bien accueilli.

Si tout s'est déclenché avec Leah, je me rabâche que la culpabilité de sa mort est partagée. Je ne peux en porter l'entière responsabilité. Je me dédouane. Je suis turpide, comme ça. Je suis une merde. Mais la vérité, c'est que nous étions plus de deux, à proximité de ce pont, cet après-midi-là. Leah, et ceux qui ont décidé de son sort.

26

LEAH

11 ans

Mes paupières clignent, et mes yeux s'ouvrent sur notre plafond grisé aux coins moisis. Il est traversé par une immense fissure en diagonale, comme une vilaine cicatrice. Chaque matin, j'ai l'impression qu'elle se rallonge un peu plus. J'étire mes petites jambes potelées et me tourne sur le flanc, vers les fenêtres coulissantes. La lumière du jour se faufile à travers les rideaux rayés, jaune, rouge, et blanc. Leur lin tout plein de plis et tout revêche en devient transparent. Et les rayons viennent me caresser la joue. La chaleur tiède est agréable sur ma peau. Elle est réconfortante, comme les baisers mouillés que maman donne, après les grosses colères de papa. Je courbe la tête et lève mes cheveux courts, pour qu'elle se pose bien en entier sur ma nuque. Et puis je respire profondément, en me répétant que rien ne m'achèvera aujourd'hui. Rien ne m'achèvera aujourd'hui. Rien ne m'achèvera aujourd'hui.

Je me le répète tous les matins.

Beck dort encore. Elle est étalée sur le bide comme une patate, les jambes écartées de chaque côté de son lit aux draps jaunes puants, pas lavés depuis des mois. Sa tronche entière s'écrabouille dans son oreiller rose troué. Il est vraiment très troué, parce qu'elle aime enfoncer ses doigts dedans pour attraper les plumes. Et parfois, quand elle dort la bouche ouverte, en se réveillant elle en a plein la langue. Et elle les enlève une par une, en crachouillant et en grimaçant.

Ses longs cheveux fins, humides de sueur, sont collés à son dos luisant, aussi maigre que ceux des enfants africains qu'on voit parfois à la télé, au journal du soir. Il a fait tellement chaud cette nuit, qu'elle s'est endormie en culotte, sans son T-shirt. D'ailleurs, je crois que c'est ma culotte à moi.

Je me réveille toujours avant Beck. Que ce soit une heure, une demi-heure, cinq minutes ou dix secondes, c'est toujours moi la première à ouvrir les yeux. Et j'attends qu'elle émerge. La plupart du temps, je fais du bruit exprès pour que ça arrive plus vite. Je ramasse une chaussure pour la laisser tomber sur le parquet, je me mets à tousser convulsivement, j'éternue en faisant de gros « Atchoum ! » pleins de postillons, je fais rebondir mes fesses sur mon matelas à ressorts, je renifle très fort, je bâille très fort, je respire très fort, je trouve toujours quelque chose pour la sortir de son sommeil. Et puis je fais semblant de « Oups ! », ne pas l'avoir fait exprès. Pardon, super désolée… Je m'ennuie trop, sinon. Mais ce matin, un gros scarabée au dos vert nacré capte mon attention. Il se balade sur la vieille commode arrondie, peinte en rose barbe à papa. Celle où sont rangés nos jouets de bébé, en face de nos deux lits une place. Il fait des tours entre notre collection de boîtes en pâte à sel, toutes fabriquées par Beck et moi, mais surtout par moi. Et puis il commence à grimper au mur avec ses pattes pointues, pleines de petits piquants. Son vert ressort vachement bien sur le papier peint rayé, jaune, rouge, et blanc, assorti aux rideaux. Il est drôlement joli et rigolo. Il a une tête de la taille de l'ongle de mon petit doigt, et ses grandes antennes fines sont nattées. Son dos est nervuré, et sa tête cuivrée change légèrement de couleur, selon qu'il est un peu plus à gauche ou un peu plus à droite, de la ligne du papier peint où il grimpe ; parce qu'elle est blanchie par les rayons du soleil. Et ses yeux ne sont que deux petites boules noires, posées par-dessus sa tête. Pas dedans, par-dessus ! C'est vraiment trop bizarre, qu'il ait les yeux à l'extérieur de la tête, comme ça… Je me redresse pour mieux l'observer. Peut-être que je pourrais l'attraper, et le ranger dans une grosse boîte d'allumettes… Je ferais des trous dedans, et comme ça je pourrais le garder avec moi, et le regarder dès que j'en aurais envie ! Je pourrais même l'emmener à l'école, lundi matin… Et puis je pourrais lui faire un lit, dans sa petite boîte ! Avec un morceau de coton pour l'oreiller, et un bout d'essuie-tout plié en deux, en guise de couverture. Mais je me demande ce que ça mange, un scarabée. Celui-là est assez gros, il doit beaucoup manger. Peut-être de très grandes fourmis, comme des fourmis rouges… Ou alors des mouches. Ou peut-être des petits cafards ? S'il mange des petits cafards, il suffira d'aller en chercher sous l'évier de la cuisine. C'est vraiment trop dégueu, ce qu'il y a sous cet évier…

Le scarabée s'immobilise, sur une des épaisses rayures jaunes du papier peint. Juste dans le bain de lumière d'un rayon de soleil. Waouh… Je remarque qu'il a de l'or, entre ses nervures vert nacré. Et quand je tourne la tête vers les fenêtres, son dos brillant devient bleu. Dingue, ce qu'il est beau ! Il est trop magique ! Je vais l'appeler Bobby Sun. Oui, ça lui va bien Bobby Sun.

Un cri vient faire trembler le silence. C'est celui de maman. C'était un cri d'épouvante. C'est le genre de cri qu'elle pousse, lorsque papa la gifle. Elle a un cri pour chaque méchant geste. Quand il lui tord le poignet, c'est un cri plutôt étouffé. Quand il la pousse contre un meuble, un cri avalé. Quand il lui secoue le visage et lui tire les cheveux en l'insultant, c'est un cri geignard. Et puis lorsque papa lui fait vraiment très mal, elle ne crie presque pas. Parce qu'elle sait que si elle se permettait de crier dans ces instants-là, elle crierait beaucoup trop fort. Et ça risquerait d'alarmer les voisins. Et papa prendrait peur et lui ferait encore plus mal, pour qu'elle se taise. Alors elle se concentre, elle lutte pour que rien ne sorte de sa bouche. Elle se mord l'intérieur des joues, fort, et attend que la douleur la calme. On a toutes les trois appris à le faire. Ça, et évacuer nos larmes par l'intérieur. Beck le fait plus facilement que moi. Presque aucune larme ne coule plus sur ses joues. Elle dit que lorsque ses cils se mouillent, papa aussi il mouille. Je ne comprends pas exactement ce que ça veut dire, mais je crois que c'est une manière d'expliquer à quel point le cœur de notre père se remplit, lorsque nos yeux à nous se vident. Qu'il se recharge à notre énergie, et nous laisse mortes comme des piles usagées. Il le fait à chaque fois. Mais moi, je n'ai pas la force de ma grande sœur. Parfois, malgré mes efforts, malgré mes poings serrés, malgré mes dents fermées dans mes joues et le regard encourageant de Beck, mes larmes parviennent à franchir ma barrière de cils. J'ai honte, d'être un bébé pleurnicheur. Je devrais être immunisée contre la douleur, avec tous les exercices de brûlure qu'on fait, avec Beck. Mais lorsqu'on se fait mal toutes les deux, on ne se dit pas les mots méchants que papa utilise, quand il devient tout rouge. Sans ces mots, la douleur toute seule n'abîme pas autant la peau, et la cicatrisation est toujours plus rapide. C'est bizarre, les paroles ne rentrent pas dans la peau, pourtant… Elles ne tapent pas comme les poings. Elles ne font pas saigner la chair. Alors comment font-elles, pour laisser autant de traces ?

Maman pleure, maintenant. Je l'entends sangloter dans la cuisine, en remplissant la cafetière. Papa doit être assis à table, pas encore rasé, ni chaussé. Je sais qu'il a ses yeux gonflés du matin, et les plisse pour comprendre quelque chose à son journal. Il a souvent du mal à le lire. Il passe deux heures, sur la même page. Peut-être deux heures, sur le même paragraphe.

Pire qu'un petit de primaire. Je sais qu'il a ses coudes posés sur la nappe aux citrons verts et jaunes, et qu'il attend que maman finisse de lui préparer son plateau. Il faut que tout soit toujours cuisiné de la même manière. Ses saucisses doivent être bien grillées, mais noires que sur un côté. Ses œufs au plat ne doivent surtout pas être brûlés, mais doivent tout de même avoir une certaine consistance, ne pas être trop liquides. Et ses toasts, il les exige dorés mais pas bruns, et beurrés de chaque côté jusqu'aux coins. Si maman oublie un détail, papa jette tout dans l'évier et elle doit recommencer. Il dit que quand même, depuis le temps, elle ne devrait pas avoir tant de mal à lui préparer son plateau à la perfection. Que ce n'est pas grand-chose, quand même, de cuisiner un petit déjeuner correct. Que quand même, il ne demande pas la lune, et qu'elle pourrait au moins s'appliquer… Moi je crois qu'il adore ça, quand elle rate tout. Ça lui permet de hurler. D'avoir une raison de l'humilier.

« C'était maman ? » demande Beck en levant la tête de son oreiller. Ses yeux bleus, un rien moins grands que les miens, s'ouvrent d'un coup. Sans se plisser. Sans qu'elle ait à les frotter. Sans qu'ils aient besoin d'une seconde d'adaptation. Ils s'ouvrent comme si elle avait fait semblant de dormir jusqu'ici, et que soudain elle en avait eu marre de faire semblant. Comme si ses cils s'étaient glués à ses paupières. Tous les matins, dès que je les vois s'ouvrir, je me demande pourquoi c'est elle, qui a hérité de la seule qualité de papa. Ils sont si bleus… On dirait presque des faux. Ils ont la couleur du ciel de huit heures et demie du soir. Lorsqu'il est encore bleu, mais plus du tout bleu ciel. Qu'il paraît encore plus pigmenté. Un peu comme si on lui avait remis plusieurs couches de son propre bleu. Je voudrais tant que ces yeux soient les miens. Je m'imagine souvent les porter. Et j'imagine Beck avec les miens. Il n'y aurait pas autant de garçons amoureux d'elle, si elle avait les miens. Ça, j'en suis persuadée. Mais parfois je me dis qu'elle doit les détester, ses yeux. Parce que justement, ce sont ceux de papa. Et qu'elle devra les porter sur son visage toute sa vie. Qu'à chaque fois qu'elle se regarde dans la glace, qu'elle croise son reflet dans une vitre, elle ne peut pas s'empêcher de *le* voir, sur *elle*. Je me demande ce que ça fait. Si ça lui donne la nausée. Si elle a envie de se les arracher. *Si elle arrive à se voir, malgré eux.* Moi, si elle n'en veut pas, je les prends direct ! Et puis si possible, je prends ses lèvres aussi. Les miennes sont beaucoup trop grosses. Trop moches. Berk. Et plus que tout le reste, si je pouvais, je prendrais ses taches. Ses taches de rousseur. J'ai rêvé d'en avoir, des taches comme ça. Et autant qu'elle en a. Mais je serais contente qu'on m'en donne juste la moitié. Même juste quelques-unes. Même juste cinq ou six. Même trois. Ou une seule, sur le bout de mon nez. Mais même après un très long bain de soleil, aucune tache ne se manifeste sur ma peau. Elle reste nette et uniforme.

Il n'y a rien à faire.

Beck essuie ses joues transpirantes avec le bout de son drap jaune, foncé par la crasse, et étire ses grandes jambes fines jusqu'à les faire arriver au bout du matelas. Ses jambes de top-modèle, elle les tire de maman. C'est à croire que le bon Dieu ne m'a laissé que le pire des deux mondes. La petite taille de papa, et les grosses lèvres et yeux foncés de maman. C'est vraiment, trop carrément naze. Pfff… Je soupire en dirigeant mes yeux vers Bobby Sun. Il n'a pas bougé d'un poil.

Je ne sais pas ce qu'on va faire aujourd'hui, mais je sais qu'on sera dehors. Il a l'air de ne pas faire trop chaud, ce matin. Et vu qu'on est dimanche, maman va passer la journée à nettoyer la maison. Et elle ne nous voudra pas dans ses pattes.

« Beck ! » gronde mon père, depuis la cuisine. Beck ne réagit pas, mais ses lèvres sont déjà passées de normales à tordues en demi-lune. Entendre la voix nasillarde de papa dès le matin, nous met généralement dans cet état. Il va réparer ses tuyauteries du lundi au vendredi, et le week-end il aide oncle Logan à l'épicerie fine du quartier. Mais il n'est pas encore huit heures et demie, et c'est à huit heures et demie, que papa s'en va le dimanche. « Beck ! » hurle-t-il un peu plus fort et de plus près. La porte de la chambre s'ouvre si sauvagement, qu'elle vient baffer le mur. Papa entre en trombe, propageant une forte odeur de graillon dans notre chambre, pareil que si on se retrouvait tout à coup, dans les cuisines d'un restaurant Burger King. Son visage plein est rouge. Tout rouge. Sans blanc dans son rouge. Il est pigmenté sur chaque parcelle jusqu'au cou. Papa est rouge comme s'il venait juste de gober trois seaux de piments mexicains. Ses yeux bleus ont cette dureté effrayante habituelle, à laquelle on ne s'habitue pas. Jamais. Que rien ne calme et qui fait de l'air froid dans mon dos. Toujours. Il a les narines gonflées comme dans les dessins animés. Comme quand les personnages ont de la fumée qui en sort, avec ce bruit de sifflement de train. Et ses sourcils foncés aux poils éparpillés se rejoignent pratiquement. « Beck ! Tu ne m'entends pas quand je t'appelle ? » Beck se redresse illico, et tire son drap pour cacher sa poitrine nue. « Dépêche-toi d'aller aider ta mère à débarrasser la table de la cuisine ! Et allez prendre votre petit déjeuner ! Il est déjà huit heures et quart ! » Je me lève d'un bond, remonte mon pantalon de pyjama à motifs papillons, et me baisse pour attraper mes chaussons. « Qu'est-ce que c'est que ce cafard ? » grogne papa. Je me retourne instantanément. « Non, non, ce n'est pas un cafard ! C'est un scarabée ! » je dis d'une voix suppliante. Papa ôte sa grosse chaussure marron à lacets, et je me jette à ses pieds.

« Non, je t'en prie ! Ne tue pas Bobby Sun ! »

Ses yeux clairs, amusés mais toujours durs, me regardent

comme si je lui avais sorti la plus grosse bêtise du monde. Et il explose de rire. Je regarde ses vilaines dents tordues. Elles sont jaunâtres et plombées. Je me dis qu'elles sont moches, parce que lui est moche dans son cœur. « Bobby Sun ? » J'acquiesce en hochant nerveusement la tête. Mes yeux l'implorent de toutes leurs forces, de reposer sa chaussure. Il termine de rire, puis lève sa main gauche pour la passer dans mes cheveux courts. Il brosse ma frange en arrière avec un sourire en coin. Son regard méprise autant qu'il se moque. « Ma petite chérie… » il me murmure. Son bras droit tapissé de poils noirs se tend en l'air, et il écrase Bobby Sun d'un coup de semelle. On entend une sorte de petit « crac », comme une chips qu'on croque, et le pauvre Bobby s'étale sur le papier peint. Quelques morceaux de sa carapace nacrée tombent derrière la commode rose, et le mur est souillé d'une grosse trace marronnasse dégueulasse. « Il ne faut pas s'attacher aux choses, comme ça » me susurre papa d'une voix mielleuse, avant de m'embrasser sur le front. « Allez, va déjeuner. »

27

Aujourd'hui, c'est samedi. Moi, si c'est mon jour préféré, ce n'est pas parce qu'il n'y a pas école aujourd'hui, ni demain. Ce n'est pas non plus parce qu'on peut faire la grasse matinée. De toute façon, papa ne nous laisse jamais faire la grasse matinée. C'est mon jour préféré parce que le samedi, il ne rentre pas à la maison avant vingt-trois heures trente. Et ça, c'est juste trop génial. Beck, maman, et moi, pouvons jouer à des jeux de société en mangeant des carottes crues au vinaigre de vin, sans que personne ne crie. Et même qu'une fois par mois, maman nous achète de la crème glacée chocolat menthe avec morceaux de nougat. C'est la seule fois, où on est autorisées à manger des sucreries. Et aujourd'hui, c'est ce jour-là du mois. Ça fait quatre semaines que je l'attendais, ce jour. Je pédale sur mon vélo vert, en pensant à la première cuillère à soupe de crème glacée qui fondra dans ma bouche, ce soir. Je sens déjà le métal froid de la cuillère geler ma langue, et les petits morceaux de nougat se coller à mes dents. Miam.

Mes mains serrent mon guidon blanc, et je regarde leur peau brûlée. J'ai encore perdu au jeu des miroirs, hier. Et cette fois, ça m'a fait encore plus mal que d'habitude. Mais ça m'a fait du bien quand même. Mais maintenant, j'ai des mains de boxeur à nouveau. On voit ma chair bien rose, et ce qui ressemble à des filaments. Et puis ma peau pèle, aussi. C'est trop, trop laid. Et le bout de mes doigts est rouge sang. Et au niveau des poings, il y a des endroits où la peau est tellement cramée, qu'il y a du rouge dans le rose de ma chair. Carrément dégueu. À cause de ça à l'école, tout le monde croit que Beck et moi on fait des combats clandestins. N'importe quoi ! C'est drôle, qu'ils puissent penser ça. Ils sont vraiment trop bêtes. Mais ça nous donne une réputation de dures à cuire. Et faut dire que ça nous plaît pas mal. Et puis, c'est vrai qu'on est des dures à cuire, après tout. On arrive même à garder nos mains sous l'eau brûlante du robinet de la salle de bains, pendant onze secondes. Enfin, mon record à moi c'est six. Mais Beck est arrivée jusqu'à onze, une fois. Et sur la grille du four, elle réussit à garder la plante de ses pieds nus presque neuf secondes à cent vingt degrés ! Et sept secondes à cent quatre-vingts ! Et ça, c'est un truc de dingue.

Je pédale vite, pour la rattraper. Elle est à dix mètres. Elle pédale toujours plus vite que moi, et ne se fatigue jamais. Ses cheveux se soulèvent dans la brise tiède. On dirait des lianes brunes qui dansent. J'accélère et lève les fesses de ma selle, pour gagner encore plus de vitesse. Nous remontons maintenant notre rue résidentielle, la main droite sur le frein. Les pelouses des maisons sont toutes d'un vert terne un peu jaune, abîmé par le soleil, et elles sont assez dégarnies pour qu'on puisse voir la terre. Et les arbres, pas très grands ni très touffus, défilent sur mon chemin. Il y en a un, tous les trois mètres. Certains ont encore de la peinture orange sur leur tronc, datant d'Halloween dernier. Wallace et Grant Livingston – tous les deux déguisés en mafieux italiens des années soixante-dix – avaient tagué des obscénités dessus. Des pénis et des gros mots. Et ils s'étaient fait choper par leur père, je me rappelle. La main dans le sac ! Et Monsieur Livingston avait à peine élevé la voix. Sa peau ne s'était pas rougie. Ses yeux n'avaient pas fait peur. Et ni Wallace, ni Grant, n'avaient baissé la tête et positionné leurs bras devant leur visage. Aucun réflexe de protection, lorsque leur père s'était approché d'eux. Comme s'ils n'avaient jamais reçu de correction. Que jamais, ils n'avaient craint un coup. Le lendemain après-midi, Wallace était allé laver leurs tags à l'éponge, avec une bassine d'eau savonneuse qu'il faisait avancer d'un tronc à l'autre sur son skate-board, en sifflotant. Et c'était tout. Il n'avait pas reçu une gifle. Rien. Une partie de moi, aurait voulu qu'il en reçoive. Au moins une. Une toute petite. Une si gentille, qu'elle n'aurait même pas fait de bruit sur sa joue. Mais une quand même. Ce n'était pas juste, que ça ne soit que Beck et moi. Wallace et Grant, étaient de bien pires fouteurs de trouble que nous. Une fois, ils avaient même piqué une bouteille de gin dans l'épicerie d'oncle Logan. Ils parlent de manière vulgaire, et crachent leurs chewing-gums sur les petits du quartier. Et puis, ils ont crevé les pneus de la voiture de nos voisins, le mois dernier. Juste pour rigoler, pour rien. Et pas un bleu sur leur peau. Jamais. C'est grâce à eux, que j'ai compris. La justice, c'est du blabla. Ça n'existe pas. C'est une invention de grandes personnes. En tout cas, ça ne marche pas au mérite. La norme c'est l'injustice. Et quand quelque chose est juste, c'est un coup de chance. Juste, pas juste, au fond ça ne veut rien dire. On est tous un numéro de loto. La vie est mauvaise, elle se moque bien de qui on est. Elle tire au sort. Elle s'en fiche. Si Beck et moi vivons la vie que nous vivons, avec le père que nous avons, c'est parce qu'il fallait bien que quelqu'un la vive. Il ne peut pas y avoir que des enfants heureux. Et les malheureux, c'est nous. C'est comme ça. C'est tout.

J'avance à toute vitesse, puis décolle mes pieds des pédales, laissant mon vélo rouler tout seul sur la montée. La plupart des maisons du quartier ressemblent à des maisons en carton, et leurs murs striés ont cette même couleur blanc gris crade. On dirait des mobil-homes. On dirait que si le vent soufflait trop fort, il pourrait les mettre en pièces. On dirait des fausses, en fait. Qu'est-ce qu'elle est triste, cette succession de bicoques en toc ! Ça me fiche le cafard, parfois, de remonter l'allée. Mais il y en a qui sont moins pires que les autres… La nôtre par exemple, n'est pas la pire.

À quelques mètres, j'aperçois ce garçon étrange aux cheveux longs, assis sur les marches de son porche. Je ne sais pas comment il s'appelle, mais il m'arrive de le croiser de temps en temps, quand je fais des balades à vélo le week-end. Mais je ne le regarde que du coin de l'œil, très discrètement, pour ne pas qu'il voie que je le regarde. Il fait un peu flipper, tout seul, tout le temps, la tronche cachée par ses mèches de cheveux. Je ne sais même pas de quoi il a l'air, vraiment… Si ça se trouve, sous sa tignasse il y a des yeux violets, ou bien jaune fluo ! Impossible de dire le contraire. Comme d'habitude, il a de la peinture sur ses gigantesques mains d'adulte, et sur ses grands bras osseux, et plein son T-shirt noir, et ses chaussures noires. Une fois qu'on passait en voiture devant chez lui et qu'il était en train d'entrer dans sa voiture, papa a dit qu'avec une dégaine pareille, il devait forcément se droguer.

Nous sommes arrivées devant la maison. La porte blanc cassé, avec son bout de corde clouée au bois en guise de poignée, est grande ouverte. Et la moustiquaire, fermée. Devant les buissons à moitié morts plantés devant notre porche, il y a le seau en fer de papa, rempli de ses outils. Il a réparé un tuyau dans la salle de bains hier soir, et a dû oublier d'aller le ranger.

Beck balance sa bicyclette bleue sur la pelouse, et se précipite à l'intérieur. Vingt minutes qu'elle me bassinait avec son envie de faire pipi. Le carillon à vent fait sonner ses tubes argentés sur son passage, et la moustiquaire tape le mur. Elle court avec une telle force, que j'entends d'ici le bruit de ses tennis sur le carrelage du salon.

Je descends de mon vélo et commence à le faire rouler, pour l'emmener derrière la maison. La moustiquaire tape à nouveau le mur, et maman apparaît. « Leah, si tu vas derrière, tu peux emmener le seau de ton père dans la cabane, s'il te plaît ? » Je secoue la tête et vais le chercher. Bon Dieu, ce qu'il est lourd ! Il tire tout mon bras vers le sol. Je le soulève difficilement, en gonflant les joues et en soufflant, puis accroche l'anse à mon guidon.

La petite cabane de papa, en bois rouge et au toit plat, sent le chien mouillé et la bière. Il y a des bidules partout sur les murs. Des marteaux suspendus à des clous, des clés à molette suspendues à des anneaux, des torchons blancs tout noirs retenus par des crochets, d'énormes rouleaux adhésifs beiges scotchés au mur… Toute la surface est occupée. Et rien n'est bien agencé. Sur le sol, c'est carrément le super-fouillis. Des boîtes de rangement de toutes les tailles, en plastique et en fer rouillé qui pue, sont entassées les unes sur les autres. Je sais que si je soufflais dessus, je me prendrais une rafale de poussière dans les yeux. Je l'avais déjà fait, une fois. Ça n'avait pas été une bonne idée. Par terre, il y a aussi une quinzaine de feuilles de ponceuse, attendant d'être ramassées ; des bouteilles vides de whiskey, des paquets de chips vides, et des sachets de bœuf séché pas encore ouverts. Je vais poser le seau à côté de la corbeille en paille, et me baisse pour refaire le lacet de ma tennis blanche, barbouillée de terre. Et mes yeux s'arrêtent sur l'emballage translucide d'un tapis de voiture, sous la table en lattes de bois. Le plastique est froissé, et dans plusieurs de ses pliures, dans les creux, je remarque des flaques rouge framboise. Comme du sirop de grenadine. C'est bizarre. Je plisse les yeux et tends le cou. Il y en a aussi sur le sol caillouteux, mélangé à la terre, d'un pied à l'autre de la table ; et sur les feuilles de ponceuse coincées dessous. Je ne savais pas que papa buvait de la grenadine… Nous, on n'a même pas le droit de regarder les bouteilles ! On n'a pas d'assurance dentaire, et les caries c'est hors budget, papa il dit. Mais c'est quand même très foncé, pour de la grenadine… Qu'est-ce que ça pourrait être d'autre ? J'avance mon bras, et trempe un doigt dans une des flaques de l'emballage plastique. Le liquide rouge se noircit, juste au milieu de la goutte. Mon cœur tambourine. Je ne me sens pas bien. Il y a quelque chose de différent dans l'atmosphère, tout à coup. Je regarde cette goutte bicolore. Elle ne coule pas. Elle reste bien accrochée au bout de mon doigt. Elle recouvre parfaitement mes empreintes. Son liquide est solide. Ce n'est pas de la grenadine. C'est certain. Et ça me file la frousse. Parce qu'il y en a plein l'emballage plastique, de ce truc. Et aussi sur les cailloux gris du sol, et sur les feuilles de ponceuse… Et si cette goutte rouge foncé, opaque, est ce que je crois qu'elle est, j'aurais préféré ne pas l'avoir touchée. Mais maintenant que c'est fait, je ne sais pas quoi en faire, de cette goutte, sur mon doigt ! Pendant une seconde, je pense à l'essuyer sur mon short et à dégager d'ici. Mais à la place, je ramène lentement ma main jusqu'à mon visage, et place mon index exactement sous ma narine gauche. J'ai la trouille de renifler. Peut-être que je ne devrais pas. Je me demande quelle heure il est. Il ne peut pas déjà être vingt-trois heures trente ? Lorsque je suis entrée dans cette cabane, il faisait encore jour. Il devait être aux alentours de dix-sept heures. Mais si les trois minutes passées ici s'étaient transformées en plusieurs heures, et que je ne m'en étais pas rendu compte, et que papa était déjà sorti du travail, et que soudain il débarquait ici, qu'il était déjà là, juste derrière moi, à attendre que je me retourne ? Je secoue la tête, ferme les yeux très fort, et renifle mon index.

Mes tripes se nouent.

Ça sent ce que je craignais.

28

BECK

« Je veux que tous ces personnages, même ceux qui ne se connaissent pas et qui n'ont aucune ligne commune, soient connectés. Je veux que chacun, soit un mélange de l'autre. Qu'il soit impossible de définir exactement, ou totalement, leurs propres personnalités. Que nous ne soyons jamais sûrs, de qui est vraiment qui. Tout doit rester flou, pesant, quelque peu incompréhensible. Mais cette incohérence doit toutefois être symbiotique. C'est ainsi que Viktor Horvath Csesznekу a imaginé la pièce en mille neuf cent trente-deux. Et c'est ainsi que je la dirigerai aujourd'hui. Alors imprégnez-vous des autres personnages. Connaissez leur texte aussi bien que le vôtre. Connaissez leurs goûts, leurs peurs, leurs buts. N'ayez pas peur de vous amalgamer à leur histoire. Il n'y a qu'ainsi, que les vôtres seront complètes. Il est essentiel que vous vous y perdiez. Il faut vous donner la migraine. Je veux vous voir avec le tournis. Il faut que vous ne sachiez plus qui croire, quoi avaler, et pourquoi. Nous sommes tous un peu tout le monde. À différentes doses, mais tous. Il y a le pire de l'autre en vous, et le meilleur de vous en lui. Votre performance doit refléter cela. Aucune certitude, ici. Vos personnages sont en constante mutation. »

Lloyd Worley a fini son speech. Il ne quitte pas la scène. Il reste droit, à tirer sa barbe courte et bouclée vers le plancher noir. Il étudie nos réactions en passant sa lèvre inférieure sur la supérieure, puis la supérieure sur l'inférieure, et rebelote. Son regard intense s'invite dans nos regards, et il ponctue son silence de petites onomatopées. La lumière d'un des six spots accrochés au plafond, s'affale sur son nez pointu et sur ses lèvres sans arcs de cœur, et accentue le sérieux de ses yeux noirs. Il a l'air de sortir d'un mauvais film d'horreur. Un film d'horreur qui fait rire. Son numéro est ridicule. Lloyd a le drame dans le sang. Ça se voit, qu'il se régale. Il s'échine à en faire des tonnes et pense qu'il est subtil. Son T-shirt au look vintage lit : « Action », écrit à la manière de « McDonald's », le « A » faisant office de « M », dans la même typographie et les mêmes couleurs que la marque de fast-food. Bah oui, il est cool comme ça, Lloyd. Cool et intense… J'en lève les yeux au ciel. Tout ça est ennuyeux à se pendre aux tringles des rideaux rouges de la scène. Je n'y trouve aucun intérêt. Zéro. Je me sens étrangère à tout ce cirque. À ces acteurs, à cette ambiance. À cette implication, surtout. J'ai envie de me lever, et de ficher le camp de ce théâtre. De ficher le camp de chez Ashley. De ficher le camp de cette ville. Tout cela n'est qu'un éléphantesque mensonge. Escroquer le monde entier ne me fait pas sourciller, mais dès lors que c'est moi que je trompe, c'est la trahison de trop. Pas que je ne m'en sois pas rendu compte avant, mais avant je me forçais à y croire. Coûte que coûte. Il le fallait. Et j'y arrivais assez bien. Pas assez bien pour me confondre avec mon rôle, mais assez bien pour oublier que j'en joue un. Parce que c'était tellement plus confortable, d'y croire. Seulement, je commence à rouiller. Et ce qu'il y a sous mon vernis gangrène le reste. Le reste, c'est-à-dire moi. Je ne pense qu'à *elle*, ces jours-ci. Et ce n'est pas ce rôle pathétique, dans cette pièce terriblement mal écrite, qui m'aidera à sortir la tête de l'eau.

Ce rôle, l'autre rôle, mon rôle, le sien…

Je brûle d'ôter *ce* masque.

Il n'a jamais réellement collé à mon visage. Il ne s'est jamais vraiment fondu à mon ovale. Il y a bien trop de bosses, sur sa surface. Ce n'est pas un masque que l'on pose et qui s'accroche en un clic. Il faut que je le masse chaque matin, pour le chauffer, pour qu'il tienne mieux. Et puis il faut que je l'ajuste, que je le resserre, que je l'appuie longuement et fortement sur ma peau jusqu'à ce qu'il pénètre ma chair, jusqu'à ce qu'il s'imbibe de mon sang, jusqu'à entendre mes os craquer ; pour qu'il prenne forme. Et à chaque mouvement de lèvres, je le sens se décoller. Je sens qu'il glisse, sur cette peau pourtant assez épaisse pour le retenir.

Comment pourrais-je jouer le rôle d'Henrietta, alors que je joue déjà le rôle d'une Beck, qui me file entre les doigts ? Ça fait beaucoup trop de couches à étaler les unes par-dessus les autres. Je suppose que cette superposition est absolument parfaite, pour le concept théâtral de Lloyd. Mais pour moi, elle ne l'est pas. Parce que moi, je ne joue plus. Et si tout cela ne reste quand même qu'un jeu, c'est ma vie que je mise. Et je mérite mieux que tout ça. Je mérite au moins la vérité.

Gwen est toujours assise au même endroit, à droite sur le dernier fauteuil de ma rangée. Une heure, que je m'efforce de ne pas tourner la tête. Surtout, ne pas tourner la tête. Ne pas tourner la tête. Je ne suis pas en état de la regarder. De voir les yeux de Leah, noyés dans les siens. *Sa* peau, couchée sur la sienne. Tous ces infimes détails, que j'imagine sûrement depuis le début. De voir à quel point cette gamine de quatorze ans, ce morceau de moi, ce fantôme vivide, est déformé par cette jeune femme dont j'ignore tout. Peut-être parce que *son* anniversaire approche, et que la difficulté de ce jour embrouille et obscurcit chacun de mes songes. Il me renvoie à *ce* jour noir de septembre. À cet instant, où toutes mes lumières se sont éteintes.

Lloyd est descendu de la scène, et est allé s'installer dans un fauteuil au milieu de la première rangée. Je prie pour ne pas être appelée. Pour qu'il oublie que je fais partie de la troupe. Encore une fois, seuls les seconds rôles sont présents aujourd'hui. Les rôles principaux répètent du lundi au jeudi, donnant la réplique à un mur, lorsqu'ils sont censés nous la donner à nous. Lloyd s'est assuré que nous imaginions d'abord nos scènes avec eux, avant de pouvoir tous interagir, vers la fin des répétitions. Il veut garder les réactions fraîches et spontanées.

Plus de la moitié de mon groupe est déjà montée sur scène ce matin. Probable que j'y passe aussi. Mais me retrouver sous ces projecteurs aujourd'hui, me serait insupportable. Ils révèleraient absolument tout. Et tous ces yeux se faufileraient alors sous mon masque décollé, pour me grignoter le cuir. Je n'ai généralement que faire, des yeux des autres. Mais aujourd'hui, je ne les supporterais pas.

« Helena ! » appelle Lloyd sans se retourner. Mes orteils se contractent dans mes escarpins plats vernis, et mes doigts attrapent le tissu de mon chemisier en soie crème. J'entends Gwen monter les marches. Je ne regarde pas. Je regarde ailleurs. Mes yeux s'agrippent désespérément aux tissus bordeaux des murs, et à leurs infiniment fines lignes cuivrées, uniquement visibles grâce aux reflets or des ampoules bougies, vissées aux trois lustres imitation Louis XIV. Ils s'accrochent aux têtes retournées de la rangée d'en face, aux cordes dorées des rideaux tirés, au plafond blanc jauni et à toutes les petites imperfections de sa peinture, aux microscopiques trous dans ses moulures en plâtre. À tout, sauf à Gwen.

Un poids sur mes épaules me balance doucement. J'ouvre les yeux. C'est la main de la rousse au nez épaté, jouant la sœur d'Helena. Un quart d'heure, que Gwen et sa patronne de bordel se donnaient la réplique. Je n'ai plus trouvé où poser mes yeux, alors je les ai fermés, et me suis apparemment endormie. La rousse me fixe sans rien dire, ses sourcils crispés lui faisant la ride du lion. Elle a les lèvres pincées, et l'air désolé ou embêté, d'un chirurgien sur le point d'annoncer un décès. « Quoi ? » je lui chuchote en levant un sourcil. Elle se contente de soulever les siens pour seule réponse. Et puis je réalise qu'elle n'est pas seule, à m'observer. C'est ma rangée entière, qui me fixe. Et non seulement ma rangée, mais celle de devant, et la première aussi. Mon sourcil redescend et mes yeux se plissent. « J'espère que tu rêvais à ton rôle ! » lance Lloyd depuis son siège. Je sursaute comme un gosse pris en flagrant délit de bêtise. « Nous attendons que tu ailles rejoindre Helena, Henrietta » il jette, d'une voix grognonne. « Enfin, si ça ne te dérange pas trop. »

Le volume du grincement de mon fauteuil se fermant derrière moi, est décuplé par l'absence de bruit dans la salle. Il n'y a pas un murmure. Pas une respiration. J'entends distinctement mes yeux secs cligner.

En montant tête baissée, les cinq marches noires menant à la scène, j'aperçois les bottines rouges à talons et bouts pointus de Gwen. Devoir remonter mes pupilles plus haut, me donne déjà le vertige. Le théâtre a soudain une odeur de betterave. Pas une odeur délicate ou subtile. Ce sont des kilos, et des kilos, et des kilos, et des kilos, et des kilos de betteraves dans leur jus pourpre, que je sens. Comme si les murs bordeaux en suaient. Comme si dehors, un typhon ravageait les rues de Los Angeles, et que sa pluie torrentielle était une pluie pourpre de jus de betterave. C'est à ce point-là que je la sens, cette odeur.

Oh, comme elle me donne des haut-le-cœur…

Je me retourne et inspecte le sol. Et puis je lève mes chaussures, l'une après l'autre, pour m'assurer de ne pas avoir marché dans un emballage de betteraves cuites. Je jette des coups d'œil dans le public d'acteurs, à la recherche d'une main tenant un gobelet rempli d'un liquide violacé. Je renifle à m'en irriter les sinus, fais bondir mes yeux aux quatre coins de la salle.

Sentir ces betteraves, me fait le même effet que de sentir un aliment dégurgité après indigestion, et que son moindre fumet redéclenche la machine infernale de l'estomac. Il n'y a plus rien d'autre. C'est une plantation de betteraves, coincée dans ma cloison nasale.

« Henrietta, est-ce que tu t'apprêtes à nous faire une syncope ? gronde Lloyd. Helena, commence la scène du bar, s'il te plaît. » La voix de Gwen s'introduit dans l'espace. Son grain cassé envoie des décharges électriques dans le creux de mes reins. Elle déclame son monologue en le jouant, pas tellement en le vivant. Son jeu médiocre mériterait que Lloyd l'arrête, mais il ne le fait pas. Moi je n'ai toujours pas levé les yeux. Je durcis le regard, pour faire croire que si j'ignore Helena, c'est un choix de personnage. Je sais qu'il ne me reste que cinq lignes de sursis, avant d'avoir à lui répondre. Et le moment arrive. Mes yeux remontent le long de ses mollets nus, et de ses cuisses dodues. Ils se frottent à son short camouflage, et à son T-shirt gris à col rond, et puis les voilà déjà sur son menton un rien trop long. Et vient l'image entière de Gwen, sur écran géant. En rectangle cinématographique. En seize neuvièmes, noircissant tout ce qu'il y a autour. Paf ! Juste sa tronche, devant ma tronche. Résolution de l'image irréprochable. Multidimensionnelle. Trois cents millions de pixels. Plus nickel qu'un zoom de cinéma. Sa blessure au front, a triplé de volume. La plaie purulente est d'un rouge lumineux, de feu de circulation. Un rouge à faire freiner les bagnoles. Et tout autour, la peau est contusionnée. Elle est bleue, mélangée d'un peu de jaune et de violet foncé. Il y a clairement infection. « Que répondstu à cela ? » me relance Gwen. Je balbutie en cherchant mon texte. Et mon nez se met à couler. Je ne l'essuie pas et continue de balbutier. Les mots viennent à reculons. Je déforme mes lignes, mais garde le sens de mes répliques. C'est au tour de Gwen, de me répondre. J'attends en faisant des allers et retours sur les lattes noires grinçantes, et en soutenant le regard comme le demande la scène. La regarder est d'une telle violence, que j'accélère mes pas et cogne le plancher de mes talons, envoyant toute ma masse dans le sol. Il me faudrait un mouchoir, la morve me mouille les lèvres. Elle coule le long de mon cou et dans mon décolleté. Je passe le dos de ma main sous mon nez, les yeux toujours vissés à ceux de Gwen. Elle ne me répond pas. Son expression a changé. Elle n'est plus du tout dans le personnage. « Veux-tu de moi pour ce voyage ? » je répète. Gwen me fait des signes discrets, en pointant mon nez du doigt. Mon nez, qui n'en finit plus de couler. Et en l'essuyant de nouveau, je comprends. « Quelqu'un a-t-il un mouchoir, pour Henrietta ? » envoie Lloyd en soupirant, bras levé, doigts pianotant rapidement dans l'air, fesses sur le côté de son siège, et jambes croisées, telle une diva excédée attendant son verre d'eau. La blonde rasée de la première rangée accourt sur scène, et me tend un paquet de Kleenex. J'en sors un, le tissu s'imbibe de rouge. J'en sors un autre, à peine touche-t-il ma narine, qu'il s'inonde entièrement. J'en sors un troisième, un quatrième. Le liquide les déchire. Mes doigts empestent la ferraille. Je bascule la tête en arrière en bouchant ma narine. L'immonde liquide âcre descend le long de ma trachée, et je dois continuellement l'avaler. J'en ai plein la langue et les dents. « Beck, si tu avais prévu de crever aujourd'hui, il fallait le signaler le jour de ton audition ! » fulmine Lloyd, provoquant quelques ricanements timides. Je baisse la tête, juste assez pour pouvoir voir devant moi, et croise les yeux ravis de Gwen. Ils éclatent d'allégresse. Ils se réjouissent de ce saignement si ostensiblement, que je les entends rire. Un infect rire hurleur. Ils me révulsent. On croirait qu'ils veulent m'avaler, me digérer, et me déféquer. Pour que je ne sois d'un coup plus rien, qu'un rejet nauséabond. Et que je disparaisse dans une chasse d'eau. Leur rondeur s'étire, leurs paupières s'abaissent un chouia, et leurs pupilles se dilatent, dans un sourire machiavélique. Et je ne trouve plus la moindre présence de ma sœur, en eux. Tous *ces* infimes détails se sont dissipés. Ses sourcils ne sont plus aussi arqués, ni fins. Et ses joues, plus aussi pleines. Je ne discerne plus la coupure, entre la ligne de son ovale et celle de son menton. Je ne retrouve plus ces minuscules creux aux coins de ses yeux, qui ne sont plus du tout ronds, ni aussi bruns. Je sais que tout cela ne vivait que dans mon crâne. Je sais que j'ai moi-même assemblé les pièces d'un puzzle d'épouvante ; et que je me suis fait peur et mal, de la même manière dont Leah et moi nous faisions peur et mal. Je sais que cette *Leah-là*, celle dont les traits déformés se moulaient sur le visage de Gwen, n'existait nulle part ailleurs que dans ma tête ivre et folle. Mais je n'arrive à présent plus à rien voir, sur le visage de cette pauvre fille. Elle n'était qu'une toile vierge, sur laquelle j'ai moi-même étalé ces couleurs si sombres. J'ai beau plisser les yeux, je n'y trouve plus rien de familier. Je ne sais même pas à quoi Gwen ressemble réellement. Il n'y a rien. Il ne reste plus rien. Le fantôme d'un fantôme.

« Vous vous êtes trompé, Worley. Je n'ai pas le talent pour incarner votre Henrietta » je m'exclame en quittant la scène.

Ce rôle était le *sien*.

Cette vie, la *sienne*.

Je quitte le théâtre. Je n'y remettrai pas un pied.

29

En plus de Monsieur Crawford, les inspecteurs chargés de l'enquête suspectaient mon père. Et je n'ai rien fait pour aller dans leur sens. J'aurais pu aider à l'incriminer, mais je n'ai rien dit. Je n'ai pas parlé d'une seule de nos séances de fouettage au fil électrique. Ni des étranglements au cintre en fer. Ni des douches givrées d'hiver. J'ai omis de souligner sa nature sociopathique, son amour pour le cri de gnou agonisant, son talent créatif inné pour les punitions sadiques ; et Dieu sait qu'il était sacrément doué pour ça, un véritable prodige ! J'ai zippé mes lèvres. Pourtant ils n'auraient pas dû avoir besoin de *mes* mots. Tout le monde savait, dans notre quartier. Et dans le quartier voisin. Tout le monde avait vu les bleus. On aurait pu penser que quelqu'un aurait fait quelque chose ? Non. Pas là-bas. Personne n'est jamais venu frapper à notre porte. Et à ceux qui nous regardaient la larme à l'œil, maman répliquait que Leah et moi avions un problème de coagulation sanguine génétique. Elle nous vendait comme des malades heureuses, un peu trop casse-cou. « Elles ont le bleu facile. C'est pas de bol, hein ? » Je savais que personne n'était dupe.

La police m'a interrogée trois fois, après la disparition de Leah. J'aurais facilement pu appuyer la théorie du père violent. J'ignore pourquoi je me suis tue. Peut-être pour ne pas achever ma mère. Si j'avais su qu'elle m'abandonnerait d'elle-même huit mois plus tard, j'aurais pointé mon doigt sans rechigner. Au lieu de ça, j'ai dû cohabiter avec le Diable pendant encore trois ans. Juste lui, et juste moi. Juste nous. Nous deux, entre quatre murs et un toit. Pas la moindre oreille comme témoin. Un enfer vivide, plus horrifique que celui de la Bible.

Il est dix-sept heures pile. Ashley est à l'agence, à donner ses dernières recommandations. Je le vois d'ici, faire ses au revoir en tapotant sa main sur la main de celui qui lui serre la main. Je parie qu'il courbe un peu le dos, et secoue un peu la tête, en écoutant ses collaborateurs chialer sa décision. Il dérape dans l'émotionnel, c'est sûr. Pas un émotionnel à l'excès, nécessitant du Kleenex. Un émotionnel de bon goût. Maîtrisé. Celui d'un capitaine de bord ému de quitter le navire, et soucieux de ce qu'il adviendra de son bateau après son départ. Il n'est pas impossible qu'une larme fasse briller le coin de son œil. Mais alors une larme fine, maigre d'eau, qui ne coule pas. Il reste digne, Ashley. Il l'a été jusqu'ici, il ne froissera pas son image immaculée. Demain, il n'aura officiellement plus de raison de se lever. Il ne sera plus le patron de personne. Il n'aura plus d'ordres prêts à jaillir du bout de sa langue, plus de secrétaires à tout faire, ni d'assistants disposés à lui filer leurs deux reins, s'il le demandait. Plus aucun larbin cramponné à sa chaise, pour mieux rebondir à l'appel du grand boss. Il ne sera plus qu'un type aux poches pleines, sans le moindre plan. Il se rendra vite compte que sans personne sur qui exercer son autorité, même gentiment, la vie est bien monotone. Il s'ennuiera mortellement de ses nouvelles activités, qui n'arriveront pas aux chevilles des anciennes. Il se réveillera dans des sueurs froides, se haïssant d'avoir pris une si mauvaise décision. Alors il faudra réaménager tout son bazar, faire reclouer sa plaque dorée sur le haut de la porte de son immense bureau, aux immenses fenêtres, à la vue panoramique. Les gens en riront bien poliment, Ashley aussi, et il se remettra bien sagement au travail, comme s'il n'était jamais parti. Tu parles d'une perte de temps ! Un voyage exotique et une semaine de bénévolat avec des enfants sidaïques en phase terminale, auraient suffi à remettre de l'ordre dans ses idées.

Le dos à plat sur le matelas du lit, je tends mes jambes nues sur le mur blanc beige rosé, pour former un parfait angle droit. Je repense à *ces peintures*… Depuis ma chute sur le carrelage damier du restaurant italien il y a quarante-huit heures, je ne fais que ça. Mais je m'interdis de chercher plus loin. Je bloque. Je pense d'ailleurs plus à bloquer mes pensées, qu'à mes pensées elles-mêmes. Dès qu'elles arrivent, je bloque. Pourtant j'ai embrassé la peur dès mon plus jeune âge. Le frisson était ma ligne de speed coupée au crack. Ma bouffée de gaz hilarant aspirée jusqu'au cortex. J'y étais accro. Insatiablement, je m'injectais du risque. Aujourd'hui non plus, aucune queue ne me fait mouiller autant. L'adrénaline, c'est mon vibro super-héros.

Veines en fils électriques, frayeur pour seul courant.

Mais voir ces toiles, ne me fait plus cet effet-là. Ça me fait presque peur, comme les gens ordinaires ont peur. Les gens ordinaires, c'est-à-dire tous les autres.

J'y pense chaque minute, à *ses* œuvres. Mais je m'interdis de taper *son* nom. Et puis je ramasse mon téléphone, tape « Wes », et le repose. Je bloque. Je me réveille en pleine nuit pour taper ces trois lettres, avant d'éteindre mon portable et de le faire glisser sous le lit. Il faut qu'il glisse assez loin, pour que je ne puisse pas le récupérer en tendant le bras. Sinon, je recommence.

Vivre dans le déni est un talent. Et je suis très talentueuse. J'ai de l'endurance dans l'exercice. Seulement cette fois, la tâche est plus ardue. Parce que j'en crève de les revoir, *ces toiles*. Et de le revoir, *cet homme*. Mais me voir sur les toiles glauques de cet homme que j'obnubile maladivement, pose trop de questions. J'ai le sentiment qu'il a raison. Si j'en apprends davantage, il me sera impossible de revenir sur mes pas. Ce sera trop tard, pour faire l'autruche. Alors je m'efforce d'aller ailleurs, dans ma tête. Je cours loin, dans les tréfonds de mes songes. J'entends la voix sucrée de Leah, qui compte. « Un, deux, trois, quatre, cinq, six… » elle dit sans se presser, les yeux rivés sur ma main gauche en feu, posée sur un morceau incandescent de miroir cassé. Nous sommes pieds nus dans l'herbe courte et cuivrée, cuite par le soleil ; devant les fenêtres coulissantes aux rideaux tricolores de notre chambre. Et elle compte, le soleil dans ses yeux ronds. Elle compte lentement, pour rallonger chaque seconde d'une seconde. Je lui ai moi-même demandé de faire durer le temps, pour m'assurer que chaque seconde gagnée soit vraiment méritée. Elle essaye d'y voir clair, de vérifier que ma main est toujours bien aplatie sur le morceau de miroir. Les rayons du soleil lui tirent dans les yeux. Elle les cligne, puis les plisse. Son nez se retrousse, et la grimace fait des rides sur son arête courbée, et sous ses yeux frangés d'une tribu de cils arqués. Je revois non seulement celle-ci, mais cent autres séances de brûlure. Contrôler sa douleur pour ne plus être esclave de celle imposée par d'autres mains. Déclencher une souffrance pour la dompter et renverser son pouvoir. Mater son mal et le posséder. Être son propre dresseur et son propre fauve. S'élever au-delà de l'insurmontable, et monter d'un cran à chaque fois. Se faire plus mal que le mal lui-même. Plus, que le plus d'hier. Se cramer à une température supérieure à celle qui nous a vaincu.

Résister, et gagner.

Se battre soi-même, c'était la certitude de toujours gagner

contre *lui*. De ne jamais le laisser conduire *ma* douleur. Moi, j'avais besoin de ça. Et pour chaque coup de mon père, le jour suivant j'appuyais plus fort, mes doigts contre la grille rouge du four. Plus fort, le dos de ma main contre la surface du miroir incandescent. Parfois il fallait mettre des gants en plein été, et convaincre maman que c'était pour le style, pour faire comme Madonna. Parce que la peau était partie, et qu'il ne restait qu'une lamelle de chair rose, comme une tranche de jambon coupée trop fine.

Leah, elle, ne se faisait mal que pour me faire du bien à moi. Sa force était factice. Son goût pour la souffrance, un simulacre de robustesse. Leah n'était qu'un charlatan. Nos jeux masochistes n'amusaient que moi. Ne grandissaient que moi. Elle n'avait pas besoin de ce contrôle, sur son corps et sur son esprit. Mais elle savait que moi, si. Et elle le faisait pour me plaire. Elle aurait juré le contraire sous la torture, pieds sur le bûcher, tête sous la guillotine, flingue sur la tempe, car tout était moins grave que de perdre la face, devant sa grande sœur à la peau dure. Mais moi j'ai toujours su la vérité. Je savais qu'elle ne se mutilait, que pour mon propre plaisir. Je revois ses yeux se fermer, avec toute la petite force qu'elle gardait en elle. Je la revois, et je m'émeus.

Alors je pense à autre chose.

Je me rappelle ce soir, où je l'ai surprise devant le miroir de notre coiffeuse. Son ovale en citrouille dans la glace, soudain pailleté d'une pluie de taches orangées. Elle avait dessiné des pois avec un feutre, dessus, au niveau de son reflet. Et elle inspectait le résultat. Elle faisait glisser son visage hors du champ des taches rousses. Et puis l'y ramenait. Tout doucement. Comme pour voir la différence, et se décider sur ce qu'elle préférait. Comme si elle essayait d'être moi. Je revis cet instant, où sa bouille se trouvait entre les deux ; une joue pleine de taches et l'autre propre. Le visuel de cette seconde-là…

Et puis je secoue la tête et vais encore ailleurs, dans mon crâne. Et le texte Wikipédia sur Wes, se superpose à mes images mentales. Mes poils se soulèvent. Alors je repars, fais demi-tour, change de chemin. Je repense à ce père, que j'aurais pu envoyer au trou. Celui qui vit encore dans cette même maison, où nous avons toutes les trois vécu. Et je me demande ce qu'il y fait, tout seul. Si chaque meuble et chaque objet, lui rappellent nos visages et nos voix. Si lorsqu'il se cuisine ses œufs au plat pas du tout grillés, et ses saucisses tout à fait grillées, tous les matins, il regrette la main veineuse aux doigts bosselés de ma mère, sur le manche de la poêle. Si sa silhouette de vieille pin-up pas trop mal conservée – d'un mètre quatre-vingt-un, le dépassant d'une bonne tête – traverse au moins furtivement son esprit, de temps à autre. Est-ce que ce corps, serré dans ce tablier quadrillé bleu et blanc, brûlé et sali de taches coriaces inlavables, le fait encore bander lorsqu'il se le remémore ? Y a-t-il encore cette étourdissante odeur de betterave, dans chacune des pièces de cette fichue maison ; et est-elle toujours aussi prononcée dans le salon ? N'a-t-elle pas, à force de la sentir, complètement disparu des larges narines de mon père ? Je doute qu'il soit en train de prier le Seigneur de lui accorder une absolution. Ou qu'il ait jamais pensé à le faire. Il doit descendre bouteille sur bouteille, de toutes sortes, tous les après-midis, et regarder grossir son ventre devant des rediffusions de séries policières des années quatre-vingt. Il doit les regarder avec une véritable discipline, une attention extrême. Pour ne surtout, surtout pas, laisser son esprit se balader dans des quartiers de son crâne où il serait trop périlleux de s'égarer. Est-ce qu'il pense à moi ? Je mets mes deux mains à trancher que non. Pourquoi s'infligerait-il cela ? Il n'est pas maso. C'est aux autres, qu'il aime faire mal. Surtout pas à lui. Je pense à tout ça. Et je soupire. Toutes les directions dans ma cervelle, mènent à un cul-de-sac sans lumière. Il n'y a pas une porte que je puisse ouvrir, et derrière laquelle je trouverais ne serait-ce qu'une étincelle. J'ai souvent entendu les gens dire que lorsqu'ils étaient dans une grande détresse émotionnelle, ils se perdaient dans des souvenirs agréables. J'ai beau chercher, même le plus joli de mes souvenirs a un goût acide.

Cette odeur de betterave, ne m'a pas quittée depuis hier. Je me suis douchée trois fois, ai vidé les fonds de flacons de parfum d'Ashley, ai appliqué de la crème de corps à la cerise par-dessus une crème de corps au cacao, par-dessus de l'huile essentielle à la menthe poivrée, j'ai pris un bain moussant ce matin, frotté ma peau au gel douche abricot, réappliqué toutes les crèmes et l'huile, et descendu mon flacon Yves Saint Laurent de moitié. J'empeste toujours cette saleté de betterave. La plante rouge violacé pousse à l'intérieur de mon corps. Il est clair que je perds la boule. « Mes rails déraillent » comme disait Leah, en faisant surgir les petits creux aux coins de ses yeux taquins.

J'ai préparé un sac avec des vêtements. Je pense aller passer la nuit dans l'appartement de ma tante, ce soir. Être ici, chez cet homme de soixante-trois ans, à la peau froissée et aux mains tressaillantes, devient impossible. Les fondations de mon personnage se cassent la figure. Mes boulons s'érodent et mes cordes lâchent. Ma mascarade ne tiendra bientôt plus debout.

Je suis usée de faire semblant.

« Beck ! » hurle une voix, en même temps qu'une porte claque. C'est la voix d'Ashley, et c'est la porte d'entrée. Je décolle mes jambes du mur, les envoie valser par-dessus ma tête, et me retourne dans une roulade. Ce « Beck ! » n'était pas juste une manière de vérifier si j'étais bien à la maison. L'urgence de son ton m'indique qu'il a quelque chose de grave à me dire, ou que quelque chose est arrivé.

– Beck ! m'envoie-t-il une nouvelle fois, en entrant dans la chambre.

Son regard surabonde d'incompréhension. Et ses bras je les devine raides, tendus de stress, sous sa chemise blanche à col Mao, rentrée dans son jeans brut droit à mille balles.

– Qu'est-ce qui t'arrive ?

– Tu quittes la pièce ? il demande pareillement qu'il demanderait si j'ai écrasé quelqu'un avec ma voiture.

– Pardon ?

– Worley vient de m'appeler.

– Oui, c'est exact.

– Pourquoi ne me l'as-tu pas dit, hier ?

– Je suis fatiguée Ashley, je murmure en me levant.

– Tu sais dans quelle position ça me met ?

Il a haussé le ton et crispé ses lèvres. J'ignorais qu'il prendrait un jour un ton aussi sec, pour s'adresser à moi. Quand bien même j'aurais uriné dans ses chaussures, fracassé le pare-brise de sa Mercedes classe G, mis le feu à sa villa ; j'aurais parié mes deux bras et mes deux jambes, que jamais il n'aurait pris un tel ton avec moi. Ce n'est pas son genre, de hausser le ton. Pour quoi que ce soit.

– Excuse-moi ?

– J'ai insisté pour que tu l'aies, ce rôle !

– Quoi ? Qu'est-ce que tu racontes ? Je l'ai eu malgré toi !

– Tu plaisantes, j'espère ?

– J'ai fait une excellente audition. Fin de l'histoire.

– Tu crois, Beck ?

– Je suis navrée de te l'apprendre, mais Lloyd te déteste.

– Lloyd m'adore. J'ai construit sa carrière ! Le rôle était à toi, avant même que tu ne passes la porte de la salle d'audition. Avant que Worley pose les yeux sur ton visage, pour la première fois. Son petit numéro, c'était pour te faire croire que ce rôle, tu l'avais décroché au talent ! Pour éviter de froisser ton ego, Beck. Je lui ai demandé de jouer au salaud. Moi ! S'il t'avait offert ce rôle d'emblée, sans que tu n'aies rien mérité, je sais que ça t'aurait déplu.

Il voit mon regard changer, et ajoute immédiatement, plus doucement :

– Quel genre de comédienne sérieuse, quitte une pièce en plein milieu des répétitions ?

Je suis sur le cul. La sournoiserie, même de bonne intention, est la dernière chose que j'attendais d'Ashley.

– Eh bien, dis-moi… Vous l'avez bien ficelé, votre petit numéro… Ah oui, dis-donc ! je lui envoie, acerbe. Waouh… Quel joli petit pantin, j'ai été. J'ai tout gobé ! Tu as réussi à me faire croire que j'avais du talent, Ash. Du talent, tu te rends compte ? Ce n'est pas rien, quand même… Bravo, je dis avec un accent britannique en hochant la tête.

Mes lèvres se tendent, mon sourire est narquois.

– Tu déformes tout.

– Ah oui ?

– Oui.

– Tu ne trouves pas un poil insultant, d'assumer que de toute façon, j'aurais été trop mauvaise pour tenter ma chance comme les autres ? Me pistonner c'est une chose. Me prendre pour une conne, c'est bien autre chose. Mais je suppose que je devrais te remercier ?

Il pose sa main sur ses lèvres, et souffle entre ses doigts.

– Vraiment, Beck ?

Je m'adosse à l'armoire huit portes banche, et souffle moi

aussi, tête baissée. Pourquoi je m'échauffe ? Je me fous de tout ça. Je n'ai plus besoin de me faire croire, que ces choses ont de l'importance. Je sais bien que c'est faux. L'inutilité de cette discussion m'éreinte.

– Tu sais quoi ? Tout ça, n'a absolument aucune importance. Je me fiche de cette pièce, ou de savoir si j'ai du talent ou non.

– Qu'est-ce que tu dis ?

– Je n'en ai pas. Pas un gramme. Et ça m'est tant égal…

– Je ne te comprends plus. Ou encore moins que d'habitude ! Ton comportement, ces derniers jours… tu m'expliques ? il demande en reprenant sa voix molle et son ton lent.

Je hausse légèrement les épaules.

– Beck… Je sais que ça t'a fait un sérieux choc, de découvrir le corps mutilé de cette jeune femme. Comment aurait-il pu en être autrement, après tout ? Moi aussi, cette image me hante. Bon sang, quelle abomination ça a été de voir ça… Mais tu ne peux pas laisser cet épisode macabre bouleverser ta vie ! C'est bien l'idée de ce malade en liberté, qui te met dans tous tes états ? N'est-ce pas ? C'est ça ?

Je ferme les yeux et brosse mes cheveux en arrière avec force, jusqu'en bas de ma nuque.

– Beck, écoute… Il y a des équipes entières de flics, sur le coup. Le FBI, la LAPD. Ils vont l'attraper, ce malade. Ce n'est qu'une question de temps. Et j'ai le sentiment que ce sera plus vite, qu'on ne le pense. Tu dois arrêter de ressasser cette scène.

– Tu as l'air sûr de toi, je dis en rouvrant les yeux.

– C'est vrai que pour l'instant, l'enquête patauge. Mais oui, je suis sûr de moi. Le pays entier regarde, ils n'ont pas d'autre choix que d'attraper ce type. Et ce sera fait.

– Tu as déménagé toutes tes affaires, du bureau ?

Il se gratte le haut du crâne, étonné par mon changement de sujet.

– Demain, une nouvelle aventure m'attend, il sourit.
– Une idée de la suite ?
– Beck, je voudrais clore le sujet de la pièce, avant que nous ne parlions d'autre chose.
Mon visage se durcit.
– Je n'ai pas envie d'en parler.
– Il faut que tu m'expliques. Je mérite de comprendre, tu ne crois pas ?
Je me frotte les yeux, et passe à nouveau mes mains dans mes cheveux, griffant profondément mon cuir chevelu. Ashley a l'air de me plaindre. Ses petits yeux gris s'adoucissent, et ses sourcils aluminium se couchent sur ses paupières fripées.
– Je suis une mauvaise doublure, voilà tout.
– Quoi ? Qu'est-ce que tu racontes ?
– Rien.
– Une mauvaise doublure ? Qu'est-ce que ça veut dire ?
– Rien.
– La doublure de qui ? Donne-moi quelque chose, Beck !
– Je manque de sommeil. Tu as raison, c'est à cause de cette fille…
– D'accord. Mais pour quelle raison exactement, as-tu décidé de quitter la pièce ? Je ne t'en demande pas beaucoup, quand même !
– Ce n'était pas une pièce pour moi.
– C'est ton excuse, Beck ?
– Arrête de m'appeler Beck ! Beck, Beck, Beck, Beck, Beck, Beck, Beck, à chaque fin de phrase ! C'est insupportable ! Tu crois que je ne connais pas mon prénom ? Que tu as constamment besoin de me rappeler comment je m'appelle ? Qui je suis ?
Je le fixe sans cligner des yeux, et secoue la tête en la tournant de l'autre côté de la pièce. Je sais qu'il me regarde de ses

yeux mous. Qu'il a cet air de brave labrador en détresse, affalé devant la porte d'entrée, attendant tête baissée, bave aux babines et paupières tombantes, le retour de son maître. Et ça m'énerve. Je garde mon cou tendu dans la direction opposée quinze secondes de plus, et vais chercher mon gros sac à bandoulière cannelle, dans la salle de bains. Et je reviens. Il ne m'a pas suivie. Il est resté immobile, debout devant le lit. Ses yeux cherchent quelque chose de réconfortant dans les miens. Mais il n'y a rien dedans, pour eux.

– Qu'est-ce que c'est que ce sac ?

– Il est préférable que j'aille dormir à De Longpre, ce soir. Tu as raison, je ne suis plus moi, ces derniers jours.

On croirait qu'Ashley vient d'être lynché par tout un pays. Qu'on lui a balancé des canettes pleines, au visage. Il tire ses traits et allonge ses rides. Celles aux coins de ses lèvres et ses fausses fossettes, plus particulièrement. Il fait la moue. Mais pas juste une petite moue. Pas une moue mimi pour montrer qu'il est tristounet. Une moue d'enfer. Comme un chiard qui veut qu'on lui change sa couche, et qui éclatera en sanglots si on ne s'exécute pas sur-le-champ. Un chiard de soixante-trois ans. Je le filmerais à cet instant, ajoutant à la scène un passage du concerto « L'Hiver » de Vivaldi, je ferais chialer un stade entier.

– On peut s'asseoir tranquillement et en parler… Tu n'as pas besoin d'aller là-bas, Beck, il dit en se mordant les lèvres, tout de suite après avoir prononcé mon prénom.

Je lâche un minuscule, imperceptible, rire étouffé. L'entendre dire qu'on peut s'asseoir tranquillement et en parler, m'amuse bigrement. Quelle blague ! Je voudrais m'esclaffer sans la moindre retenue. Me rouler par terre, hilare, tapant du poing sur la moquette sable jusqu'à briser chacun des petits os de ma main. Il n'a aucune idée, de ce qui bout dans mon crâne. De la température de mon sang. Du claquement nerveux de mes dents. De l'impossible chantier cataclysmique, que j'enferme dans cette cervelle à un doigt, une phalange, un ongle, de tomber en ruine. « S'asseoir tranquillement et en parler » ne ferait pas l'affaire, mon pauvre Ashley.

Je soupire.

– Peut-être demain, je murmure.

30

Il est un peu plus de dix-huit heures trente. Les lumières ardentes de la rue dessinent des zigzags sur le cabinet en placage d'ébène, et font briller la porcelaine des statuettes animaux, sur la commode jaune safran aux poignées coquillages. Les murs lavande sont barricadés par des lianes de lumière. Pareil que dans la chambre d'Ashley. Partout où je vais, je vois ces barrières dorées s'étirer sur les murs, comme une métaphore de mon emprisonnement. Mais les rayons miellés du soleil m'apaisent. Et les sentir taper mon front et ma gorge m'endort.

Je suis allongée sur le dos, par terre, entièrement nue en position du Christ, les pieds en pointes. J'aime me sentir libre de sentir tout ce qu'il y a à sentir, sur ma peau. J'aime le contact des lattes dures sous les os de mes fesses remontées, et sous mes omoplates saillantes. J'aime avoir la nuque douloureusement dressée dans le vide, et l'arrière de mon crâne appuyé dans les nervures du parquet. Et cet exercice, de rester immobile sur son coccyx. Au bout d'une vingtaine de minutes, c'est comme être allongée sur des roches anguleuses. Et pour amplifier l'expérience, je m'imagine étendue sur une falaise quelque part en Arizona ou dans l'Arkansas, et mon cerveau transmet l'info à mon corps, et mon imagination rend la douleur plus vive. Et le granit larde ma chair et concasse mon squelette. La pénibilité de rester stoïque sur ce vieux bois est un plaisir. Une savoureuse satisfaction. L'inconfort, c'est mon petit confort à moi. Avachie dans un canapé aux gros coussins moelleux, je ne me sens pas exister. Je ne suis plus qu'une masse lourde, s'enfonçant dans de la ouate. Comme tombée dans le néant de la perte des sens. Je n'ai plus conscience d'aucun de mes membres, ni même des battements de mon cœur. J'oublie que je suis.

Il n'y a que dans la douleur, que la conscience se manifeste.

Mon Mac est à mes pieds, et il ne me reste qu'à taper « Entrée », pour voir les toiles de Wes apparaître sur l'écran. J'ai déjà tapé ce qu'il y a à taper sur Google Images, il ne manque qu'une pression de mon index, pour les faire s'afficher. Je ne suis pas encore tout à fait prête. Je prends mon temps. Mes doigts se tendent pour attraper ma flûte à champagne, remplie à ras bord de vodka glacée. Je me redresse, juste ce qu'il faut pour pouvoir faire descendre l'eau-de-vie dans mon œsophage. Le liquide transparent se renverse un peu sur ma poitrine nue, rafraîchit mes tétons, puis va se perdre entre mes cuisses. Je vide la flûte entièrement et lèche ses rebords. Et puis j'attrape le verre à shot à ma gauche, ambré par la dose de whiskey. Je le retourne dans ma bouche, mais n'avale pas tout de suite. Je repose ma tête sur le parquet, et laisse l'alcool se noyer tout seul dans ma gorge. Petit à petit. Mes yeux stationnent sur le plafond vert sapin, le temps que tout soit bien descendu.

Je me mords l'intérieur des joues, puis jambes collées au sol, relève mon dos comme pour une séance d'abdos. Je vais toucher mes orteils, et ma main droite se pose sur le clavier de mon ordinateur. Mon majeur caresse la touche « Entrée ». Le morceau de plastique noir sur le bout de mon doigt, consume ma peau. Appuyer me démange. J'en ai gravement envie. Je veux voir. Je veux tout regarder. De la première à la dernière de ses toiles. Les muscles de mon ventre se contractent. Il suffirait que j'exerce une pression minime, pour que Google m'affiche ces images en pleine face. Que mon doigt frôle un peu trop fort la touche. Il suffirait d'un rien. Et je me reverrais dans ses dessins. Je reverrais *ce visage* qui raconte des histoires noires. J'aurais à nouveau cette sensation de viol, de vol, comme une intrusion dans mon être.

Je ne prends pas ma respiration.

J'appuie.

L'écran de mon Mac se remplit de peintures. Aucune, de sa nouvelle exposition. Mes yeux sautent de droite à gauche. De haut en bas. Il y a tant à regarder… Et puis un mal de crâne m'écrase. Je plisse les yeux à m'en froisser les joues. Sur la troisième peinture, une jeune fille agenouillée sur une pelouse grise, empêche l'air de remplir correctement mes poumons.

Je *la* reconnais immédiatement.

Au-dessus des images affichées, plusieurs suggestions de séries d'images, dont celle-là. « *Wes – La Chute – numéro 3* », indique Google en dessous de la peinture. Je clique. Elle apparaît aussitôt en trente exemplaires sur mon écran. Cette même peinture, partout devant moi. La jeune fille est de trois quarts. La croix dorée de sa chaîne, tombe dans le creux de son épais dos nu, aux veines noires en labyrinthe. Un long sabre au manche cuivré flotte au-dessus de sa tête penchée, et elle est lacérée d'une hanche à l'autre. Un serpent parfaitement blanc, aux écailles luisantes presque mouillées, en train de s'échapper de l'entaille fraîche et foncée, s'enroule autour de sa cuisse potelée.

Ce nez rond aux narines comme des petits pois, *ce* front trop court aux naissances de cheveux éparpillées, *ce* menton un poil trop allongé, et *ces* lèvres supérieure et inférieure autant fourrées de mousse l'une que l'autre, je les reconnaîtrais à l'aveugle, rien qu'en les palpant.

Ce sont *ses* traits.

Mais sur *sa* peau, mes taches de rousseur nous mélangent…

Et même si je reconnais ces traits si spécifiques, ils pourraient au fond, ne pas être *les siens*. Et quelqu'un d'autre *l'*ayant connue, ne *l'*aurait pas forcément reconnue. Pas *juste* grâce à ses traits. Mais sa lueur… Il a capté sa lueur… Ce truc intangible. Ce machin immatériel, qui fait d'un visage autre chose qu'un ovale avec yeux, nez, bouche. Ce truc, qui fait d'un visage celui de quelqu'un. Qui fait d'une personne, une personne.

Je regarde sa frange courte, ébouriffée. Sa poitrine lourde aux tétons rouge vif, gribouillée de veines noires en arabesques. Rien sur cette toile, n'a l'air d'avoir été peint. Elle est comme une photographie, amplifiée par des couleurs surchargées de pigments. Une vidéo sur pause, qui reprendra dès qu'on aura appuyé sur play. Elle est comme un morceau de vie toujours bien vivant, enfermé malgré lui dans un carré entoilé.

Comme une fenêtre à travers laquelle je *la* vois.

La lumière chaude et rosée d'un soleil, sur le point de céder sa place à la lune, se vautre sur son visage. Et cette lumière le rend présent, dans l'instant. Pourtant, on comprend que l'heure de la jeune fille a sonné. Que cette seconde immortalisée sur cette toile, sera sa dernière. Le sang fuyant son corps, scintille sous les nuages pastel phosphorescents. Et bien qu'il soit terrifiant, ce tableau est magistral. Pas si glauque, finalement. Poétique avant tout. Aérien, comme un air de Chopin. Malgré le serpent blanc, et le sang brun, et l'entaille profonde dans sa chair rose bonbon, et ses veines d'ébène, et la pelouse grise dont chaque tige est aussi pointue qu'une aiguille de seringue.

Malgré l'abomination, la beauté.

J'ignore comment je suis arrivée dans la cuisine, je ne me suis pas vue me lever. Je suis fesses nues contre le tiroir à couverts, tête renversée en arrière, bouteille de vodka fraîche aux lèvres. Je la descends dans son intégralité. Sans rien sentir. C'est de l'eau, dans ma bouche.

Je retourne à mon ordinateur, zombifiée, le haut de la bouteille vide serrée dans ma main. Mon système nerveux crame, et tous mes fils sont flingués.

N'importe quoi.

Non.

Je suis folle.

Ça ne peut pas être *elle*, enfin !

N'importe quoi.

Je reviens en arrière, et clique sur une autre proposition Google. « *Wes – La Chute – série complète* ». Les images s'affichent, et son visage est partout. La voilà seins nus sous l'eau verte d'une rivière, ses jambes diaphanes attachées par un foulard en soie, sa gorge tranchée. Son sang est d'un sublime bleu électrique. Un bleu cousin du bleu Majorelle. Mais un bleu que Majorelle même, n'aurait su créer. Un bleu rare incroyable. Une teinte divine qui mériterait d'être baptisée. Qui impose que l'on l'honore de son propre nom de couleur. Ce sang bleu serait rouge, la toile serait une tout autre toile. Mais ce bleu resplendissant, dilué dans cette eau vert bouteille aux éclaboussures émeraude, la rend magique. Et ces lumières surnaturelles à la Maxfield Parrish, aussi sacrées que celles qui s'écrasent sur les vitraux d'églises… me traversent. On jurerait que le tableau est tourné vers un ciel aoûtien de midi. Ces lumières… Un soleil essoré sur la toile ! Les gouttes de la boule de feu, incrustées dans le lin ! Chaque couleur est allumée. Même les plus sombres. Même les plus mates. L'horizon cyan semble humide, cousu de fils diamantés qui miroitent. Et les faisceaux du soleil, mi-or, mi-argent, plongeant dans l'eau agitée, sont trop parfaits pour avoir été peints par la main d'un homme. Ce talent n'est pas humain. Il n'est pas possible.

Toutes les toiles sont d'une violence extrême, pourtant aucune n'est laide. Rien n'y est inesthétique. Elles sont la beauté même. L'explication de l'art en une définition universelle. On ne peut en décoller ses yeux. J'oublie presque que *c'est le visage de ma sœur*, qui est balafré sur la dernière image de la première rangée. Celle sur laquelle un loup noir aux yeux d'homme lui croque le cœur, et le fait couler entre ses canines acérées en acier rutilant. C'est peut-être la vodka, ou juste le talent de l'artiste, qui me fait oublier. La mort somptueuse. La mort musicale. La mort prêtresse. La mort fantastique, racontée comme dans un conte pour adultes.

Et puis je reviens à moi. Assez, pour paniquer. Si c'est elle, et c'est elle il n'y a aucun doute, comment est-ce possible ? Je suis ivre mais pas cinglée, je vois bien ce que je vois. Est-ce que je fais moi-même surgir ses traits ? Est-ce que je la crée partout où elle n'est pas, et l'imagine à nouveau sur une autre ? J'attrape mon ordinateur et le rapproche de mes yeux.

J'expire.

Non. C'est bien elle. C'est Leah.

31

Mon pied nu s'alourdit sur la pédale. Je n'ai pas pensé à mettre de chaussures. J'ai enfilé une robe trapèze beige aux bretelles en corde fine, chopé mes clefs, et suis sortie. Dans l'urgence d'obtenir une explication, j'ai même omis de remettre mes sous-vêtements. Je suis trop ivre pour conduire, et si je me fais arrêter, il suffira que le flic jette un œil à mes pieds pour voir que je ne tourne pas rond.

Je roule vers Downtown, sachant qu'il y a peu de chances d'y trouver une trace de Wes. Ça fait déjà plus de soixante-douze heures, que son vernissage a eu lieu. Quelque chose me dit que cette mise en scène, dans ce bâtiment de bureaux métamorphosé en vaisseau spatial, n'était que pour une soirée. Qu'un musée hyper-sécurisé attend, ou a déjà reçu, tout son bordel. J'imagine que dans cette salle en toupie, toutes les toiles ont déjà été retirées, que les murs cassis aux creux étoilés ont été replâtrés et repeints en blanc, que les plafonds des étages sont en train d'être reconstruits, et que l'escalier noir tourbillonnant sera bientôt démoli. Peu importe. J'y vais. Je ne sais pas où le chercher. Je n'ai aucune piste. Et quand bien même tout serait encore à cet endroit, je sais que lui n'y serait pas. Seulement, si je n'essaie pas par quelque moyen que ce soit de le trouver, j'en cracherai un ulcère.

Ça roule bien. Bien n'est pas assez vite pour moi. Il faut que j'avance plus vite. Plus vite. Je double à tout-va, vole la priorité à qui me ralentit, et suis remerciée par une cacophonie de klaxons. Ça trompette sur tout le boulevard. Je suis la voiture star de la rue. Les piétons se bouchent les oreilles, tournés vers la route. Ils se demandent qui est la folle furieuse, au volant de cette vieille Dodge au pare-brise crasseux.

Je me gare en biais, à vingt mètres de la ruelle. Je claque la portière et m'élance sur le passage clouté. Le feu est à l'orange. Je me dépêche. Je sautille sur le béton. Je ne les vois pas mais sens chacun des regards, des conducteurs à l'arrêt. Je sais qu'ils ont les yeux rivés sur mes pieds nus. Qu'ils pensent que je suis une sorte de camée, ou de SDF, ou les deux. « Encore une, oh encore une… » De l'autre côté des clous, un couple, la trentaine, attend le prochain feu vert. Ils me regardent avec empathie. « La pauvre fille… » ils doivent murmurer. « Qu'est-ce qui a bien pu lui arriver ? » La blonde bouclée en robe à fleurs serre le bras de son petit blond au polo rayé, en m'offrant ses sourcils rapprochés et son sourire politiquement correct. Celui qu'on donne aux infirmes et aux personnes âgées, pour qu'ils sachent bien qu'on est quelqu'un de bien. Je la bouscule d'un coup d'épaule en arrivant sur le trottoir.

Mes plantes de pied doivent être noires. En tout cas, je sais qu'elles sont pleines de microscopiques morceaux de verre. Ils me rentrent plus profondément dans la peau, à chaque pas. J'en sens trois au niveau des talons, déjà trop loin dans ma chair pour être plus tard retirés à la pince à épiler. Tant mieux, je me ferai un plaisir d'y enfoncer des aiguilles…

Ma respiration galope, et je n'en finis plus d'avaler ma salive. Les toiles de Wes se succèdent, dans ma tête. Une à la seconde. Elles me tirent dessus. « Bang ! Bang ! Bang ! » Il n'y a plus rien d'autre. Mes yeux sortent de leurs orbites. Je sais que j'ai l'air d'une folle. Même sans me voir, je le sais. Une folle dingue, sans chaussures, ni culotte.

Avant même le début de la ruelle, une file d'attente. Immense. Son bout déborde au coin du boulevard adjacent, où un vendeur de hot dogs, un autre de smoothies, un autre de tacos, se sont installés. Elle donne le tournis. Plusieurs centaines de personnes, dans une queue mal alignée, en zigzag. Des jeunes, des moins jeunes, des chics, des moins chics, un chouia moins de femmes que d'hommes, et un ramdam de Super Bowl. Les T-shirts imprimés « Je suis Wes » se mêlent à des casquettes « Wes le Tueur », et un couple de fanatiques torses nus expose chacun en plein milieu de leur dos, un énormissime tatouage coloré de *son visage*. Son visage ! J'en vomirais, de *la* voir encrée sur ces gros corps luisants et bronzés. J'en hurlerais. J'en arracherais leur peau !

Comment osent-ils ?

Putain.

Je ralentis. Je n'avais pas prévu tout ce cirque, dans mon scénario.

Devant l'entrée de l'immeuble aux portes grandes ouvertes vers l'intérieur, quatre gorilles en costards – oreillette d'agent secret et double micro sur col de chemise – sont au service d'un détecteur de métaux. Tout le monde se fait fouiller. Bras levés, jambes écartées, ça tâte de partout. Les sacs à main sont ouverts, les téléphones interdits. Un cinquième gorille se charge de les étiqueter, les ranger dans des sachets en cellophane, et les disposer sur une grande table blanche à l'intérieur du bâtiment. On ne sait plus si c'est l'entrée d'une prison ou d'une exposition.

Un camion de la chaîne ABC, est garé en face de la boutique au renard empaillé, et une journaliste brune aux nibards modèle ballons de basket fume une clope, adossée contre la portière avant, avec son cameraman chauve. Si tous ces cons savaient que la véritable vedette de cette exposition se trouvait juste ici, pieds nus, devant eux… qu'ils n'avaient qu'à tourner la tête pour l'apercevoir…

OK, j'ai mon nouveau scénario. Ça va se dérouler comme ça : je vais m'avancer vers l'un des gorilles en costard, lui dire que j'étais au vernissage il y a trois jours, que j'y ai égaré une de mes dormeuses en diamants, et qu'il faut absolument qu'il me fasse monter pour la chercher. Je n'accepterai aucun refus, insisterai jusqu'à épuisement, et il finira par s'exécuter. Une fois là-haut, j'essaierai de trouver quelqu'un en charge. Quelqu'un ayant les coordonnées de quelqu'un, qui a possiblement les coordonnées de quelqu'un d'autre, qui pourrait peut-être avoir les coordonnées de quelqu'un, qui a les coordonnées de Wes. Et puis je le, ou la, convaincrai de me donner ces coordonnées. C'est un plan pitoyable, et pitoyable c'est peu dire, mais je suis assez beurrée pour croire que ça pourrait marcher.

En m'approchant du mastodonte asiatique à barbe courte, sur qui j'avais jeté mon dévolu, je me fais bousculer par une petite bonne femme aux cheveux gris crantés très années vingt, et en tailleur pêche à gros boutons dorés très années quatre-vingt. Ses lunettes yeux de chat, blanches strassées, m'interpellent. Je me rappelle, cette petite bonne femme. Elle est sortie d'une Bentley bleue et m'a ouvert la voie, le soir du vernissage. Sans elle, j'aurais sûrement tourné les talons. J'ignore qui elle est, mais le fait qu'elle ait été invitée l'autre soir et qu'elle soit encore là aujourd'hui, me dit qu'elle est une meilleure piste que celle que je m'apprêtais à prendre. Je la suis jusqu'au bout de la ruelle en préparant mon speech, en m'efforçant de redescendre de ma furie. Si je hausse le ton, je n'obtiendrai rien d'elle. Si je lui fais peur, je n'obtiendrai rien d'elle. Si elle sent mon haleine d'ivrogne, je n'obtiendrai rien d'elle. Il faut se calmer et être intelligent.

Elle tourne à droite dans une rue commerçante, et s'arrête au niveau d'une Mercedes noire immaculée, garée devant un deli. « Excusez-moi… », je lui lance à deux mètres, mes pieds nus cachés par la voiture blanche garée derrière la sienne. Elle se retourne et me jette son regard hautain de grande aristocrate à la figure. Paupières abaissées, menton penché, yeux coupés par ses montures de lunettes. J'entends son accent de dame de bonne famille, sans qu'elle ait à ouvrir la bouche.

– Bonjour.

– Bonjour ? me répond-elle, la main gauche sur son tour de cou en malachite.

– Vous étiez au vernissage de Wes, l'autre soir…

– Pardonnez-moi, vous êtes ?

– J'y étais aussi. Vous êtes venue en Bentley. Dans une Bentley bleue. Vous portiez un joli tailleur Yves Saint Laurent, et un sac en cristaux rouges et verts.

– Qui êtes-vous ? elle redemande, d'un ton plus aigu.

– Je cherche Wes.

– Excusez-moi ?

– Vous le connaissez ? Je veux dire, personnellement…

– Je suis désolée mademoiselle, elle marmonne avant de me tourner le dos, et d'aller faire le tour de sa Mercedes quatre portes.

– Vous n'êtes pas venue ici aujourd'hui pour revoir l'exposition, je me trompe ? Avec tout ce monde… Puis-je demander ce que vous faites là ?

– Excusez-moi ? Non, vous ne pouvez pas. Je n'ai pas à répondre à vos questions ! Nous ne nous connaissons pas, que je sache. Maintenant, je vous prie de bien vouloir me laisser tranquille.

– Vous travaillez forcément pour lui… Vous êtes quoi, son agent ? Son attachée de presse ? Vous êtes venue répondre aux journalistes de la chaîne ABC ? Tâter la foule, pour prendre la température ? Savoir ce que le grand public, pense de ses nouvelles œuvres ?

J'entends l'alcool se manifester dans ma voix, malgré mes efforts pour sonner sobre. Mes gestes aussi, sentent l'eau-de-vie. C'est parce que je suis trop impatiente, trop angoissée, trop coléreuse et trop perdue, pour sonner sobre. Et que savoir ce que fait ma sœur sur les toiles de *cet homme*, est la seule chose qui compte à présent.

La seule.

La petite bonne femme est inquiète de me voir avancer vers elle. Elle pose son sac à main Hermès Birkin noir, à plat sur le toit de la voiture, et se met à chercher ses clefs dedans, frénétiquement. J'entends tout le bazar à l'intérieur, se faire secouer par ses mains pressées. Et d'un coup, je comprends pourquoi elle est si paniquée. Elle doit me prendre pour une de ces militantes féministes rêvant de condamner Wes à mort. Lui, et tous ceux travaillant à ses côtés. Elle doit penser que j'ai un flingue scotché dans le dos, ou un canif niché dans mes cheveux.

– Je ne suis pas venue défendre la cause féminine en vous balançant du détergent liquide à la figure, si c'est ce que vous croyez. Je ne vous veux aucun mal.

Sa main se calme, elle relève la tête. Je me suis encore avancée. J'ai dépassé le coffre, et suis collée à la portière arrière, à moins de quarante centimètres d'elle. La bonne femme regarde désespérément autour d'elle, tentant d'alpaguer un passant du regard. Mais personne ne voit rien. La rue est pleine de gens ne s'intéressant qu'à eux.

– Que me voulez-vous ?

– J'ai besoin de parler à Wes. C'est urgent et très important.

Elle laisse échapper un ricanement en haussant une épaule, et remonte ses lunettes sur le haut de son nez.

– Eh bien, beaucoup de gens aimeraient parler à Wes, mademoiselle. Dites-vous qu'au moins, vous n'êtes pas seule dans ce cas.

– Vous ne comprenez pas.

– Je comprends que si vous ne vous reculez pas tout de suite, je serai forcée d'appeler la police. C'est ce que vous voulez ?

– La police ? Pourquoi voulez-vous appeler la police ? Je ne fais que vous poser une question !

– Je ne connais pas Wes. Pas personnellement. Je ne suis pas la personne que vous cherchez.

– Dites-moi juste, si vous avez ses coordonnées ? Ou les coordonnées de quelqu'un, qui a ses coordonnées ? je m'emporte, dents serrées.

Son visage se raidit. Elle expire par les narines, sèchement, comme une prof exaspérée par une classe indisciplinée. Et puis elle baisse les yeux sur mes pieds nus. Et d'exaspérée, elle repasse à inquiète. Qui se balade pieds nus en plein Downtown Los Angeles, à part les toxicos et les cinglés ? Elle replonge sa main dans son sac, et recommence à secouer son bric-à-brac. Et bingo ! Le trousseau de clefs. Les portes se déverrouillent, elle grimpe dans sa bagnole. Mais j'ai été trop rapide pour qu'elle puisse reverrouiller sans moi à l'intérieur. J'ai fait le tour en une seconde, et me voilà doigts pliés sur la poignée de la portière, mon pied nu et noir de toute la crasse du trottoir sur son tapis de sol en cuir rouge ; prête à poser mes fesses sur le siège passager. Elle sursaute en se projetant en arrière. Son crâne cogne la vitre, et ses yeux me hurlent leur frousse. Je claque la portière.

– Vous avez raison, je suis un peu saoule. Je dois empester la vodka. Et le whiskey. Et je suis pieds nus, oui. Et peut-être que je parle un peu fort, c'est vrai. Mais je suis totalement inoffensive. Je ne vais pas vous blesser, vous m'entendez ? Je n'ai aucune intention de vous faire du mal. Ça ne m'intéresse pas. Je vais simplement vous parler, et vous, vous allez m'écouter. D'accord ?

Sa main gauche s'est posée sur la poignée de sa portière, et son corps entier retient une énergie immobile, qui l'aidera à bondir hors de sa bagnole en un clin d'œil, si besoin est.

– Avant que vous ne reveniez à votre voiture, j'ai pris votre plaque en photo. Et lorsque je sortirai d'ici, je la posterai sur les réseaux sociaux. Pas juste Instagram, pas juste Facebook. Non. Tous les réseaux sociaux existants. Toutes les plateformes sur lesquelles il est possible de poster. Tout ce que mon téléphone pourra télécharger. Et je ferai savoir à toutes ces féministes hystériques, dont le seul but est d'éradiquer Wes de la surface du globe, que cette jolie plaque d'immatriculation, eh bien c'est celle de son agent ! Ou pourquoi s'arrêter là ? Cette plaque, c'est celle de Wes lui-même, pourquoi pas ! Ce sera encore plus rigolo…

– Vous êtes folle !

– Combien de temps, avant que quelqu'un trouve votre adresse, grâce à cette plaque ?

– Mais qu'est-ce que vous me voulez, à la fin ? Je ne suis pas son agent, ni son attachée de presse ! Rien de tout ça ! Vous vous méprenez, à mon sujet… Je ne peux rien pour vous !

– Peu importe ce que vous êtes. Tout ce que je vous demande, c'est de lui demander de m'appeler. D'accord ? C'est tout ce que je vous demande.

– Je ne suis qu'une collectionneuse, rien d'autre. Je suis venue revoir la toile que j'ai acquise. Je ne la recevrai pas avant la fin de l'exposition, et je voulais simplement la revoir. Voilà quel est mon lien avec Wes. Il ne va pas loin !

Ça pourrait être vrai. Aucune raison que ça ne le soit pas. Je cherche dans ses expressions une raison de ne pas la croire. Je scrute la manière dont ses yeux clignent, à quelle fréquence, et si ses lèvres se forcent à rester fermées. Il est possible qu'elle dise vrai, qu'elle ne puisse pas m'aider, qu'elle ne soit qu'une collectionneuse venue reluquer son nouveau bijou. Pourtant, mon instinct me dit que j'ai tiré le bon numéro. Que cette petite bonne femme au rouge à lèvres fuchsia et aux boucles d'oreilles clippées, en sait plus qu'elle ne l'admet.

– Je ne vous crois pas.

– C'est bien dommage, elle dit le ton plus détendu. Pourtant c'est vrai.

– Donnez-moi le numéro de votre contact, alors. La personne avec qui vous avez fait votre transaction. Celle qui vous a fait payer votre achat.

– Vous plaisantez ? Mais pour qui vous prenez-vous ?

– J'ai besoin d'un numéro de téléphone. Et vous allez m'aider.

Elle sort un portable à coque dorée de son sac, et me le brandit sous le nez.

– J'ai trois chiffres à taper sur cet écran. Trois !

– Calmez-vous.

– Je me calmerai, lorsque vous serez sortie de ma voiture !

– Je suis navrée que ça tombe sur vous. Mais la raison pour laquelle j'ai besoin de ces coordonnées est trop importante pour que je sois polie. Que je m'excuse de vous avoir dérangée, et sorte sagement de cette voiture. Vous comprenez ? Je ne sortirai pas de cette voiture. Pas avant d'être sûre, que vous allez m'aider.

– Eh bien, j'appelle la police.

Elle baisse les yeux pour composer le numéro.

– Je ne vous dis rien ?

Ses yeux se relèvent.

– Pardon ?

– Regardez mon visage. Regardez bien…

– Si vous sortez maintenant, je…

– Examinez ! j'ordonne dans un cri, captant son attention.

Je pose ma main sur son poignet pour lui faire baisser son téléphone, agrippe la manche de sa veste rose pour l'empêcher de sortir, et avance mon cou jusqu'à ce que mon front puisse envoyer de la chaleur au sien. Nos nez se frôlent, et je recule d'une dizaine de centimètres devant ses yeux sévères, mes doigts fermés sur son bras. À cette distance, elle peut apercevoir chacune de mes taches de rousseur, sous mon plâtrage.

– Qu'est-ce que vous faites ?

– Vous avez acheté une des nouvelles toiles de Wes, et mon visage ne vous dit rien ?

J'attends qu'elle percute. Mais son regard ne change pas. Il est parfaitement hermétique. Elle ne me voit que comme une menace, dont il faut se débarrasser au plus vite.

– Vous devez avoir quelque chose dans les yeux… Un très gros cil. Une conjonctivite, peut-être. La cataracte ? je gueule. Concentrez-vous… Et regardez !

Ses yeux commencent à bouger. Ils s'élargissent puis se plissent. Elle a l'air d'être en train de déchiffrer des hiéroglyphes. Et soudain, ses joues rougissent. Ses sourcils se froncent. « Oui, voilà… c'est ça… » L'émotion naissante dans son regard me confirme qu'elle a saisi. Je lâche sa manche, chope le stylo bille et le carré de Post-it vert fluo dans le boîtier ouvert entre nos deux sièges, et lui note mon numéro.

– Qui êtes-vous, exactement ? elle demande d'une minuscule voix, presque comme si elle ne voulait pas que je l'entende.

Je colle le Post-it d'un coup sec, sur la boîte à gants.

– Beck. Je m'appelle Beck, je dis en passant mon index sur la partie adhésive, pour l'appuyer contre le cuir.

– Beck ?

– Il n'émettra aucune objection. S'il sait que c'est pour moi, il les donnera, ses coordonnées.

– Mais je…

– Appelez votre contact. Appelez son agent, son assistant, son manager, son je ne sais pas quoi, je gronde d'une voix basse, articulant lentement chaque mot avec une intensité théâtrale. Appelez qui vous connaissez. Appelez qui vous pouvez. Débrouillez-vous comme vous voulez. Je vais attendre dans ma voiture, et si je ne reçois aucun appel d'ici un quart d'heure, je posterai votre plaque. Pas seulement une fois. Je le ferai toutes les heures, pour que tout le monde soit bien sûr de la voir. Et je le ferai tous les jours. Jusqu'à ce que je reçoive un appel de sa part. S'il le faut, je trouverai moi-même votre adresse, et la posterai avant que les groupes anti-Wes puissent le faire. Vous comprenez ce que je vous dis ?

Elle hoche la tête. L'angoisse est partout sur son visage.

– Je suis désolée que ça tombe sur vous. Vraiment. Je suis peinée, d'en arriver là. Vous n'avez rien à voir là-dedans et je n'ai évidemment rien contre vous. Mais je suis face à une impasse. Et je n'ai aucune autre option, je dis d'un ton doux, avant de reprendre une voix ferme, dure, âcre. Faites-le !

Je sors de la bagnole et claque la portière.

J'attends derrière le volant de ma Dodge depuis vingt-trois minutes. Vingt-quatre. Je n'allume pas la radio. Je n'ouvre pas la fenêtre. Je ne mets pas la clim. J'attends sans bruit, sans mouvement, la mâchoire injectée de stress, et les dents si serrées qu'elles ne tarderont pas à fissurer mes gencives.

Je réfléchis à d'autres possibilités pour le contacter. Mais il n'y en a pas. Aucune. Il est comme moi, inexistant sur la toile. Il n'a pas de site, pas d'Instagram, pas de Facebook, pas de Twitter. Rien. Il y a bien des comptes à son nom, mais ce sont tous des comptes de fans : « *Wes artist, Wes le tueur, Wes-peintre-psychopathe, Wes fan usa, Wes.horreur.art* », etc.

Je ne cherche même pas à m'expliquer ces tableaux, pour le moment. C'est trop. Trop d'informations. J'ai d'abord besoin de *l'*avoir devant moi, pour autoriser mes songes à se faire entendre. Parce qu'ils sont un million, là-dedans, prêts à me mitrailler le citron. Si je les laisse parler, dans ma cervelle échauffée ce sera l'implosion immédiate. On retrouverait des morceaux gluants de mon cortex, sur mes sièges gris.

D'une épaule à l'autre, le haut de mon dos se glace à l'horizontale. Une ligne droite, comme une règle sortie d'un congélateur, soulève mon duvet. C'est mon portable, qui vient de sonner. Message. Une adresse sur Los Feliz. Pas de signature. Pas de ponctuation. Juste un nombre de quatre chiffres, une rue, et un code postal.

32

Mes pieds nus sont piqués par les poils boueux d'un paillasson, en haut des marches d'une propriété plantée sur les hauteurs de Los Feliz. La baraque blanche au toit citrouille, montée sur deux étages, a un accent espagnol et un parfum d'années vingt. Elle est structurée en trois parties. Une sorte de tour avec fenêtre ovale d'église en vitraux tricolores, et couronne de briques acajou autour ; une partie plus basse, d'où le toit en tuile dépasse un peu ; et une dernière partie haute et large, comportant trois petites fenêtres rondes au premier étage, et quatre grosses fenêtres en demi-lunes, rideaux vert poireau, au deuxième. Les murs d'un blanc gris charbonneux sont rugueux, et du lierre grimpant recouvre la façade ouest.

J'attends sous le porche, formé par une protubérance dans la pierre de la tour. La porte est en bois ocreux, longée par des plaques en fer forgé aux bouts fléchés, style Moyen Âge. Il n'y a pas de sonnette, mais un heurtoir séculaire en cuivre, gravé d'écritures égyptiennes. J'avance ma main, et pose mes doigts sur son métal froid. Je tape une fois. Je ne sais pas ce que c'est exactement, que je ressens à cet instant. Peur, colère, frustration, incompréhension. Tout ça à la fois. Ou rien du tout. Je n'en sais foutrement rien. Mais mon cœur fait du trampoline dans ma poitrine. Je l'entends cogner par-dessus le sifflement du vent tiède.

La cicatrice argentée traversant le ciel blême, promet des gouttes d'eau dans la demi-heure. Je bascule la tête en arrière, et attends qu'il m'en coule une sur le front. J'essaie d'être ailleurs.

Et puis la porte s'ouvre dans un grincement.

Les yeux de Wes me sautent au visage. Leurs pupilles dilatées foncent leur brun, zébré de caramel doré. Je ne me rappelle pas ses iris aussi clairs, ni aussi brillants. C'est étrange… Et ses yeux me semblent davantage rentrés, que d'habitude. On dirait que sa peau les aspire dans son visage, comme dans des sables mouvants. Son nez est légèrement gonflé, portant à croire qu'il vient tout juste de se réveiller d'une longue sieste, chaude et profonde. Et son T-shirt kaki taché d'auréoles de transpiration, a l'air d'avoir été porté tous les jours pendant des mois. Son tissu est sale, et plus froissé qu'une peau de vieille. *L'homme* remonte son jeans noir, retenu par une ceinture en cuir fauve à boucle de cowboy, et se passe la main sur le visage. Ses longs doigts aux bouts usés et phalanges distinctes, appuient sur ses yeux et aplatissent son nez. Il est pieds nus, lui aussi.

– Mettre des chaussures, c'est passé de mode ? il demande, d'une voix dégringolant dans les graves.

– Que fait ma sœur sur les toiles de votre première série ? je crache.

Les os de sa mâchoire saillissent sous sa peau pâle. C'est qu'il doit serrer les dents aussi fort que moi. Il baisse la tête, recule, et se décale pour me laisser le champ libre. Sa posture est celle d'un accusé, qu'on vient de condamner à une grosse peine. Il est acculé. Et je le tiens, hameçon en bouche.

J'avale ma salive, elle ne descend pas. Ma gorge est coincée. Je mets un pied à l'intérieur, sur le carrelage rétro à motifs géométriques rouille et marron. Et puis je mets l'autre pied. À peine entrée, je constate qu'il n'y a rien. Pas l'ombre d'un meuble. Rien d'autre à voir que des murs beurre granuleux, et un lustre ancien en bronze terne et aux ampoules fumées. Le plafond est à une hauteur raisonnable, et la superficie des lieux bien qu'importante, n'est pas aussi affolante qu'elle pourrait l'être dans ce secteur.

L'homme relève à peine la tête, ce qu'il faut pour pouvoir voir devant lui, et se dirige vers les escaliers sans rampe, comptant une dizaine de marches. Elles grincent sous ses grands pieds costauds aux talons rouges.

– Où allez-vous ?

– On ne va pas discuter debout devant l'entrée, il rétorque sans se retourner, en continuant de monter.

– Qu'est-ce qui vous fait croire que je vais m'asseoir avec vous, pour parler tranquillement autour d'une tasse de thé ?

Il regarde derrière son épaule.

– Ce n'est pas pour ça, que tu es là ?

– Et si j'appelais la police ?

Il s'arrête net, mais reste de dos. J'imagine la tête qu'il doit faire.

– Appelle, il murmure sereinement en se remettant à monter.

J'entrouvre mes lèvres pour laisser passer une expiration pénible, et plante mes molaires dans mes joues.

Il est maintenant hors de ma vue, quelque part à l'étage. Non, je ne vais pas rester debout devant cette porte ouverte, à me demander quoi faire. Je me retourne, et la pousse sans fermer complètement. Et puis j'avance. Je jette des coups d'œil furtifs sur les côtés, mais ne trouve toujours rien à voir. Et me voilà devant les escaliers… Je monte. Avec lenteur et crainte. Avec la façon de monter qu'a une héroïne de film d'horreur, ayant entendu des bruits suspects au grenier. Chaque marche grince, l'avertissant que je me rapproche un peu plus.

À l'étage, un salon est relié à une chambre, sans qu'aucune porte ne les sépare. Et enfin, un semblant de vie. Une banquette napoléonienne bleu de Prusse au dossier déchiré, tient compagnie à une causeuse noire rembourrée ; qui tourne le dos à une imposante table aux multiples tiroirs, dans le bois foncé de laquelle sont gravées de longues phrases penchées. Une vieille lampe halogène sur pied fait de son mieux pour éclairer la pièce, mais ne brille pas dans l'exercice. Trois cartouches de Lucky Strike sont abandonnées sur le carrelage tabac en attente d'un coup de serpillière, et quelques livres antiques aux couvertures fatiguées roupillent dans un coin. Il y a d'épaisses toiles d'araignée au plafond, dont une avec araignée intégrée ; et de la sauge séchée, dans de petites coupelles asiatiques bleues et blanches, au pied d'un tabouret de pianiste époque dix-neuvième. L'odeur de sauge flirte avec les effluves d'une bougie noire, parfum clou de girofle.

Wes est assis sur la banquette, ses grandes jambes pliées, pieds posés sur la table aux phrases gravées. Il fait si chaud, que je m'attends à voir les murs granuleux transpirer. J'en ai l'arrière des cheveux qui me trempe la nuque.

– Eh bien ? je dis.

Il écrase dans le couvercle de son paquet, la cigarette qu'il a fumée le temps que je monte, et s'en rallume aussitôt une nouvelle.

– Vous fumez trop.

– Ça, c'est le cadet de nos soucis.

– *Nos* soucis ?

Ma voix est montée tout là-haut, et mes joues viennent brider mes yeux.

– Tu veux boire quelque chose ?

– Non.
– Whiskey ? Cognac ?
– Répondez.
– Il doit me rester un fond d'absinthe, si tu préfères ?
– Que fait Leah Westbrook, sur votre première série de toiles ? Celle qui vous a fait connaître, il y a six ans. Celle où vous avez fait de ma sœur une héroïne morte !
Ses paupières s'abaissent, il courbe la nuque.
– Que fait Leah Westbrook… sur ma première série de toiles…
– Ne jouez pas avec moi.
Je pose le dos de ma main sur le mur granuleux, et appuie. J'appuie pour que les bosses pointues du mur pénètrent ma peau. Qu'elles me blessent et taisent mon malaise. J'ai le tournis, ici. La sauge me rend nauséeuse, et cette température de sauna me file le vertige.
L'homme soupire l'équivalent d'une bonbonne de gaz, et relève les yeux.
– Oui…
– Oui, quoi ?
– C'est vrai. Il s'agit de Leah Westbrook. C'est elle, la fille de « *La Chute* ».
Voilà le duvet de mon dos qui s'arrache à nouveau. Je veux réagir immédiatement, mais avale ma salive de travers avec mes mots suffocants. J'aurais été en train de boire, je me serais étouffée.
– Pourquoi ? Comment ? Pourquoi ?
– Elle a contribué à donner vie à mon art.
– Je ne comprends pas.
Il écrase sa cigarette et se frotte le visage.
– Sept.
– Sept ?

– Cette série m'a fait connaître il y a sept ans, pas six. J'ai mis deux ans, à la réaliser. Et il ne serait pas tout à fait correct, de dire qu'il s'agit de ma première série de toiles. La première qui a compté, certes…

Il parle d'une voix sourde. D'une voix qui s'en veut de faire du bruit. De celle d'un pécheur contrit, avouant ses fautes à dix assemblées de prêtres. Et ses yeux fuient les miens. Il les pose sur les murs et sur les meubles. Il les fait longer les contours du plafond et du carrelage. Il les ferme longuement. Les cache à tout prix.

– Sept ans plus deux ans, ça fait neuf ans. Neuf ans. C'était il y a neuf ans, qu'elle a disparu.

– Oui. Je le sais bien.

– Ah oui ? Vous le savez bien ?

Il tourne la tête. Ses pupilles atterrissent soudain dans les miennes.

– Leah Westbrook… Comment l'oublier ?

Son visage s'illumine. Un soleil, qui lui traverse les pores. Comme sur ses toiles. Moi je dois être en train de m'éteindre. J'attends qu'il continue, qu'il étoffe… Mais il n'en dira pas davantage sans que je le pousse, une fois de plus.

– Vous savez quelque chose ? je demande, tétanisée d'avoir sa réponse.

– Je sais qu'elle s'est évanouie dans la nature, un après-midi de septembre. Et que la police pense encore à ce jour, que son professeur de littérature est derrière sa disparition.

– Ils auraient tort ?

– Je n'en sais rien.

– Vous n'en savez rien ? J'ai l'impression que vous en savez assez. Peut-être plus que vous ne devriez.

– Qu'est-ce que tu vas t'imaginer, Beck ?

– Je n'ai pas besoin d'imaginer.

Il retire ses pieds de la table, un à un, et plie ses jambes, genou contre genou.

– Je ne suis pas le seul à connaître l'identité et l'histoire tragique, de Leah. Cette histoire a fait la une, à l'époque. Je m'y suis intéressé de près, comme beaucoup d'autres curieux. C'était divertissant. Très divertissant. Ça tuait le temps, d'essayer de reconstituer le puzzle. Qu'avait-il bien pu arriver à Leah Westbrook, cet après-midi-là ? J'avais mes doutes, sur ton père… Les journalistes disaient qu'après Crawford, il était le prochain suspect. Je lisais tous les articles imprimés sur l'affaire. Je visionnais chaque émission. J'étais accroché à mon fauteuil. J'avais mes théories, et je voulais savoir si j'avais raison. Il fallait que je sache ce qui s'était passé… Je suis tordu. Mais pas plus qu'un autre. C'est humain, de l'être. Et si tout le monde l'est un peu… personne ne l'est vraiment. Je veux dire, qui ne pose pas ses pieds sur la table devant un documentaire criminel, une bière bien fraîche dans la main droite, et une assiette de chips posée sur le canapé ?

Ma face s'est durcie de trois crans.

– Toi.

– Pardon ?

– Toi, tu ne fais pas ça. Je t'imagine difficilement en train de regarder la télévision, la main dans une assiette de chips. Ceux qui s'abrutissent devant leur écran, une bière à la main, ne s'emmerdent pas à verser leur paquet de chips dans une assiette propre. Ils y plongent la main et enduisent leurs doigts d'huile. C'est comme ça, qu'on fait. Tu préférerais sans doute avaler des scorpions, plutôt que de t'empâter dans un canapé à regarder la télévision. Cette image ne me convainc pas. J'ai tort ?

– À l'époque, j'ai regardé.

– Oui ?

– Oui.

– Et c'était vibrant ? Ça t'a fait prendre ton pied ? Ça t'a rendu dur, d'imaginer lequel de ces deux hommes avait mis fin à la vie d'une gamine de quatorze ans ? De te demander s'ils l'avaient violée, avant de la tuer ? S'ils l'avaient sodomisée ? Torturée ? S'ils l'avaient enterrée ligotée et encore vivante ? Comme tout le monde, tu me diras. Comme tous ces ploucs en manque de sensations fortes, se tripotant devant des émissions criminelles, une bière bien fraîche dans la main gauche, l'autre dans un putain de paquet de chips !

Je dois être rouge à remplir une bouteille de Tabasco.

– J'étais peut-être un peu trop obnubilé par cette affaire, je l'admets.

– Étais ? je m'exclame. Tu traques sa sœur depuis Dieu sait quand ! Tu la représentes à son tour, sur tes toiles à huit millions pièce !

– Où est-ce que tu vas, comme ça ?

– Quoi ? Tu vas nier me traquer, maintenant ?

– Je ne dirais pas traquer. Observer, plutôt.

J'explose de rire. Un rire jaune.

– Oui, tu as raison de faire la distinction ! Mais c'est moins exact. La vérité, c'est que je t'obsède. Je te rends saoul, malade, mourant. Tu as mal d'être dans ton corps, c'est flagrant. Parce que je suis là, tout près. Et que ça te démange. Ça te gratte les os, ça te crame la peau, que je sois si près. Moi, la sœur de cette fille qui t'a rendu si riche.

– Qu'est-ce que tu veux dire ?

– Tu te sens coupable.

– De quoi devrais-je me sentir coupable ?

– D'avoir fait d'une gamine morte, ta muse ! De crever d'envie de me faire la même chose, que ce qui est arrivé à Leah.

Ses yeux bondissent hors de leurs orbites. Ou autant que des yeux aussi rentrés que les siens puissent le faire.

– Tu sais bien que c'est faux.

– Je le sais ?

– Tu aurais déjà appelé la police. Nous n'aurions pas cette conversation.

– Je me fiche, de la police. Je veux simplement comprendre.

– Tu es ivre. Je sens ton haleine, d'ici.

– Je suis parfaitement sobre.

Il se lève de sa banquette et s'avance. Je suis dos au mur granuleux, et n'aurais pas le temps de me retourner pour me ruer dans les escaliers, avant qu'il n'arrive jusqu'à moi. Quand bien même j'aurais le temps, je ne lui tournerais pas le dos. Pas par couardise, mais parce que le voir s'approcher dans l'espace brûlant et moite de son salon à l'odeur épicée, me fait un effet mortel. Re-bonjour, Monsieur Frisson. Nous flirtons à nouveau. Et cette fois, je mouille dès la première seconde.

– Tu es cinglée, Beck, il chuchote à moins d'un mètre de moi.

– Je suis peut-être cinglée. Mais toi, tu es fichu.

Il est maintenant si près, que je distingue les points blancs infinitésimaux, sur la peau épaisse de son cou. Je regarde sa pomme d'Adam monter et redescendre, et hume la sueur de ses aisselles.

Elle sent fort. Elle me plaît. Elle me ramollit.

Ses lèvres s'approchent des miennes, et c'est comme si mon sang sortait tout d'un coup d'un million de tuyaux à pression. De la pointe de mes pieds nus jusqu'au sommet de mon crâne, le sang gicle. Je crois que c'est un orgasme, qui s'étire dans mon corps.

Mais je ne peux pas.

Je me glisse sur le côté en frôlant son buste chaud, me retourne, et vais dévaler les escaliers.

Et puis je disparais.

33

HARPER WESTBROOK

Été des 12 ans de Leah

Cette maison me fait peur. Il y a dans ses murs une présence pernicieuse. Des ondes d'outre-tombe, exsudant du papier peint. J'ai l'impression qu'elle étouffe. Toutes portes et fenêtres ouvertes, je la sens encore manquer d'air. Et moi aussi, je manque d'air. Mon médecin dit que je suis cliniquement dépressive. Pourtant je suis en rémission depuis l'année dernière, je devrais me réjouir d'être en vie, il me dit. Me réjouir… Il ne connaît pas mon mari, mon médecin. J'avais hâte que la mort me prenne par la main et me sauve. Maintenant, je dois l'attendre comme on attend un train de village dans une bourgade fantôme, en se demandant s'il passera un jour.

Il n'y a pas un matin où je n'ai pas la nausée, en inspirant ce pestilentiel fumet de betterave cuite. Dès le réveil il se faufile dans mes narines et y reste installé jusqu'au soir, où le sommeil m'en délivre. J'ignore d'où elle vient, cette odeur exécrable. Personne dans la famille ne mange de betterave. Je n'en ai jamais servi au dîner. Jamais acheté au marché. Ce matin, elle me semble plus lourde encore, que d'habitude. Peut-être est-ce parce que la chaleur luciférienne du mois d'août la fait rôtir…

J'ai tiré les rideaux du salon, poussé la porte d'entrée en gardant la moustiquaire fermée, et me suis assise à la table ronde, en face des fenêtres ouvertes, les coudes sur la nappe poisseuse, motifs citrons verts et citrons jaunes. Le soleil saigne dans ses draps d'or, et ses rayons se déroulent sur les meubles. Les bandes illuminées de nacre mouvante me font savoir qu'il ne me reste qu'une demi-heure, à peu près, avant que Gene ouvre les yeux.

Gene se lève du lundi au vendredi à six heures trente-cinq. Pas trente-quatre, pas trente-six. Six heures trente-cinq. Tous les jours de semaine. Et il exige que je sois déjà debout, lorsque lui, ouvre les yeux. Que j'aie déjà mon tablier noué à la taille, et mes mains dans la graisse de porc. Je pourrais bien lui dire d'aller se faire foutre, mais il faudrait pour ça que j'aie assez pour me payer la rhinoplastie réparatrice, dont j'aurai besoin après qu'il m'aura cassé la cloison. Ici, ce n'est pas Dallas. Ce n'est pas San Antonio. Ici, c'est Muskogee, Oklahoma. Nulle part où s'enfuir, nulle part où se cacher. Alors on reste, et chaque jour on tire le fil cousu dans nos lèvres piquées, pour qu'elles restent parfaitement fermées. C'est ainsi. C'est tout.

J'examine mon permis de conduire, en faisant tourner ma cuillère dans ma tasse de thé à la bergamote. Je l'avais laissé sur la table, hier soir, pour me rappeler d'aller le renouveler aujourd'hui. Il expire dans un mois. Je me demande s'ils me reconnaîtront, au DMV. Ou s'ils me suspecteront d'avoir volé ce permis à la femme de la photo. Elle est bien plus pimpante que moi, cette femme. Plus vivante, surtout. Ses cheveux étaient encore d'un noir naturel… Elle n'avait nul besoin d'avaler des vapeurs d'ammoniaque une fois par mois, pour obscurcir leurs fils d'argent. Elle n'avait pas ces poches flasques et violettes sous ses yeux sombres, ni cette cicatrice en croissant de lune dans le menton, gravée par un coup de casserole. Ses lèvres savaient encore sourire. Elles avaient déjà du mal, mais savaient se tendre en se forçant, même si ça leur faisait affront. Sa peau était moins striée, plus élastique. Et si on ne les voit pas sur la photo, je sais que ses seins étaient plus ronds et moins bas. Ce n'était pas il y a si longtemps, pourtant. Les poings et les vilains mots sont plus rapides que le temps, pour abîmer les choses.

Je soupire par le nez, et secoue la tête en portant ma tasse de thé à mes lèvres. « Scratch, scratch, scratch, scratch, scratch… » Voilà les chats errants du quartier, venus gratter la porte moustiquaire. Ils savent qu'ils n'ont pas le droit d'entrer. Ils attendent tous devant le porche, que maman Harper leur apporte leur ration de riz quotidienne. Ils savent aussi à quelle heure, il faut venir mendier. Si Gene les trouvait là, il les trouerait de quatre coups de fusil. Il dit que je rameute toutes les vermines de Muskogee, avec mes trois coupelles de riz disposées en ligne devant la maison ; et que ces sales bêtes encrassent notre pelouse de leurs excréments. Je lui ai promis d'arrêter de les nourrir le mois dernier, mais j'ai simplement avancé l'heure de leur petit déjeuner.

King Rainbow, le gros roux rayé dont le ventre frotte le sol, vient me saluer en enroulant sa longue queue dégarnie autour de mon mollet. Il y a aussi Johnny Jones, le gris rachitique qui cache ses os sous un manteau de poils angoras. Et Elvis Brown, le brun aux yeux jaunes et moustaches blanches, à qui il manque un morceau d'oreille. Et puis trois femelles aux têtes identiques, pelage écaille de tortue, à qui je n'ai pas donné de noms, et qui sont venues avec les deux petits de l'une d'entre elles. Je dépose les coupelles devant le buisson de fougères longeant la maison, et rentre, pour aller préparer le plateau de Gene.

Le petit déjeuner est servi. Nous voilà tous autour de la table, à faire semblant de n'avoir rien à nous dire. Parce qu'en réalité, si nous nous disions ce que nous avons à nous dire, il n'y aurait rien de joli à entendre. Leah et Beck avalent leurs céréales en évitant le regard de leur père ; et moi je descends mon deuxième thé, dans lequel j'ai fait tomber six gouttes de cognac. Une de plus qu'hier, une de moins que demain.

Il m'arrive d'imaginer que je suis assise à la table d'un restaurant, et que ces deux petites filles, et cet homme aux joues tombantes et au nez épais et poreux de poivrot, ne sont que des inconnus, de passage à Muskogee. Qu'il y a tellement de monde dans ce restaurant ce matin, que la serveuse leur a demandé si elle pouvait me placer à leur table, et qu'ils ont généreusement accepté. C'est pour ça, que nous ne nous parlons pas. Nous ne nous connaissons pas. Nous ne nous étions jamais vus, avant aujourd'hui. Et lorsque cet homme aura terminé ses œufs au plat à peine cuits, qu'il aura nettoyé la graisse de ses saucisses noircies par le gril, avec le dernier morceau de son toast beurré qui a couvert la nappe d'un millier de miettes blondes ; et que les deux petites filles auront terminé leur bol de Cap'n Crunch et fini leur verre de jus d'orange ; et que la serveuse rousse d'une trentaine d'années, en tablier rose et longue queue-de-cheval portée sur le côté, leur aura apporté l'addition ; et que le père aura réglé en liquide, laissant un pourboire de vingt-cinq pour cent ; et qu'ils m'auront tous les trois saluée en me souhaitant une excellente journée ; et que je les aurai poliment remerciés d'avoir accepté de partager leur table avec moi ; ils s'en iront. Ils se lèveront, tous les trois exactement en même temps, faisant crisser les pieds de leurs chaises en aluminium en poussant leurs mains contre la table. Ils longeront les tables de ce diner américain typique, le ventre un peu trop plein ; et pour le père, les doigts gras et de l'huile plein les lèvres. Ils remercieront la serveuse rousse pour son service impeccable, d'un hochement de tête satisfait. Et ils sortiront. Ils disparaîtront. Et ils ne reviendront jamais dans cette ville. Jamais plus, ils ne referont voir leur tronche à Muskogee. Ils ne seront qu'un vague souvenir. Si vague, qu'on ne s'en souvient plus.

Dire que je n'aime pas mes enfants serait une bêtise. Mais dire que je les ai désirés serait un mensonge. C'est par leur faute, que je me retrouve forcée de devoir faire descendre la semence acide d'un homme qui me révulse, dans ma gorge. Que je suis astreinte à accueillir sa verge veineuse, dans mon vagin. Et à laisser ses mains dodues aux doigts courts et ongles noirs me griffer le dos en déchargeant. Où irais-je, que ferais-je, avec deux gamines sous les bras ? Ce sont les sous de Gene qui paient leurs Cap'n Crunch. Il est vrai que moi aussi je paie un prix pour qu'elles les croquent, ces céréales. Mais le mien est de rester ici, dans cette maison aux vibrations patibulaires, habitée par le Diable.

Est-ce qu'elles tiendront de leur père ? Cette question, je me la pose pas moins de cinq fois par jour. La cruauté est-elle génétique ? Le goût pour la douleur doit l'être, en tout cas. Il n'y a qu'à voir le dos de leurs mains, leurs pieds, leurs bras. Elles jouent à se brûler, comme d'autres jouent aux Barbie. Elles pensent que j'ignore ce qu'elles trafiquent, mais je les ai surprises plus d'une fois, à allumer des briquets sur leurs coudes, ou à plonger leurs orteils dans des bassines d'eau bouillante. Et je n'ai rien fait. Je n'ai rien dit. J'ai refermé la porte, et suis allée fumer et boire mon chagrin, jusqu'à devoir l'éparpiller plus tard sur la cuvette des toilettes.

Je ne vaux pas mieux que Gene. Ces gamines furent damnées, avant d'ouvrir les yeux.

34

BECK

Mes pieds nus se glacent sur l'asphalte. Ils sont dans l'eau jusqu'aux chevilles, et écrasent des vagues à chaque pas. « Clouc, clouc, clouc... » La chaussée est noyée sous un torrent de pluie, fusillé d'un milliard de trous causés par l'impact des gouttes. Elles atterrissent comme les balles d'un Ruger American Magnum dans un flanc de cerf. Je n'ai pas vu une pluie pareille, depuis celle du jour de *sa* disparition. Elle est enragée. Elle ne laisse pas une demi-seconde de silence, entre la chute de ses gouttes. C'est un bloc de bruit opaque et sans fin. Le ciel, lui, est sur le point de fermer ses volets noirs, mais garde encore quelques nuages mi-gris, mi-gris foncé, couleur cendre de cigarette.

Ma robe beige en coton me rentre dans les fesses, effet seconde peau. Le type que j'entends insulter le ciel derrière moi doit en avoir la queue toute dure. Surtout que je ne porte aucune culotte. Mes longs cheveux sont glués à mon dos, et ne bougent pas lorsque je tourne la tête. Pourtant je ne me dépêche pas de tourner à droite. À quoi bon ? Je suis déjà si trempée, que m'essorer suffirait à éteindre un incendie.

J'entre dans l'immeuble, et monte en m'appuyant à la rampe des escaliers, levant mes pieds mouillés avec attention pour ne pas glisser. Arrivée au deuxième, j'enfonce ma clef dans la serrure, et sans fermer la porte derrière moi, lasse de tout effort, me laisse tomber sur le parquet de mon salon dans une expiration gémissante. Je respire, le nez aplati contre le bois verni, paumes pressées contre mes oreilles. Je ne veux pas m'entendre hurler à la mort, dans mon crâne. De toute façon, je n'entends que la pluie. Elle s'époumone trois fois plus fort que moi. Elle vient se fracasser contre mes fenêtres. Elle est si coléreuse, que les vitres semblent s'en fissurer.

« Mademoiselle Westbrook ? » demande une voix, avant qu'une main se pose sur mon omoplate gauche. Je sursaute et me redresse aussitôt. L'agent Hart du FBI, toujours aussi mal habillé, et un autre gars, frêle, Afro-Américain en costard marron rayé de vieux gangster, se tiennent juste au-dessus de moi. Hart me regarde de la même manière qu'il regarderait une bombe dont le compte à rebours viendrait de se déclencher. Avec un certain stress, mélangé de méfiance.

– Vous allez bien, Beck ? il m'interroge en s'agenouillant à mes côtés, sa chaussure noire à lacets dans une flaque d'eau.

Je reprends mon souffle en fronçant les sourcils.

– Que faites-vous ici ?

– Il vous est arrivé quelque chose ? s'inquiète le flic afro-américain, début de quarantaine et crâne rasé.

Il a les traits doux. Ceux d'un type qu'on juge bon et honnête d'emblée, sans avoir à y réfléchir. Ceux d'un type qui sans sourire a déjà l'air sympathique.

– Non. Il ne m'est rien arrivé.

– Vous en êtes sûre ?

– Oui, j'en suis sûre.

– Vos plantes de pied… Elles sont mutilées…

Il fait référence aux marques causées par *nos* séances de brûlures. Celles des bassines d'eau bouillante n'ont jamais complètement disparu. Il les regarde en grimaçant, comme si les voir lui faisait mal. Je marque un temps.

– Accident d'enfance. (Mon ton est presque sec.) Pourquoi êtes-vous là, inspecteur ? je demande en ramenant mes pieds vers moi, avant de me redresser davantage.

– Agent. Hightower.

– Agent Hightower, je répète.

– Nous avions besoin de nous entretenir avec vous, Mademoiselle Westbrook. Monsieur Randolph a eu l'amabilité de nous donner l'adresse de votre tante.

Ses yeux tirés, aux cils courbés comme ceux d'une femme, n'ont de cesse de s'immobiliser sur ma poitrine, dont les tétons apparaissent très clairement sous ma robe, rendue transparente par l'eau. Mais son regard n'est pas pervers. C'est plutôt celui d'un petit garçon émoustillé par une couverture Playboy. Touchant, presque.

Je me lève, et vais m'asseoir sur le canapé matelassé outremer. Le velours se colle à mes cuisses, et mes cheveux pissent sur les coussins tricotés.

– Je vous écoute, je dis en enlaçant mon buste.

Hart s'avance vers la chaise au dossier rond, et la pointe du doigt.

– Puis-je ?

– Bien sûr.

– Merci.

Il s'assied en se raclant la gorge, puis prend une profonde inspiration.

– Vous êtes-vous remise de la découverte du corps de Jill Ryan ? il demande en recrachant l'air.

– Je ne sais pas si on peut se remettre de ce genre de choses…

– Vous êtes de Muskogee, Oklahoma, n'est-ce pas ? continue Hightower.

– C'est exact.

– Vous avez perdu une sœur, il y a neuf ans de ça…

Je m'étonne de sa question. Je ne m'y attendais certainement pas. J'allonge mon dos et pose ma tête sur le rebord du canapé, les yeux sur les vitres crépitantes. Je ne réponds pas tout de suite. D'abord, j'écoute encore un peu les cailloux d'eau exploser. Ensuite, je courbe le dos, tête en bas, et ramasse mes cheveux dans une boule pour les essorer. Les gouttes ruissellent sur mes épaules, et tombent dans de petites éclaboussures sur le parquet. Et puis je relève mes sourcils mouillés, du bout des doigts. Et enfin, je me tourne vers Hightower.

– Dire qu'on a perdu quelque chose, c'est avoir encore l'espoir de le retrouver.

Il passe sa langue sur ses lèvres d'ébène imprégnées de rose, telle une feuille d'essuie-tout ayant absorbé une pointe de peinture ; et hoche doucement la tête.

– Moi je n'ai plus le luxe de l'espoir.

Les deux hommes se retiennent de faire du bruit. Je sens que leur respiration est contrôlée, et leur salive avalée aussi doucement que Leah et moi savions l'avaler. La retenue d'Hart n'est que politesse, mais celle d'Hightower m'a l'air sincère.

– Il y a beaucoup de morts autour de vous, chuchote Hightower après un instant, comme si quelqu'un écoutait derrière lui.

Je soupire. Un soupir discret, sourd, qui ne fait aucun bruit. Un soupir court mais pourtant chargé, qui fait mal par là où il passe.

– Oui, il y en a.

– Vous pensez que votre sœur est morte ? s'enquiert Hart.

– Vous êtes venus me parler de Leah ? Ou du Sadique au Couteau ?

– Et si les deux étaient liés ?

Je plisse les yeux.

– Quoi ?

– Holly Duvall et Jill Ryan ont toutes les deux été abandonnées devant chez vous. L'une, tout près de chez votre tante. L'autre, dans votre benne à ordures.

– Vous avez vous-même dit que l'endroit où il dépose ses victimes n'a aucune importance !

– Il est possible que je me sois trompé.

– Pourquoi ne me dites-vous pas ce qui se passe ? je crache.

– Le dernier corps a été retrouvé devant un commissariat, sur Wilcox Avenue.

– Et ?

– Le principal inspecteur en charge de l'enquête de votre sœur, à l'époque, s'appelait Danny Wilcox.

Je secoue la tête.

– Je ne comprends pas.

– Il joue avec nous.

– Comment ça ? Qui joue avec qui ?

– Le Sadique. Il joue au plus malin. Il veut qu'on sache que c'est lui, le responsable de la disparition de votre sœur. Il veut être crédité pour tous ses meurtres. Qu'à son nom, il ne manque aucun corps. Aucune victime.

– Êtes-vous en contact avec votre père ? enchaîne Hightower, sans que j'aie pu reprendre mon souffle.

– Non, je réponds en noircissant mon regard.

– La police de Muskogee dit qu'il a disparu de son domicile, depuis plus de trois semaines.

Je sens ma peau se plier entre mes sourcils. Mon visage entier n'est que crispation.

– Disparu ?

– Volatilisé. Personne ne l'a vu depuis le 11 août.

Je pose mes doigts par-dessus mon nez et mes lèvres, décontenancée. Je respire dans mes mains, et c'est un air sans air qui entre. Je crois qu'Hart vient de me reposer une question, mais je ne l'ai pas entendue. Mon cœur a grossi dans ma poitrine. Et il cogne fort.

– Que dit-elle d'autre ?

– Qui ça ?

– La police de Muskogee. Sur la disparition de mon père.

– Ils ne savent pas. Ils enquêtent, pour le moment.

– Bon sang… je susurre, les yeux au sol.

– Pensez-vous qu'il aurait pu aller quelque part ? Sans rien dire à personne ?

– Ça fait des années, que mon père et moi ne nous sommes plus parlé.

– Puis-je demander pourquoi ?

Je relève les yeux, et regarde Hart avec un regard de chien qui grogne. Puis Hightower, avec la même irritation. Et je brosse mes cheveux en arrière, jusqu'à la toute fin de ma nuque.

– Ce n'est pas le genre de père à qui on souhaite une bonne fête, les mois de juin. Plutôt le genre qu'on échangerait volontiers contre un autre.

Je tire sur ma colonne vertébrale et grandis ma nuque.

– C'est un homme dur, j'affirme sans faiblesse dans la voix.

– Vous pensez qu'il a eu quelque chose à voir, dans la disparition de Leah ?

Parler de mon père autre part que dans ma tête, à voix haute, et à quelqu'un d'autre que moi, me gratte là où il ne faut pas. Je balance ma tête entre mes jambes, cheveux fouettant le parquet. Et puis je la relève lentement, et gonfle la poitrine.

Répondre à *cette* question m'est difficile. Pourtant ça devrait être le contraire. Ça devrait être simplissime.

– Peut-être.

– Aurait-il pu agir avec un complice ?

– Hein ?

– Aurait-il pu...

– Non, je le coupe. J'ai entendu votre question absurde. Mais je ne m'infligerai pas une réponse. Un complice ? Vous êtes sérieux ? Parce qu'il faut s'y mettre à deux, pour tuer une petite fille ?

– Notre but n'est pas de vous froisser, Beck.

– Si c'est ce qui s'est passé, si c'est lui qui est à blâmer... C'était un accident. Un atroce et abominable accident. Une violence de trop. Il n'a pas ce qu'il faut en lui, pour tuer. Juste pour esquinter. Pour bousiller, lentement. La torture, c'est ça son truc.

– Une violence de trop ? C'est votre conviction ?

– Monsieur Hart, n'attendez pas de moi des réponses que je n'ai pas.

– Mais c'est ce que vous supposez... C'est votre hypothèse... Ça n'aurait pas été volontaire...

– On n'a plus aucun pouvoir, sur un corps mort.

– Que voulez-vous dire ?

– Mon père sans son pitoyable petit pouvoir domestique n'existait pas. Supprimer une de ses cibles, c'était diminuer ce pouvoir. Concluez-en ce que vous voudrez.

– Et votre mère ?

– Quoi, ma mère ?

– Aurait-elle pu être mêlée à ça ?

– Non ! je m'exclame. Évidemment que non.

– Ne pourrait-il pas être possible, que ses remords l'aient menée à sa mort ?

– Ses remords ?

– Elle s'est suicidée à peine deux mois et demi après la disparition de votre sœur. C'est rapide, pour abandonner. Non ?

– Quoi ?

– Elle devait être convaincue de la mort de votre sœur, pour ne pas vouloir attendre plus longtemps. C'est extrêmement rare, les mères qui se donnent la mort moins de trois mois après la disparition de leur enfant. Généralement, elles gardent toujours l'espoir de les revoir en vie. Même des années après. Même si tout porte à croire que c'est fini. Elles attendent près du téléphone. Elles harcèlent la police de coups de fil. Elles prient jour après jour et refusent d'abandonner, lorsque tous les autres se sont résolus à envisager le pire.

– Ma mère ne s'est pas suicidée ! Elle était malade !

– C'est ce que vous a dit votre père ?

– Pardon ?

– C'est lui qui l'a découverte, n'est-ce pas ?

– Je… hum… je balbutie.

– Lorsque vous êtes rentrée de l'école, vous avez trouvé un camion de pompier devant votre maison. Et votre père vous a dit que votre mère avait succombé à une hémorragie cérébrale. N'est-ce pas ce qui s'est passé ?

Je m'échauffe.

– Vous vous prenez pour qui, au juste ? Hein ? Vous croyez que vous pouvez venir ici, me parler de la mort de ma mère, comme si ce n'était rien ? Vous vous pensez autorisé à dégrader l'image d'une femme que vous n'avez jamais connue ? Avec cet air prétentieux, insupportable ? Cet air de connard, de Monsieur je sais tout, du FBI ? Vous n'étiez pas là, que je sache, Monsieur Hart. Vous ne savez rien. Rien du tout.

Il hoche la tête, feignant une mine désolée.

– Je suis désolé, Beck.

Ma colère me bouffe le bide.

– J'ai besoin de me sécher les cheveux et de me changer, je dis d'un ton aride. Il serait préférable que vous partiez.

Hart échange un regard avec Hightower. Dans son dialogue muet, il le pousse à prendre la relève. Ses yeux autoritaires sont insistants. Ils ne lâcheront rien, tant que son coéquipier ne l'aura pas ouvert. Hightower se gratte la tête, toussote, se mouille les lèvres, et se lance.

– Si votre mère savait ce qui était arrivé à Leah… Qu'elle était au courant… du mal que votre père lui avait fait, il bredouille en se tripotant le menton. Qu'il l'avait tuée… Elle aurait pu être dans une telle détresse émotionnelle, qu'elle n'aurait pas vu d'autre alternative que de se pendre à la tringle à rideaux de votre salon… Ne pensez-vous pas ?

La fin de sa phrase m'achève. C'est un camion lancé à pleine vitesse, qui me renverse. Le toit de l'immeuble, qui s'écroule et s'écrase sur mon crâne. Mes yeux ne clignent plus, et mes lèvres ne savent plus se fermer.

– Non, elle n'aurait pas laissé Beck avec l'homme qu'elle soupçonnait d'avoir tué son autre enfant. Ça ne colle pas, reprend Hart en me fixant, comme pour pêcher des informations dans mes yeux, dans son petit manège manipulateur, sadique.

Mais je ne suis plus là, sur ce canapé, avec eux. Je suis partie. Et déjà loin.

– Mademoiselle Westbrook ?

– Sortez, maintenant.

Hart se tourne de nouveau vers Hightower.

– Je veux que vous sortiez, j'insiste d'une voix grave, au bord du cri.

– Bien, murmure Hart en se levant, les mains sur ses cuisses.

Les deux hommes marchent d'un pas pondéreux, vers la

porte restée ouverte. Ils retardent l'instant. On dirait qu'ils attendent que je les retienne. Mais je ne dirai pas un mot. Hart ferme délicatement derrière eux, sans se retourner.

Je libère un profond soupir en me levant, et vais coller mon front contre la vitre fraîche. Dehors, le ciel n'en finit plus de se vider la vessie. Pourtant je ne l'entends plus. Je n'entends plus rien.

La grosse tringle à rideaux grise du salon était posée sur le sol, par-dessus les rideaux miel, ce soir-là… Je ne me suis même pas demandé pourquoi.

35

HARPER WESTBROOK

Septembre des 14 ans de Leah

J'ai appelé ma sœur, hier matin. Pour lui demander si elle pouvait nous héberger, les filles et moi, dans son appartement de Californie. Juste pendant quelque temps. Je n'en peux plus, de m'en vouloir de ne rien faire. Je préférerais ne plus rien avoir à faire, ne plus jamais devoir m'en faire, et sauter tête la première, pieds et mains liés, dans la rivière d'Arkansas. M'enfoncer en faisant des bulles d'air dans son eau foncée, et disparaître sous le pont de Frisco… Mais en attendant, il fallait que je fasse quelque chose.

Parfois, je me demande pourquoi. Pourquoi mon mari est ce qu'il est. Mais je trouve toujours idiot, de chercher des raisons à la nature humaine. Le mal n'est mal que pour celui doté d'une conscience. Pour le pieux et pour le repentant. En dehors de la morale, le mal n'existe nulle part. Il n'est pas solide, il n'est pas tangible. Il n'est pas plus réel qu'un hologramme clignotant. Il n'est qu'une idée. Un leurre bien ficelé, pour les esprits incapables d'admettre leur nature. L'homme écrit ses propres limites et ses propres règles, et se condamne lui-même s'il échoue à les respecter. Il appelle ça, la conscience… Gene n'en est pas doté, de conscience. Maman n'a pas donné sa ration à bébé. Il ne l'a pas perdue en route. Il ne l'a pas vendue, troquée, cassée. Il est né sans. Alors ce serait la nature, la fautive ? Une partie de moi ne lui en veut même pas, d'être un sadique ravageur de vies. Car je me dis qu'au fond, il n'a pas d'autre choix. Être ce qu'il est, est sa seule option. C'est ainsi qu'il a été programmé. Comme une hyène est programmée pour plonger sa gueule dans la charogne. Enfin, j'imagine. Je préfère me dire cela, parce que si tout est déjà inscrit, je ne peux être responsable de rien. Et ça me plaît, de n'être responsable de rien. Si j'étais autre chose que ce que je suis, je lui aurais déjà fait un trou entre les deux yeux. Mais moi aussi, je suis programmée. Programmée à être martyre. Il en faut bien… S'il y a des bourreaux, il leur faut des victimes. Chacun son rôle, dans cette pièce imposée. Moi, je serre les poings sans les cogner nulle part. C'est minable. Alors il fallait que j'essaie. Au moins que j'essaie, de nous sortir de là. Pour mes deux petites filles. Et ma sœur était l'unique fissure lumineuse, dans ma boîte noire. Malheureusement pour mes grands espoirs de fuite – déterrés de sous les tonnes de « Je ne peux pas », « C'est impossible », « N'essaie même pas », habituels – la conversation a mal tourné avant que je puisse lui demander quoi que ce soit.

Fawn et moi, ne nous sommes jamais vraiment entendues. Même pas petites. Même pas saoules, dans les fêtes de famille pleines de rires. Même pas lorsque tout allait mal, et qu'il aurait été réconfortant de nous soutenir. Même pas lorsque tout allait bien, et qu'il aurait été agréable de nous entendre. Après que nos parents sont tous les deux partis, il n'y avait plus aucune raison pour que nous nous parlions. Alors nous ne nous sommes plus parlé. Ni pour les anniversaires, ni pour les Thanksgivings, ni pour les jours de Noël. Ni lorsque j'ai appris que son mari infidèle déménageait à San Antonio avec Calvin, leur fils unique ; ni lorsqu'elle a appris qu'une tumeur avait emménagé dans mes ovaires. Il était naïf de ma part, de penser pouvoir lui demander de m'aider. Je me suis au moins ôté du poids de n'avoir pas tenté le coup. Et puis j'ai aussi pris conscience d'une chose. Malgré leur père, malgré leur mère, mes filles ont la chance de s'avoir elles, contrairement à ma sœur et moi. Et ça aussi, ça m'a ôté d'un poids.

Ce qui m'a fait décrocher mon téléphone dès le départ de Gene à sept heures cinquante hier matin, à peine son pied dehors, à peine la porte moustiquaire claquant derrière lui, c'est surtout ce que j'ai vu dimanche soir devant notre maison. Ce que je me suis forcée de brouillarder dans mon esprit, pour me convaincre que ce n'était qu'une fabrication de mon cerveau fatigué. Une hallucination, à mettre sur le dos de mes trois gins secs. Je me suis endormie en modifiant *cette image*. En altérant l'odeur de l'instant. En changeant la texture et la couleur enregistrées par mon cerveau. J'ai tout travesti. Et puis j'ai fermé les yeux en me concentrant très fort pour y croire. Et j'y ai cru. Et je me suis endormie. Mais à mon réveil, j'avais laissé mes efforts de persuasion dans mon sommeil, et me suis rappelé dès la seconde où je suis sortie de mon rêve ; dès que mon premier œil s'est ouvert sur les murs au papier peint rayé, beige, jaune, et brun ; dès que la lumière du jour a traversé les rideaux de lin jaune canari pour se cogner à mon front ; avant même que mon deuxième œil ne s'ouvre ; avant que mes lèvres se détachent inconsciemment l'une de l'autre pour laisser entrer la première bouffée d'air tiède de ma journée ; j'ai vu, de manière limpide, de manière vivide, ce que j'avais vu et touché la veille.

Gene était déjà au lit, et moi je venais de sortir les ordures. J'ai dû enfoncer le sac plastique archi-plein avec force, au fond de notre poubelle en métal. Je l'ai secoué plusieurs fois, afin qu'il rentre bien en entier. Lorsque je suis allée me brosser les dents, j'ai remarqué en m'apercevant dans le miroir de l'armoire à pharmacie, qu'il me manquait une boucle d'oreille. Elle venait peut-être tout juste de tomber. Je l'ai cherchée sur le sol plastifié gris, d'un bout à l'autre de la salle de bains. Je suis retournée dans le salon, et dans le couloir. Et je me suis souvenue avoir répondu au téléphone, vers midi, en épluchant des pommes de terre pour le dîner de Gene, penchée au-dessus du sac-poubelle, dans la cuisine. J'ai tout de suite pensé qu'elle avait pu tomber dedans. Je ne suis pas vraiment une femme à bijoux, mais ces minuscules boucles d'oreilles en papillons dorés datent d'une époque à laquelle j'ai mal de repenser. Mais mal, parce que mon souvenir est trop bon. Et le fait qu'il soit trop loin me ruine. C'était un temps où je n'avais ni peine ni peur, ni filles ni mari, et où j'ignorais le bonheur exquis de n'avoir rien. La véritable chance de ne posséder que soi. Et l'idée d'un futur, qui aurait pu être n'importe lequel sauf celui-là. Ces boucles d'oreilles me rappellent qu'il fut un temps, j'avais tout cela. Sans elles à mes oreilles, je ne suis plus que la Harper d'aujourd'hui, d'ici, de maintenant tout de suite. La Harper Westbrook, femme de Gene Westbrook, coincée dans ce présent immuable. Je suis cette femme qui ne se ressemble pas. Qui ne se supporte pas.

Celle que personne, ne choisirait d'être.

Je suis sortie, pour aller chercher ma boucle d'oreille dans la poubelle argentée. Il était vingt-trois heures trente, passées. La brise faisait sonner le carillon à vent, et la moustiquaire grattait le sol dans de légers mouvements. J'ai sorti le sac noir de la poubelle, me suis mise à genoux devant le buisson de fougères bien mal en point, à droite du porche éclairé. Et j'ai fouillé. Mon bras nu s'est enfoncé dans les épluchures chaudes de pommes de terre, entre les cartons humides de lait et de jus, dans les épinards et morceaux de côtelettes de la veille, de tous les restes de la semaine. J'ai sorti des bouteilles et emballages plastique, un à un, des mouchoirs en papier… Mes doigts pinçaient tout ce qui avait l'air petit et solide. Et puis j'ai tâté un tissu. Un grand tissu épais et mouillé. Et je me suis demandé ce que c'était. Alors j'ai tiré. Je l'ai sorti du sac, faisant tomber encore plus d'ordures sur le sol. Et j'aurais préféré ne pas le faire. Ne pas l'avoir tiré. Ne pas avoir ôté le couvercle de la poubelle. Ne pas m'être rendu compte que ma boucle d'oreille n'était plus à mon oreille. Que les éboueurs viennent récupérer les ordures au lever du jour, et que jamais je ne voie, ce qu'il y avait à voir dans ce sac noir.

Mais j'ai tiré.

J'ai sorti une chemise vert kaki aux boutons blancs, dont on ne pouvait savoir qu'elle était vert kaki que grâce à son col, seul morceau du vêtement ayant gardé sa couleur d'origine. Le reste du tissu était rouge. Imbibé de sang. Il n'y avait aucun doute, c'était du sang, sur la chemise kaki de Gene. Elle en était tellement gorgée, qu'elle était anormalement lourde. Et je n'avais pas besoin de renifler, pour sentir son parfum macabre de tuyau rouillé. Mais ça ne pouvait être vrai. Je ne voulais pas que ça le soit. Alors j'ai fait comme si ça ne l'était pas.

J'ai tout remis en place, de la même manière qu'un enfant remballe les cadeaux déballés en cachette, en pleine nuit, la veille de Noël ; et suis allée rincer mon bras rouge dans le lavabo gris de la salle de bains grise. J'ai éteint toutes les lumières, me suis répété que ce n'était pas vrai, et suis allée m'étendre dans mon lit. Ce lit sans tête au sommier esquinté, et aux draps bleu pastel, rêches, vieux d'une dizaine d'années, puant le renfermé malgré les machines et les fenêtres ouvertes. Ce lit, je l'ai regardé comme un lit d'hôtel. Un hôtel de seconde zone. Je l'ai regardé, me forçant à croire que l'homme endormi sur son matelas n'était qu'un inconnu, avec qui j'étais ce soir-là, contrainte de partager l'espace. J'étais dans un pays lointain, si lointain qu'il n'était peut-être même plus sur cette planète. Dans mon histoire, un ouragan avait chassé les gens de chez eux, les obligeant à trouver refuge dans des hôtels aux murs plus solides que ceux de leurs bicoques. Moi j'étais arrivée la dernière, et il n'y avait plus de place nulle part. Plus même sur le canapé de la réception de cet hôtel. Ni dans aucun des deux ascenseurs où les corps des habitants trempés, ratatinés les uns par-dessus les autres, menaçaient de faire céder les cordes du mécanisme. Et alors cet homme russe, chef d'entreprise, de passage en ville pour un séminaire sur la gestion financière, a accepté de me laisser m'assoupir sur son matelas le temps d'une nuit. Le temps que l'ouragan s'essouffle. Je me suis fait croire ça, comme on ferait croire à un agresseur qu'on n'appellera pas la police s'il s'en va tout de suite, sans nous faire de mal. Je me le suis fait croire pour me sauver. Me sauver de ma tête. Et puis j'ai fermé les yeux. Et je me suis échappée.

Mais dans cette maison, on ne s'échappe jamais très longtemps.

36

BECK

Nous sommes jeudi soir. Ça fait trois nuits que je dors à De Longpre. Ou plutôt trois nuits que je ne dors plus, à De Longpre. Ashley appelle tous les soirs, mais je ne réponds pas. Il est venu frapper à la porte, ce matin. J'ai retenu ma respiration, les cils courbés contre le judas. Ses lèvres remuaient sans qu'aucun son n'en sorte, et il avait de la peine étalée partout sur le visage. J'ai observé ses yeux se lubrifier, et plus tard sa respiration se saccader, en même temps que ses poings faisaient trembler le bois, contre lequel mon front était appuyé. Il a fini par partir, épaules basses et dos tassé. Et puis il est revenu cinq minutes plus tard, a recommencé, et est reparti cette fois sans revenir.

J'ai passé mes journées à attendre qu'elles passent. Que ma robe beige sèche sur ma peau. Je n'ai rien fait. Je me suis assise sur le canapé en velours outremer du salon, puis sur la chaise au dossier rond tricoté, puis sur le parquet, jambes croisées et tête à terre. J'ai fait tomber des gouttes de whiskey dans ma vodka, et fumé les cigarettes de ma tante en n'y prenant aucun plaisir. J'ai essayé de pleurer, sans qu'aucune goutte ne coule. J'ai ri, ivre, à gorge déployée. J'ai hurlé, la gueule écrasée dans mes mains. Et cet après-midi, vers seize heures, j'ai mis des chaussettes blanches nervurées sur mes pieds courbaturés, des tennis grises par-dessus mes chaussettes, et suis allée à pied à Amoeba, sur Sunset Boulevard. J'ai acheté un tourne-disque en solde, et passé une bonne heure et demie, platine sous le bras, à errer dans les rayons à la recherche du quarante-cinq tours de Jimmie Rodgers. Je n'ai pas voulu demander de l'aide à un vendeur. Je n'ai pas voulu qu'on m'adresse la parole. J'ai posé mon tourne-disque par terre, entre mes jambes, et tourné les pochettes cartonnées des vinyles vintage, les unes après les autres. Lorsque je ne l'ai pas trouvé à la lettre « J », j'ai ramassé mon tourne-disque, et suis allée le poser en dessous du bac de la lettre « R ». Et puis je l'ai cherché dans le « Blues », et dans le « Rock'n'roll ». J'ai regardé aux années cinquante. De cinquante à cinquante-trois, puis de cinquante-trois à cinquante-sept, et enfin de cinquante-sept à cinquante-neuf. Après tous mes efforts, ironiquement, je l'ai trouvé dans une section fourre-tout, à droite de la caisse. Maintenant je l'écoute, allongée sur le dos dans le salon, les yeux fermés, les jambes pliées, et les pieds bien à plat sur le mur lavande. C'est douloureux, de l'entendre. Ce n'est pas comme l'avoir dans mes écouteurs. Ce son particulier de quarante-cinq tours, qui semble cuire dans une poêle, qui crépite comme des saucisses en train de se dorer dans de l'huile chaude, c'est autre chose. C'est le son de l'époque.

Le même, exactement.

Dans ma tête, Leah danse sur la voix tiède et sautillante de Jimmie. Cette voix dont tout le salon est secoué. Les petites guiboles au léger trop-plein de chair de ma sœur swinguent. Twistent. Et les boucles dorées de ses chaussures blanches à bouts ronds, sonnent chaque fois qu'elle les agite. « Cling ! Cling ! Cling ! Cling ! » Maman est avachie sur le canapé à fleurs pastel, ses cheveux noir de carbone emprisonnés dans une natte serrée, portée sur le côté. Elle fume, dans un fume-cigarette en ivoire et corne de buffle. La fumée vient s'enrouler dans mes narines et dans le fond de ma gorge. Elle me fait tousser. Mais maman s'en allumera une seconde, une troisième, et une cinquième. Sans briquet. Elle collera le bout des nouvelles sur le bout incandescent des précédentes. Elle fumera jusqu'au retour à la maison de papa. Leah n'est pas dérangée par la fumée. Elle fait voltiger sa jupette blanche, et sans un soupçon de pudeur, permet à son corps d'être guidé par les notes. Ses bras et ses jambes vibrent à chaque nouveau son. Chaque sol, chaque do. Elle se laisse tomber sur le carrelage rouille, genoux glissant sur trente centimètres à chaque fois, pointe des pieds la poussant en avant. Elle se relève, le dos arqué en arrière, puis arqué en avant, remue ses petites hanches le bras tendu en l'air telle une mini-miss, et saute sur le tapis rond à franges boulochées, en fléchissant ses jambes pour le faire avancer. Il n'y a pas de retenue. Aucun calcul. Elle ne danserait pas différemment toute seule, enfermée dans notre chambre, dans le noir, loin des yeux des autres. Elle est là. Présente dans l'instant, comme peu de gens savent l'être. La lumière jaune des lampes aux abat-jour collés de coquillages et de faux coraux allume son visage rempli, et dore le chocolat de ses yeux ronds aux cils charbon interminables. Leah brille plus fort que la lumière. Il est impossible de cesser de la regarder.

Trois heures du matin. J'ai avalé ce qui restait dans les placards, c'est-à-dire une boîte de thon en conserve, et les trois pauvres biscuits ramollis à la cannelle, oubliés au fond d'un paquet depuis Dieu sait quand. Jimmie n'a pas cessé ses vocalises, et c'est presque si je les oublie. Toute la magie de ses notes a usé mes méninges. Six heures précisément, qu'il tourne, ce disque. Sa musique est devenue mon silence.

Je commence à m'ennuyer, enfermée ici, dans cet appartement étouffant en surabondance de meubles. J'ai envie de sortir faire des choses que je ne devrais pas faire.

J'ai envie de frisson.

J'ai envie de voir Wes.

J'ai envie de baiser.

Je vide le fond d'une bouteille de rhum dégueulasse, et attrape mon portable. Qu'est-ce qu'ils racontent, sur Yahoo ? Je fais défiler les titres d'articles.

Les douze aliments anticancer

Miss America menacée après des propos xénophobes

Barack Obama attaque Trump dans un tweet hilarant

Un doberman sauve une fillette de la noyade

Les quinze plus belles femmes de footballeurs

Jennifer Aniston est-elle enfin enceinte ?

Le Peintre Tueur de retour, avec des toiles qui vous feront froid dans le dos

Je m'étouffe dans mon souffle. Et clique aussitôt. L'article apparaît sur l'écran de mon iPhone. Mais tout de suite, ce qui me saute aux yeux, c'est l'image qui l'illustre. Juste en dessous du titre : « *Découvrez les nouvelles œuvres de Wes* », l'auteur de l'article a choisi de publier une photo d'une ancienne toile. La plus célèbre. La toile de la série « *La Chute* ». La toile *numéro 3*. Et j'ignore comment j'ai pu ne pas le remarquer avant, mais maintenant *il* me saute aux yeux.

C'est impossible.

Je pose mon pouce et mon index au niveau de l'image, et l'agrandis. L'agrandis. L'agrandis. Et puis je fais une capture d'écran, vais chercher la photo dans mes dossiers, et l'agrandis encore. Oui, *il* est bien là… Mais caché, camouflé, déguisé. Peint en transparence, dans un gris presque blanc à l'aspect dilué. *Il* se dessine entre l'espace des nuages pastel, dans le ciel rosi par un soleil d'été de vingt heures.

Le pont.

Le pont de Frisco, sous lequel coule la rivière d'Arkansas.

Ce pont que je rejoignais à vélo deux fois par semaine, et où Leah venait me chercher lorsqu'elle ne me trouvait nulle part. Pour d'autres yeux que les miens, ce pont ne serait qu'un simple pont. Mais moi j'ai passé tant d'heures, les fesses dans l'herbe terreuse, à le contempler… À faire sauter mes yeux d'un barreau à l'autre, me demandant lesquels avaient été posés en premier, et combien de temps il avait fallu pour tous les assembler. J'admirais son architecture. Je la trouvais esthétique, bien foutue. Dans mon imagination de gosse, ses barreaux étaient les baguettes d'un jeu de Mikado géant, parfaitement gluées les unes aux autres. Une réalisation ensuite rattachée aux pieds d'ogre du pont, à moitié coulés dans la rivière. J'imaginais aussi me retenir à ces barreaux, comme un singe aux branches d'un arbre, suspendue dans le vide, les jambes lourdes de tout le sang de mon corps. Je me voyais en sauter, parfois. Sans remonter à la surface.

Alors je les reconnais, ces barreaux. Je m'en souviens impeccablement, de l'agencement de ces lattes de ferraille rubigineuses. Même peintes dans du gris presque blanc à l'aspect dilué. Même cachées derrière les nuages pastel, d'un ciel rosi par le soleil de vingt heures, d'un soir d'été. Ce serait peu dire, de dire que mes poils se sont relevés sur ma peau. Leurs bulbes se sont déracinés de mon derme.

Les fesses toujours à terre, j'ôte ma robe beige, ainsi que mes chaussettes blanches et mes tennis, et file dans ma chambre. Je reviens moins de dix secondes plus tard, avec des sous-vêtements, des escarpins plats noirs, et une nouvelle robe. La même en bleu marine. Et puis sans me regarder dans un miroir, j'applique à la va-vite du fond de teint sur mes taches. Je sais *exactement* où ces sales pestes rougissent mon visage. J'applique une deuxième couche et de la poudre, les mains tressaillantes. Et puis je sors. Clefs en main, je dévale les escaliers. Mes dents claquent, et mes oreilles sifflent comme l'eau d'une bouilloire arrivée à ébullition. Je pousse la porte arrondie de l'immeuble par sa poignée en fer, et me rue dehors.

Les réverbères blondissent les cheveux des arbres, et brunissent le drap noir de la nuit muette. Arrivée à la première intersection, je freine en faisant glisser mes semelles en caoutchouc sur le macadam. Je viens de passer une vieille BMW noire aux phares allumés. Mon cœur donne un concert de batterie dans ma poitrine. Je reprends ma respiration et fais demi-tour. Mes talons résonnent dans la rue déserte. On les entendrait à trois rues d'ici.

Le plus fou n'est pas qu'*il* soit là. Le plus fou est que je ne m'étonne pas qu'*il* soit là. Que je ne me demande même pas pourquoi. Ça tombe bien, c'est *lui* que je me hâtais d'aller voir. Mais je n'ai pas eu le temps du trajet, pour tempérer ma fureur. Je vais devoir me retenir de hurler, de taper, de secouer. Je ne veux pas le laisser lire le choc, sur mes traits. Je m'efforce de les lisser, de détendre ma mâchoire et mes bras raides. Sa fenêtre s'abaisse et découvre une face blanche, pleine de poils, aux yeux rouges dont je ne peux discerner l'émotion. Ses cheveux emmêlés sont gras, et il sent la cigarette froide.

– Que fais-tu là, Wes ?

– Où courais-tu comme ça ?

Nos deux voix basses sont infusées de la même austérité.

Je fais le tour de sa voiture et ouvre la portière. À peine mes fesses posées sur son siège en cuir, les lèvres moites de Wes viennent humidifier les miennes. Le contact de ce morceau de chair molle écrasée sur mon menton, et de cette langue sucrée sur ma langue, et de ces phalanges glacées sur ma nuque, m'est insupportable. Parce qu'il est fabuleux et qu'il me désarme. Je le repousse sans un mot.

Je le fixe une dizaine de secondes, dans un silence plein de bruit. J'essaie de voir au-delà de ce qu'il m'offre à voir. Je parie qu'il sait, que *je sais*.

– Je sais, je chuchote.

Ma voix est sortie enrouée.

– Quoi ? Qu'est-ce que tu sais ?

– Je sais que tu n'es pas qu'un maniaque obsédé par un fait divers. Je sais que tu étais *là*, ce *jour-là*.

– Que j'étais où, Beck ? il dit sans relever la fin de sa phrase, comme si ce n'était pas une question.

J'attends, en enfonçant mon regard plus profondément.

– Tu n'es pas du Texas, n'est-ce pas ?

Ses yeux ne me disent rien. Ils restent à leur place. Ils ne clignent pas. Et ses lèvres ne se préparent pas à me dire quoi que ce soit. Je le fixe encore, puis ouvre la portière et sors de la voiture. Je ne ferme pas derrière moi. Ma respiration est celle d'une femme enceinte sur le point d'accoucher. Je marche rapidement et à grands pas, en direction de ma bagnole. Je ne l'ai pas entendu me suivre, mais voilà qu'il m'attrape par le biceps. Il me retourne d'un geste sec et rapide, ses doigts pressés dans ma chair. Pressés fort et pressés loin. Profonds dans mon bras. Et je me laisse faire. Je le laisse me retourner comme une poupée sans muscles. Ses sourcils sont tombés, et le désarroi lui a repeint la gueule. On dirait un petit catholique attendant d'être sauvé par une absolution. Attendant la goutte d'eau bénite sur son front impur. On croirait qu'il attend que je le serre dans mes bras avec empathie, mon buste appuyé contre le sien, et lui dise que ce n'est pas grave, que tout ça va passer, que tout est pardonné.

– Pourquoi ? je lui envoie, d'une voix à réveiller tout le quartier.

Sa pomme d'Adam s'enfonce dans sa gorge.

– Pas ici, il me répond le souffle coupé.

37

Le restaurant thaïlandais de Miracle Miles, ouvert vingt-quatre heures sur vingt-quatre, n'est qu'à nous deux. Personne d'autre n'est assis sur ses banquettes vert pomme, en tissu brillant synthétique. Des centaines de fausses grappes de raisin rose, aux feuilles en papier crépon, pendent du plafond et le recouvrent intégralement. Il y a une lampe mauve en billes de plastique, au centre de chaque table rectangulaire en Bakélite écaille de tortue. Elles n'éclairent pas grand-chose, pas plus que dans un bar de nuit ou une boîte de nuit, mais c'est suffisant pour l'heure. En plein milieu de la salle, un long comptoir arrondi en Bakélite noire, sur lequel un aquarium luminescent fait des bulles et du bruit. Les murs sont placardés d'autocollants pailletés, de déesses bouddhistes ; et le sol carrelé rouge et noir en train d'être nettoyé à la serpillière, par une jeune fille asiatique en tablier noir et blanc.

Nous sommes installés à la table du fond, en face d'un gros poste de télévision années quatre-vingt-dix. Le son est assez fort pour entendre le journal de la nuit, par-dessus la musique d'ambiance, style musique de massage. La serveuse asiatique bien en chair, d'une cinquantaine d'années, défigurée par ses cicatrices d'acné, cheveux courts et sourcils rasés redessinés au crayon, vient nous apporter nos cafés. Wes sort une flasque de la poche intérieure de sa veste, et fait tomber ce qui ressemble à du rhum ou du whiskey dans sa tasse.

– On en est au même point, on dirait, je dis en le regardant faire.

Il tend le bras en haussant le menton. Je hoche la tête, et il m'en verse quelques gouttes dans ma tasse. Je la porte à mes lèvres, souffle au-dessus, et avale une gorgée. Et puis je la repose sans bruit sur la table et me jette à l'eau.

– Comment as-tu su où me trouver ? Ici, à Los Angeles ?

Il finit d'avaler son café au rhum, et se racle la gorge.

– Mon père. Tout le quartier savait que la fille Westbrook était allée s'installer à Los Angeles. Il disait que les voisins ne parlaient que de ça. Et il savait que ta tante y vivait. Moi j'étais à New York, à l'époque. Je suis parti juste après que... enfin que...

Il avale sa salive.

– New York, hein ?

– Pas ce que j'imaginais.

– Non ? je lance d'une voix et d'un ton graves.

– J'ai d'abord atterri dans un studio, à Harlem. Un trou à rats pas cher, dans un coin infesté de putes et de toxicos. Je les entendais hurler et se battre, tous les soirs, en bas de ma fenêtre. Tout ce que je pouvais me payer, à l'époque...

– Et ?

– Et j'ai peint. Durant deux ans. Sans relâche. Sans entractes. Sans sortir de ce studio minable. Mon matelas était plié en deux dans ma salle de douche microscopique. Je dormais la tête appuyée contre la cuvette des chiottes, jambes pliées, pieds contre la vitre de ma douche sans eau chaude. Et dans l'autre pièce, il n'y avait que mon matériel. Il n'y avait de place pour rien d'autre. Il y avait à peine assez d'espace pour secouer le bras. Mais c'était tout ce dont j'avais besoin. C'était ma cage. Et je m'y étais moi-même enfermé.

– Tu aurais pu peindre chez toi, à Muskogee…

– Je ne pouvais pas rester à Muskogee. Pas après ça… C'était… trop difficile. C'était impossible. J'avais besoin d'être loin. J'ai même pensé à quitter le pays. Je n'y suis pas même retourné pour l'enterrement de mon père. Nous ne nous parlions plus qu'au téléphone. Je m'en voudrai toujours, de l'avoir laissé mourir sans qu'il ait pu me voir une dernière fois.

Je courbe la nuque et baisse la tête.

– C'est toi, qui as choisi ça. Personne ne t'y a contraint.

– J'aurais aimé que ce soit le cas. J'aurais eu cette excuse. (Il marque un temps.) Tu n'avais vraiment aucune idée de qui j'étais ?

– Bien sûr que non.

– Je vivais dans ta rue, tu sais…

– Dans ma rue ?

– Je vous ai même gardées, une fois, ta sœur et toi. Vous étiez très jeunes.

Mes paupières se lèvent et nos regards se percutent.

– Dis-moi pourquoi.

Il ressort la flasque de sa veste, la vide entièrement dans sa tasse, puis la secoue pour faire tomber les trois dernières gouttes. Sa main droite tremble sur la table. J'entends ses ongles contre la Bakélite.

– J'étais… au plus bas, ce matin-là. Je venais de recevoir le coup de fil d'un agent, à San Francisco. Un type à qui j'avais envoyé des œuvres, et qui se disait intéressé. Il acceptait de me représenter. Il voulait m'introduire dans le circuit. Me sortir de mon trou. Enfin, c'est ce qu'il m'avait fait gober. Ce matin-là, il m'a appelé pour me dire que ça ne se ferait pas… Et ce coup de fil, ça a été un coup de massue derrière le crâne. Mon travail était rejeté, à nouveau. Rejeté, de tous les côtés. On me dédaignait à travers le pays, en dehors du pays. J'étais rembarré par des connaisseurs, des amateurs, des rien du tout.

Il agite sa tasse, les yeux noyés dans son rhum.

– Je suis allé marcher. Pour me remonter. Pour me foutre un coup de pied au cul. Je refusais de me dire que je n'étais qu'un petit gars de Muskogee avec un ego surdimensionné. Que tous les autres avaient raison et que je ne valais rien. Que je passerais ma vie là-bas, dans ce trou du cul de merde, à servir des bières à des alcooliques au chômage. Et peut-être qu'un jour, dans une trentaine, une quarantaine d'années, qui sait, peut-être qu'alors quelqu'un, aurait l'intelligence de voir mon travail pour ce qu'il est. Mais ce « peut-être », je n'en voulais pas. Je n'aurais pas pu attendre toute une vie.

Son accent du Sud s'est épaissi, et c'est comme si nous étions tous les deux assis dans un bar miteux de Muskogee.

– Il me fallait trouver quelque chose. Quelque chose qui me rendrait indéniablement sensationnel. Encore meilleur que je pensais l'être. Qui donnerait à mon travail une dimension si ébouriffante, si phénoménale, qu'il en étourdirait les têtes de manière permanente.

Il se mouille les lèvres, se les mord, se les mouille, se les mord, et prend une nouvelle inspiration. Longue. Très longue.

– Je suis allé marcher… vers… Je suis allé marcher vers le pont de Frisco. J'ai marché… J'ai fini par arriver devant lui, devant ce pont…

Il respire difficilement. Sa face blanche est encore plus blanche. Livide. Translucide. Et sa douleur est juste là, devant moi, aussi visible et réelle que la lampe mauve en billes de plastique. Comme si m'expliquer était le poison qui allait le tuer. Je hoche la tête pour l'encourager à continuer.

– Je crois qu'il y a des choses qui implorent de rester sans explications, il reprend. Des choses que l'on fait, dont on ne connaîtra jamais la véritable raison. Parce qu'on refuse de l'entendre. La véritable raison est bien là, quelque part, et pas si loin d'ailleurs. Mais surtout, on la laisse où elle est. On est rassuré qu'elle se cache. On n'y touche pas du bout du doigt. Oh non. C'est mieux comme ça.

Sa main veineuse frotte sa chemise noire, au-dessus de sa poitrine. Elle est spongieuse et mouille le tissu de sueur.

– D'accord, je chuchote, les yeux dans ma tasse.

– Mais si je devais en donner une seule…

Mes yeux se relèvent.

– L'immédiateté. En un quart de seconde, tout est là. Et plus vrai que rien d'autre ne pourra jamais l'être.

– L'immédiateté…

– Oui.

– Explique-moi.

– Jamais je n'avais peint comme ça, auparavant, il dit le visage baissé, sa main droite recouvrant ses yeux pour les protéger des miens. C'était comme si mon talent était sorti de son tombeau. Il s'était réveillé de sa mort. Je me croyais bon, mais je n'étais rien avant cette série. Rien du tout. Un peintre de village, qui aurait fini sur le trottoir d'une grande ville, à troquer ses merdes contre bières et cigarettes. L'immédiateté du moment, trouvée cet après-midi-là dans ce vertige… Mon Dieu… Rien n'est semblable. Rien ne s'en approche. Mettre cette chose en image, tenter au risque de se perdre à travers son propre enfer, de la raconter au pinceau… Ce fut une offrande. Mais une offrande létale qui m'a condamné. Dès l'instant où je l'ai acceptée.

Je m'immobilise, poignet fermé soutenant ma tête, regard collé au mur. Je laisserais bien passer une demi-heure, avant d'avoir de nouveau à ouvrir la bouche. Que pourrais-je dire.

Rien ne serait adéquat. Je sens dans l'énergie de Wes, que lui aussi attendrait bien un long moment avant de devoir parler.

– Une vie pour quelques œuvres, je susurre après plusieurs minutes.

– Mes doigts n'ont jamais autant tremblé, que le jour où ils ont tremblé sur le bois de mes pinceaux, le soir où j'ai enfin commencé « *La Chute* ».

Mes dents se sont serrées. Je hoche imperceptiblement la tête en avalant mon café.

– Pauvre petit Wes…

Il me jette un regard de diable. Et puis il sort une boîte de pilules orange de la poche de son jeans. Il la secoue au-dessus de la table. Deux tombent dans sa main, une autre sur le carrelage. Il ne prend pas la peine de ramasser et avale les deux autres à sec.

– Qu'est-ce que c'est ?

– Khedezla. Ces cochonneries m'empêchent de me jeter sous un train.

– Ce serait dommage…

– J'ai besoin que tout ça cesse. Que ça s'arrête. Pour de bon. Je n'en peux plus, Beck. Je te le jure.

Il fronce les sourcils et finit son café d'une traite. À la télé, une journaliste en tailleur blanc et brushing de Polly Pocket discute du Sadique au Couteau autour d'une table, avec deux intervenants en costumes sombres. Une bande défile sur l'écran : « *Le tueur en série sans visage court toujours.* »

– Alors… Vas-tu le laisser continuer à faire ce qu'il fait ? je l'interroge, les yeux rivés sur l'écran.

– Je ne peux plus… Il y a des soirs où je roule jusqu'à un commissariat. Je me gare juste devant l'entrée. J'ai des élans. Ma main se pose sur la poignée de ma portière. Je suis même allé jusqu'à l'ouvrir, une fois. Et à descendre. À faire un pas. Deux pas. Et puis je remonte dans ma caisse, redémarre, et déguerpis. Je m'enfuis, comme le lâche que je suis. Je sais que mon travail, celui de toute une vie, brûlerait sous le jugement public. Les gens aiment le mystère, ils sont fascinés par le lugubre, mais tant que ça reste fiction. Tant qu'ils peuvent se dédouaner d'aimer ça. Ça les excite, le morbide. Ils en sont tout émoustillés. Ils se régalent, ces vautours... Et en redemandent. Du sang, du sang, donnez-nous du sang ! Et pourtant ce sont bien eux, qui seraient les premiers à m'achever.

Il s'arrête pour reprendre son souffle.

– Mais parfois, je me vois tout raconter. Parce que j'ai peut-être donné vie à mon art, mais moi je me suis condamné à mort. Et j'ai accepté de ne plus exister qu'à travers mes œuvres. Et ça me convenait. Et j'étais entier. Mais parfois je me vois tout raconter. Au monde entier. Je me vois hurler toute la vérité.

– Dis-moi encore pourquoi. Pourquoi tu as laissé les choses aller jusque-là. Je veux comprendre autant que tu comprends. Je veux tout savoir, maintenant.

– Je te l'ai dit, Beck. Il n'y a rien d'autre que je puisse t'expliquer.

Une larme dégringole de sa joue et s'éclate sur la table.

– Force-toi.

– J'ignore pourquoi ces choses m'attrapent et me transcendent. Pourquoi elles me serrent les tripes. Je suis malade. J'ai besoin que tout ça cesse. Je t'en prie, aide-moi. Aide-moi, Beck.

Il est affaibli. Un gibier blessé, prêt à être tiré, qui ne court plus. Qui ne se sauvera plus. Qui n'essaie même pas. Plus rien en lui n'est solide et ne tient debout. Plus rien ne fait plus peur.

– Amen, je dis en me levant.

Je marche jusqu'au fond du restaurant, et passe devant notre serveuse, assise sur une banquette à faire des mots croisés. La porte noire laquée des toilettes femmes est bloquée, et celle des hommes, condamnée par un balais coincé en diagonale. Je soupire et essaie une troisième porte. C'est la cuisine. Vide. Moins grande qu'une boîte d'allumettes. J'ignore comment les cuisiniers trouvent la place de se retourner dans un espace aussi exigu. Quelques cafards et autres bestioles plus petites remontent le long des murs au carrelage blanc, jauni de moisissure et aux joints noirs de crasse huileuse. À toute allure, les bestioles fusent en remuant leurs longues et fines antennes. Il y a aussi une blatte morte dans une poêle sale au manche cassé ; et quatre ou cinq insectes bruissants, occupés à tourner autour des plaques de cuisson. Un reste de riz jasmin foncé de sauce soja pourrit dans une casserole aux rebords collés d'œuf séché, abandonnée sur le carrelage gluant. La moitié des ustensiles sont plongés dans une bassine d'eau savonneuse, dont la mousse empeste le vomi.

Je pose mes coudes sur la table en inox, en face des plaques de cuisson, et laisse tomber ma tête entre mes mains. Des légumes douteux sont posés non loin de mon nez, sur des feuilles d'essuie-tout imbibées d'une substance brune. Le bout d'un concombre est troué d'une sorte de plaie blanche à duvet ; et dans une grande assiette en plastique jaune, de larges pattes de poulet couleur chair, finies par des griffes roses acérées, rappellent des mains d'enfant. Je n'en avais jamais vu d'aussi près. J'avance mon menton, et mes yeux s'attardent sur leur aspect mi-peau d'homme, mi-écailles de serpent. Et puis une décharge électrique me paralyse. J'ai soudain l'impression d'être injectée d'eau glacée, par toutes les veines de mon corps. Wes a ses mains appuyées sous mes clavicules, par-dessus ma chaîne, et son entrejambe me plaque contre la table. Le poids de son torse lourd sur mon dos m'affale, et ma joue se colle à l'inox poisseux. Nos respirations saccadées se chevauchent. Je ne le repousse pas. Je ne pourrais pas, si je le voulais. Il soulève ma robe bleue, et je sens son jeans rêche sur la peau de mes fesses et de mes cuisses. Ma poitrine est écrasée sur la table. J'entends la boucle de sa ceinture tinter, et le zip de sa braguette. Une de ses mains s'enfonce dans mon dos. Avec brutalité, ses doigts poussent ma peau contre mes os. Je crains d'entendre ma colonne vertébrale craquer. Il me pénètre. Je voudrais déjà crier. La table vibre et la lame d'un couteau à viande sonne sur son métal. Une bestiole noire sort d'en dessous du concombre avarié, et remonte le long de mon majeur, puis de ma main. Elle file sur mon poignet, grimpe mon avant-bras, et je sens bientôt ses minuscules pattes sur mon épaule. Et puis elle s'aventure jusque dans le creux de ma nuque, où elle s'engage dans mes cheveux. Elle court sur mon crâne et me chatouille le cuir. Je secoue énergiquement la tête en me retournant. Wes m'agrippe à la gorge, et déchire une des bretelles de ma robe. Il essaie de m'embrasser, je tourne la tête et lui ôte sa ceinture. J'appuie ensuite mes mains sur la table pour pouvoir y poser mes fesses, et lui arrache les cheveux en gémissant. J'en ai une petite touffe, entre les doigts. Il n'a pas l'air d'avoir eu mal. Il essaie à nouveau de m'embrasser et cette fois ma nuque reste droite. Les lignes dans son cou épais sont ce que j'ai vu de plus érotique. Elles sont comme des marques laissées par des liens. J'y pose le bout de mes doigts pour sentir leur relief, pendant qu'il me regarde grimacer.

Et il jouit.

Je dégouline de sa semence visqueuse. Sa texture dense coule difficilement le long de mes cuisses maigres. Nos respirations décélèrent leur course. Elles s'accordent. J'aurais voulu continuer, je n'étais pas encore prête et il le sait. Il y a comme une honte d'adolescent complexé, dans ses yeux aux paupières absentes. Je redescends ma robe, il rezippe son jeans. Notre souffle est toujours bruyant.

Je n'ai qu'une envie maintenant, c'est qu'il disparaisse. Qu'il déguerpisse. Mais il reste planté devant moi, ses yeux rentrés, agrafés aux miens. « Tu devrais sortir avant que quelqu'un n'entre », je murmure. Il ne répond pas, mais s'exécute, sans empressement, les boucles argentées de ses santiags à flammes rousses sonnant à chaque pas, comme celles d'un cowboy. Et la porte se referme derrière lui.

Lorsque je sors deux minutes plus tard, il n'est plus là.

38

Il est six heures moins cinq du matin. J'enfonce la clef dans la serrure de la porte miroir en fer forgé d'Ashley, et retire mes escarpins avant d'entrer. Je laisse les lumières éteintes et me guide à l'éclairage de mon portable. La lueur des lampes du patio restées allumées s'infiltre à travers les grandes fenêtres de la chambre, et sort le profil d'Ashley de l'obscurité. Il est endormi à l'extrémité du matelas, bien rangé à sa droite, comme s'il avait attendu toute la nuit que je vienne me glisser à ses côtés. La fine couverture blanc écru en coton égyptien est tombée au pied du lit ; et la moitié de son oreiller beige, brodé de ses initiales, dépasse dans le vide. Je dépose mes escarpins sur la moquette claire, ainsi que mon sac, récupéré à De Longpre avant de venir ici. Et je m'approche d'Ashley, à tâtons, la ceinture en cuir noir de Wes dans la main gauche. Les ronflements de ce vieil homme échevelé, échoué sur sa bedaine fripée, sont insupportables. Le gonflement de son nez et de ses joues fait penser à un mauvais lifting, et sa bouche béante lui donne un air d'imbécile heureux. On dirait qu'il se fend la poire dans son sommeil. J'appuie mon poing dans l'oreiller pour créer un creux, et fais passer la queue pointue de la ceinture sous sa nuque. Avant qu'il n'ouvre les yeux, je tire et la coince dans la boucle en argent rectangulaire. Le cercle de cuir se referme sur sa gorge, pile sur sa pomme d'Adam, dans un bruit de glissement suraigu. Je tire avec toute la force que la nature m'a donnée, main droite appuyée dans son bas-ventre pour compliquer ses mouvements. Mon pied prend appui entre le sommier en daim crème et le matelas super king size. Ashley a du mal à se débattre. Ses bras se tendent vers mon visage, et je tourne la tête à tout-va pour ne pas qu'il frôle mes cheveux, préalablement tirés en chignon haut de danseuse, sans une mèche en liberté. Je relâche la ceinture de quelques centimètres durant une demi-seconde, et la refais claquer sa peau comme un fouet sur le cul d'un cheval. Je tire de plus belle au niveau de sa pomme d'Adam, et tords le cuir, sur le côté opposé du point de pression. Et je répète l'opération. Relâche, reclaque. Relâche, reclaque. Relâche, reclaque. Quatre fois. Six fois. Dix fois. En espaçant de moins en moins les claquages. La lumière du patio me permet d'apercevoir le sang lui boursoufler la gueule. Elle en est triplée de volume. Un ballon sur le point d'exploser. Rouge, rouge, rouge. Des veines amarante se forment dans ses cernes. Il a les paupières plus bombées que des coques de pistache, et des vaisseaux ont cédé dans le blanc de ses yeux. Ses jambes sont prises de secousses. Je sors mon pied d'en dessous du matelas, et lui file un coup dans l'entrejambe. Il se plie en deux, serrant lui-même un peu plus la mort autour de son cou. Sa vie est en train de se faire la belle. Je la sens s'évanouir dans les muscles de mes bras. Je la tiens, et la tire hors de son corps. En moins de cinq minutes, les bras d'Ashley retombent. Bam. Dans un son lourd, sur le matelas. Ils rebondissent une fois, et puis ils ne remuent plus. Ils sont droits, le long de son gros buste nu, peuplé de poils blancs. Ses mains sont ouvertes, doigts à peine pliés, paumes vers le ciel. Il mouille le matelas de pisse, dans un dernier acte de vie. Le liquide chaud m'enrobe le mollet et vient goutter entre mes orteils. Une mousse blanchâtre s'écoule au coin de ses lèvres non pas violacées mais uniformément violettes, teinte aubergine ; et ses iris dévorés par ses pupilles descendent derrière ses globes oculaires. L'odeur d'urine s'intensifie. Il n'y a plus rien d'autre à sentir. Je tends le pied droit vers mon sac, le chope du bout des orteils, et le ramène jusqu'à moi. Je remonte bien mes gants en cuir noir, les faisant grincer en étirant mes doigts dedans, puis attrape mon portefeuille gris. Dans sa poche toute propre et sans pièces, je pince la petite touffe de cheveux de Wes, et la disperse dans les mains d'Ashley. J'enfonce quelques cheveux sous ses ongles, en presse d'autres contre ses phalanges suintantes, et en laisse encore d'autres, sur le matelas et sous ses épaules. Je retire la ceinture, recule, examine la scène de crime. Avant de poser mon pied gauche sur la moquette, je prends soin d'essuyer l'urine avec un mouchoir, et de me chausser de mon escarpin. Je récupère mes affaires et trace jusqu'à l'entrée marbrée, où je fais tomber la pilule de Khedezla.

Je sors, sur le matin brumeux gris ardoise encore sombre, et sur la rue qui se tait. Le porche m'éclaire automatiquement de ses deux lampes murales en bronze. Je claque doucement la porte derrière moi, et récupère un tournevis dans mon cabas, pour déglinguer la serrure. Elle ne me résiste pas longtemps. J'enfonce ensuite mon instrument entre la porte et le mur, et frappe sur le manche avec un petit marteau. Le coton enroulé autour de la tige du tournevis permet d'éviter de faire sonner son métal sur le fer forgé. Je tape. Je tape. J'y suis presque. Je reviens trifouiller à l'emplacement de la serrure, et pousse synchroniquement la porte avec mon épaule droite. Ça ne fonctionne pas. Je pousse plus fort. J'enfonce mon tournevis plus loin. La porte cède dans un grincement.

Je me volatilise dans la brume.

39

Il est dix-sept heures trente-huit. Le soleil tonitrue sa bonne humeur, en noyant la rue sous ses paillettes jaunes. Les tignasses vertes des palmiers se dorent et les trottoirs se délavent. Tout est comme vu à travers une coupe de champagne. Je marche d'un pas léger sur Sunset Boulevard, Jimmie Rodgers à fond dans les oreilles. Je fredonne ses paroles, les yeux rieurs sous mes lunettes aux verres fumés. «*Sweeter than wine... She had, hum hum, kisses sweeter than wine...*»

Sur le trottoir devant moi, une petite fille blonde coiffée de couettes courtes, fermées par de gros élastiques roses à perles, tient la main de sa sœur jumelle, en balançant leur bras de haut en bas. La mère, aux cheveux sales, tirés dans une queue-de-cheval basse et fourchue, pantalon de jogging infesté de bouloches et marcel moulant, est en pleine conversation téléphonique. Elle parle en gesticulant nerveusement, ne portant aucune attention à ses gamines. N'importe quel pervers pourrait venir leur coller un bout de tissu imbibé de chloroforme sur la bouche, les balancer à l'arrière d'un van sans fenêtres, et aller les louer à l'heure dans un bordel pédophile sadomaso souterrain. Sans soucis. Maman est très occupée.

Les fillettes ralentissent le pas, et laissent passer leur mère devant elles. Celle de gauche aux couettes courtes entraîne l'autre – dont les longs cheveux sont chargés de papillons et fils multicolores, clippés – en travers de la route. Le feu indique seulement trois secondes, avant la reprise du trafic. Les deux gamines font chauffer leurs rotules, et courent impétueusement sur les clous. Je les regarde s'éloigner sans réagir. Je suis curieuse de voir où elles s'enfuient. Celle aux cheveux longs trébuche et s'étale sur le bitume. L'autre le voit mais ne s'arrête pas, et file directement au stand de crème glacée, sur le trottoir d'en face. L'employée de la pâtisserie située juste derrière y distribue des cornets miniatures gratuitement. Le feu repasse au rouge, et les voitures commencent à klaxonner. Un type sort de sa bagnole pour aller relever la gosse en pleurs, pendant que la mère ne se doutant de rien, poursuit son bavardage. Je l'entends gronder à travers la musique de mon iPhone, avec un accent new-yorkais dégueulasse. De Brooklyn, sûrement. La couette courte revient avec son mini cornet une boule, arrache sa sœur des mains du bon samaritain, et s'éloigne pour aller traverser plus loin. Le temps que la mère se retourne sur la cacophonie des bagnoles furibondes, et commence sérieusement à paniquer, le feu est à nouveau vert. Les deux gosses retraversent la rue, et se dépêchent de rejoindre maman, comme si de rien n'était. Sans décoller son oreille de son portable, la mégère blonde attrape la gosse aux cheveux clippés de fils multicolores par la nuque, et lui flanque une gifle monumentale. La gamine éclate en sanglots. Je m'empresse de passer devant elles, pour capturer l'essence de leurs visages. Celui de la couette courte est rose d'excitation. Ses petits yeux verts aux longs cils roux semblent exsuder une fierté machiavélique. Nos regards se croisent, et elle me sourit en libérant une lueur luciférienne. C'est presque si elle ne me ferait pas un clin d'œil. Elle laisse volontairement tomber sa boule de glace sur le trottoir en remontant ses joues encore plus haut sur sa frimousse ronde, et croque dans son cornet. Elle se retient d'exploser de rire. Ses joues se gonflent, et ses narines se gonflent aussi. Le ricanement qui sortirait de cette bouche, ne serait pas celui d'une fillette aux couettes courtes. Il serait grave comme une vibration de tuba. Et incandescent comme l'enfer. Je regarde la mère, chair de poule aux bras. Elle est toujours en train d'enguirlander l'autre, au genou écorché. Je continue d'avancer tête par-dessus épaule, et la bonne femme me balance un agressif : « Quoi ? Qu'est-ce que vous regardez ? » Je tourne la tête et accélère le pas.

Deux pâtés de maisons plus bas, une Lincoln marron flanquée d'un gyrophare de flic fait bifurquer le trafic sur la gauche. Sa sirène tonitruante force plusieurs passants à se boucher les oreilles. La voiture déboule le boulevard et tourne à droite, à la prochaine intersection. Ses pneus crissent sur la chaussée.

En approchant de De Longpre, je me prépare à voir cette voiture marron garée devant mon immeuble. Et effectivement, elle est bien là. Hightower se tient sous mon porche, à droite de la porte comme un videur de club sélect ; tandis qu'Hart vient de sortir de la voiture. Je ralentis à son niveau et prends une mine étonnée.

– Que se passe-t-il, agent Hart ?

Il a l'air soulagé de me voir.

– Beck… Nous pensions que vous pouviez être en danger !

Hightower m'aperçoit et se hâte de traverser la rue.

– Mademoiselle Westbrook ! il lance dans une expiration, lui aussi l'air soulagé.

– En danger ?

– Où avez-vous passé la nuit, Mademoiselle Westbrook ?

– Ici, chez ma tante. Pourquoi ?

– Vous n'étiez pas dans la villa de votre conjoint, Monsieur Randolph ?

– Ça fait quatre ou cinq jours que je dors ici, à De Longpre. Ça ne va pas très bien, entre nous. En danger de quoi, au juste ?

– Pouvons-nous entrer ? Ce sera mieux, pour discuter, demande Hart.

– Discuter de quoi ? Dites-moi ce qui se passe !

– Vraiment, Beck. J'insiste. Il serait préférable que nous entrions, pour ça.

Je hausse les épaules.

– Très bien…

Nous montons tous les trois. Dans les escaliers, personne ne dit un mot. Et le silence gênant me rend paranoïaque. J'ai l'impression que les deux flics complotent derrière mon dos, et que leur soi-disant frayeur n'était qu'une farce pour prendre ma température.

J'enfonce la clef dans la serrure, et les fais poliment entrer avant moi. Mon tourne-disque est toujours au même endroit, c'est-à-dire en plein milieu du salon. Il y a aussi un grand verre de jus d'orange périmé, et un reste de salade de fruits arrosée de sirop d'érable, qui trônent sur le parquet. Des fruits plus bons depuis un bon mois, mais parfaits pour faire croire que j'en ai mangé la moitié ce matin. Je les avais préparés au cas où. Petit déjeuner équilibré d'une innocente équilibrée, se levant du bon pied.

– Pas pratique, de manger par terre…

– Où, sinon ? Il n'y a pas de salle à manger, ici. Ni de table, dans ce salon. Je prends mon petit déjeuner devant la fenêtre chaque matin, et regarde le soleil s'étirer dans le ciel californien. C'est déjà un privilège, pour une gamine de l'Oklahoma…

– Il n'y a pas le soleil, là-bas ?

– Ce n'est pas le même, Monsieur Hightower. Ici, c'est un tout autre ciel. Une tout autre lumière.

– Pourquoi ne vous assiériez-vous pas un instant, Beck ?

– Vous me faites peur…

Je recule et vais poser mes fesses sur la chaise au dossier tricoté.

– Ashley Randolph a été assassiné, cette nuit, lâche Hart.

Je fais tomber ma mâchoire, et écarquille les yeux façon dessin animé.

– Qu'est-ce que vous venez de dire ?

– Votre femme de ménage l'a trouvé, ce matin.

– Trouvé ? Comment ça, trouvé ?

– Nous sommes navrés.

– Attendez… Attendez… Ashley ? Non… Ashley ? Mon Ashley Randolph ?

– J'en ai bien peur.

– Mais qu'est-ce que vous racontez ? Non… Non… Il ne peut pas être… Non… je balbutie, en lubrifiant mes yeux.

– Nous sommes navrés, répète Hart.

– Mais comment ? Par qui ?

– Nous ne savons pas encore par qui, mais il a été étranglé.

– Étranglé ? Oh mon Dieu !

Je me lève et m'avance vers Hart, jambes tordues et yeux au plafond, puis bute dans le verre de jus d'orange. Il tombe et se brise sur le parquet verni. Le jus se répand partout.

– Peut-être que vous devriez vous rasseoir, me conseille Hightower.

– Oui, rasseyez-vous, Beck.

Je m'accroupis pour ramasser les morceaux de verre, et fais finalement tomber ma tête entre mes mains pleines de jus.

– J'aurais dû vous prévenir la dernière fois… Je ne pensais pas qu'il passerait à l'acte !

– Que qui, passerait à l'acte ? s'enquiert Hart, en retirant sa veste brune.

Je secoue la tête. Mes doigts râpent le parquet.

– Oh mon Dieu… C'est ma faute… J'aurais dû vous prévenir…

– Nous prévenir de quoi, Mademoiselle Westbrook ?

– Mais je pensais que personne ne me croirait… C'est lui, qui m'a assuré que personne ne me croirait… Il me l'a répété. Il me l'a juré. Il disait que si j'ouvrais la bouche, il n'aurait qu'à claquer des doigts pour faire apparaître son avocat à dix mille de l'heure, et que je serais condamnée pour diffamation ! Qu'il ne ferait pas un jour en cellule. Pas une minute ! Et qu'il viendrait s'occuper de moi, exactement comme il s'est occupé de Leah neuf ans plus tôt.

– De qui parlez-vous ?

– Le corps, dans la benne… c'était un avertissement.

– Jill Ryan ? demande Hightower, en passant la main sur son crâne rasé.

– Il l'a mise là, pour me prouver qu'il pouvait me faire du mal, à moi aussi. Au cas où je trahirais son secret.

– Mais qui donc ?

– Wes Barrett.

– Wes Barrett ? il répète, les yeux plissés.

– Oui.

– Qui est-ce ?

– L'artiste, Wes. Le Peintre Tueur.

– Le Peintre Tueur ?

Son front s'est froissé de mille lignes.

– Oui. Le Peintre Tueur.

– Devrais-je savoir de qui il s'agit ?

– Le Peintre Tueur ? s'écrie Hart.

Hightower se tourne vers lui en se grattant l'oreille, un œil plus haut que l'autre. Il se demande ce qu'on raconte.

– J'ai lu un article sur ce type, il me semble. C'est un artiste. Un gars qui peint des abominations, et s'en fout plein les fouilles ! Et personne ne sait à quoi il ressemble… C'est bien de lui, qu'on parle ?

– Il s'appelle Wes Barrett. Il est originaire de Muskogee, Oklahoma.

– Vous connaissez Le Peintre Tueur ?

– Je viens de vous le dire ! Il s'appelle Wes Barrett. C'est *lui*, qui a tué ma sœur.

Hart et Hightower ont la tronche de deux types en train de chuter du haut d'un building, et dont la cervelle se serait écrasée avant eux.

– Attendez, j'ai du mal à vous suivre, Mademoiselle Westbrook.

Je me relève et me rassieds sur la chaise, le dos arqué et les genoux serrés. Je me balance à la manière d'un enfant autiste sous pression.

– Ça fait des mois, que je sens sa présence derrière mon dos. Dès que je me retourne, je trouve ses yeux sombres et ses sourcils droits. Ils vont partout où je vais.

– Hum… Pouvez-vous développer ?

– D'abord, je n'ai pas su qui était ce type. Et puis j'ai fini par reconnaître son visage, à la longue. Ces yeux enfoncés sous cette peau d'albâtre, ces lèvres excessivement fines, cette façon de regarder comme on tue, comme on poignarde, comme on enterre… je bafouille, en essuyant mes grosses larmes. C'était ce garçon de Muskogee, que ma sœur et moi croisions souvent dans le quartier. Il nous avait même gardées, une fois… Vous vous rendez compte ? Il est entré dans notre maison ! La maison de mes parents ! Je crois qu'il avait une obsession morbide pour Leah, à l'époque. Il l'a à présent pour moi.

– Il vous suivait, ici ? À Los Angeles ?

– Oui.

– Il vous a suivie de Muskogee jusqu'à Los Angeles ?

– Non, pas tout à fait. Je ne sais pas. Je crois que lorsqu'il a appris que j'avais déménagé ici, il m'a aussitôt prise en chasse.

– Vous discutiez beaucoup, avec cet homme ?

– Discuter ? Non ! je m'offusque, les yeux exorbités. Vous plaisantez ?

– Très bien, calmez-vous... Je ne fais que poser des questions, ici, d'accord ? J'essaie de comprendre, me répond Hart très solennellement, un rien sévère.

– Il me menaçait !

– De quoi, exactement ?

– Un jour qu'il me suivait, je l'ai interpellé. Et il m'a avoué qui il était.

– Mais vous saviez, qui il était... Vous dites l'avoir reconnu.

– Qui il était en tant qu'artiste, agent Hart ! Il m'a avoué qu'il n'était pas seulement Wes Barrett, mais aussi Wes tout court. Le Peintre Tueur. Il m'a dit qu'il avait ôté la vie à ma sœur, il y a neuf ans. À ma sœur, et à beaucoup d'autres jeunes filles. D'autres jeunes femmes... Et ici aussi, à Los Angeles. Il avait l'air fier. Il s'en vantait. Comme s'il était question d'une sorte d'accomplissement exceptionnel...

Je reprends mon souffle, pressant mes paumes contre mes tempes.

– Au début, je ne l'ai pas cru. Parce que ce n'était pas croyable. Et puis lorsque j'ai vu ses tableaux, il n'y avait plus aucun doute.

– Qu'est-ce que ses tableaux ont à voir là-dedans ?

Je fais sursauter convulsivement ma respiration, et sors mon iPhone de la poche de mon pantalon en lin blanc.

– Qui appelez-vous ? demande Hightower.

Je ne réponds pas et pianote rapidement « *Wes La Chute* » sur Google Images. Je clique sur la toile *numéro 3*, et l'agrandis en étirant mes doigts sur l'écran.

– Regardez… je dis en leur tendant mon téléphone.

Hart l'attrape délicatement, et leurs têtes se rapprochent l'une de l'autre, jusqu'à ce que leurs crânes se touchent presque. Hightower n'a aucune idée de ce qu'il regarde, mais les traits d'Hart se crispent.

– Que sommes-nous en train de regarder, exactement ? chuchote Hightower à Hart.

– Bon sang… marmonne Hart, avant de pincer la peau entre ses yeux.

– Quoi, qu'est-ce que c'est ?

– C'est Leah Westbrook…

– Quoi ?

– C'est le portrait de Leah Westbrook, qu'on est en train de regarder.

Hightower arrache le portable de la main d'Hart, et regarde très fort.

– Leah Westbrook ?

– Il y en a plein, des comme ça, je dis. Toute une série. Toutes sanglantes. Toutes macabres. Des aveux sur toiles tirées…

Hart prend une inspiration interminable, et expire tout le contenu par le nez. Ses yeux regardent le mur, mais sans le regarder. Il est en pleine réflexion.

– Et vous pensez que ce Wes, serait Le Sadique au Couteau ? lance Hightower, en ne détournant pas ses yeux de l'écran de mon téléphone.

– Je n'en ai aucun doute. Il me l'a lui-même confessé.

Hart va s'asseoir sur le canapé en velours outremer, et pose sa veste à ses côtés. Il tourne la tête vers mes fenêtres.

– Et donc, ce Wes, aurait commencé à tuer il y a neuf ans… il chuchote, sans s'adresser vraiment à personne.

– Je n'en sais rien. Tout ce que je sais, c'est que c'est *cet homme* qui a pris la vie de ma sœur. Je crois que ça l'excitait, que je sache.

– Il connaissait Ashley Randolph ?

– Il m'épiait. Il savait tout, de moi. Il ne connaissait pas Ash personnellement, mais il le voyait à mes côtés… Il savait que nous étions un couple. C'est précisément pour cette raison, que j'ai pris mes distances avec Ash, et suis revenue ici, à De Longpre.

– C'est-à-dire ?

– Wes m'a juré que si je faisais quoi que ce soit qui puisse mener la police jusqu'à lui, Ashley paierait pour moi. Et qu'ensuite, il me ferait disparaître. Il disait que personne n'avait jamais retrouvé le corps de Leah, parce qu'il l'avait sectionné, et réduit chaque morceau en cendres, je bégaie. Il m'a assuré que je serais vouée au même sort. J'étais pétrifiée, je chuchote, mes yeux brillants dans ceux d'Hart. Pétrifiée ! je m'emporte. Pétrifiée… je sanglote. Surtout que c'est moi, qu'il a choisi de mettre en avant, dans sa toute dernière série de toiles ! Je l'ai vue, son exposition… Il a tenu à ce que je sois là. À ce que je sois bien consciente qu'elles existent, ces œuvres. C'était l'ultime menace, vous voyez ? Me voir sur ses tableaux… c'était comme me voir déjà morte.

– Il vous a peinte, vous aussi ?

– Oui, je souffle, le visage trempé de larmes. Genèse, c'est le nom de sa nouvelle exposition.

Hightower tapote l'écran de mon portable. Il agrandit quelque chose, le fixe trente secondes, et vient le montrer à Hart.

– C'est glauque… il lui murmure.

– J'avais décidé de prendre le risque, de tout raconter à la police. Je n'en pouvais plus, de taire le nom de l'assassin de ma sœur. Ça me tuait. Ça me tuait. Ça me tuait. Et il le savait. Il savait, que j'étais sur le point de craquer. Mais je ne voulais pas qu'Ashley soit une cible… Mon Dieu, qu'est-ce que j'ai laissé faire !

Je me jette à genoux sur les morceaux de verre cassé. Des débris se sont incrustés à travers mon pantalon blanc et dans mes avant-bras. Je m'empare d'un tesson et me le colle sur le poignet. Hart bondit hors du canapé bleu, mais Hightower est plus rapide. Il agrippe mon bras droit en enfonçant son pouce dans mon poignet, et en le secouant pour me forcer à lâcher. Je cède et m'écroule dans ses longs bras fins, mes lèvres dans le coton de sa chemise marron, parfum déodorant au jasmin.

– Je vous en prie, aidez-moi, je chiale dans un jeu d'actrice impeccable, au moins aussi bon qu'aurait été celui de Leah. Aidez-moi…

40

WES

Mon studio, à proximité des montagnes de Santa Monica, est au beau milieu d'un putain de nulle part. Ses murs de pierres blanches, glacées en toutes saisons, laissent d'épaisses traces de craie sur les doigts. Les rectangles de calcaire sont d'un blanc de plomb fluorescent, agressif pour les yeux fragiles. Avec une seule pièce ronde de quarante-six mètres carrés, et une hauteur s'enfonçant dans un toit de tuiles en pointe, à neuf mètres du sol en dalles de grès, l'endroit reflète un imaginaire moyenâgeux. De dehors, il ressemble à ces fameuses tours de contes pour enfants, où les vieilles mères sadiques et jalouses enferment les petites filles désobéissantes, sans lumière et sans eau. Autour, les ruines terreuses à la végétation aride, et les roches rousses et roses cognées par un soleil déchaîné, sont tout ce qu'il y a à voir. Aucune civilisation, à moins de quinze minutes de bagnole. Il y a bien de temps en temps un coureur égaré, curieux de voir quelle est la bête qui se terre dans cette demeure énigmatique ; mais après avoir tourné plusieurs fois autour, et sauté à pieds joints pour avoir un aperçu de l'intérieur par la fenêtre, il finit généralement par se remettre sagement à sa course.

J'ai allumé un feu dans la cheminée en briques, noircie par les flammes. Il fallait faire monter la température d'au moins une dizaine de degrés. Malgré la fenêtre ouverte, les murs de pierres empêchent le soleil de se servir de ses pouvoirs.

Par terre, un capharnaüm. On trouve une centaine de tubes de peinture, dont la plupart sont pliés jusqu'aux bouchons ; des bouteilles en plastique décapitées, laissant plonger des têtes de pinceaux huilées de couleurs mélangées dans leur White Spirit ; des croquis réalisés au fusain sur des feuilles blanches cartonnées, en majorité salies de l'empreinte de mes bottes de cowboy ; des feutres noirs à pointes fines par dizaines ; un stock neuf de White Spirit à distance prudente de la cheminée ; un rouleau de toile de lin ; une trentaine de baguettes de bois pour châssis ; des emballages de fast-food ; et de larges cendriers en métal, vomissant des kilos de cendre et mégots fumés jusqu'au filtre. Le dallage clair du sol est égayé de peinture : beaucoup de jaune ocre mélangé d'or, du gris foncé nacré, du bleu de Prusse, du noir évidemment, mais surtout du rouge mélangé de brun, étalé un peu partout, comme les taches d'un sang séché.

Un chevalet en bois me dépassant d'une bonne tête est installé sous l'unique fenêtre des lieux. La toile d'un mètre soixante-cinq sur un mètre vingt est bientôt terminée. Elle le sera avant que le soleil se couche, dans une demi-heure. Pas le choix. Ici, pas d'électricité. Il faut travailler tant qu'on le peut. Je recule et inspecte le reflet de la lumière extérieure, sur les pointes de gris clair encore fraîches. La fenêtre n'est pas grande, mais les rayons se débrouillent pour passer.

Il y a sur cette nouvelle œuvre, toute la synthèse de mon malaise. J'ai pour la première fois, reproduit mes traits sur la toile. Moi, l'ermite au visage flouté, je m'offre enfin au monde. Je suis debout dans un marais de cyprès de l'Oklahoma, les genoux dans la vase. J'ai donné à mes yeux enfoncés *ses* paupières épaisses aux cils courts. *Ses* iris saphir. *Sa* façon de regarder comme on torture, comme on tue, comme on enterre. Je dis *sa* façon, mais peut-être n'est-ce que *moi*, qu'elle regarde de la sorte. Peut-être que son regard est si caustique, parce que ce sont *mes* yeux, qu'elle voit se réfléchir dans les siens. Ou peut-être est-ce juste *moi* que je regarde, lorsque je vois Beck.

Sur la toile, un homme est mort à mes pieds. Ou plutôt à mes genoux vaseux. Il est émacié, allongé sur le flanc, torse nu, ses entrailles dévorées par un somptueux petit faon aux couleurs inversées. La robe de l'animal est aussi blanche que mon mur de pierres ; et ses taches, rousses comme les flammes brûlant dans la cheminée. Je lui ai donné des yeux d'argent aux reflets opalins, aussi purs que l'auréole d'un saint. Pourtant, son museau anguleux est barbouillé du sang noir de cet homme mort ; et des morceaux de chair filamenteuse pendent de ses canines vampiriques. Le sang fluide, semblable à de l'encre de Chine, s'élève vers les arbres penchés. Il devient veines mutantes maléfiques, s'enroulant aux branches des hauts cyprès. Sur la toile, je regarde l'homme éventré servir de festin à l'animal. Je le regarde avec des yeux terribles. Il y a des jets de lumière pâle, traversant les crinières corail des cyprès, et des faisceaux plus chauds, enlaçant leurs troncs à l'écorce réglisse. Le ciel bleu égyptien est plat, sans nuages. Et la lune, rubiconde. J'ai voulu le marais de cyprès fantastique, étoilé de comètes de bronze, de cuivre, et de nacre ; mais aussi redoutable, avec son eau bouillante vert profond, sa terre marécageuse mouvante, et ses créatures aquatiques aux épines tranchantes et nageoires en lames de couteaux à dents. Je pense avoir correctement réalisé l'effervescence de l'eau, et le mouvement de la terre. Je vérifie les détails, les ombres, les reliefs. Je me regarde regarder cet homme mort, allongé sur son flanc. Cet homme aux cheveux mi-longs boueux, aux yeux aspirés sous ses arcades sourcilières proéminentes, aux lèvres fines devenues bleu noir.

Cet homme mort, qui n'est autre que moi.

Je soupire en me grattant le haut du crâne, et poursuis ma vérification visuelle. Je pensais devoir ajouter du vermillon sur les épines aiguisées des créatures aquatiques, faire coaguler le sang par endroits, et accentuer les taches du petit faon. Mais je pense que tout est déjà parfait. Impeccable. Impeccablement parfait. Une nouvelle caresse de pinceau serait de trop. À vouloir dépasser la perfection, on détruit souvent ses créations.

Je hoche la tête et m'allume une cigarette. J'aspire la première bouffée si profondément, qu'elle crame presque le papier jusqu'au filtre. La cigarette que je fume à la fin d'un travail est celle que les autres fument après le sexe. Celle qui remercie l'orgasme, et permet de ralentir la descente. Parce que mon art, c'est ma levrette, ma pipe, mes couilles dans la bouche d'une pute. Il dresse ma queue vers le ciel. Mais aujourd'hui, je ne bande pas. Et mes bourses sont pleines. Je ne pense qu'à *elle*. À ce que je devrais faire. À comment mettre un terme à cet enfer. J'y pense à m'en filer la migraine. Le genre de migraine qu'aucune tablette ne sait calmer.

Et je sursaute.

Un crotale diamantin s'est introduit par la fenêtre, et fait tomber sa tête bicolore sur ma toile. L'extrémité de sa queue sèche sonne depuis l'extérieur, et sa langue noire siffle en s'allongeant. Je n'y connais pas grand-chose en reptile, mais je sais que celui-ci a le pouvoir de me tuer en une morsure. Et lui aussi, le sait. Je recule de deux pas. Ses pupilles en grains de lentilles me fixent. Je suis sûrement fou, mais j'ai l'impression qu'elles me causent.

Le corps d'écailles camouflage gagne du terrain, et le voilà rentré de moitié. Ou du moins j'espère, car s'il est plus long qu'une deuxième fois ce que je vois là, j'ai perdu d'avance. Ses écailles beiges et brunes ne luisent pas. Elles sont mates, et ont l'air de minuscules feuilles d'automne craquelées, cousues les unes aux autres. Elles se lèvent un peu, comme les poils hérissés d'un chat, et frottent le tissu de ma toile pas encore tout à fait sèche. Je tremble de découvrir les dégâts, sur mon œuvre parfaite. Ils seront forcément nombreux. J'en ai le cœur qui s'étrangle. Le corps entier qui tremble. J'ôte mon T-shirt noir, et vais l'enrouler autour de la barre de fer dont je me sers pour secouer les bûches dans la cheminée. Et puis je l'enflamme et cours la brandir au-dessus de la tête de l'ennemi. Il ouvre grand sa gueule, et me fait voir ses crochets transparents en aiguilles, ainsi que l'intérieur gluant de sa gorge rose, simulant un vagin lubrifié. J'imagine ses machins se planter dans ma jugulaire. Il faudrait qu'il tombe à terre. Je pourrais me débrouiller, s'il tombe à terre. J'approche ma torche de ses yeux vils, et la pose sur le haut de sa tête plate. Et ma toile prend feu d'un coup. Je recule, sous le choc. Mes cris s'éclatent contre les pierres blanches des murs. « Non ! » je hurle à m'en ruiner le larynx. Ça doit être le White Spirit, tapoté quinze minutes plus tôt sur le feuillage des cyprès, pour estomper leur rouge orangé… Quelle erreur ! Quelle épouvantable et irréversible erreur !

Je me rue sur l'extincteur, rangé à droite du stock de White Spirit, et fais gicler la mousse sur l'œuvre de ma vie. Le serpent claque le sol tout en même temps. Sa queue enroulée est noire. Cuite. Il ne bouge plus. J'ignore s'il est tout à fait mort, mais peu m'importe qu'il se réveille et vienne injecter son poison létal dans mon mollet. Ma toile est fichue. J'aurais préféré qu'il me morde. Qu'il me tue.

On frappe à la porte.

Je n'ai pas commencé à vider ma frustration, ni même à la recevoir dans son intégralité, que quelqu'un frappe à ma porte. Je pousse un nouvel hurlement, et shoote avec véhémence dans le reptile grillé. Et je m'égosille encore. Une fois mon souffle revenu, j'entends des voix s'élever derrière la grande porte en bois. Mon cœur promet un arrêt imminent, si je ne redescends pas illico de ma furie. Je me donne deux gifles et vais ouvrir, torse nu et enragé.

– Qu'est-ce que vous voulez ? je beugle dans une piscine de postillons, avant même d'avoir aperçu qui que ce soit.

Deux types me pointent leurs flingues dessus. Mes yeux pleurent, et la fumée grise du feu mort brouille ma vision. J'ai du mal à voir parfaitement leurs visages.

– Qu'est-ce qui se passe, ici ? m'agresse le plus grand.

– Qui êtes-vous ?

– Je vais vous demander de vous déplacer sur le côté, et de nous laisser gentiment entrer, m'ordonne l'autre gars, en veste moutarde ringarde et pantalon à pinces rayé bleu marine.

– Qui êtes-vous ?

– Agent Hart et agent Hightower, FBI. Vous êtes armé ?

– Quoi ?

– Êtes-vous armé ?

– Non ! je m'offusque.

– Y a-t-il quelqu'un ici, avec vous ?

– Non…

– Parlez plus fort !

– Non ! Personne !

– Sur le côté ! gueule le grand, Afro-Américain à tête rasée, entre deux toussotements.

Je m'exécute et me décale, pour leur laisser le champ libre.

– Vos mains ! Gardez vos mains en évidence !

Les deux hommes entrent, bras tendus devant eux, flingue avant tête. L'un d'eux me tombe dessus. Je n'ai pas eu le temps de voir lequel. Il me plaque contre le mur, son bras coincé sous ma nuque, le canon de son arme enfoncé dans mon oreille. Mon crâne a tapé les pierres si fort, que je l'ai entendu craquer.

– Pourquoi criiez-vous, et pourquoi cette fumée ? me crache le type.

– Je vous prie de me lâcher, je dis très calmement, le nez écrasé contre le mur.

– Répondez !

– R.A.S., lui envoie l'autre gars.

Il délivre ma nuque, et je me retourne.

– Qu'est-ce qui s'est passé, ici ? m'interroge le petit grassouillet à la tenue de clown, en rangeant son arme à sa ceinture.

– Je viens de brûler un serpent.

– Pardon ?

– Un crotale diamantin de l'Ouest, je précise en haussant le menton vers le reptile carbonisé.

Il l'aperçoit par terre, et s'approche pour l'inspecter.

– Vous êtes Wes Barrett ? demande la tête rasée, en ôtant son pied droit d'un de mes croquis.

– Oui.

– Nous avons quelques questions à vous poser.

– Vous avez un mandat ?

– Nous voulons juste vous poser quelques questions.

– Quelques questions ? Vous débarquez ici sans invitation, me collez vos flingues dessus, me plaquez contre le mur ! Je n'appelle pas ça poser quelques questions ! Je suis un citoyen américain éduqué, au courant des lois et de ses droits. Je sais que pour cette petite intrusion, je peux vous traîner devant un juge !

Je tapote ma main sur le haut de mon front et constate qu'il saigne.

– Eh bien allez-y, traînez-nous ! Mais avant, nous allons avoir une petite discussion, tous les trois… lance sournoisement le clown sans sourcils, chlinguant la sueur. Ici, ou dans nos bureaux. Qu'est-ce que vous préférez ?

– Ni l'un, ni l'autre. Je crois que vous allez faire demi-tour, et foutre le camp de mon atelier sur-le-champ !

– Votre atelier ? Hum… C'est donc ce que cet endroit est…

– Ça ne se voit pas ?

– Nous avons entendu des hurlements, et vu de la fumée se dégager de votre toit, Monsieur Barrett. C'est pourquoi nous en avons conclu qu'il y avait danger, et que nous sommes intervenus de la sorte, m'explique le rasé en chemise marron de supermarché, pour calmer le jeu.

– Vous ne demandez pas pourquoi nous sommes là ? C'est étrange, de ne pas poser la question… Non ? Qu'est-ce que tu en penses, Hightower ?

– C'est vrai que c'est la première question que j'aurais posée, à sa place.

– Peut-être s'attendait-il à nous recevoir ?

– Oui, c'est sans doute ça…

Je soupire par le nez, dents serrées.

– Pourquoi êtes-vous là, je dis, agacé mais sans élever la voix. Et comment m'avez-vous trouvé ?

– Ah, bah voilà ! Là, ça sonne mieux… s'amuse le clown en s'essuyant le front, découvrant l'auréole de transpiration sur sa veste moutarde aux manches retroussées.

– Nous venons vous parler d'Ashley Randolph.

Je secoue la tête.

– Ce nom ne vous dit rien ?

– Il devrait ?

– Je pense qu'il devrait, oui.

– Et Beck Westbrook, ça vous dit quelque chose ?

L'air se coince dans mon thorax. Entendre *son nom* dans la

bouche de ce flic a fait sursauter mon squelette. Quoi que je dise, mon expression atterrée m'a déjà trahi.

– Désolé, j'ai du travail, ici. Il va falloir que vous partiez, je réplique, le crâne soudain saturé d'un million de questions.

– C'est atypique comme endroit, murmure le clown en jetant des coups d'œil sur les murs et le haut toit en pointe. Ça me fait penser à un phare maritime. L'architecture est tout à fait remarquable. Et puis surtout, c'est vraiment très isolé…

– C'est pour ça, que je l'ai acheté si cher.

– Ah oui ? Vous cherchiez l'isolement ? Puis-je demander pourquoi ?

– Pour travailler en paix, je grommelle en dressant mon bras en direction de la porte, les incitant à sortir.

– Vraiment loin. Loin de tout…

– C'est l'idée. Je fuis le bruit à tout prix.

Je tourne la tête vers l'extérieur, attendant qu'ils dégagent. J'inspire profondément, mais l'air est encore bien cramé et c'est comme aspirer la fumée de cent cigarettes.

– Parfait pour faire ses petites affaires sans être inquiété par ses voisins. Personne pour vous entendre crier… Personne pour vous voir transporter des corps…

– Excusez-moi ?

– Beck Westbrook dit que ça fait plusieurs mois, que vous la suivez à la trace. Que dès qu'elle tourne la tête, c'est vous qu'elle trouve. C'est exact ?

Je me masse vigoureusement les joues, et fais craquer ma mâchoire.

– Beck Westbrook ?

– Beck Westbrook.

– Écoutez, j'ignore pour quelle raison vous êtes là ou comment vous m'avez trouvé, mais je vous ordonne de sortir.

– Vous nous ordonnez ?

Il se marre en envoyant sa tête en arrière.

– Vous devez avoir sacrément peur de nos questions ! Ou de ce que vous pourriez nous dire, par inadvertance ?

Je réfléchis à mille à l'heure. Chacun de mes mots peut potentiellement être une bombe, explosant sur le reste de ma vie. Je dois les choisir avec précaution.

– Je connais Beck Westbrook, oui.

– Nous savons déjà, que vous connaissez Beck Westbrook. Ce n'était pas ma question.

Je me tais. Mes dix ongles grattent mon cou frénétiquement. Trois toussotements de l'agent au crâne rasé, et je demande :

– C'est elle, qui vous envoie ?

– Son conjoint Ashley Randolph, a été étranglé la nuit dernière, il me répond entre trois autres toussotements. Nous sommes en train d'analyser les cheveux retrouvés sous ses ongles. Les résultats ne devraient pas tarder.

– Vous êtes sous traitement médicamenteux, Monsieur Barrett ? enchaîne le clown nain, la tête penchée sur le côté, les yeux perçants.

– Traitement médicamenteux ?

– Contre l'anxiété, la dépression, les idées suicidaires ?

– Quoi ?

– Vous n'êtes pas sous Khedezla, par hasard ?

– Pourquoi cette question ?

– On a retrouvé une petite pilule de Khedezla, sur le lieu du crime. Il se trouve que ni Monsieur Randolph, ni Mademoiselle Westbrook, ne se sont vu prescrire ce médicament.

– Je ne comprends pas…

– Où étiez-vous hier soir, entre quatre heures et huit heures trente du matin ?

– J'étais… J'étais…

– Oui ?

– J'étais ici, dans ma maison de Los Feliz. Je veux dire, non, ici, dans mon atelier.

– Il faudrait savoir ! Vous étiez ici, ou dans votre maison de Los Feliz ?

– Ici, j'étais ici, à travailler. Je ne sais pas pourquoi j'ai dit que j'étais à Los Feliz.

Le nabot me sort un sourire en coin, l'œil gauche fermé façon clin d'œil.

– Vous ne portez pas de ceinture, Monsieur Barrett ?

– Pardon ?

– Je remarque que vous ne portez pas de ceinture.

– Heu… Je… Ceinture ?

– Vous ne portez jamais de ceinture, ou vous n'en portez pas aujourd'hui, exceptionnellement ?

Ça travaille vite, dans mon esprit. J'ai peur de me rendre compte de ce qui est en train de se dessiner.

– Permettez qu'on prenne un échantillon de votre ADN ?

– Pourquoi avez-vous besoin de mon ADN ?

– Pour vous disculper, Monsieur Barrett.

– Qu'est-ce qui vous fait croire que j'ai quoi que ce soit à voir avec la mort de ce type ?

– Il est évident que vous nourrissez une obsession malsaine pour les sœurs Westbrook…

– *Les sœurs* Westbrook ?

– Ce ne sont pas elles, que vous peignez en stars sur tous vos tableaux ?

– Vous savez qui je suis ?

– Nous en savons plus que vous ne pouvez imaginer, Monsieur Barrett.

– Écoutez, j'ignore ce que vous croyez, mais vous faites fausse route.

– Si vous ignorez ce que je crois, comment pouvez-vous être si sûr que je fais fausse route ?

Je me frotte les joues et le front, et le cou et les épaules, et le bas du dos et les cuisses.

Centimètre carré par centimètre carré, ma peau me démange.

– Dites-moi ce que vous croyez, je vous dirai si c'est vrai.

– Un petit jeu ? Très bien. Nous avons des raisons de croire que vous êtes lié au meurtre de Leah Westbrook ainsi qu'à celui d'Ashley Randolph, et peut-être même à ceux de Jill Ryan, Rebecca Dayton…

– Wow, wow, wow, je le coupe, ma voix montée de volume. Quoi ?

– Nous pensons que la personne responsable du meurtre de Leah Westbrook pourrait être Le Sadique au Couteau.

– Mon Dieu, c'est un cauchemar…

– Pourquoi n'ouvririez-vous pas la bouche, pour que nous puissions prendre un échantillon de votre ADN ? Si vous êtes innocent, ça aiderait à vous disculper…

– Vous ne trouverez mon ADN nulle part ! Parce que je n'ai absolument rien fait !

– Raison de plus pour ouvrir la bouche, Monsieur Barrett.

– Je ne suis dans l'obligation de rien ! Je dois appeler mon avocat.

– Ah, et bah voilà ! Voilà qu'il entre en scène, le bon vieil avocat. C'est le même qui aurait attaqué Mademoiselle Westbrook pour diffamation ?

– Pardon ?

– Vous devez l'appeler pour quoi, Monsieur Barrett ? Vous protéger de votre propre code génétique ? Navré de vous apprendre qu'aucun avocat n'est aussi compétent. Nous obtiendrons un mandat, pour votre ADN. Ne vous en faites pas. Si nous ne le récupérons pas aujourd'hui, ce sera demain. Et d'ici là, vous ne pourrez pas en changer.

– Monsieur Barrett, si vous n'avez rien à vous reprocher, aidez-nous à gagner du temps. Ça ne prendra qu'une petite seconde.

Je hoche d'abord la tête, puis recule et tournoie sur moi-même, bras pliés au-dessus de mon crâne. Je cherche une réponse dans mon tournis. J'ai la nausée, et la langue gonflée, et la bouche pâteuse, et le souffle court, et les muscles mous. Cette scène m'est irréelle. Ces deux types en costards, gueules graves et ton inquisiteur, me sont irréels. Ce qu'ils me disent, m'est irréel.

Et puis j'ai un flash.

L'ovale osseux de Beck, en nage. Sa sueur dévalant son front translucide, humidifiant son maquillage, découvrant ses taches rousses. Je sens la pression de ses cuisses maigres autour de ma taille. Ses talons, appuyés dans le bas de mes fesses. Je sens sa respiration moite sur mon cou chair de poule. Ses ongles mi-longs arrondis, plantés jusqu'à l'os dans mon cuir chevelu. Elle tire. Elle tire. Elle m'arrache les cheveux au niveau de la nuque. Mais je suis trop loin, dans ma transe. Trop dur, pour avoir mal. Le sexe m'anesthésie. *Son* sexe, m'anesthésie. Il tait tout dans ma tête. Pour une fois, le silence. Un silence merveilleux. Un silence narcotique. La clé de ma cage aux songes noirs. Trop longtemps que je ne l'avais plus entendu, ce silence. Cette musique parfaite sans aucune note. Ma cervelle était devenue une manufacture de bruit, ouverte à toute heure et sans modérateur. Elle laissait entrer sans rien trier tout ce qui passait. Le pire avant le reste. Et tournait sans interruption. Elles arrivaient quinze par quinze, ces pensées carnivores aux dents de piranhas. Elles me grignotaient le cœur. Elles charbonnaient mon intérieur. Alors je l'ai laissée m'arracher les cheveux, en continuant de m'enfoncer entre ses reins. Parce qu'il fallait que je continue de l'entendre, ce silence. J'avais besoin de l'entendre. Coûte que coûte.

– C'est Beck Westbrook ! je lâche, les bras pris de convulsions. C'est elle, la responsable de toutes ces morts.

– Beck ?

J'éclate de rire nerveusement. Et puis je secoue la tête et me reprends. Je n'arrive pas à croire, que je m'apprête à dire ce que je m'apprête à dire, mais cette chose que je veux leur dire est déjà là, prête à tomber du bout de ma langue. Mes lèvres s'entrouvrent. Mes mots se faufilent dans leur creux. Et ils se jettent hors de ma bouche.

– Le Sadique au Couteau, c'est Beck Westbrook.

Je palpite de l'avoir dit. Une partie de moi voudrait rattraper ces mots déjà trop loin. Déjà donnés. Mais la parole est irréversible.

Le gnome jette un regard amusé à son coéquipier en hochant la tête, sourire aux lèvres et sourcil droit relevé. « T'as entendu ce rigolo ? », ses yeux lisent.

– Beck ? il répète.

– C'est vrai que je l'ai suivie, vous avez raison. À la trace, je la suivais. Dès que j'ai appris qu'elle avait déménagé à Los Angeles, je l'ai traquée. Parce qu'à Muskogee, je ne pouvais plus y mettre les pieds.

Plus une goutte de salive, dans ma bouche aride. On entend très distinctement ma langue se coller à mon palais à chaque syllabe. Le son d'un coupable qui parle.

– Ça faisait des années, que je voulais savoir ce qu'elle faisait. Comment elle vivait. Je voulais tout voir. J'en crevais, de savoir. Je m'étais imaginé tant de choses, depuis le temps…

– Vous confirmez donc les dires de Mademoiselle

Westbrook ? Vous la traquiez. C'est parfait, jusque-là... Hein, Hightower ?

– Et un soir, à peine deux mois après mon arrivée ici, je continue sans relever sa remarque. Après deux mois de filature fiévreuse... je l'ai vue grimper sur les collines d'Hollywood dans sa vieille Dodge, avec cette jeune fille rousse d'une vingtaine d'années... J'ai attendu, garé en bas, à quelques mètres de la route. Plusieurs heures. Un peu moins de trois heures et demie... Lorsqu'elle est redescendue, il n'y avait plus qu'elle, dans cette voiture. Elle était seule, à l'intérieur...

– Bon, et alors ?

– Attends, attends, Hightower ! Tu ne vois pas que l'artiste nous raconte quelque chose ? se marre l'idiot.

– C'est ça, qui est censé nous convaincre que la petite Westbrook a tué toutes ces femmes ? Qu'elle serait Le Sadique au Couteau ? demande l'autre à son coéquipier, qui lui renvoie un sourire farceur, langue apparente.

Je me retiens de faire détoner ma colère. Ils n'attendent que ça, de déclencher ma furie. Ils sont formés pour ça. Chacun de leurs mots est choisi avant d'être dit. Chaque grimace qu'ils font, est faite pour titiller. Pour échauffer jusqu'à explosion du suspect. Je dois rester calme. Je dois être crédible. Ils doivent absolument me croire. Je ne suis pas sûr d'y arriver.

– Je sais qu'il aurait pu y avoir mille raisons, pour ça, je reprends. Mais j'ai tout de suite compris. Pas une seconde, je me suis posé la question. J'ai instantanément et instinctivement saisi. Elle avait recommencé. Je l'ai lu dans ses yeux. Sur sa peau. Je l'ai compris à sa façon de regarder. De tenir sa tête haute et droite. De serrer chaque muscle de sa face. C'était une force obscure, qui la nourrissait. Je savais.

Je sens la honte pigmenter ma carnation.

– Je l'ai vue déposer le corps mutilé sous une bagnole, en

pleine nuit, plusieurs heures plus tard. Après être allée faire ses courses en toute tranquillité, avoir monté les sacs plastique chez elle, l'air léger, être redescendue, avoir senti les fleurs sortant du buisson de la maison voisine dans un calme serein, comme si rien ne s'était jamais passé. Et après avoir fait semblant que tout était absolument normal, qu'il n'y avait aucun corps mort dans le coffre de sa voiture, que sa journée n'avait été qu'une journée sans histoires, une journée aussi lambda que celle d'un millier d'autres jeunes femmes tout à fait lambda… elle est repartie, et a roulé une heure et demie jusqu'au nord de la ville. Et puis, elle a sorti cette fille de son coffre, sous le halo des réverbères, pensant être à l'abri d'yeux étrangers, dans cette ruelle de quartier malfamé où je n'aurais jamais dû être.

Mes larges mains s'aplatissent sur ma gueule et je masse, je masse, je masse.

– J'ai posé mes doigts sur mon téléphone, mais impossible de le coller à mon oreille. Impossible de le soulever.

Je n'y crois pas moi-même, à ce que je leur raconte. Est-ce qu'eux au moins me croient ?

– Au fond, je ne voulais pas que quelqu'un d'autre sache. C'était tellement plus galvanisant, d'être le seul. Encore une fois. D'avoir ce privilège. Celui de l'unique spectateur. Tout ça était trop caustique pour être partagé. Pour être raconté autrement que par des coups de pinceau. Et puis les articles de presse sont arrivés. Ils se sont enchaînés. Et j'ai commencé à compter les corps. Ceux que moi aussi, j'ai contribué à tuer. En ne disant rien. Je n'avais pas le droit de me taire, mais je me suis tu. Je suis coupable, certes. C'est exact. Mais ce n'est pas ma main, qui a tué. Ce sont mes lèvres, restées fermées.

Les veines de mes mains sont en dehors de ma peau. Elles sont atrocement enflées. C'est parce que leur parler a tout secoué en moi. Leur raconter ces choses m'a vidé de mon fioul. De ma substance.

– Ce n'est pas si mal, comme histoire. Qu'est-ce que tu en penses, Hightower ?

– Pas si mal.

Je plisse le front, narines élargies. Mes pieds inondés glissent dans mes santiags, et de grosses gouttes bien chargées me tombent dans les yeux. Je sue à remplir une piscine olympique.

– La vérité n'est pas toujours logique et évidente. Il serait ridicule de s'attendre à cela, je dis, les yeux secs de ne plus cligner.

– Cette jeune femme, que Beck Westbrook aurait selon vous jetée sous une voiture… c'était quand, exactement ?

– Il y a un bout de temps. Ça fait bien longtemps, qu'elle tue, je chuchote yeux baissés, presque sans le son, sans savoir s'ils m'entendent.

– Et cette jeune femme avait un nom, peut-être ? s'enquiert le nain.

– Je ne sais pas. Je n'en sais rien…

– Bien sûr que non.

– Personne n'en a vraiment parlé, de cette fille, à l'époque… C'était avant que tout cela ne s'enchaîne.

– Vous venez de dire qu'après sa mort, les articles de presse s'étaient enchaînés…

– Non, ce n'est pas… je soupire. J'ai dit que cette fois-là, cette fille-là, c'était quelques mois avant que j'emménage ici…

– Avant que vous emménagiez ici ?

– Non, non, après ! C'était… Ce n'est pas la même fille, qui a été retrouvée lorsque vous avez commencé à… Ce n'est pas le premier corps, pour vous.

Le clown fronce les sourcils.

– Ce que je veux dire, c'est qu'elle n'a jamais officiellement été reliée à l'affaire du Sadique au Couteau. Enfin, elle l'est, reliée à cette affaire, mais...

– On a des difficultés à ficeler son histoire, Monsieur Barrett ?

– Non ! Mais vous avez déjà décidé de ne pas me croire, n'est-ce pas ? C'est entendu d'avance, que rien de ce que je dirai ne sera pris en compte, n'est-ce pas ?

– Pas du tout. Nous vous écoutons. Mais je crois qu'Hightower comme moi, a beaucoup de mal à vous suivre...

– Je n'ai pas tué ces filles. Vous m'entendez ? Vous m'entendez vous dire ces mots ? Je n'ai pas...

Je m'arrête net et récupère de l'air pour ne pas monter plus haut.

Je ne sais plus moi-même, ce que je sais ou ce que je ne sais pas. Ce que j'ai fait ou ce que je n'ai pas fait. *Ce qui est vrai.*

– J'ai peut-être tué ces filles, mais... pas comme vous l'entendez. Oh, et puis je ne sais plus. Je ne dirai plus rien. Je n'aurais jamais dû dire quoi que ce soit.

Ma gorge est encombrée d'une massive boule acide.

– Il est un peu tard, pour se taire.

– La vérité c'est que je ne pourrais pas vous la dire, la vérité.

– Ah oui ? Et pourquoi ça ?

– J'en suis parfaitement incapable.

– Pourquoi ne pourriez-vous pas nous dire la vérité, Monsieur Barrett ?

– Parce que j'ignore si je la connais. Je ne sais plus...

– Ce n'est pas plus mal, de ne plus se rappeler. À votre place, je n'aimerais pas non plus m'en souvenir.

Dans ma cervelle, un cyclone. Ça tourbillonne. Mais aucune pièce ne s'emboîte. Rien ne clique. Je me retiens de toutes mes forces de sortir ma boîte de pilules Khedezla de ma poche.

– Je n'aurais jamais dû parler… Bon sang, quel idiot j'ai été de l'ouvrir, je me susurre. Quel putain d'idiot !

– Vous dites ?

– Je dis que je vais appeler mon avocat. Et que rien de ce que je viens de vous dire n'aura de valeur où que ce soit. Je retire tout ! Tout ce que je viens de vous dire. Je nierai tout !

– Ne soyez pas bête, Monsieur Barrett. Appeler votre avocat maintenant ne ferait que compliquer les choses… Pour vous, surtout. De toute façon, tout sera bientôt confirmé. Il suffit simplement d'ouvrir la bouche, maintenant.

Le clown sort un tube en plastique transparent de la poche intérieure de sa veste moutarde, et récupère l'espèce de très long Coton-Tige blanc rangé dedans.

– Vous ne comprenez pas. Elle m'a piégé.

Je les regarde aussi sobrement que possible, les sourcils droits, les yeux libres de toute crispation, la voix redescendue à un volume minimal.

– Hier soir, j'étais avec Beck. Nous avons couché ensemble dans un restaurant thaïlandais de Miracle Miles. Elle m'a arraché des cheveux. Mes cheveux… Ce sont mes cheveux, que vous avez retrouvés sur le corps de son ami.

– Ah, vous étiez dans un restaurant thaïlandais avec Mademoiselle Westbrook, maintenant ? Pas ici, à travailler sur vos toiles ? On reste là-dessus, alors ? il dit avec sarcasme en croisant ses bras, tête tournée vers le grand rasé. Restaurant thaïlandais avec Beck Westbrook, tu as bien noté, Hightower ?

L'autre soulève les sourcils, dans un rictus qui déforme ses lèvres. Il hoche la tête, faisant semblant d'être sérieux.

– Oui, je note ça. Restaurant thaïlandais avec Beck Westbrook. Vous dites avoir eu des relations sexuelles… Et c'était bien ?

– Excusez-moi ?

– Non mais écoutez, Monsieur Barrett… Vous venez de nous avouer que vous traquiez Beck Westbrook. Maintenant, vous dites que vous êtes amants ? Votre histoire n'a aucun sens !

– Il n'y a qu'un restaurant thaïlandais, sur Miracle Miles. Facile à trouver.

– Et ?

– Allez les voir.

– Ça ne va pas faire l'affaire. Il va falloir faire ce test ADN, j'en ai bien peur.

– Pourquoi l'accuses-tu de mentir, Hightower ? S'il te dit qu'il a couché avec Beck Westbrook, c'est qu'il a couché avec Beck Westbrook ! Laisse-le rêver… Chanceux, hein ?

Le clown suintant me pointe son Coton-Tige sur la poitrine, faute de pouvoir à cause de sa petite taille me le pointer plus haut.

– On le fait, ce test ?

– Non, je n'étais pas avec Beck, hier soir. Je n'étais avec personne. Personne n'était avec personne. Ce ne sont pas mes cheveux, que vous avez retrouvés sur son ami. Beck n'est pas celle que vous cherchez. Je ne suis pas celui que vous cherchez. Je ne vous dirai rien. Tout ça n'est qu'un infâme malentendu. Et vous allez foutre le camp d'ici.

– Soyez intelligent, Monsieur Barrett. Ouvrez sagement la bouche et finissons-en, il m'envoie dans un murmure douillet, rapprochant le Coton-Tige de mes lèvres.

41

WES

22 ans

Je dévisage la croûte accrochée au mur noisette du salon, en avalant le dernier morceau de mon travers de porc. Il s'agit d'un immonde château, surplombant des plaines rocheuses marronnasses, réalisé dans le style impressionniste. Dans le style mais sans aucun style. La toile aux coups de pinceau trop appuyés, et aux traces d'acrylique grossières et pâteuses, est une véritable injure à la peinture. Le dix-neuvième siècle chiale à chaudes larmes, et j'entends Claude Monet, Camille Pissaro, et Frédéric Bazille, faire sauter les clous de leur cercueil en se redressant de leur mort. Comment ma mère a-t-elle pu choisir d'accrocher une telle chose, sans remords, et l'imposer à de pauvres yeux innocents ? J'étais là, le jour où elle a négocié le prix de cette mocheté à un marché aux puces de Tulsa, il y a cinq ans. Elle était persuadée d'avoir déniché une merveille ! Une toile de maître non signée, qui sait ? Les voisins seraient éblouis, et ses copines de bingo, jalouses à en bouffer leurs fiches numérotées. J'ai gardé mes lèvres scellées. Je ne voulais pas être le petit malin prétentieux, qui explique à sa maman qu'avec des coups de pinceau pareils, la toile ne peut provenir que d'une usine à merde, chinoise. Le genre qui produit des semblants de semblants de tableaux anciens, en masse. Des imitations d'œuvres classiques, si classiques, que même le boucher inculte et analphabète du coin connaît. Et ça, pour qu'elles finissent accrochées dans des couloirs d'hôtels deux étoiles, à se faire passer devant par des ploucs aux cervelles creuses, n'ayant jamais entendu parler d'Edgar Degas. Ou alors vendues sur eBay à quinze dollars pièce, à d'autres cervelles creuses, aussi creuses que celle de ma mère. Je savais qu'elle achetait une croûte, mais ça n'avait pas d'importance. Ça rendait sa journée spéciale. Ça enluminait ses joues flasques de rose. Alors j'ai complaisamment acquiescé, et nous avons ramené le machin à la maison le lendemain.

Il est évident que le goût des belles choses ne m'a pas été transmis génétiquement. Je sais que nous avons peu de moyens, mais le goût n'est pas une question d'argent. Il n'était par exemple pas nécessaire d'accrocher ces trois petites assiettes jaunes, peintes d'un soleil rouge, au-dessus de la télévision comme s'il s'agissait de trophées ; ou de poser une miniature en plâtre, imitant tragiquement un David de Michel-Ange, sur la petite table basse au coin de la pièce ; ni d'avoir ce paravent chinois en toile grise et sinogrammes dorés, pour séparer la cuisine anthracite du salon noisette. On aurait aussi pu se passer de cette lampe cassis à abat-jour troué d'étoiles, posée sur le toit de la vitrine à roulettes où papa expose fièrement sa collection de couteaux de chasse. Et surtout, il était parfaitement inutile de suspendre par sa sangle, ce fusil antique au mur. Et le choix de couleur pourpre, pour l'épaisse moquette rêche détestée par mes pieds nus... Pourpre ! Mais bon Dieu, pourquoi donc pourpre ? Enfin, qu'aurais-je pu attendre d'autre, d'un couple simple et si peu érudit, de Muskogee ? Je ne peux guère les blâmer de n'être que ce qu'ils sont. Ils sont ce qu'on fabrique de mieux, dans le coin. Et puis ce sont des gens bons, et je les aime d'un amour généreux. Mais je ne les regarde pourtant jamais avec les yeux d'un fils. Je ne les vois pas de ces yeux d'enfant amoureux, qui relativisent et embellissent. De ce regard biaisé refusant de voir l'évident. Non. Je les regarde comme un étranger les regarderait. Avec la plus grande honnêteté, tout comme je regarde ce salon.

Sa décoration m'irrite, mais je n'y ai aucun mauvais souvenir, dans ce modeste salon au plafond trop bas et aux murs trop rapprochés. Jamais un cri n'a résonné ici. Pas une dispute violente, ne s'est déclenchée. Il y eut des désaccords exprimés, mais les choses étaient dites tranquillement, et le ton restait à bon niveau. Mon père dit que ce que l'on dit dans le cri est toujours moins bien entendu que ce qui est chuchoté. Il est le genre d'homme à préférer une bonne blague à une insulte. Il a le talent de vous remettre à votre place en vous souriant. Et pas narquoisement. Toujours d'un sourire sincère. Il sait dire des choses désagréables, sans pour autant l'être lui-même. Je l'ai déjà vu calmer des automobilistes échauffés, rien qu'avec sa voix et ses manières. C'est un homme de raison, toujours pudique dans ses réactions. Il a la sagesse d'un pasteur, et j'ai souvent pensé qu'il avait loupé sa vocation. Il aurait été adoré par toute une communauté, et l'amour des gens n'aurait pas boursouflé son ego. Mais il est heureux, avec son petit garage automobile de quartier. Il aime avoir les mains sales, et des outils plein les poches. Ça lui plaît, de résonner comme une quincaillerie à chaque pas. Il est tel un gamin, ravi d'être payé pour trifouiller des bagnoles et retaper de vieilles carrosseries. Et puis il peut passer ses journées à bavarder avec les gens du coin, être la bonne oreille du bout de la rue, à l'image d'une coiffeuse à qui on raconte ses soucis, et qui se sent utile d'avoir offert ses conseils.

J'ai conscience du privilège d'avoir une famille saine, douce, et silencieuse. Aux membres vierges de rancœur les uns envers les autres. C'est une chance, il paraît. C'est ennuyeux, aussi. Il ne se passe rien de très excitant. Rien qui secoue le sang. Notre vie de famille jusqu'ici, fut concave et insipide. Parfaite comme un bonheur comateux. Paisible, les gens disent. Je pense que mes parents ont eu de la chance, avec moi. Je leur ai évité les portes qui claquent, les drogues, les fugues, la musique à fond, les mauvaises fréquentations. Les « Ta gueule », « Je t'emmerde », « Dégage ». Un garçon modèle, en surface. Prototype du fils sans défauts, vidé de ses pulsions adolescentes préprogrammées. Aussi sage que ses sages parents sans zones d'ombres, appréciés de tous. Mais tout ça est si lisse, que je lutte parfois à trouver le feu dont j'ai besoin pour créer.

J'aurais aimé avoir un frère bagarreur, rentrant le soir avec des balafres plein la gueule et une haleine de rhum et d'herbe. Ma mère aurait été forcée de lui interdire toutes sorties, mais il s'en serait bien fiché. Il l'aurait poussée contre une armoire, si elle lui avait barré la route. Elle l'aurait traité de fils indigne, de mauvaise graine, et aurait chialé sa honte en frappant son crâne contre les murs noisette du salon. Mon père aurait vu sa diplomatie et sa sagesse foutre le camp, devant la désobéissance effrontée de son épouvantable gamin, pire qu'un rottweiler dressé pour aboyer pour rien. Il aurait enfin montré les dents et poussé la voix. Ses lèvres auraient eu ce rictus de dégoût. D'abord uniquement en regardant la déchéance de la chair de sa chair, pas foutue de se sauver elle-même ou d'épargner ses géniteurs. Et puis ensuite, tous les jours, ses lèvres se seraient habituées à grimacer. Par habitude, pour tout, parce qu'il fait froid, parce qu'il fait chaud, parce que le carton de lait est vide, parce que la purée est trop granuleuse, parce qu'il se sent encore respirer. Sa voix se serait cassée. Elle serait descendue de trois notes, quatre notes, six notes. Plus basse qu'un grondement d'ours. Il y aurait eu de l'énergie autour de la table du salon, et à tous les dîners. Elle aurait été gênante, pesante, asphyxiante, mais elle aurait été là. On l'aurait tâtée. Avalée. Recrachée. On en aurait gerbé. Mais on l'aurait partagée. La police aurait été invitée lors des disputes les plus ingérables, souillant la réputation de notre famille à quinze kilomètres à la ronde. Il y aurait eu des lampes cassées, des portes fissurées, des gestes secs accompagnés de mots féroces, regrettés dès le lendemain mais jamais vraiment pardonnés. Ce frère révolté, m'aurait appris à piquer des bagnoles sans me faire choper, à cogner sans faire saigner mes poings, et on se serait battus pour la même fille comme le veut le bon vieux cliché. Il y aurait eu des larmes dans des cris. De l'admiration camouflée. De la jalousie, évidemment. Je l'aurais trahi en caftant une de ses conneries aux parents, il m'en aurait voulu au point de se tirer, puis serait revenu pour quémander du fric, ou se planquer après un coup qui aurait mal tourné. Et nos parents seraient restés éveillés toutes les nuits, à tourner en rond dans leur petite chambre à la moquette tomate et aux murs gris. Ils auraient acquis la panoplie : cernes multidimensionnels, infestation de cheveux gris, arthrose nourrie au stress. Ils auraient craqué, bras levés vers le ciel, accusant le Seigneur, abandonnant leur foi. Et pendant ce temps, moi, j'aurais dégluti ma frustration plus difficilement qu'un sirop d'huile de hareng. Celle de devoir toujours essuyer les bavures de ce frère égoïste, m'empêchant d'avoir la place de faire mes propres conneries. Ça, ça aurait vraiment été quelque chose ! Une vie de famille avec des artères, et un sang qui coule vite. Difficile, pathétique, désespérant, affligeant, mais vivant.

Vivant !

Vivant de vie.

Au lieu de ça, il y a des déjeuners où j'entends souffler le vent, et des souvenirs vanille fraise.

Lorsque tout est gentil et que tout est calme, il n'y a rien à dire. Et il n'y a rien de plus insupportable pour un artiste, que de n'avoir rien à dire.

Rien.

C'est une malédiction.

J'essuie les coins graissés de mes lèvres avec la serviette en tissu du dimanche, et pose mes coudes sur la table rectangulaire en lattes de bois, fabriquée par mon père un après-midi d'hiver. La brise souffle par les fenêtres entrouvertes, et fait voltiger les cheveux ébouriffés – aux innombrables mèches acier – de ma mère, au-dessus de ses fortes épaules rondes. Elle écoute le bavardage de son mari grisonnant, aux interminables sourcils noirs et blancs, acquiesçant de la tête à chaque fin de phrase. Ses lèvres miment les mots avant qu'ils ne sortent de la bouche de mon père. Une groupie au concert de son idole. Elle sait les adjectifs qu'il va choisir, les termes qu'il va employer, et les sait avant que lui les pense. Fusion mentale d'un mariage beaucoup trop réussi. L'histoire de roue de bagnole de mon père est d'une inutilité infinie, mais ma mère est captivée. Son pouce et son index font remonter et redescendre son alliance sur son doigt potelé, et mon père a exactement le même tic, sans qu'aucun d'eux ne s'en rende compte. Mes parents se réciteraient l'alphabet, qu'ils s'écouteraient avec la même attention. Ça aussi c'est une chance, je suppose. Je devrais me réjouir de leur lien inaltérable et de leur amour intact. Mais aujourd'hui, je préférerais les entendre s'ignorer. J'aurais aimé les voir remarquer la déception térébrante de leur fils unique, et les écouter me plaindre au moins le temps du déjeuner. J'ai reçu un coup de fil cruel, ce matin. Celui d'un agent d'artistes basé à San Francisco, qui après avoir accepté de me représenter il y a trois jours, m'a finalement annoncé aujourd'hui que mon travail n'était pas assez abouti, ni mature, pour qu'il prenne *le risque* de me faire venir jusqu'en Californie. « Le risque », qu'est-ce que ça veut dire, « le risque » ? On ne dirait pas ça à un ancien détenu postulant un job. Ma présence en Californie serait une menace à la carrière de ce type ? Un danger ? Il me pense si médiocre ? Et qu'est-ce qui a bien pu germer dans sa cervelle, pour le faire changer d'avis en trois jours ? Soixante-douze heures, pour passer de « je veux vous aider » à « je ne peux pas prendre *le risque* »...

Ma mâchoire se contracte, et j'appuie mes orteils dans la moquette rêche et piquante. Ces écoles d'art prestigieusement prétentieuses, ces agents frileux sans couilles ni cran, ces rédacteurs de magazines spécialisés, dédaigneux... Tous ces idiots en costumes de gens importants me montrent leur majeur, mais je ne flancherai pas. Je ferai mieux. Il est possible que mes portraits de péquenauds oklahomiens aux regards de tueurs en série n'aient pas été la meilleure série à présenter. Peut-être que l'étude et la critique inutile de la classe populaire du Midwest est un sujet trop rébarbatif ? Que même si je pense avoir apporté une certaine valeur à ce sujet, et que mon style ne s'apparente à aucun autre, mes toiles manquent de quelque chose d'essentiel ? Qu'au fond, et même à la surface, mon travail manque cruellement de relief ? Il est possible que mes idées aient du mal à s'installer, je l'admets. Mais je vaux le putain de coup d'œil. Médiocre, je suis déjà meilleur que les moins médiocres de ce monde. Je mérite d'être accroché à d'immenses murs blancs immaculés et vendu à travers le globe. Je sais, ce dont j'ai besoin. J'ai envie de secouer, de réveiller. Je suis convaincu que la provocation est l'outil le plus élémentaire, pour défoncer les portes de ce monde orgueilleux. Je ne suis pas allé assez loin, voilà tout. Il me faut incorporer plus de fougue à mes propositions. Je ne dérange pas assez les yeux. Je ne force pas assez la réflexion, ni l'indignation. C'est ça, qu'il me manque. Je dois offrir un choc visuel instantané. Une gifle froide et sèche. Un bang ! Un boum ! Un vlan ! Dans les dents ! Une surprise à tomber par terre sur son cul, sans pouvoir s'en relever. Mais il faut dire que cette ville morte ne fait pas vraiment couler l'inspiration dans mes veines ramollies. Elle est morte. Tout est mort, ici. Même l'air souffle trop mièvrement. Et mon talent suffoque. « Réveille-le, Wes ! Réveille-le ! » je me hurle intérieurement.

« Ça va fiston ? » demande mon père, en ouvrant le troisième bouton de sa chemise blanche à manches courtes. Je regarde ses yeux maculés de tendresse, et acquiesce. Ma réponse lui a suffi. Il me tapote la main, et se retourne vers ma mère pour lui raconter la fin de son histoire. Je me lève et vais laver mon assiette et mes couverts dans l'évier de la cuisine. J'ouvre la fenêtre, et frotte mon couteau avec l'éponge déchirée, en regardant le jour briller au-dehors. Le soleil turgide, jaune vif, dessiné d'un cercle parfait qu'on dirait tracé au compas, flotte dans un ciel satiné, juste devant moi. Je pourrais tendre le bras et l'attraper. Il est exceptionnellement près. Tout est possible, il m'assure. « Tout est à ta portée. Il ne te suffit que d'attraper. »

42

Il est quatorze heures, lorsque je claque la porte de la maison. Une longue marche jusqu'au pont de Frisco me fera du bien. J'allais souvent me dégourdir les jambes par là-bas, lorsque j'étais petit garçon. Je trempais mes pieds nus dans la rivière d'Arkansas, dos à plat dans l'herbe courte, doigts enfoncés dans la terre dure. Et je pensais. Je m'imaginais des histoires improbables, se dérouler devant ce pont. Je voyais un type débraillé sortir de sa bagnole pour se jeter dans la rivière, pieds et mains liés. D'un coup, sans hésitation et sans trouille. Il aurait percuté une voiture la veille, tuant toute une famille dans l'accident, et n'aurait plus supporté d'entendre son cœur faire boum boum. Pour ne pas avoir la possibilité de changer d'avis, il se serait lui-même attaché poignets et chevilles, et aurait plongé tête la première dans l'eau foncée. Et moi j'aurais sauté juste après lui, et l'aurais héroïquement sauvé de la noyade. Ou bien alors, je l'aurais regardé sombrer. J'aurais compté les bulles d'air se former au-dessus de son agonie. J'imaginais aussi un corps de femme aux jambes écaillées émerger de l'eau, et transformer la terre en feu noir, totalement opaque. J'aurais sauté d'une pierre à l'autre pour m'en échapper, et aurais terminé en crawl à l'autre bout de la rivière, devenue écarlate. J'aurais réussi à éteindre le feu en soufflant très fort, et la sirène maléfique aurait éclaté en cendres. Des situations, j'en avais des millions en stock. Pas très élaborées, ni très crédibles, mais ça tuait le temps. Je trouvais cet endroit magique, et propice à toutes sortes d'histoires, surnaturelles ou réalistes. Ce n'est vraiment qu'un vulgaire pont pas très joli, mais je le regardais de façon qu'il soit plus grand, plus beau, plus détaillé. Plus intéressant à mes yeux. Je faisais de lui exactement ce que je voulais qu'il soit. Et c'est ce qu'il devenait. Majestueux, doré, électrique... Trois fois, je l'ai peint sur mes toiles. Il y a eu le tableau où j'ai suspendu une chèvre enceinte par la patte, à un de ses barreaux ; faisant tremper le museau de l'animal encore en vie dans l'eau infestée de piranhas noirs. Celui où un très long bras tordu et décharné de jeune fille se dressait hors de l'eau violette agitée, aux profondeurs peuplées de monstres marins redoutables. Et sur la troisième toile, le pont se brisait en deux sous les sabots rouillés d'un titanesque cheval rouge, aux yeux d'acier et à la crinière d'aiguilles.

Rien n'est vraiment exceptionnel ou fantastique, dans cette ville. Je n'ai vraiment que moi, pour m'émerveiller. Il fallait bien imaginer.

À mon retour à la maison dans quelques heures, je sortirai mes pinceaux de leur bocal d'eau, les épongerai sur un morceau de tissu, et foncerai une nouvelle toile. Et celle-là, sera phénoménale. Et celles qui suivront, le seront deux fois plus. Et l'abruti de San Francisco s'en bouffera les doigts, de ne pas avoir pris le « risque » de me faire prendre l'avion jusque chez lui. Idiot aveugle sans instinct, tu ignores *qui* tu as laissé passer ! Pour l'heure, je dois me vider la tête. Pour pouvoir mieux la remplir. Parce que faut-il encore que je trouve l'inspiration, qui me fera accéder au phénoménal que je vise.

Je descends ma rue, mains dans les poches, en faisant traîner mes pieds sur le sol de cailloux sablé. Cette rue, j'espère ne bientôt plus avoir à la descendre. Je rêve de ne plus croiser ces baraques fragiles, capables d'être soufflées par une tempête un peu trop énervée. Ces bicoques identiques, abritant ces vies identiques, se valant plus ou moins. Je suis lassé de ces pick-up, construits pour transporter des bûches et des bêtes tirées à la chasse. Muskogee, tes ruines terreuses et tes espaces inutiles ne me manqueront pas. Ton silence froid, non plus. Ni les balades dans tes rues léthargiques. Ni ce manque flagrant de couleur dans ton centre-ville morne, sans éclat et sans fantaisie. Cette esthétique dépouillée et ta simplicité exagérée m'endorment. Tes terres plates sans fins visibles m'enferment dans leur gigantisme. Tu es libre et large, mais moi tu me barricades. Tu comprends ? Ton trop-plein d'espace m'étouffe ! Je suffoque dans ton rien. Je ne te déteste pas Muskogee, mais je ne t'aime pas. J'en suis navré. Et j'angoisse de me voir encore là, chez toi, dans une dizaine d'années ; vivant, bouffant, dormant, dans une de tes maisons en papier mâché ; marié à une de tes serveuses, caissières, coiffeuses, banquières, doctoresses muskogiennes, enceinte de nos futurs petits Muskogiens, heureux de ne rien vouloir de plus que notre précieux rien, et d'être rassasiés d'une existence vaine. Je m'excuse de parler de toi ainsi, de te piétiner avec mes mots trop francs et ma supériorité pas encore méritée, car au fond tu ne m'as rien fait, Muskogee. Mais notre histoire doit prendre fin. Cette relation ne va nulle part. Et je dois te quitter avant que tu ne m'enterres.

Au bout de la rue, Henry Spears le rouquin promène ses trois dobermans en fumant une cigarette brune. Henry était dans ma classe chaque année, au lycée. Je sais que ses notes étaient meilleures que les miennes, et qu'aujourd'hui il reprend l'affaire de son paternel. Il avait la possibilité d'intégrer Duke, ou au moins de leur envoyer son dossier. Il a choisi de rester ici, de ne même pas essayer. Son père n'avait pas à se plaindre de sa société de construction. Il en vivait bien. Henry fera encore mieux. Il sera très heureux, tout sera très bien, et la chaîne muskogienne s'agrandira d'un maillon. Pour moi, le choix d'Henri Spears est plus abscons que marcher yeux bandés sur un fil tendu entre les toits de deux buildings. Pourquoi ne pas vouloir plus ? Comment pouvoir ne pas vouloir ? Moi, je ne deviendrai pas un énième Henri Spears. Je ne me contenterai jamais de ce que l'on me tend. De ce qui m'est offert.

Pardonne-moi Muskogee, mais je ferai *tout* pour ne plus te voir que derrière mon épaule.

43

LEAH

14 ans

Je pédale depuis une heure et demie, à la recherche de Beck. Les bosses du sol caillouteux font sauter mes fesses sur ma selle hyper-dure. Ça fait trop mal. C'est comme être assise sur un gros rocher pointu. Je tends mes jambes et essaie le plus possible de les garder en l'air. Il y a un petit vent, aujourd'hui. Et il n'est pas vraiment chaud. J'aurais dû mettre un gilet, ou au moins un haut à manches longues. Mon T-shirt jaune trop court laisse la brise s'allonger sur mon bidon nu, et ma salopette short en jean aspire la fraîcheur de l'air dans son tissu rigide. Je tourne mon guidon à droite, et vais continuer de rouler sur le côté ensoleillé de la route.

Je passe pour la troisième fois devant la brouette pleine de terre des Livingston, et remonte l'allée des maisons clones. Le pick-up marron garé derrière le grand chêne de chez les Wilkes est exactement le même que celui de Monsieur Crawford. Sauf que la vitre arrière n'est pas cassée, et que la carrosserie n'est pas aussi ancienne, ni décolorée. Combien de fois j'ai rêvé, que Monsieur Crawford me fasse monter dans son pick-up… Je l'ai vu dans mes rêves, me lire ses romans russes, polonais, et hongrois, sur la banquette arrière. Ceux dont il nous vante les qualités de texte, en cours. Et même que je comprenais tout ! Je posais ma tête sur son grand torse fort, et Monsieur Crawford me faisait des guilis dans le cou avec sa tignasse folle, neige et argent. Il m'embrassait goulûment la nuque, et y laissait des suçons. Je pouvais sentir l'odeur de steak grillé sur sa peau pliée, toute fine et toute rouge. Et ses mains de géant, aux doigts striés et aux ongles ronds étrangement blancs, me réchauffaient le cœur. Et aussi, j'aime compter les taches brunes, sur ses avant-bras plantés d'une forêt de poils blancs. Je ne sais pas pourquoi, ça me rend calme. Tout en lui me rend calme. Je souffle sur ma frange – plaquée sur mon front par ma casquette à l'envers bleu marine – et me concentre sur sa voix caverneuse d'ogre. Je l'ai enregistrée dans mon cerveau, pour pouvoir l'entendre chaque fois que l'envie me prend. Lorsqu'il nous parle en classe, je me sens chez moi. J'oublie que mon bureau calé contre le radiateur crade, plein de chewing-gums et de crottes de nez, est mon bureau d'école. Il devient une table ronde dans un très grand restaurant, le genre grave chic, où je dîne en tête-à-tête avec Monsieur Crawford. Il se serait habillé pour l'occasion. Il serait beau, dans son smoking bordeaux en velours, à bordures en soie noire et revers en tweed. Il aurait ses cheveux épais, brossés en arrière. En fermant les yeux, je rapproche sa voix de moi. Elle ne parle plus de nos devoirs ou des résultats du dernier contrôle. Elle me parle à moi, rien qu'à moi, de choses qui ne concernent que moi. Je la hisse jusqu'à mon bureau en bois, gravé d'insultes écrites en biais et de pénis dessinés au correcteur liquide. Cette table en bois que je rêve en verre, dans ce grand restaurant italien. Il y a tout à coup une élégante nappe blanche qui la recouvre, et une ribambelle de mets gourmands disposés dessus, dans de jolis plats en porcelaine. Et je garde mes yeux fermés le plus longtemps possible. Je m'efforce de ne pas entendre les bavardages de mes voisins de table, ni les bruits de mains dans les trousses pleines, ni les pouces appuyant sur les clics des stylos-bille, ni la craie de Monsieur Crawford griffer le tableau vert. Je n'entends plus que nos deux verres de vin sonner l'un contre l'autre, et la musique classique entêtante de ce restaurant italien.

Un jour, tous les deux, on ira vivre dans une grande ville, pleine de gens aussi cultivés et intéressants que Monsieur Crawford. Il donnera des cours de lettres dans une prestigieuse université, et moi je serai tragédienne à succès. On habitera dans une maison gigantesque, sans papier peint sur les murs, sans cafards sous l'évier de la cuisine, sans danger imminent. Et nos enfants auront les yeux bleus de Monsieur Crawford. Des yeux encore plus beaux et bleus que ceux de mon père, et que ceux de Beck. Ils seraient d'un bleu pur, qui ne ferait pas peur, celui-là. Un bleu qui ne rappellerait pas le fiel, ni la peine, ni la tempête. Un bleu dont la beauté ne serait pas menteuse. Un bleu réconfortant et doux, comme un baiser de bonne nuit. Un bleu bon, qui sentirait le bien. Qui ne viendrait surtout pas de mes gènes. Qui n'aurait rien de moi, en lui. Ça ne serait que le bleu de Monsieur Crawford. Le sien, et celui de personne d'autre.

Et j'oublierai d'où je viens.

Et tout ce qu'il y a eu avant.

Et je serai Leah Crawford.

Et tout ira bien.

J'y pense tous les jours, ça me fait sourire. Un jour, tout ça sera vrai. C'est sûr.

Je refais une dernière fois le tour du voisinage, et décide d'aller voir si Beck n'est pas allée s'allonger devant le pont de Frisco. Je ne sais pas ce qu'elle traficote là-bas, mais elle m'interdit de venir avec elle. Alors c'est toujours le dernier endroit où je vais la chercher. En ce moment, elle disparaît de plus en plus. On ne va plus trop espionner les fils Livingston, par la fenêtre de leur salon. Ni s'asseoir devant le bar de Monsieur Turner, pour regarder sortir les ivrognes, et parier sur lequel se cassera la figure avant d'arriver à sa voiture. Et on a aussi arrêté de ramasser les capsules de bière devant le garage des Wilkes, pour les disposer sur le sol de notre chambre, la nuit, et marcher dessus pieds nus. On les collait à l'envers par terre avec des morceaux de pâte à fixer, avec pour projet d'en avoir assez pour pouvoir recouvrir la totalité de la surface du sol. On en avait déjà récolté trois bocaux complets, en comptant celles de papa qu'on sortait de la poubelle de la cuisine. C'est vrai que tout ça était carrément naze, mais on était carrément nazes ensemble. La seule chose qu'on faisait seule, c'était bien de dormir ou de pisser. Maintenant, ce n'est plus trop pareil. Beck s'en va des heures durant, sans me raconter ensuite ce qu'elle a fait. Et quand j'insiste pour savoir, elle fait descendre ses paupières comme des chapeaux sur le bleu de ses yeux, et me dit de me mêler de mes affaires en durcissant les nerfs de son front. Elle sort avec un garçon, peut-être… Peut-être le fils Wilkes… Je ne suis pas convaincue mais j'ai beau chercher, je ne vois pas d'autre explication. Ça me pince le cœur très fort, qu'elle ne se confie plus à moi. Mais je fais semblant de m'en ficher. De toute façon, j'ai mes bouquins pour m'en aller de cette vie quand j'en ai envie. Et puis il y a toujours la nuit, lorsque tout ici s'arrête et tout se tait. Et que je peux enfin exister.

J'approche du pont. Le soleil m'envoie ses lignes blanches dans les yeux. Je les plisse et tourne à droite, fesses en arrière et dos en diagonale. Ma petite croix dorée tape sur le trou entre mes clavicules. Chaque fois que je sens cette croix sur ma peau, je me rappelle que même si Beck a besoin de se décoller de *nous*, je ne suis pas seule, dans ma malchance et dans mon chagrin. Et qu'il est de toute manière impossible, qu'elle parvienne réellement à se décoller de *nous*. Parce qu'on fait partie d'un lot. Et que l'une sans l'autre, on ne vaudrait plus rien du tout.

Les roues fines de mon vélo ont du mal à avancer sur le terrain terreux. Il y a des touffes de plantes disséminées ici et là, et des pierres trop grosses pour se faire rouler dessus. Je rebondis péniblement, le caoutchouc risque de crever. Je descends de ma selle, et fais rouler mon vélo à côté de moi.

La rivière d'Arkansas frétille. Ses vaguelettes bleutées miroitent sous le ciel tranquille, aux nuages remplis à ras bord, dessinés pareil que dans les dessins animés. J'écoute le bruit apaisant de cette eau glissant vers l'Arkansas, et ayant déjà traversé le Colorado et le Kansas, avant de couler ici en Oklahoma. Cette eau, ayant connu bien plus de paysages que moi, et qui ne tardera pas à se noyer dans le Mississippi. Le son de son voyage est heureux. On dirait qu'elle se réjouit de son passage à Muskogee.

Des taches de lumière pâlissent le bleu de la rivière, et le rendent carrément blanc tout au loin. Les amas de cailloux de la côte s'enfoncent dans l'eau, formant des sinuosités sur la terre ferme. Tous les arbres en bordure sont inclinés vers le sud. Ils regardent eux aussi, passer les vaguelettes pétillantes. Leurs branches fluettes manquent de feuilles, et leurs feuilles de couleurs. Mes jambes nues disparaissent dans la jungle de mauvaises herbes, aux longueurs défraîchies et aux pointes caramel roussi. Des fourmis me chatouillent les mollets, et s'introduisent dans mes chaussettes blanches. Je dois secouer les pieds à chaque pas.

Je vois Beck, un peu plus loin. Elle est de dos, mais ça ne peut être qu'elle. Je reconnais ses longues jambes maigres sans muscles, et son T-shirt ample marron, au dos imprimé d'un aigle à tête brune. Ce T-shirt au tissu si peu épais, qu'on distingue sans problème ses omoplates saillantes à travers. Je ne comprends pas ce qu'elle est en train de faire. Je crois qu'elle creuse un trou dans la terre, avec la pelle à manche rouge de papa. Plus l'espace qui nous sépare rétrécit, plus elle a l'air de s'acharner sur le sol. Elle ne m'entend pas arriver, tant ses coups de pelle sont rapprochés et violents. C'est comme si elle avait un moteur de rage, allumé en elle. Je suis à une dizaine de mètres, et le bruit de l'eau heureuse glissant vers le Mississippi ne m'apaise plus. D'ailleurs je ne l'entends plus. J'ai instinctivement peur, sans connaître la raison de cette peur. La brise est brusquement devenue vent. J'ai la chair de poule. Et ma frange ne colle plus du tout à mon front. Je laisse tomber mon vélo sur un buisson fourni, et prends ma respiration. Je n'entends pas non plus l'air entrer dans ma bouche. Juste le métal de la pelle, frapper le sol à grands coups. « Tchak ! Tchak ! Tchak ! Tchak ! Tchak ! Tchak ! » Et puis les bras de Beck s'immobilisent en position pliée, coudes vers le sud. Son dos s'est redressé et ses jambes se sont tendues. Elles sont parfaitement droites. Deux baguettes chinoises piquées dans la terre. Et elle ne bouge plus. Elle attend. Elle sait qu'il y a quelqu'un derrière. Je devrais ouvrir la bouche, dire n'importe quoi, un « Hé ! », un « Qu'est-ce que tu fabriques ? ». Mais je ne dis rien. Un truc inconnu dans l'atmosphère m'en empêche. Des agrafes invisibles ferment mes lèvres. Cet instant est différent. Différent de tous les autres instants déjà vécus. C'est bizarre... Il est infusé d'une énergie oppressante, qui s'avachit sur mes épaules. Elle se colle à ma peau comme du chewing-gum tout frais, à peine sorti de la bouche.

Beck se retourne.

Ses yeux exorbités sont sans vie. Il n'y a plus rien, dedans. Le néant. Des yeux de poupée en porcelaine, factices, qui ne clignent pas. Ses taches de rousseur se sont multipliées, et paraissent mille fois plus rouges. Il y en a de plus grosses que d'habitude, sur son front et son menton, et sur ses paupières aussi. Et puis juste en dessous de ses yeux morts. Leur rouge est presque noir. Il est exactement du même rouge que le rouge de la goutte sur mon doigt, dans la cabane de papa. Celle que j'avais sentie, et qui avait senti le sang.

Non, ce ne sont pas des taches de rousseur, sur le visage de Beck. Ce sont des éclaboussures. Comme des betteraves explosées, expulsées d'un mixeur. Le devant de son T-shirt en est aspergé. À tel point, qu'il lui fait une seconde peau. Comme si sa peau était faite en tissu froissé, mouillé, rouge foncé. On peut voir ses tétons pointer dessous. Et la forme de ses tout petits seins. Elle en a aussi plein les cuisses, de ce liquide alizarine assombri d'une pointe de cassis. Il dégouline en lignes droites sur ses mollets ficelles. Et sur ses mains, on dissocie impeccablement toutes les lignes, séchées dans le rouge.

À gauche de ses pieds nus, plongés dans une cavité de terre débordant de ce même jus rouge, il y a un trou creusé. Il est monumental dans sa largeur, et profond. Étendu juste à côté, je reconnais Elvis Brown, l'un des chats errants nourris par maman. Sa tête est à un fil d'être décapitée. Son ventre vomit ses entrailles roses, plus luisantes que des anguilles huileuses. Ses yeux dorés sont crevés. Son nez, ouvert jusqu'à l'os. Et en dépit de son pelage foncé, on comprend que le liquide dont il est mouillé, provient de l'intérieur de son corps. À droite d'Elvis, il y a un autre chat. La bête est percée de trous, et fuit elle aussi de son sang. Et en dessous de ce cadavre, encore un cadavre. Un chien. Un chien n'ayant plus l'air d'un chien, mais que je suspecte d'être le terrier blanc des Livingston. Le pauvre a les pattes tranchées, et la partie inférieure du museau arrachée. Sa langue a été fendue. Ses dents jaunâtres apparentes et gencives mutilées, le font s'apparenter à un piranha dingue. Il a des brindilles lardées dans la gélatine de ses yeux, et les oreilles découpées à la racine du crâne. La peau a été décollée de son dos, sa chair râpée, sa queue brûlée, et un canif a fendu son petit crâne sanguinolent. Les os lui sortent de partout. J'ai l'impression qu'il est embroché par la carcasse d'un autre animal. Je vais rendre mon déjeuner. Mes jambes se cognent l'une contre l'autre.

Tout tourne. Tout sonne.

– Je t'avais dit, de ne pas venir ici, murmure Beck en lâchant sa pelle.

J'appuie ma main sur mes lèvres molles, pour m'empêcher de vomir.

– Mais qu'est-ce que tu fais ?

– À ton avis, Leah ?

– Tu les as trouvés comme ça ? je demande à travers mes doigts tressaillants, espérant mais sans y croire, qu'elle me réponde oui.

Elle avale un ricanement.

– Non, Leah.

– Mais si…

Son ricanement devient rire. Puis fou rire.

– Arrête ! On dirait une petite chose fragile. Qu'est-ce qui t'arrive, tout à coup ?

– Mais qu'est-ce que tu fais ? je bredouille, dévorée toute crue par ma frousse.

– De la biologie.

Son sourire s'élargit au-delà de ses joues. Sa joie d'épouvante diabolise l'atmosphère.

Je suis stone.

– De la biologie ?

– Il n'est pas plus mignon le chien des Livingston, comme ça ?

Mes yeux s'embuent.

– Tu n'as pas fait ça… Je ne te crois pas.

– C'est trop risqué, de faire mes expériences dans la cabane de papa. Alors j'alterne. Parfois, je viens ici. Maintenant tu sais. Satisfaite ?

Mon urine vient brûler mes jambes frigorifiées.

– Il faut que j'aille voir maman…

– Je dois me trimballer un seau d'outils de quinze tonnes en vélo, et puis le ramener jusqu'à la maison une fois que j'ai terminé. Pas très pratique… Mais pour nettoyer mes outils, c'est carrément plus facile ! Il suffit de tout plonger dans la rivière. Et puis je ne suis dérangée par personne, ici. Quoique le risque de pouvoir me faire attraper à tout instant me manque pas mal, je l'avoue. C'est un peu ce qu'il y a de meilleur, finalement. Tout faire pour se faire prendre, sans jamais se faire prendre. Ça, c'est du frisson… Mais je commençais à laisser trop d'indices. J'ai surpris maman à fouiller dans la poubelle, l'autre soir. Elle a trouvé la chemise de papa. Celle dans laquelle j'avais emmitouflé la tête évidée d'un renard, avant d'aller l'enterrer derrière la cabane. Dommage.

Je perds l'équilibre, et me retiens au tronc du vieil arbre rabougri, derrière moi. Je me demande où est ma sœur, et qui est *cette fille* éclaboussée de sang, déguisée dans le corps de Beck, vêtue de *sa* peau, en train de me parler d'une voix que je ne connais pas, et de me regarder à travers *ces* yeux bleus, aussi fielleux que ceux de papa. Sait-*elle*, où est ma sœur ? J'ai besoin de voir ma sœur.

– Fais pas cette tête, Leah. Je te croyais plus dure à cuire.

Une souris grise aux pattes roses se faufile entre mes pieds en couinant, et va grignoter la gélatine purulente des yeux du chien. Et je me tords en deux. Toute l'omelette tomates champignons de midi gicle sur mes tennis. Et je vomis de la bile. Et puis de l'air. Et puis plus rien ne sort. Mes crampes me scient le bide. Je m'écroule tête la première, mains au sol.

– Pourquoi tu fais tout un pataquès ? C'est vrai, que tu es

faite pour la tragédie ! Allez, relève-toi. Tu vas m'aider à recouvrir le trou.

Elle attrape Elvis par la patte arrière, le secoue en s'humidifiant les lèvres, et le balance au fond de la fosse.

– Il faut que j'aille voir maman, je balbutie dans mon vomi, sans relever les yeux.

– T'en as plus que ça dans le ventre ! Fais pas le bébé.

– Appelle maman, s'il te plaît… Je t'en prie…

– Tu sais ce qui se passerait, si maman apprenait ça ? Elle le dirait à papa. Et tu sais ce qui arriverait, si elle le disait à papa ?

Elle me fixe de longues secondes, ses sourcils hauts sur son front.

– Alors il faut que tu te calmes Leah, elle dit d'une voix soudain duveteuse.

Elle s'accroupit à mes côtés, et pose délicatement sa main sur mon dos glacé.

– Pourquoi tu as fait ça ? je lui chuchote, la voix nouée de sanglots.

– Pourquoi un chat apprivoisé, n'ayant jamais rien connu d'autre que l'intérieur d'une maison, et à qui personne n'a jamais appris à chasser… Pourquoi ce chat-là enfoncerait-il instinctivement ses incisives, dans la gorge du premier oisillon qui volerait au-dessus de lui ?

– Je ne sais pas…

– Pas pour se nourrir, Leah. Le chat dont on parle est gavé de pâtée et pourri gâté aux croquettes. Alors, devine ?

– Je ne sais pas…

Mon nez coule sur mes lèvres comme l'eau d'un robinet, et ma salive prend le relais en enduisant mon menton. Je n'arrête pas d'essayer de me relever, mais mes jambes ne fonctionnent plus.

– Parce que c'est dans ses gènes. Tu vois ? Et ça, depuis la nuit des temps. Avant même que la mère de la mère, de la mère de sa mère, existe. Et même si la mère de la mère de sa mère, était elle aussi un chat d'intérieur, n'ayant jamais vu la vie en dehors de quatre murs bétonnés. Même séquestré dans une caisse sans barreaux ni vitres, dès sa première heure de vie. Même privé de tout contact animal et humain, sans jamais avoir entendu aucune voix, ni aucun son. Même élevé dans le plus neutre des environnements, en ayant reçu le plus neutre des dressages. Même avec tout ça, ce chat-là ne perdrait pas ses gènes. Parce que c'est impossible. Tu comprends ? On n'efface pas, ces choses-là. C'est infaisable. Irréalisable. Ce qui fait qu'il est lui, est impossible à arracher. Impossible à neutraliser. Même le feu, ne pourrait le brûler. C'est en lui. C'est tout.

– Je ne comprends rien… Je me sens vraiment trop mal… J'ai tellement mal au ventre, je gémis en enfonçant mon front dans la terre ensanglantée.

– C'est impossible à arracher, Leah. Ce n'est pas un petit morceau de tumeur, retirable au scalpel. Ce n'est pas quelque chose qui se calme, qui se soigne, qui se dissipe, ou que l'on peut rendre silencieux. C'est incorporé à toutes les cellules du corps. Tous les organes. C'est si mélangé, que tout en est teinté. C'est dans les gencives, dans les cheveux, à l'intérieur des oreilles, dans les fesses, dans le sexe, noyé dans le corps vitré de l'œil, dans les narines jusqu'aux sinus, dans les cryptes amygdaliennes, sous les ongles, dans la bave et dans la sueur. On l'expire et on l'inspire. C'est emberlificoté dans les sillons du cerveau. C'est impossible à arracher, Leah. Il n'y a que la mort, pour nous délivrer de *cette chose*. Et même une fois mort, on n'en est jamais vraiment débarrassé. Tu comprends, maintenant ? Hein ? Tu piges ce que je te raconte ?

– D'accord, d'accord, je bégaie en me redressant, les yeux flous de larmes. Ne crie pas, Beck !

Le ciel s'est assombri. Je sais qu'il n'est que gris, mais je le vois noir. Il est un bloc goudronneux qu'aucune lumière ne pénètre. Je voudrais secouer la tête, me réveiller, voir autre chose. Je voudrais tout avoir rêvé. Mais mon cauchemar ne me laisse pas m'enfuir.

– Pourquoi tu me regardes comme ça ?

– Comme quoi ?

– Comme si tu avais peur de moi. Tu ne vas pas me dire que tu as peur de moi, quand même ?

J'avale ma salive morveuse, et essuie mes yeux avec mon avant-bras. Je renâcle tout le bazar qui me bouche le nez. Tout reste bloqué.

– Non. Je n'ai pas peur de toi, Beck.

– Tu es sûre ? On ne dirait pas.

– Je veux juste rentrer à la maison, d'accord ?

– Bien sûr. Fais ce que tu veux. Mais garde ta bouche fermée, tu m'entends ?

Je hoche la tête, et me relève laborieusement. Je crains de ne pas tenir longtemps sur mes guiboles. Il me faudrait des béquilles. L'odeur des cadavres fait remonter ma bile à toute allure. Elle stagne à la naissance de ma langue. Le simple fait de respirer est un supplice. J'ai peur d'avaler leurs particules de mort.

Je regarde cette maigrichonne brune, aux taches rousses devenues rouges, aux longs cheveux reflets vermeils, aux pieds nus baignés dans le sang, et aux yeux bleus soudain noirs, sans rien comprendre. Je voudrais lui demander d'aller chercher ma sœur, mais elle trouverait ça stupide. Elle me rirait à la tronche. Pourtant je lui demanderais du fond du cœur. Il n'y a personne d'autre au monde, que je préférerais voir. Je voudrais lui raconter ce qui est en train de m'arriver. Lui demander de m'aider. Qu'elle me sauve d'ici. Qu'elle m'attrape la main, et que l'on se mette à courir à s'en déboîter les rotules, comme le jour où nous avions fui la maison, mais que papa nous avait retrouvées cinq kilomètres plus loin, faisant du stop devant une station-service. Cette fois, je ne demande qu'à courir jusqu'à notre chambre, et on se cacherait sous la même couverture, dans le même lit, en se serrant très fort. C'est vrai que je préférerais que l'on coure beaucoup plus loin, jusqu'à une autre ville, où on prendrait un bus nous emmenant dans un autre État, et puis un train nous emmenant dans un autre endroit. Mais tout de suite, je dois juste disparaître de cette scène. En être le plus loin possible. Mais Beck n'est pas là. Et *cette fille* ne m'aidera pas. Et je n'ai plus personne.

– Tu es comme papa, je murmure malgré moi, sans même m'en rendre compte.

– Quoi ?

– Je n'ai rien dit.

– Si, tu as dit quelque chose ! Répète, pour voir ?

– Je ne sais pas qui tu es ! je hurle, pour la faire revenir à elle.

– Si, tu le sais. Tu viens de le dire…

– Mais non…

– Si, c'est exactement ça.

– Mais non !

– Regarde comme tu me regardes. Avec tes lèvres tordues en demi-lune, comme tu le regardes lui.

– Tu dois avoir de la fièvre, ou quelque chose…

– Aucune fièvre, Leah.

– Un médecin. Il te faut un médecin. Peut-être qu'on pourrait demander au Docteur Townsend de venir à la maison, ce soir…

– Si tu ne m'aides pas à recouvrir le trou, tu peux t'en aller.

– Je suis sûre que maman accepterait…

– Quoi ?

– Qu'on fasse venir Docteur Townsend.

– Pourquoi j'ai le sentiment que tu vas tout cafter ?

– Tu te rends compte, de ce que tu as fait ?

– Depuis quand tu es devenue Miss Catéchisme ? T'as bu de l'eau bénite ce matin, ou quoi ?

– Tu as tué ces pauvres bêtes !

– Et alors ? On se fait bien mal à nous-mêmes, c'est quoi la différence ?

– Tu es malade, Beck… Tu as besoin d'aide. Il faut que j'aille chercher maman pour qu'elle vienne te soigner. Reste là, d'accord ?

– Je n'ai pas besoin d'être soignée. On ne guérit pas les gens de ce qu'ils sont.

44

WES

22 ans

J'ai tout vu. Je relève la tête de mon buisson et avale ma salive. J'ai tout vu. Leah Westbrook est partie, évanouie entre les mains de sa sœur.

Vingt minutes, que je suis allongé par-dessus l'herbe piquante, caché sous un arbre au tronc tordu, devant le pont de Frisco. Mes jambes agonisent de ne plus bouger, mais je n'ose les déplacer d'un centimètre. Peur de faire du bruit. Peur qu'elle m'aperçoive. Mon cou est tendu vers l'horreur, mes yeux douloureusement ouverts. J'ai tout vu.

Ô Dieu. Ô Diable.

J'ai tout vu.

Les yeux bleu de minuit de Beck pleurent. Ils humidifient les taches rouges sur ses joues concaves. L'essence malsaine de l'instant vient m'agripper à la gorge. Les ongles venimeux du mal piquent mes veines vierges. C'est un shoot. Sa toxicité contamine mon sang pur. Ce spectacle funèbre m'a plu. Il ne me fait pas fuir. Il ne m'indigne pas. Je le regarde en spectateur, oubliant sa réalité permanente.

Beck décolle ses mains du cou de sa sœur, l'une après l'autre, et dépose un baiser appuyé sur son front. Elle en pose un autre sur ses lèvres charnues, comme un baiser d'adieu. Un baiser amoureux de gare. Impudique et entier. Qu'on donne juste avant que le train siffle. Elle en dépose encore un sur ses joues remplies, et sur ses sourcils dont je distingue la forme arrondie malgré la dizaine de mètres nous séparant. Leurs petites croix dorées se sont cognées. Métal contre métal. J'ai l'impression de les avoir entendues tinter. J'ignore si j'ai imaginé ce son, ou s'il est réellement parvenu à mes oreilles. Mais le « ding ! » de ces croix heurtées l'une contre l'autre s'allonge dans ma tête tel un acouphène.

Beck n'a pas voulu ça. Je l'entends dans ses sanglots hachés. Je le vois dans le froissement de ses muscles. Je le sens, comme étant moi-même dans ce corps rachitique chevrotant, cassé par le deuil.

Autour, tout s'est assombri. Le ciel d'abord, et puis la couleur des feuilles, et de l'herbe. La rivière aussi s'est obscurcie, ombrée par *sa* mort. Le périmètre entier est concerné. Il faudrait le découper, moi avec, et le jeter hors de ce monde. Il est sale, maintenant.

Cette scène m'a pétrifié mais convaincu. Elle m'a parlé dans une langue étrangère que j'ai comprise. Je me sens me transformer, ou peut-être me terminer de ce que j'étais déjà ; de ce que je n'aurais peut-être sans ce moment, jamais entièrement été. J'ignore pourquoi. Ma morale n'est pas d'accord. Ma raison non plus. Mais il est trop tard, maintenant.

Je viens de rencontrer un autre moi.

L'atmosphère se retourne. De pile, elle passe à face. De morne, à vive. Clic, clac. Un interrupteur intérieur a déclenché le changement en Beck. Elle se redresse, ses yeux s'agrandissant, ses larmes arrêtant net leur course, ses lèvres tordues reprenant leur ligne horizontale. Sa souffrance déjà essorée. Sa tête est haute. Sa nuque droite, parfaitement droite. Elle est assurée. Et rassurée. Tout va mieux, tout à coup. Elle tend le bras, et arrache la chaîne du cou de Leah. Sans un soupçon d'émotion.

Sans un souffle. Et puis elle tire le corps par son pied gauche, et fait tomber sa sœur dans la fosse sépulcrale. Elle attrape la pelle rouge, et la translucidité de sa peau s'enténèbre. Elle est à nouveau *la Beck*, que j'ai surprise à larder le flanc de ces petites bêtes, il y a plus d'une heure et demie. Je tire sur mon cou, afin de rapprocher mes yeux des siens. Je veux être sûr de leur lueur. Je veux trouver où est dissimulé son chagrin. Il ne peut pas être si loin… Pourtant je n'en aperçois plus la couleur. Plus nulle part. Mon pied pousse une pierre, ma main se cramponne à la terre, et je rampe. Et puis une branche craque. Beck relève la tête. J'ignore si elle m'a vu, mais je n'attendrai pas de le savoir. J'aimerais un contact. Son œil dans mon œil. Seulement, je ne suis pas prêt pour ça. J'ai peur que ça fasse court-circuit. Que l'on explose en poussière tous les deux. Et que de cet instant, il ne reste rien.

Je me lève d'un bond, ressort au cul, et détale, battant les feuillages de mes bras dressés en avant. Dans ma course, je ne vois plus autre chose que du vert et des troncs. Je n'entends plus rien, si ce n'est mon souffle pétulant. Je ne sens plus mon poids, ni mon mouvement. C'est comme un rêve où tout se floute.

Où le réel ne veut plus rien dire.

Elle m'entend courir, c'est évident. Elle doit se demander qui court. Qui a vu. Qui a partagé cet instant impartageable. Qui est désormais au courant de *ce qu'elle est*. Un lien intime vient de s'enrouler à sa cheville, et l'autre extrémité est serrée autour de la mienne. J'ai beau m'éloigner, ce n'est que du fil qui se déroule. Aussi loin que je puisse courir, je resterai à jamais rattaché à cet instant. À jamais, rattaché à Beck.

45

BECK

« Tes taches de rousseur sont celles du Diable ! », m'a craché mon père, haleine épaissie par la bière et le bœuf à la graisse de porc, nez écrasé contre ma joue, ses cils sur ma peau, ses lèvres contre les miennes, ses postillons passant au travers, me forçant à les avaler. « Tu peux faire semblant, mais moi je vois tout, Beck » il m'a susurré dans un baiser indigeste, reçu par mon estomac comme un milkshake d'œufs pourris. « Ces taches sont les éclats de rire du mal. » « Sache que c'est moi, qui te les ai données. J'avais les mêmes, à ton âge. Elles sont encore là, quelque part. Il suffit de les regarder d'assez près. De plisser un peu les yeux… Regarde. Regarde bien… Tu les vois ? »

J'avais treize ans. Je venais de sortir de la douche, serviette sous les aisselles, cheveux gouttant sur le sol gris de la salle de bains grise. Et sans raison apparente, il m'a prise au dépourvu pour me vomir son mépris. Pour que je découvre les grains roux, qu'il cachait sous son épiderme. C'était un soir de semaine, maman était déjà couchée. Nous étions là, dans la vapeur moite, nos pieds dans les flaques tièdes de ma douche, nez à nez, devant le miroir embué de l'armoire à pharmacie. Ses mots se sont instantanément tatoués sur chacune de mes taches. Je les ai sentis s'accrocher à ma peau. Cette peau juvénile toute neuve, ayant à peine servi. Cette peau venant d'être frottée à l'éponge et lavée au savon citronné, mais déjà souillée à nouveau. Ses mots m'avaient perforé l'épiderme.

Je savais, qu'ils étaient vrais.

Lorsqu'il est sorti de la pièce, j'ai passé ma main sur le miroir de l'armoire à pharmacie, et le visage qui est apparu devant mes yeux secs m'est apparu pareillement qu'apparaissent les monstres dans les films d'épouvante : comme derrière un grand éclair, avec une musique dramatique à deux notes. Comme si l'on m'avait filmée crûment, sous une ampoule blanche, sans aucune indulgence. Il m'est apparu dans une sueur froide.

J'ai vu l'ennemi, dans un carré de verre métallisé.

J'ai vu le Diable.

Ses mots avaient redimensionné *ce visage*, vu tous les jours sans être vu. Parce qu'on ne se regarde jamais qu'avec ses propres yeux. Et qu'on ne se voit jamais avec les yeux honnêtes d'un juge impartial. Mais toujours avec ceux d'un juge soudoyé par le défendeur.

On ne voit rien.

Pourtant cette fois, et pour la première fois, je me suis regardée sans automatisme, oubliant que la personne me regardant était la même que je regardais. Et je me suis vue. Rien qu'une poignée de secondes, je me suis aperçue. Et ce fut horrifiant. Alors j'ai fait tourner la poignée « chaud » du robinet de l'évier dans un crissement aigu, le plus vite possible. J'ai tourné, tourné, tourné, jusqu'au bout, jusqu'à l'extrême maximum, jusqu'à bloquer la poignée, jusqu'à ce qu'il soit absolument impossible de tourner davantage. Jusqu'à ce que l'eau brûlante éclabousse tout. Et j'ai regardé le miroir s'embuer à nouveau. Et le visage de l'ennemi disparaître dans la vapeur épaisse. J'étais soulagée, de le voir disparaître.

Ce soir-là, c'était le soir du jeu des billets qui a mal tourné. Et repenser à l'épisode de la salle de bains, fait soudain se reconnecter les fils rouillés de ma mémoire. Et enfin, je l'entends. Après toutes ces années à le chercher, il est là. *Le bruit.* Celui qui a réveillé mon père, cette nuit-là. Octobre de mes treize ans. Dieu que je l'ai cherché, ce souvenir… mais en m'assurant chaque fois, de ne surtout pas le trouver. Je partais à sa recherche en prenant soin d'éviter les bons chemins. Je m'entubais avec maîtrise. Oh que ça aurait été dangereux de le trouver, ce souvenir… Eh bien aujourd'hui il est là. Clignotant dans mon crâne. Et je vois tout. J'entends tout. Leah se tient sur la pointe des pieds, main droite sortant un billet plié de la poche du pantalon beige de papa. Elle se retourne, le visage dans le halo de la lampe imitation Belle Époque en mosaïque de verre. Il exulte, son visage. Elle exulte, Leah, d'avoir réussi l'exercice une fois de plus, sans faire craquer les nattes en osier de la chaise, ni faire taper le pied plus court que les autres sur le sol, ni faire gratter le papier du billet sur le tissu du pantalon, ni faire frôler sa respiration sur les parois de sa bouche. Elle n'avait plus qu'à revenir, maintenant. Elle avait presque gagné. Et j'ai regardé sa peau, dans ce halo flatteur de lumière or. Son visage était comme une lune ronde plongée dans une nuit marine. Et la vue de sa peau pure de taches, si propre, sans le moindre grain roux… C'était la mienne en mieux. La mienne, sous ces saletés rousses. Ce que la mienne aurait dû être. Cette peau de pêche trempée dans du lait, posée sur cette fille épargnée par ses gènes, et incapable de mauvaiseté. Juste capable de prétendre en être capable. Cette fille qu'aucun père, aussi sauvage, sadique, sanguinaire, soit-il, aurait pu rendre sauvage, sadique, ou sanguinaire. Cette fille que le mal ne teinte pas, n'effleure pas, ne croise même pas. Cette gosse pure, aussi pure que sa peau pure et propre.

Pure de son *père*. Pure de ses *gènes*. Pure de ses *taches*.

Je l'ai regardée, la main appuyée sur le grand et lourd livre de voyage, rangé sur la toute petite étagère bleue, devant la chambre de nos parents. Et à la seconde où Leah a baissé les yeux pour vérifier sur quoi ses pieds nus marchaient, j'ai poussé le livre. Boum ! Sur le parquet rouge. Et les yeux de mon père se sont ouverts. Et ce fut terminé.

Wes a été incarcéré aujourd'hui, après résultats ADN d'un échantillon acquis de force, par une ordonnance de prélèvement. Le monde apprendra bientôt qui il est. Qui Wes, est. Et aussi qui Wes Barrett, est. J'ignore s'il y a deux hommes ou un seul, mais l'un d'eux s'apprête à se faire déchiqueter par une machine médiatique aux dents de requin. La serveuse du restaurant thaïlandais ayant *disparu*, et l'autre employée étant dans l'incapacité de se rappeler qui elle avait vu ce soir-là, la défense de Wes s'est cassé la gueule. Il y avait bien ma présence à son vernissage, mais ça ne prouve que son obsession, et ma volonté de comprendre. Je ne serai pas là pour le reste. Je dois oublier qu'il y a jamais eu un Wes. Et qu'il y a eu un Wes Barrett. Peut-être qu'il n'y en a jamais eu, de Wes. Ni de Wes Barrett. Je sais bien que si, mais y penser m'est insupportable. Alors je n'y penserai plus. Plus jamais. Et jamais plus, je ne reviendrai ici. Plus jamais, je ne me remémorerai tout ça. Je me remémorerai de nouvelles œuvres. Les miennes. Avec de nouveaux visages et de nouveaux corps. Une pléthore de nouveaux corps. Ils seront tout aussi bien abîmés que les anciens. Encore mieux abîmés. Plus habilement mutilés, plus joliment disposés. C'est un art, que d'abîmer les peaux. De salir le beau et le rendre grave. Wes m'avait tout volé. Il a fait croire au monde qu'il était doué, mais c'était moi la véritable artiste.

De toute façon, dans quelques heures je serai loin. Je pars enterrer mon père, à Muskogee. L'agent Hart m'a prévenue que les autorités l'avaient retrouvé, une balle dans la tempe gauche, sur un terrain de ferme à une quinzaine de kilomètres de la maison. Un suicide, ils ont dit. Il était gaucher. Et l'arme était à ses côtés, salie partout de ses empreintes. Il s'est peut-être aperçu dans le miroir de l'armoire à pharmacie de la salle de bains, et a gardé ses yeux fixés dedans trop longtemps… J'ignorais qu'il avait ça en lui, le remords. J'en suis tout à fait stupéfaite. J'aurais aimé connaître ses derniers songes. Entendre le bruit, dans sa tête. Le vacarme. Au fond, je n'étais pas aussi proche de ma mère que je l'étais de lui. Ma haine pour cet homme fut le seul amour que j'ai éprouvé dans cette vie. Parce qu'elle me fut offerte sans condition par mon père, et que je lui ai toujours rendue intérieurement. Je l'ai nourrie, arrosée, et regardée pousser dans mon cœur. C'est généreux d'offrir sa haine à l'autre. Une telle haine, si entière. Si pleine à craquer. Si opaque. De laquelle aucune transparence ne s'échappe. Aucun amour classique ne lui arriverait à la cheville. Sa haine était tout ce qu'il était. Et c'était pour moi. Cette monstruosité fut son cadeau. Je la déballais avec joie. À chaque fois.

Il me manquera. Le haïr, me manquera.

Je règle mon rétroviseur, et attrape une lingette démaquillante sur le siège passager. Je me la passe sur le visage, pupilles immobiles dans le miroir rectangulaire. Le fond de teint s'estompe et je me regarde émerger. Tache après tache. Jusqu'à ce qu'elles jaillissent toutes. Et je soutiens le regard. Je me force à garder ma nuque droite et mes yeux lubrifiés. À ne pas fermer les yeux.

Je veux me voir.

Il y en a mille, des taches. Elles sont toutes là. Rousses et fières. Jouissant d'être enfin vues sans hargne. Jubilant d'être regardées sans être dévisagées. Et ce matin, enfin, je ne les vois plus comme des taches, ces taches. Ce matin, je les trouve belles, *mes* taches.

Je tire sur la chaîne en or rose de Leah, et elle se casse dans la pliure de mes doigts. Mon cou libre de ses maillons, je sors *l'autre* chaîne à croix dorée de la poche de mon jeans. La mienne. La mienne à moi. *Ma* croix. Marquée de *mon* nom. Cette croix plus portée depuis *ce* jour… Je me l'attache autour du cou. Le fermoir ferme. Et je prends une bouffée d'air de nouveau-né, tout juste sorti du vagin brûlant de sa mère. La bouffée d'une renaissance. Je démarre ma bagnole et avant d'appuyer sur l'accélérateur, jette la croix de Leah par la fenêtre.

Ce sera une longue route, jusqu'à Muskogee. Mais quelque part j'y suis déjà, car je n'en suis jamais vraiment partie.

Composition : IGS-CP
Impression : CPI Bussière en janvier 2020
Éditions Albin Michel
22, rue Huyghens, 75014 Paris
www.albin-michel.fr
ISBN : 978-2-226-44682-4
N° d'édition : 23794/01 – N° d'impression : 2048673
Dépôt légal : février 2020
Imprimé en France